水浒别传

—— 水浒一百单八将 七十二名在郓城

主　　编：樊庆斌
执行主编：卢　明

北京体育大学出版社

图书在版编目（CIP）数据

水浒别传：水浒一百单八将七十二名在郓城 / 樊庆斌主编. -- 北京：北京体育大学出版社, 2017.8
ISBN 978-7-5644-2711-5

Ⅰ. ①水… Ⅱ. ①樊… Ⅲ. ①《水浒》研究—人物研究Ⅳ. ①I207.412

中国版本图书馆CIP数据核字(2017)第206346号

水浒别传——水浒一百单八将七十二名在郓城　　樊庆斌　主编

责任编辑：秦德斌　　责任校对：成昱臻
审稿编辑：苏丽敏　　版式设计：华泰联合

出　　版：北京体育大学出版社
地　　址：北京市海淀区信息路48号
邮　　编：100084
发 行 部：010-62989320
邮 购 部：北京体育大学出版社读者服务部　010-62989432
印　　刷：北京昌联印刷有限公司
开　　本：710×1000　1/16
成品尺寸：170×240
印　　张：20
定　　价：56.80 元
版　　次：2017年 10 月第 1 版第 1 次印刷

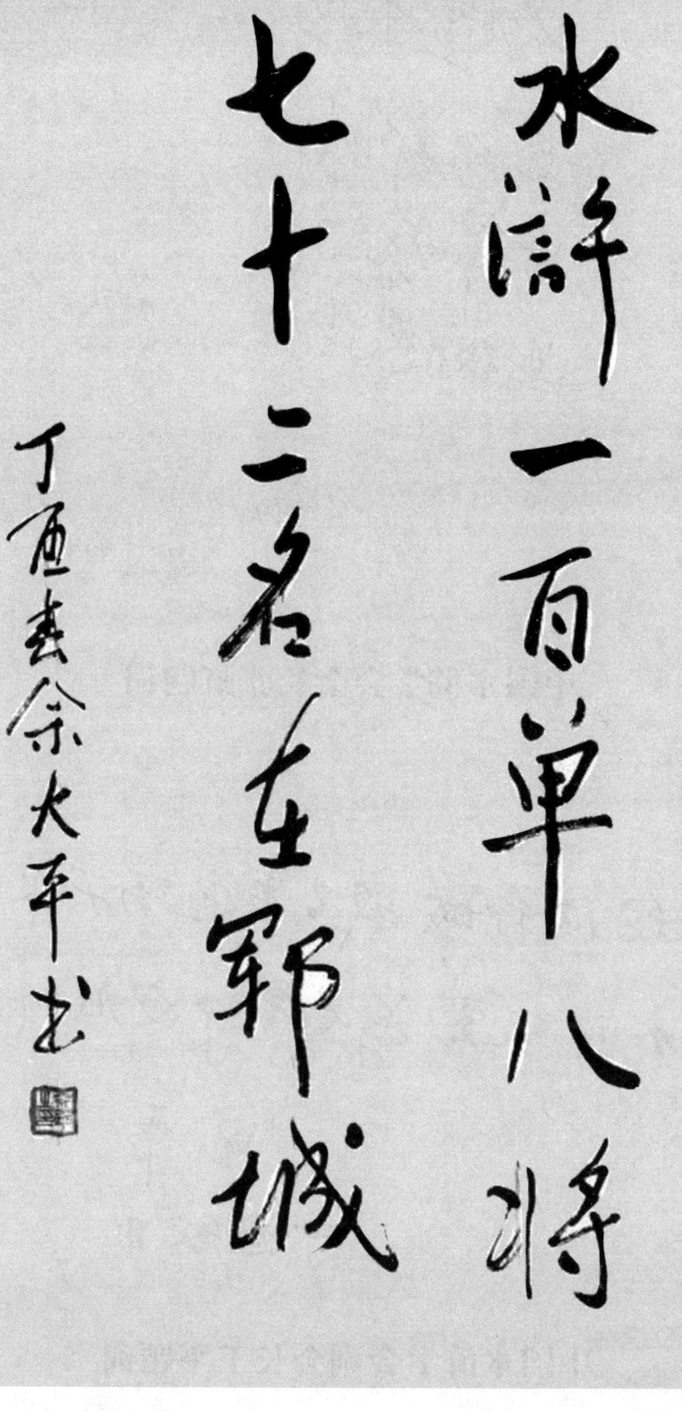

中国水浒学会名誉会长佘大平题词

英雄水浒
好汉郓城
中华瑰宝
世代传承

张虹
2017.9.20于郓城

中国水浒学会会长张虹题词

好汉郓城 威名事迹扬天下
水浒故里 忠义精神遍九州

王平
丁酉秋日

中国水浒学会副会长王平题词

编委会

序

佘大平

郓城这地方，曾经是众多水浒英雄的故里。如今，这里形成了一支人数众多、活动能力很强的研究水浒文化的队伍。前不久，郓城的朋友告诉我，他们创作了一部水浒故事新编，名为《水浒别传——水浒一百单八将 七十二名在郓城》，请我为之写序。尽管我因眼疾已搁笔经年，但这是郓城的朋友们给予我的光荣，无论如何是必须完成的。

作为水浒故事发源地，郓城早就有“水浒一百单八将，七十二名在郓城”的说法，这充分反映了广大人民群众的好汉情结。如今，一部以《水浒别传——水浒一百单八将 七十二名在郓城》为书名的文学故事集产生，体现了鲁西南文化人对水浒英雄的深刻解读，很有意义和价值。

记得是2012年9月中旬，我应邀参加梁山水浒文化节，顺便到郓城会见老朋友，并到宋江故里游览。宋江故里在郓城水堡村。村中心竖立一座石碑，石碑正面是“宋江故里”四个大字；背面碑文有这样的内容：当年电视剧《水浒传》播映后，由于剧中的宋江被表演成匍匐跪地乞求招安投降的形象，宋江故里的老百姓看后大为不满，于是“顿足捶胸者充斥街巷，怒砸电视者不乏其人”。当年全国电视剧观众对宋江这个人物的表演普遍持批判的态度，而郓城宋江故里老百姓的表现则是最为激烈、最为突出的。

由于我对电视剧《水浒传》也持批判态度，有几位学术界的朋友通过各种方式质问我：小说《水浒传》和电视剧《水浒传》都有宋江受招安的故事情节，你为什么只批判电视剧而不批判小说？我回答说：阅读小说《水浒传》，读者感受到的是浓厚的忠义思想；观看电视剧《水浒传》，出现在观众眼前的是一个匍匐跪地乞求招安投降的令人厌恶的宋江形象。相同的故事情节采用不同的文艺形式来表现（电视剧《水浒传》加入了编剧和导演的审美意识），给予读者和观众的感受肯定是不相同的。

小说《水浒传》的思想内容是什么？学术界曾经有过激烈的争论。但是有一点是大家都赞同的：小说《水浒传》有着非常浓厚的忠义思想。忠义思想是儒家文化最重要的内容。在中国漫长的封建社会中，儒家文化的传播，主要依赖儒家的经典著作和有能力阅读这些经典著作的读书人。可是，对于处于文盲状态的广大人民群众来说，儒家文化的影响是有限的。自宋、元时期以来，戏曲和“说话”（现在称“说书”）开始盛行，这些主要以说唱为手段的文艺形式，深受处于文盲状态的老百姓的欢迎。这些文艺作品，普遍有着浓厚的忠义思想。可以说，在中国漫长的封建社会中，儒家文化在处于文盲状态的老百姓当中的传播，主要是借助戏曲和“说话”进行的。也就是说，忠义思想是儒家文化的“通俗版”。

所以，小说《水浒传》的忠义思想具有极大的包容性，具有最广泛的社会基础，代表了人民群众的思想感情。梁山好汉被朝廷招安以后，所做的第一件大事便是“征辽”。这样的故事情节，极大地突出了梁山好汉受招安的合理性。在宋江的头脑中，忠君与报国总是密不可分的。第七十一回的菊花会上，宋江的《满江红》词高唱：“统豺虎，御边幅；号令明，军威肃。中心愿，平虏保民安国。”小说《水浒传》中的宋江，以及追随他的众多水浒英雄，是忠诚的爱国者和民族英雄的形象。

我们现在阅读的这本《水浒别传——水浒一百单八将 七十二名在郓城》，虽然由当代郓城的许多人分头写作而后集成，但它却准确地把握住了一条基准线——水浒英雄的忠义思想。要准确地把握忠义思想这条基准线是很不容易的，因为它要求编写者必须具备较好的儒家文化修养。

有许多水浒故事，长时间流传于郓城及周边地区的民间。本书所写内容，虽不见于小说《水浒传》，却和小说有着千丝万缕的联系。故事中的一些人物，许多是小说中的重要角色，但又和小说有所不同。在这些人物身上，既保留了小说的江湖义气，又强调了他们为追求社会正义所作的斗争，突出了他们对待穷苦老百姓的仁义情怀。

对于水浒故事，应当放在北宋末年那个特定的年代去分析，而不能从那个具体的历史环境中抽离出来，这才符合历史唯物主义的要求。

总之，这是一部很成功的弘扬水浒文化的著作，我表示热烈的祝贺。

是为序。

CONTENTES 目录

CONTENTES 目录

宋江，表字公明，排行第三，原籍为山东郓城县宋家村，江湖人称“及时雨”，又号“呼保义”。因为他面黑身矮，人又唤他作黑宋江；于家大孝，为人仗义疏财，人皆称他作“孝义黑三郎”。

宋老太执意进香 黑三郎为孝救母

卢明

诗曰：休疑忠义在梁山，先看孝亲有少年。

人道英雄心似铁，谁知情义满心间。

话说宋江正在私塾读书，忽然间母亲前来，把他叫出院外。母亲一向和善，此时却一脸阴云，宋江心里顿时“咯噔”一下：这是怎么了？！

只见母亲急切地对宋江道：“三郎啊，娘知道你最孝顺，愿不愿陪娘去泰山进一趟香？”陪娘进香没啥说的。只是这事，娘不等放学回家再说，而是急匆匆找到私塾，又是如此神态，颇令宋江不解。宋江问道：“此事与我父商量过没有？”不曾想一句话惹得娘大发雷霆：“别提这糟老头子，不通人情，咱们只管去！”

太夫人笃信神明，在家中设有多处神龛，平日里烧香磕头，焚纸送宝，什么事都观香占卜，还每每拉着宋太公磕头祷告。宋太公是个乡儒，只信孔孟，不信鬼神，对此颇觉反感，只是为了家中消停，平时也便忍着。

这一次，宋太夫人却要跑到三百里开外的泰山去进香，一路上吃住花费不说，安全问题就够让人担心的。宋太公心想：这老妈子不是没事找事吗？万一有个三长两短，那就追悔莫及！就这样，太夫人执意要去，宋太公决意不允，夫妻二人争得厉害，僵持着。宋太公严令庄客：任何人不得送夫人外出。

太夫人作难之际，便找到儿子。宋江更是矛盾：他是个孝子，当然想帮母亲达成心愿。可是，违逆父亲也是不孝！一时犯难，便劝母亲先回家去，容自己想个两全其美的办法。

回到学堂门前，看到塾师身影，宋江心头一亮，有了，求老师出面！塾师赞赏宋江的孝行，愿给宋江放假成全此事。考虑到宋江无法说服父亲，塾师便亲自出马劝说太公。太公见塾师都出面了，估摸着有儿子护驾，此去也不至于出多大事，便同意了，并决定派宋江、宋清一起套上马车，陪其母亲一起去泰山进香。

出发时，宋母坐在车厢里，宋清驾车，宋江陪乘。宋太公送出门外，千叮咛，万嘱咐，让两个儿子路上多加小心，进完香及时平安归来。宋江、宋清同声答应，让父亲只管放心。

车出宋家庄，沿大路向泰山方向驶去。一路花红柳绿，马蹄轻快，娘儿仨忘怀于春风之中。常言道，天有不测风云，人有旦夕祸福。谁会想到，刚出郓城县境，便有十几个强人拦住去路：要想从此过，留下买路钱！

宋母大惊失色，后悔不听老头子的话。宋清拢住马，下车交涉说："我们是去泰山进香，车上没有货财，请诸位高抬贵手，放我们过去！"一个匪首模样的人凶巴巴地说："哼，没钱还想过关？门都没有！"

匪首命喽罗牵马拉车，劫持宋母。宋江、宋清拼命争夺，打斗多时。怎奈武艺有限，再加对方人多势众，眼睁睁看着母亲被匪徒拉走。匪徒临走有言："套如此好车，穿如此锦衣，家里穷不了。回去准备银子一百两，本日内交来，见钱放人！"

面对此景，宋江心如刀割。他宁可自己被扣，也不愿母亲受一点罪。他提出自己当人质，替回母亲。匪徒说："你没这老太太值钱，快去筹钱，再磨蹭小心老娘性命！"

宋江兄弟火急火燎。回家向宋太公讲明实情吧，怕挨父亲教训，怕父亲急出病来。最严重的问题是回家路远，往返迟缓。二人合计：还是就近到晁家庄外婆家求助。

外婆家本是大户，与宋家门当户对。如今外祖父母和舅舅已经去世，但还有表兄弟在。二人急奔十里路，直到望见晁家庄那道寨墙，才舒了一口气，可找到救星了！

进得村中，兄弟二人却傻了眼：两位表兄的宅院一片狼籍，只留下带着焦黑的断壁残垣。向邻居打听，方知表哥家前不久发生一场火灾，所有家财葬入火海，所幸人逃了出来。

宋江、宋清按照村人的指点，在一座破庙里找到暂且栖身的两个表哥。宋江说明来意，表兄却面露难色：大火过后，家庭破落，再无救人之资。尽管找了几家族人借贷，所筹之银比匪人所喊之数，无疑杯水车薪。

宋江抱着试试看的想法，借了匹快马，将银子送到土匪处。土匪大恼："弄这点银子还不够塞牙缝呢，太小看我们了吧？跟我们要心眼，这不是找抽吗！"匪首命人把宋母拉来，当面殴打。宋江见此痛不欲生，真想跟他们拼了。转念又一想：我便是拼死在这里，母亲的命也难以保全。还是快快回去，再想别的办法。临走时，听见匪首甩来一句话："只要钱不到位，一切免谈。"

快马疾回晁家庄，见表兄家来了一位汉子，身材高大，体格健壮，气宇不凡。表兄介绍说："此人叫晁盖，是本家远门兄弟，现为保正，听说姑母被劫之事，特意前来过问。"晁盖说："姑母被土匪劫持，此事非小。二位表兄弟莫灰心，土匪窝里有咱们晁家庄一个青年，和你表兄弟一辈，行二，小时候打架被刀子划破了脸，左耳前落下个疤瘌，人们都叫他"二疤瘌"。此人看似木讷，内心却颇机灵。我这就派庄客到土匪处联系他，让他说说情。土匪活动处虽非郓城所辖，可也距此不远，他们不至于一点面子不给。"

两个时辰过后，庄客骑马返回，下马来垂头丧气，说二疤瘌很愿意帮忙，壮着胆子向匪首说情，怎奈匪首不给面子，将二疤瘌当场训斥一通，不仅不放人，还放了狠话，说如果咱们再耍花样不给足钱，撕票！

宋江见此，心急如焚，想硬着头皮回家找宋太公筹款。可晁盖不同意，说："不能白给这些作恶的人钱，我就不信治不了这帮败类！"宋江见如此硬干，十分担心母亲会出闪失。但目前别无出路，也只好让晁盖试一试。晁盖立马召集全部庄丁，有斧的拿斧，会枪的持枪，也有的干脆拿起铁锨抓钩。晁盖与宋江走在前头，其他庄户人家跟在后面，奔跑着直抵匪巢。

匪巢大门前，两支队伍对阵，剑拔弩张。宋江对匪首拱手道："双方对阵，杀个你死我活，非我所愿。只要放过我的母亲，我等立马退去，从此以后，井水不犯河水。"匪首哪里肯听，反而大恼："要你去拿银子，你却搬来这帮蠢货，难道怕你们不成？！"

晁盖耐不住性子，上前呵斥道："庄客前来求过情的，你们还是欺到我晁盖头上，我岂能善罢干休！"听罢此言，匪首心下一惊，原来这个高大魁梧、英气逼人者就是晁盖啊！他拱手对晁盖说说："久仰晁保正大名，没想到在此一见。我就不明白，我给这个黑子要俩钱花花，干你什么事，你为什么替人出头？！"

晁盖斩钉截铁地说：“你勒索的是我表兄弟，怎么不干我事？姑母一辈子积德行善，不该遭受这样的苦难。小鳖头子别那么多费话，你若不放人，我便踏平鳖窝！”匪首本想再争辩几句，却被晁盖这句话立时惹恼，凶相毕露地说：“那就一决雌雄吧！”

晁盖挥棒向匪首劈头打去，匪首闪身躲过，随即将棍棒向晁盖扫来。双棒交战，你来我往，恍得人眼花缭乱。毕竟匪首身量小些，最终敌不过晁盖，便仓皇撤去。众匪徒见匪首不支，也退潮般散去。

晁盖、宋江带领庄客们乘胜追入寨子，在一个院落里发现宋江母亲身影。匪首逃在前，晁盖、宋江追在后。见宋母，匪首直冲过来，左臂勒住宋母脖子，右手丢弃长棒，从腰间抽出一把利刀，将刀尖指向宋母胸前，厉声说：“你等胆敢过来，我就一刀子捅进去！”

看着刀上那道煞白的寒光，宋江愣住了。晁盖也投鼠忌器，进退两难。恰在此时，匪中有人突然从背后向匪首后脑勺砸了闷棍，匪首应声倒地。说时迟，那时快，晁盖一个箭步冲过去，将宋母护住。

原来，背后袭击匪首者，正是晁氏族人二疤瘌。二疤瘌本受土匪裹胁入伙，对土匪行径颇看不惯。这次为宋江讲情又被匪首怒斥，心中窝着一股无名火。此刻见晁盖兴师动众，土匪大势已去，而宋母一时命危，便灵机一动，临危挺身，一闷棍将匪首打昏。宋江见此人左耳前有一块伤疤，不问便知是谁了。

匪首虽被打闷，但无性命之忧，晁盖、宋江令人将其绑赴官府，其他小匪也一哄而散。这一带从此太平，晁盖的威望大增。经过这场劫难，宋江对晁盖既敬佩又感激。晁盖虽是乡间粗人，但很敬重文化人，二人便结成生死之交。令人心痛的，是宋母在惊吓和殴打下已奄奄一息，宋江一时不知如何面对宋太公。

宋江、宋清小心翼翼地将母亲送回宋家庄。宋太公看到此况，听到此情，又恼又痛，恼的是夫人执意不听自己的话，以致酿成此祸。痛的是这个心地善良、勤劳持家、与自己夫妻一场的亲人，忽然间被摧残得不成样子。看着宋江、宋清痛哭流涕，宋太公再也不忍责备，他摆了摆手说：“事已至此，什么也别说，给你母亲看病要紧。”也许是被打太重，也许是惊吓太重，宋江母亲之病越治越重，最终一命归西。

宋太夫人临终嘱托宋江三件事：第一件是将自己珍存的金银首饰卖掉换钱，散给庄上那几个孤苦老妇；第二件是代她到泰山岳庙进一次香；第三件是要宋江一辈子积德行善，救人之急。

宋江在母亲指点的地方找首饰盒，刚拿到手，便被随后跟来的二嫂夺去。宋江跟二嫂要，二嫂怎么也不给，说：“老太太糊涂，你们也糊涂？这么值钱的东西不给后代，却给那几个不相干的穷鬼，别想得逞，我还想戴呢！”

宋江见二嫂不可理喻，心中生气，但还是耐着性子劝她：“二嫂，话可不能这样讲。母亲一生积德行善，扶贫救难，咱们应当效仿老人家，帮助她完成这份遗愿。况且首饰是母亲的，她想怎么处置就怎么处置。现在母亲尸骨未寒，我们做儿女的就拂了她的心愿，这叫不孝啊！”

二嫂根本不是省油的灯，不但不听宋江之言，反倒挖苦宋江：“你个黑三郎，就你孝顺？别以为有个孝义的虚名就可以对我指手划脚，老娘不吃这一套，你有本事你只管使，金银首饰我是一件不给！”

对宋江来说，母亲的遗愿，他是一定要实现的。二嫂虽刁蛮，但比自己年长，一时拿她没办法。思来想去，宋江决定劝说父亲去找二嫂要。在宋江的央告下，宋太公终于出面，从宋江二嫂手中要回金银首饰。宋江及时将手饰换成钱，接济了贫妇。

第二年东岳庙会期间，宋江如期到岳庙进香，完成母亲的第二个心愿。至于母亲的第三个心愿，宋江更是用一生去实现。他乐善好施，助人钱财，江湖人称“及时雨”。

朱仝，济州郓城县人氏。生得红面长须，酷似三国名将关羽，人称“美髯公”。他原是富户出身，疏财仗义，武艺超群，在县中担任巡捕马兵都头，与步兵都头雷横专管擒拿贼盗。

朱仝校场施大义 张三郓城受羞辱

陈进轩

诗曰：长髯郁然虎林苑，美哉丰姿入史传。

忍使尺宅千秋义，而见赤眉比蜀汉。

此一回专说山东郓城一条好汉，此人姓朱，单字名仝，朱家寨人氏。因长须飘逸，面如重枣，不怒自威，俨然三国武侯关羽临世，因此江湖人称“美髯公”。

朱仝自幼习武，且熟读经书兵法，正可谓少年英俊，前程不可限量。加之面有不世奇相，胸有春秋韬略，乡间坊里一时传颂，朱家寨也被颂为龙虎之地。说话间光阴荏苒，金蝉脱壳，化蛹成蝶，那朱仝越发出落的威仪魁梧。坐地抓举，力拔千钧；上马挥刀，气壮山河。随后功名场上比高低，乡试中得武举，后进京赴试，志在一举夺魁。却说北宋年间，一改唐代武举考试重武不重文的章法，变为文武双考，既考武备，又考策论。武举考试分三级进行，即解试、省试和殿试。省试武场由殿前都指挥使司承办，枢密院会同都指挥使、开府仪同三司出任监考官。所谓武备，无非是弓马兵器、膂力撼功，这几桩功夫拔筹者，方为入围。那朱仝抓举弓马，器械演练，兵论推演，无一不精，正可谓一路春风得意。然而，天下事瞬息万变，人际间难见全愿，落于国廷，则世代更替、朝秦暮楚；落于万物，则沧海桑田、物异人非；落于人际，则峰巅壑谷、冷暖骤然。

此番话说的正是待命东京的朱仝，那命那运原本是个青云直上的光景，却偏偏平地里横生枝节，直叫英雄扼腕、豪杰叹息。看官须知，我这话并非矫情，变故只是一瞬偶然，由着朱仝碰巧赶上，岂不是个命由天作弄吗？天作弄之言，亦是诳语，想那朱仝本是铮铮铁汉、猎猎鬼雄、堂堂一表、磊磊大义，岂是一句“天作弄”所能概全的？看官又有所不知，此番朱仝跃上翻下，命途骤变，竟都落在一个大义上。

此话又为蹊跷。

原来这一年的省试，多加了一项对阵厮杀，真刀真枪、棍棒斧钺，虽不要人头落地，却也是当场论胜负，专于那刀锋枪刃上定输赢。此番变故，全出宋徽宗赵佶的一时之兴，徽宗之兴，又出自童贯之口。童贯上书言事，说道：“今番校场比武，天下英雄聚集不少，只望到此取个功名，以博得荣宗耀祖。然国家遴将选才，要的是战场厮杀，因此，校场之上须真刀真枪方可。若不然，岂不有负圣主求贤问鼎之意？”那童贯性巧媚，善度上，初任供奉官，后为西北监军，领枢密院事，掌兵权二十年，权倾内外，是朝野皆知的徽宗朝权宦。今童贯既言之，徽宗赵佶焉有不听之理，于是龙颜大悦，金口吐玉：“着照爱卿所言。”

你道童贯真个是用心朝廷？非也。你道童贯真个是一时兴起？非也。原来这一次武举省试，童贯的家乡来了一位童姓举子，童姓举子倾尽家财，又以族裔之便认了童贯义父，志在夺取这一朝的武状元。那童贯得了偌大好处，又兼着汴梁、陈留为近邻，更兼着本家同姓，便一心要周全童姓举子。所谓校场厮杀，不过要的是障人耳目，功夫强弱，只由他信口雌黄，横竖找些差错，或降或废罢了。上面说的峰巅壑谷、冷暖骤然，正是缘于这个道理，偏巧又让郓城义士朱仝赶上了。

话说这一日，各路举子按照号牌出场，最先一场，山东朱仝对阵河北武举薛玉方，朱仝持一把金背大砍刀，薛玉方持一柄丈余长枪。此时天色渐明，那九省四郡的好汉俱已到场观看候牌，一时间，校场内金鼓齐鸣，旌旗猎猎。朱薛二人先至演武厅跪拜主考官，尔后披挂上马，双双来到校场中间，只听得号令炮响，校场内外顿时鸦雀无声。

说来也是命当如此，这一日，恰值薛玉方偶染风寒，体力神志均感疲惫，恍惚中，一招金蛇出洞直刺朱仝咽喉，继之又是一招中宫双挑。此招因势而变，旨在左拨右引，反手胸腹。自古兵家有言：枪似金蛇出洞，方寸不离命冲，攻有刺、戳、点、扫、挑；防有格、拨、架、挡、推。那薛玉方上阵即取攻势，看似凛冽风雄，一连数枪，却是有势无力。朱仝看得真切，不慌不忙，先立一个“童子抱心式”，遂以斜身挥刀破之，继之欲以“力劈华山”压其势。撩、劈、砍、抛、削、抹、剁、挑的套路刀法，十亭里只用了三亭，但见薛玉方兀自枪法混乱，大有不战自溃之态。朱仝顿感诧异，及至二马错蹬之时视之，眼见得薛玉方面色蜡黄、汗流如珠，知是身体有恙无疑。好个义士朱仝，恻隐间不忍借机发难，于是自家刀路也做个败势，连发三刀，均为外实内虚。外人只见刀枪并举、寒光交错，殊不知，实招头落地，虚招晃眼目，此为义士朱仝有意为之，不忍伤残了对方。眼见得朱薛二人厮杀数十个回合，校场中依旧未见分晓，主考管童贯观之甚喜，心中实是巴不得应试举子个个犯规，然面上却大动神威。于是怒斥道："山东举子朱仝，河北举子薛玉方，二人藐视法度、俱皆除名。"

薛玉方羞愧离场，回到客栈，依旧念着朱仝刀下留情，此番大义，感人不浅，今日不报，更待何时？于是着家人四处打探朱仝在东京汴梁的落脚处，家人回复道：遍访京城，未见朱义士。薛玉方无可奈何，只好朝着山东地面拜了几拜，然后怅然返归故里。数年后，朱仝南平方腊有功，官封河北保定府都统制，薛玉方随之来投，待朱仝因战功直至升任太平军节度使时，又保举其袭了旧职。薛玉方后随抗金名将刘光世出战金兵，屡破强敌，亦留得一世英名。

此为后话，暂且按下不表。

且说朱仝愤懑返乡，从此冷了功名进取之心，偶尔打几趟拳脚，套路上亦是敷衍。浮华都是云烟客，故往桃源看蝶萦，多的只是少年老成态。忽一日，家人通报，言说押司宋江登门造访。朱仝吃惊不小，心中自忖：我素闻郓城县衙有个押司宋江，江湖上博个及时雨的名声，毕竟未曾谋面，况自己又是个落考的举子，何事能惊得押司登门？惶惑着整衣出迎，朝着宋江躬身施礼道："村野拙夫朱仝愧迎宋押司，诚惶诚恐。"宋江朗声大笑，说道："大丈夫立于天地间，要那个诚惶诚恐作甚？若要说，当由我这个冒昧造访者言之，方为妥当！"一句话说得朱仝大为感慨，不禁感佩道："早知宋押司仗义疏财，济危扶困。今日一见，倒是一个磊磊坦荡先入我腹。既然押司不嫌，朱仝也斗胆以大丈夫虚名冠之，诚惶诚恐何曾有过？"二人相视而笑，携手共进厅堂，竟如多年旧识一般。

饮茶已毕，话入腠理，天纵地横，人间春秋，无话不谈。朱仝一改多日积郁，只顾由着兴致，恼的倒是相交恨晚，全不知宋江旨在试他心胸志向。忽见宋江正色端坐，言道："我有意举荐贤弟去个出头处，奈何江职微言轻，只有县衙里尚可说个三二言语。不知朱家兄弟志向何方，肯否暂栖老柳偏枝？"

朱仝一时浑然，迟疑着打个停顿，说道："朱仝是何等样人，受得押司哥哥这般厚爱？我横竖是个落场的举子，原本冷了心志，今日听得哥哥一番说教，直使朱仝再抖精神。若能有施展拳脚之地，亦是今生造化，搪塞推拿尚且不敢，岂有老柳偏枝之说？怕的倒是押司哥哥为难，心中着实忐忑。”

宋江道：“既如此，我荐弟作个县衙马兵都头如何？”

朱仝施礼抢拜，说道：“全凭哥哥周全。”

宋江闻之大喜，言道：“兄弟明日尽可赴县衙任职，一切事宜，俱包在哥哥身上。”

眼见得暮色将至，朱仝欲留宋江，盘桓再三，宋江不肯，二人依依惜别。当晚，朱家张灯结彩，一则为着朱仝有个官身去处，二则得助于宋江名声，合家老少顿感面上有光。第二日寅时刚过，朱家已备下可口饭菜，卯时未到，便打发朱仝上了路。那朱仝赴郓城县衙任职，因念着押司宋江举荐之恩，果然时时尽心，处处谨慎，县衙内外，无不称颂于他。后又与步兵都头雷横过从甚密，结下终生之谊，加之身边还有个恩公宋江，忙时三人各自用心，闲时月下结伴小聚，不觉岁月畅然，甚是快慰。

书到这里，本该告一段落。然此时郓城地面上盗匪迭起，有个盗匪头目，人称滚刀肉薛老五，县里几次捉拿未果，知县恨之入骨，每每有怨恨公干不力之意。这都是知县自家揣度，书家不敢枉言。今只说一个与阎婆惜私通的张文远，先前多得宋江资助，又提携他做了贴书后司，本该念着押司宋江的好处，却只为要与那婆惜做长久温存，全不顾了礼义廉耻。加之妒羡着宋江平日里出手阔绰，横竖扯些边际，于是私下里趁机诬告宋江与盗匪有染。知县听张文远说得真切，又言郓城盗匪久剿不绝之因，概出于宋江串通之故。一时将信将疑，遂命朱仝暗中查访，意在探个究竟。知县拉朱仝入密室，言道：“本县恨着盗匪久剿不绝，想想又着实蹊跷，如若真有些说不清的渊源关节，先知会本县，身边上下也有个照应，到底是名声为先，毕竟不声张为好。”朱仝胡乱点头，听知县又道：“我素知都头尽心尽职，此番嘱托，免不了又要再添劳碌，惟盼都头多多用心，讨一个泾渭分明是最当紧的。”

看官细辨知县言语，看似轻飘飘如蜻蜓点水，细辨时，方知话里有话。先赞了朱仝尽心尽职，又连着一个说不清的渊源关节，话说于朱仝听，那“身边上下”一语，漫扯的却是广交天下朋友的押司宋江，可不是机锋内含吗？焉知朱仝平生精细，又兼着心思缜密，一早窥见张文远从县衙后堂走出，眉目间颇有得意忘形之色，接着就听知县召唤于他。前后关联，由此及彼，察言观色，朱仝心中也便有了大致轮廓。朱仝素日里极不喜张文远乖张举止，又多少闻得些许街巷风言，更知匪首薛老五劫富不劫贫，于是一番踟躇之后，终于有了主意。

好个义士朱仝，此番欲借盗匪送赃之计，好歹给贱人张文远一个教训，以解知县疑虑恩公宋江之嫌，可谓一石三鸟。

朱仝将家中积蓄尽皆取出，是日一早出城，悄悄寻得匪首薛老五，先持朴刀封其退路，厉声喝斥道："多日寻你不着，算你乖张，今日落在本捕头之手，还有何话说？"

那薛老五本是刀刃上抢肉吃的角色，见多了浪起船覆，生亦生的，死亦死的，横竖是得活且活，面皮上顾个好汉本色，心机却是宽泛的。见得朱仝只身暗访，不拿绳索刑具，不带部属随从，全不顾了"捉奸拿双、捉贼见赃"的古训，心中便多了几分揣度，于是也不挣扎，当下俯首认输。回言道："早知都头清明，愿听都头发落，并无怨言。"

朱仝有意窥测薛老五胆量，遂将朴刀架其项间，又道："吾欲将汝缉拿归案，又忌你狡诈，不如就此断你性命，也算结了地方冤孽。今之将死，汝有何愧憾，尽可直言，方便时本都头与你了却？"

薛老五微微叹曰："薛五原本寒门苦子，本该农事桑田，无由地多了邪念，亦是浪子难回头。为匪为盗，多行不端，虽未曾伤及无辜，毕竟不是君子所为。今之将死，也是天地间一个归宿，惟有一憾难全，说来惭愧，不说也罢。"

朱仝道："只管道来，若能遂愿，本都头一并周全与你。"

薛老五愧然长叹道："偌大个郓城地面上，惟有押司宋江是倾心折服的，今生若得宋公明一句判词，即便是一句'此贼当诛'，我愿足矣！"

朱仝道："此言当真？"

薛老五道："刀锋之下，天地之间，决无半点儿虚言。"

朱仝收刀在手，恨叹道："都是你这厮多行不端，害得恩公哥哥遭人嫌疑，今番你若能还恩公哥哥一个清白，姑且记下这一刀。"

薛老五指天盟誓，言道："请都头明言，但凡有用，万死不辞！"

薛老五见其明志，知其悔改之心为真，怀中掏出银两，继之附耳送语，说出一番话来。薛老五连连点头，当下便指派了一个名叫薛宝的伶俐小子，也是附耳送语，薛宝听得明白，随手抓起一根绳索，银两袋囊挎于肩上，唰唰唰自缚颈臂，说道："一切都在小子的肉舌上，管叫他小张三有口难辩！"

朱仝回到县衙，后堂复禀知县，言道："捉得一进城送赃人，问其欲送何人，小子支吾不肯，再三再四晓以利害，方才说出受薛老五托付，要去张文远处走动。

再问与张贴书是何亲戚，竟是浑沌不清，于是拿回。”

那薛宝果然生得一张伶牙利齿，先说自己本为捏糖人的手艺人，不知轻重利害，一时误入歧途，贼未做竟被捉了。不等知县动怒，又作出一番颤颤惊惊恐惧态，现想现编，一五一十，和盘托出，说的全是薛老五怎样勾结张文远，张文远怎样通风报信，前前后后，无缝无隙。知县转怒于张文远，欲加治罪入牢，押司宋江闻得其事因果，不想为此误了张文远前程，于是出面作保。言道：“文远初犯律条，恐是一念之差，求大人网开一面，只给他定个规矩，谅其今后再不敢与盗匪为谋。”朱仝眼见事有覆转，也便见好就收，况且初衷里并不想要张文远定罪判监。于是也着情申诉道：“宋押司所言极是，但须其从此自省，清白做人最好。”知县沉吟片刻，心中自是敬重押司宋江仗义大度，对朱仝亦是高看一眼，随即着罚张文远一年薪俸，几案上画押悔过文书，此事也就罢了。朱仝亦乘机开脱薛宝，知县左右掂量，当堂签了棍棒，由着薛宝取保回家。

薛老五感朱仝仗义，发誓再不为盗，至此之后，郓城地面上再无盗匪猖獗。再说张文远，因与婆惜有染，自是心虚口拙，虽被栽赃却不敢声张，知县训斥，只是唯唯喏喏，垂目受辱，哪敢有半句儿分辩？当着宋朱二人面道了亏歉，又谢了知县大恩，尔后掩面而出。岂知张文远今日吃了苦头，自此却横生了一腔怀恨心，想着此事皆由宋江布设，那怨那气咽下了又日积月累，直待个巧合破绽出，于是就有了日后的招文袋泄密，县衙里告发宋江谋反一事。

正可谓：君子多行仗义事，小人常怀戚戚心。不是宋朱宽宏量，哪容张三放毒针？

雷横，济州郓城县人，膂力过人，能跳过二三丈宽的山涧，人称“插翅虎”。他原是铁匠出身，早年曾开设碓坊，杀牛放赌，后在县中任巡捕步兵都头，与马兵都头朱仝专管擒拿贼盗。

惜银两雷横逞勇 践乡约余仁损命

陈进轩

诗曰：忠烈阵中虎插翅，半世英名扬壮志。

横起一个雷好汉，直教天下敬忠士。

有道是：大丈夫冲天豪气壮，真好汉未必少乡情。此一回只说郓城西雷庄有位雷壮士，姓雷名横，本为庄户人家，因少有田产，家中先后开设碓坊、肉铺、铁铺。雷横性憨厚、口讷言，倒有一副摔不烂的骨架皮囊最是了得，飞涧越壑、攀岩跨岭，恰如虎跃龙腾一般，因此，周遭人皆以“插翅虎”称之。因常年与铁石烈火、牲畜肉案打交道，又多的是膂力过人、胆气豪壮。至雷横成年，父亡故，母子相以为命，家道甚是清贫。其母念及雷家续延香火，便将数年所积铜钱清点一番，打量着多少能置些家私，由此寻个稳妥人家的女子，意为儿子娶妻添口。辗转数日，方交于雷横之手，毕竟立身事大，自是万千叮咛，要其去集镇跑一遭，仔细挑拣几件当紧的。然雷横胸怀恤助乡邻之心，欲借水乡之便，制作水碓水磨，以解乡邻舂谷磨面之困，口中却未曾与老母说知，只顾随口应喏，言道去时留心便是。

你道雷横有心欺母？非也。那雷横端的是个孝子，满满盛的全是孝心，只因念着要做个大便当，睁眼闭眼全是水碓水磨，图的是与人方便，自己方便。老母之虑推开，连自家终身大事也竟置之脑后，这就应了“抵南墙、不回头，一根筋、累死心”的老话。由此要以虚谎言语支应老母，想来也是一番大诚大孝所致，非君子志士所难为也。

且说雷横瞒住老母，转身去了相邻的集镇，细软家私行里一眼未看，大踏步径直去了木料铁器店铺，眼看心瞄的全是制做水碓水磨的器物，却又逢个料贵钱少，不得如愿。说起来也是门有宽窄、事有正斜，偏巧集镇上有赌头余仁设赌。那雷横素日里不曾染得赌习，余仁赖名也早有耳闻，往常下，断不会与这等劣顽之徒有过往的。巧的是，雷横那天偏偏又钻了一根筋的洞穴，买不得水碓水磨器物，竟如钉头儿针尖儿一般，楔入五脏六腑再难拔出，思绪里只想入场赢些银两，却不知余仁早已布下机关，结果所带银两一赌而空。

雷横一时性起，遂与余仁横起争执，意在索回赌资。那余仁也是神使鬼差，自知赌场机关被雷横识破，又知雷横心实口拙，索性尽显村野顽劣相，挤眉弄眼非要戏耍雷横。于是随手指向镇外，戏谑道："我知你有些气力，今日与你做个公道，你若抱得动镇水石牛，赌局中所有银两尽可取之。"雷横道："休得反悔。"余仁道："君子一言，驷马难追。输赢立现，哪个赖你不成？"

一街的闲汉围着起哄看热闹，想那镇水石牛足有千斤重，除非天王降世，凡世间人，如何抱得动，雷横非输不可。不说闲汉揣度，只说雷横气贯丹田，当下收紧肚腹，腰间扎带紧了三紧，眉宇间陡然生辉，光灿灿火球一般。众人见雷横当了真，乱哄哄尽皆跟去。只见雷横绕着镇水石牛转了一圈，立身站住，伸猿臂，展熊腰，口中发一声"哇！"竟将那千斤之物连根儿抱起，众人齐声呐喊："雷壮士神威，真天神也！"雷横也不言语，只顾梗着脑袋，大步流星，气冲冲只奔赌场走去。直至进了赌场，方才呼道："拿钱来！"

焉知那余仁天性里就是个泼皮无赖，先前虽说过决不反悔，一旦赌局成真，怎能甘心服输，于是猫脸变狗脸，偏说不曾立下赌注，雷横赌气抱石牛，不过是傻熊卖傻力，输赢都与他无干。雷横口笨言拙，哪里听得如此狡辩，一时怒起，先使一个冲天炮，一拳把余仁打了个乌眼青，接着又是一记掏心拳，直如横空劈雷一般，再看余仁，早已跟头如流水，又似猪嘴啃西瓜，轱辘辘滚出数十步开外，白眼外翻，一脸青紫，哪里还有动弹之力？那雷横也不管他，地上啐一口，一古脑儿，只顾将赌场银两尽皆裹入怀中，兴冲冲又去了铁器店铺。

雷横如愿购齐所需器物，回到家与老母搪塞，只说定制家私已与人说妥，不几日即可送来。又言及自己接了个大差事，赶着时限要做一个大物件，因此不便在集镇上空等。雷母哪里辨得清真假虚实，见雷横说得真切，也就信以为真，眼看着自家儿子不分昼夜，叮叮当当，赶制的是不曾见过的稀罕物儿。一晃半个月过去，雷横果真打造出数盘水碓水磨，又选了几处水流湍急处，水碓水磨安置妥善，只见碓头起落、水磨自转，众人这时方知雷横用心，一个个奔走相告，哪个不去称赞？至此西雷庄一带乡邻尽得其便，人皆称雷横为水磨神，只有雷母笑中含苦，叹息自家再无娶亲置业之力，岂不又误了儿子青春岁月？

这里先按下雷横满腹乡情，回头再说那先前挨了打的余仁，好歹捱到皮肉痊愈，赶个早起大五更，牵出一匹走驴，颠簸着跑到郓城县衙。那余仁原本要找县衙里任着工房闸官的叔叔余庆，偏巧又不在，只好先自瞒下挨打原委，只言受暴徒雷横所欺。递交的诉状上更有一句紧要的，专说雷横蛊惑人心，聚众结伙，意在图谋不轨。知县受理，问及押司宋江，宋江早闻得雷横名声，知其是个敦厚忠勇的大孝汉子，便有心周旋于他。于是接过讼辞草草看了一遍，接着又与知县耳语一番，知县会意，于是厉声问道："你告雷横聚众结伙，可有据证名录？结的什么人，姓甚叫甚，乡籍住处，可有恶习在身。此等细处，一一道来，不得半句含混。"

此一问，可就苦了余仁，张口结舌，又是先前不曾想到的，哪里说得清这些？于是支吾含混自是免不了的。知县果然大怒，喝一声："掌嘴叉出！"早有虎狼皂衙一拥而上，推推搡搡，赶鸡撵狗一般，把灰溜溜的余仁赶到街上。宋江趁机推举雷横做步兵都头，少不得要说雷横许多好处，知县也允了。三五个月之后，宋江备下一份财礼，托了个稳妥牙婆，寻得西门外八里铺有一户安分人家，又自作主张，为雷横定下一门亲事。雷横自此对恩公宋江感恩不尽，自是死心塌地，忠心耿耿，不曾有半点儿移心别念。数年之后，梁山英雄受招安南征方腊，雷横随呼延灼进兵德清县，南门外与护国大将军司行方交锋，恶斗了三十回合（一百回版本是二十回合），不幸死于司行方刀下，后追封忠武郎。

坊间流传，雷横落马之时，仍不忘口呼公明哥哥，泣诉道："功名未立，中途陨命，只盼来世再与哥哥相聚，那时再效犬马之劳，照旧做个忠贞烈汉！"出征未捷身先死，常使英雄泪满襟。此番忠耿，早入肺腑，实是令人感怀。此为后话，留于后人凭吊是了。

花开两朵，各表一枝，转头再说余仁。

那赌头余仁本为一方乡霸，又仗着叔叔余庆任着县衙工房闸官，虽然管的是河道桥梁，毕竟占个官身，雷横之事恰恰又出在水上，说来亦是个由头。于是一口怨气不出，便于叔叔处窜掇，谎称雷横乱置水碓水磨，冲了余家祖坟风水，那一带的百姓又多念雷横的好。余庆知是押司宋江暗中庇护雷横，平日里又疾妒宋江名声，直欲借治雷横压制宋江，便放胆唆使侄子余仁，让其带人截断五岔河口，余家索性在五岔河口坐收渔利。

五岔河口为当地河道分流处，水流截断，不但水碓水磨无用，连旱涝用水排水，也要向余仁交纳钱粮，百姓叫苦不迭。时值郓城大旱，乡民找雷横哭诉，雷横怒不可遏，当下就要返乡放水。好友朱仝力劝，又让雷横再捱几日，至五月十三乡民祭神求雨之时，看余家是怎样光景。如若依旧不放水，那时动手，到底是理上立得牢靠，雷横方才忍住。

好歹捱到五月十三，大旱依旧不解，受灾百姓哀求无果，只好又到五岔河口祭神求雨。此时再看雷横，早已素衣打扮，悄悄隐于众人群中，耐着性子专看余仁动静。那余仁果然霸住闸口不放水，并口吐狂言道："闸口余家墙，河水余家长。要想用河水，扒屋卖架梁。"雷横一个箭步，跨到余仁面前，二话不说，挥拳便打，直打得余仁口鼻血喷。那余仁是吃过雷横苦头的，自知还手不得，只好连声求饶，口中爷爷太公，叫个不停。雷横厉声道："今日之事怨哪个？"余仁此时只想个躲字，哪里还敢分辩，听雷横如此问话，只好应道："自是怨小子虑事不周，但求都头手下留情。"雷横又道："你可悔改？"余仁连连应答道："改，改，再不改我是四脚爬的王八！"

雷横见火候已到，遂逼其写下悔过书，以及累年所获不义之财清单数额，然后携百姓返回县衙告发并余仁。余仁见到叔叔余庆，一时抖了精神，忽然又来了个狗咬后背，呜哇叫着再次反悔。言道："雷横聚众造反，被我察觉，恐我告发，故而反诬陷于我。小民所言句句是真，求知县大老爷明鉴！"

余庆也跪地控诉，言道："余仁为富不仁，霸闸占水，其罪当罚。然雷横假公济私，徇情枉法，收卖人情，毁坏河道，亦当问罪。"

不及知县过问，雷横当场拿出余仁所写悔过书，以及累年所获不义之财清单数额。知县先前已见识过余仁嘴脸勾当，见悔过书上条陈清晰，加之清单数额不小，又见百姓纷纷具言，于是勒令余仁如数退回不义之财并疏通河道，又追加钱粮以示惩罚。工房闸官余庆自为心虚，不敢再犯众怒，加之押司宋江在一旁言说利害，只好看着侄子余仁抱头鼠窜，自己也悻悻而回。

自此之后，五岔河口再度分流，那一方土地也得以旱涝保收，雷横所制水碓水磨依旧日夜自转，百姓无不感念雷横仗义恤民，是真君子也。

宋清，宋江的弟弟，绰号“铁扇子”。梁山大聚义时排名第76位。上应地俊星，掌管排设筵席之事。金圣叹在点评《水浒传》时，曾写道：“宋清不是公弟，亦复胸中自有一片。”

铁扇子计侍富婆 地俊星智对盗贼

曹先锋

话说北宋时期，郓城西北四十里有一宋家村，村内有一宋太公，识文断字，精于医术。膝下四子，长子宋海与次子宋河只因当初家中缺少余银，未能上学。后来境况变好，三子宋江、四子宋清得以饱读诗书。宋太公见宋江、宋清能写会算，聪明伶俐，便想把自己的医术传授于二位弟兄。可是不久，宋江进城当了押司，平时忙于公务，闲暇习武会友，宋太公只好寄希望于四子宋清。时常教导他勤求古训，博采众方，期盼小儿能继承自己的衣钵，妙手回春，药到病除，成为一方名医。

常言道，萝卜白菜，各有所爱。宋清对岐黄之道并不感兴趣，反而迷上了烹饪。宋太公恩威并施，宋清全不为所动，执意弃医就厨，务要进县城拜师学艺，宋太公无奈，只好由他而去。

宋清三年学有所成，出师后，在郓城东郊“君悦楼酒店”当上了厨师。

君悦楼后厨三人，姓龚的为大厨，帮手除宋清外，还有一人姓夏。此人曾在郓城县城一家酒楼做过大厨，外人送号“颠大勺”。后来被东家辞退，问了几家酒店也没找到落脚之处，不得已来到君悦楼当了帮手。

且说东溪村有个富家老太太整天山珍海味，世上不管多贵的东西，只要她听说了，一定要尝一尝。吃鸡爱吃鸡舌，一顿一盘鸡舌头，不下六七十只鸡！吃鸭喜欢吃鸭蹼，一盘鸭蹼也不下五六十只鸭子。岂料年过六十，突然来了个一反常态——

吃全素，而且不许铺张。这一来可就麻烦了，家里厨师换了一个又一个。换一个吃几天就把人辞了，理由是做的饭菜没味道！那老太太可讲究了，整个厨房一点儿荤腥都不许有，厨师进门还要搜身，怕带进来肉鱼之类的。厨师三天一变，五天一换，工钱长了再长，后来长到比一般的厨师高出十几倍。可工钱再高，老太太不满意还是不行。最后，给的银子再多，也没人敢来了。无奈，家人只得找到君悦楼，恳求店主人派个厨师做老太太的兼职厨师。店主人开始担心影响生意，不想答应，后来转念一想：东溪村与酒店相距不远，来去方便，一个老太太的饭用不了多大工夫，看在邻居的面子上就应下了。

“颠大勺”奉店主之命来到老太太家，第一顿做的燕窝小米粥，老太太尝了两口就连连摆手；第二顿做的猴头萝卜汤，老太太喝了不到半碗直皱眉头；第三顿做的白果银耳羹，老太太吃了三五勺就把碗推向了一边……三天过后，“颠大勺”实在没招了，只好求东家换人。

店主人派龚大厨替下“颠大勺”，心中暗想：我把最好的厨师派过去，这次老太太一定满意了吧？龚大厨吸取“颠大勺”的教训，不用山珍海味，改用家常菜蔬。第一顿蒸的是芙蓉菜卷，做了一个栗子烧白菜。菜还是原来的菜，油还是原来的油，火还是原来的火，佐料也还是原来那些佐料，但龚大厨一做出来，那情况可就变了，色香味形俱佳，饭菜刚一端过来，丫鬟就馋得直吞口水，岂料老太太吃了直摇头；第二顿是大白菜烧丸子，老太太勉强吃了半碗；第三顿烙了个萝卜丝饼，熬了一小碗薏米红豆汤，老太太还是不高兴……

龚大厨干不下去了，把情况说与店主人，劝他把这活辞了。宋清在一旁听了个清清楚楚，对店主人说：“我愿前往试试。”

没料到，宋清做得全是家常饭菜，但头一顿就令老太太非常满意，接下来几天，老太太顿顿高兴，天天说好。一传十，十传百，宋清一下有了名气。众人百思不得其解，多次明问暗探，宋清总是笑而不答。就这样，宋清做了多半年老太太的兼职厨师，一直把老太太伺候到驾鹤西去。就连老太太临走那天中午还多喝了一碗豆腐白菜汤。

时过半载，龚大厨辞职，宋清成为君悦楼大厨，

却说有一天，酒店里来了五六个客人。进门就咋咋呼呼，吆五喝六。店主人一看，猜想准又是黄泥冈那边过来的盗贼。此地东南二十多里就是东大洼，那东大洼距此二十多里，树多林密，道路崎岖，是盗贼经常出没之地。盗贼们劫了财物，便常来这里喝酒取乐，滋事生非。这里虽然距郓城县城不远，但是盗贼与普通百姓打

扮并无二样，不闹事时贼民难辨；一旦闹出事来，不等巡捕都头带兵来到，盗贼早已跑得无影无踪，所以，官府拿他们也没什么办法。店主人对他们虽然恨怕有加，但还要毕恭毕敬。此时，店里其他人也看出来了，都清楚这几个不是善茬，但谁也不敢吱声，店主人客客气气，把他们让进雅间。回头跑到后厨，嘱咐宋清为这几个人加油加肉，做菜多下点功夫，千万不能慢待了前面这帮人。可是出事就出在这嘱咐上。

原来，龚大厨走后，“颠大勺”满以为自己在县城做过大厨，不论是讲资历还是论厨艺，大厨非自己莫属。可是，店主人却偏偏让宋清接了，这让他感到非常不光彩。老是想撵走宋清，自己当大厨，出了这口恶气。此时，他听罢店主人嘱咐，眉头一皱，便计上心来。

宋清听了主人叮嘱，不敢怠慢，认真对待，给这几个人炒菜格外用心。其中一道“八仙过海”菜做完了，跑堂的还没回来，他就顺手放在桌子上。这“颠大勺”过来了，说：“我替他送，这帮人，得罪不起，上菜不能慢了。”宋清闻听，心中还挺感谢他的。这“颠大勺”乘机就使上坏了，偷偷拿了把生菠菜混到了菜里。

菜端了上去，其中坐在上首地那个头目模样的一尝，“噗”地吐了出去，接着骂道：“他妈的，这是什么鸟菜！怎么拿生的糊弄老子！”一拍桌子，立刻把店主人叫了进来：“这菜谁做的？他妈的，生的，你见过谁家菠菜吃生的？谁做的，叫他滚过来。不然我把你的店砸了！”

店主人不敢怠慢，慌慌张张跑到后厨，跟宋清一说，宋清霎时一愣。可是他十分清楚，自己做的菜，绝对错不了，一准是有人从中作了手脚。不过，事到如今，说别的也没用，跟一帮盗贼还有什么道理可讲？争辩只能火上加油；跑也是不行的，跑了和尚跑不了庙，自己一走可以了之，可就苦了东家，一人做事一人当，菜是自己做的，绝不能连累别人。是福不是祸，是祸躲不过。为了这个店，自己豁出去了。于是便对店主人说：“我去见见他们吧。”

宋清边走边想应对之策，一进雅间，盗贼头子怒冲冲地说：“我看你是活腻了！你做的那菠菜，熟了吗？拿生的胡弄老子，我他妈的放你的血！”话未落音，桌子已经拍得“当当”响。

“大人息怒，听小的把话说完。”边说便深深鞠了一躬。“我把菜做生了，是有原因的！”宋清居然面带笑容地说。“大人，那菜没熟，就是生菜，是希望您：生意兴隆，天天发财。没想到您不高兴。早知道，我就不这么办了。也怪我，没跟下边说清楚。”

这几句话一说，对方的脾气顿时消了一半。宋清一边笑，一边说：“另外，那是一撮菜缨。还有另一层意思，希望您成为英雄豪杰，威震郓城，名扬济州！”

众盗贼一个个不见了怒容，宋清接着说：“再者，开店讲究的是诚信待客，和气生财。您说，咱们萍水相逢，我也不可能存心和您作对。是不是？您要是不愿意，我给您重做。俗话说：气大伤身。您看好不好？”

一番话虽然有点牵强，但一说完，对方立时转怒为笑 “那就算了吧！谢谢你的好意。来，坐下坐下，一块喝几碗！”

宋清说：“小的不会饮酒，您慢用，我再做几个好菜，好好孝敬孝敬您。”说罢，退了出来。

三言两语，酒店转危为安。事后，店主人要追究责任，宋清猜到此事必是“颠大勺”所为，但还是把责任自己一人揽了过来。

不久，宋太公病重，家中来人叫宋清回去。百善孝为先，宋清惦记父亲，便辞去厨师之职，回到宋家村。宋江上梁山之后，下山搬父亲上山同享荣华富贵，宋清便随父亲上了梁山。宋江知弟弟擅长烹饪，梁山千军万马，迎来送往，要做好各种宴席，特别是每逢重大节日更是要紧。于是，便命宋清掌管排设筵席之事。宋清用其所长，尽心尽力，梁山上下，赞声不绝。

一日，宋清闲来无事，在山上转悠散心。迎面走来一小卒。“宋头领，我是新来的，你还认得我吗？”宋清仔细观看，似曾相识，但一时记不起名姓。小卒道：“你在君悦楼当大厨时，我是个跑堂的。”宋清恍然大悟，他乡遇故知话也投机。说着说着，就扯到当年为东溪村富老太太做饭的话题上。小卒问宋清是用何法让老太太满意的，宋清道：“我琢磨龚大厨和‘颠大勺’说的情况，品透了老太太的症结所在：一生大鱼大肉，口味特重，突然改吃素食，当然不能适应，手段再高明的厨师，素菜也做不出荤味。炖鱼、炖肉、炖虾是酒店的常事，为了把素菜做出荤味，我每天在酒店里悄悄把围裙一角放里面浸透晾干，到老太太府上时都只系个围裙，到灶上先烧开一两勺清水，悄悄漫不经意地把围裙搭在锅里。然后炒菜时把锅里的清汤加上。这样，虽是素食，但有荤味，老太太吃起来当然可口。”说罢仰天大笑。正是：弃医就厨是宋清，仁义睿智手艺精。自古三百六十行，煎熘烹炒亦英雄。

吴用，郓城县东溪村人。表字学究，道号加亮先生，人称“智多星”。生得眉清目秀，面白须长，善使两条铜链。满腹经纶，通晓文韬武略，足智多谋，梁山几乎所有的军事行动都是由他一手策划。

智多星巧施两计　王老汉得解三难

曹先锋

话说郓城正东三十里有一村庄名曰吴家店，村内有一吴姓秀才，琴棋书画无一不精，五经四书尽皆知晓。天命之年，其妻生下一子。添丁增口本是家中喜事，可一家人却个个愁眉不展。你道这是为何？原来，新生儿身体瘦弱，精神萎靡，面色枯黄，哭声低微，体重不足五斤，故而一家人满面愁色，双眉难展。其他孩子十个月会说话，一岁能走路，可这个孩子两岁才会叫娘，三岁才能走路。家人料其难成有用之才，便称其为“吴用”。这本是乳名，但喊得惯了，慢慢也就成了大名。

吴用虽然手无缚鸡之力，但四岁过后却变得聪颖过人，五岁诵诗文，六岁习字书。其父一改往日看法，视其为掌上明珠。7岁那年，父亲便为其请了师父，令其两耳不闻窗外事，一心只读圣贤书。期盼有朝一日金榜题名，光宗耀祖。

斗转星移，光阴荏苒。十年过后，吴用遍读四书五经，成为一方小有名气的才子。一日，吴用接到书信，邀他去曹州以文会友。吴用久闻曹州牡丹国色天香，早有观赏之意，可惜苦于没有机会，一直未能如愿。眼下谷雨即到，赏花佳期将临，机会难得，于是告知父母。父母闻听，满口应允。吴用打点行装，备足盘费，确定后日出行。

却说吴用辞别双亲，昼行夜宿，饥餐渴饮。一日行至一集镇，看看红日西垂，炊烟轻起，鸟入林，鸡上架，牛羊进圈，骡马回棚，知是到了住宿之时。经打听，此地是郓城边界，前行十里就是曹州地界。若再前行，十五里之内，无村无店。吴用四下观望，见前面十字路口挑着一面招旗，上书“如家客栈”四个大字。吴用便决定在此过夜。于是上前，报上姓名与家乡居住，店家逐一抄写在文簿上，安排住了下来。赶路一天，身心疲惫，吃罢晚饭便上床安歇。次日黎明，忽被一阵争吵声惊醒，起来一看，店家正在对一老者大动肝火。

吴用走上前问：“大清早为何在此争吵？”店家便道：“他们祖孙二人在这里住了五六天了，店钱至今未交分文，今早问他讨要，还是没有，若再不交，就拿他孙女顶账！老头不依，故而争吵。”

老者接道：“好汉不知，容老汉告禀：老汉姓王，郓城人氏。膝下一子，婚后生下一女。一场瘟疫，夺走了老伴和儿子、儿媳的性命，老汉我只好领着孙女四处流浪。卖唱为生。前几日流落到此，住在店中。不料夜间老汉起来小解扭伤了脚，无法行走，只好暂住这里。不能卖唱，哪来银两？腰中虽然尚有几个碎银，只能一日两餐，勉强糊口，故而付不了房费。等脚好挣了钱，老汉愿加倍偿还。店家不依，故而争吵。不想惊动了好汉，望乞恕罪，高抬贵手。”

吴用见老者衣衫褴褛，面带愁容，墙角处一女孩蓬头垢面，身体蜷曲，爷俩甚是可怜。便对店家道：“让他们二人暂且住着，老汉何时脚好何时离店。”店家道：“他们的店钱你付？”吴用掏出十两银子：“这些够住几天的？”店家一愣，继而说：“算你仗义，走时结账！”说罢接过银子，转身而去。

王老汉双手抱拳，连声言谢：“敢问恩人尊姓大名，府居何地？”吴用道：“在下姓吴名用，郓城正东三十里吴家店人士。”王老汉道：“大恩大德，终生难忘，日后定当厚报！”吴用道：“区区小事，不足挂齿。”接着问王老汉：“扭伤了脚，怎么看的？用的什么药？”老汉答道：“开始只觉得崴了一下，不会有大碍，舍不得花钱。歇了两天不见好转，这才叫孙女买药。谁知药店和客栈是一家，他们欺我是外乡人，无亲无故，看中了我的孙女，硬是不卖给我们药。无奈，只好干等着。”

吴用道：“刚才你说你是郓城人，怎么又说是外乡人呢？”

“老汉我家住郓城东北，离此百多里地，他们就拿我当外乡人。”

吴用问明情况，低声对王老汉说：“你好好歇着，不要声张，我自有办法。”

吴用回到房间，叫过同室另一房客，如此这般说了，对方点头应允。二人漫不经心，做闲逛状，出离客栈，然后直奔药店。此时，东南风骤起，乌云上爬。二人来至店旁拐弯处停下，吴用抬起左脚，令房客用力扭捏了一阵，然后由房客搀扶，龇牙咧嘴，呻吟声声，慢慢进了药店。店伙计见来了病人，忙上前扶吴用坐下。郎中询问病情，吴用说是刚才不慎摔倒，扭伤了脚，不能行走，特来诊治。郎中一看，果然脚踝处微微发红。便令吴用躺下，倾身伸手慢捋，吴用大喊“轻些，轻些，疼死我了！”郎中捋了几下，道：“莫怕，只是扭伤而已，并无大碍。”说罢，拿过一瓶药酒，两贴膏药，安排吴用先擦后贴，静卧歇息，三日便好。吴用道：“我要赴曹州会友，路经此地，约期将到，不能久留，请再加些药量。”郎中复转身，加了两天药量：“这些足矣。”

房客搀扶吴用离了药店，行至大街。春雨濛濛，冷风嗖嗖，吴用赶紧回到客栈，将药酒给王老汉擦了，然后贴上膏药。让其静卧休息。

次日，王老汉果然伤痛大减，第三日便可行走。吴用劝王老汉道：“你们一老一少，出门在外，实属不易。伤愈后不如回老家，另谋生路。”老汉闻听，双眼噙泪，叹道：“我家本有二亩良田，可以种田度日。可恨被人占去。”吴用忙问何故，王老汉说：“我家与刘家是地邻。自从我儿子死后，刘家欺我年老无后，每到秋种犁地时，就犁我家两垄，这不，今年还是如此。没用几年，我家的地就快全改性刘了。没地种就没吃的，这才出来四处流浪。卖唱为生。”

吴用问：“你找他家了吗？”

“找有何用？他家人多，我单门独户，有理说不过他们。”

“告他们去！”

“济州知府是他家里的人，自古子不告父，民不告官。即使斗胆去告，官官相护，这官司我岂有打赢之理？只有干生气。”

吴用听罢，略一沉思：“你不必多虑，暂且好好歇息，明天等我回话。”

次日一早，天气放晴。吴用来到王老汉房中，递给他一张状纸，并如此这般地对王老汉交代了一番。王老汉虽半信半疑，但为了爷俩的生计，也只得依计而行了。

吴用将店钱一并结清，又掏出一包银两交予王老汉：“带上盘缠，快去县城告状吧。”爷孙两个告道：“好汉大恩大德，至死难忘，有朝一日再相见，定当效犬马之劳。”目送爷俩远去，吴用这才上路急急赶路。

且说王老汉来到郓城县衙，击鼓上堂。郓城县令接过状纸一看，上写：告欺天，不告冤。仔细一问，明白了其中缘由。但审理和顶头上司相关的案子，他还真感到为难。可他眉头一皱，便计上心来。赶忙给济州知府写了张请柬，说是遇上了疑案，恭请知府大人前来定夺。

不几日，济州知府来到郓城县衙大堂，王老汉口称要告自己早就死去的老爹。知府不解，忙问其故。王老汉说：俺和知府大人是地邻，爹爹在世时也是个老实的庄稼人，别人的地边他也不踩。可死了之后就不行了，我把他埋在了俺的地中间，这事知府大人可能也是知道的。可他老人家不老老实实地躺在那里，却一个劲地往和知府大人相邻的那个地边上挪。一年挪两垄，日子长了就多了，今年已将坟头挪到了地边上。再过几年，不就挪到知府大人家地里了吗？这可是强占别人土地的大罪。所以，我才前来告他，请大人判他重回原地。

济州知府一听，顿时明白了一切，道："回去还是把你爹圈到地中间，地不够就往我们家地里凑，圈好后在地边上栽上几根石柱子，他以后再想挪也无法挪了。"

王老汉战战兢兢："如果……"

"你放心，没有如果。我明天就回家！"

王老汉似信非信，回家而去。次日打听到济州知府真的回家来了，这才栽桩圈地，果然刘家置若罔闻。就这样，前后只用了九天时间，济州知府既不失体面，王老汉也要回了自己的土地。

再说吴用在曹州与文友作诗答对，饱赏牡丹，不觉半月已过。吴用本想再多住几日，怎奈来时父亲再三叮嘱，少则十天，多则半月，定要回家，以免家中挂念。父命难违，吴用只得告别文友，离开曹州，返回郓城。

吴用回到家中，见了双亲，父亲夸赞儿子做得好。原来，吴用不仅帮王老汉医好了脚，付了店钱，而且帮他要回了土地，王老汉逢人就夸吴用，吴秀才倍感满脸增光。

不久，吴用智助王老汉的故事传到了郓城东溪村保正晁盖耳朵里，晁盖对吴用顿生敬慕之心，于是登门拜访，后来，二人结成至交，不久便有了智取生辰纲的壮举，拉开了梁山英雄大聚义的序幕。正是：扶危济困称好汉，出谋划策乃魁元。

刘唐，自幼便在江湖飘荡，专好结交好汉。他鬓边有一搭朱砂记，人称“赤发鬼”。与晁盖、吴用、阮氏三兄弟、白胜等七人结义，智取生辰纲。梁山大聚义时排第21位，上应天异星，担任步军头领。

好汉报恩走月夜　刘唐奋力护金条

杜景玉

话说刘唐受晁盖指派，到郓城县找到宋江，表达对他的谢意。此前，正是宋江及时通风报信，才使得劫了生辰纲的晁盖等人顺利逃到梁山。

宋江自是聪明谨慎之人，唯恐此事泄露，落得个通匪罪名，便赶快将刘唐引到一条僻静小巷的酒店里说话。刘唐道：晁头领哥哥因想兄长大恩，无可报答，特使刘唐赍一封书并黄金一百两相谢押司，再去谢那朱都头。宋江看了书信，只取了一条金子，其它的要求刘唐拿回。并随即便唤量酒的打酒来，叫大块切一盘肉来，铺下些菜蔬果子之类，叫量酒人筛酒与刘唐吃。

待刘唐吃过，宋江写了一封回书，对刘唐道：贤弟，我不敢留你去家中住，倘或有人认得时，不是要处。今夜月色必然明朗，你便可回山寨去，莫在此停阁。

刘唐拜别宋江，背上包裹，拿了朴刀，走下酒楼，连夜回梁山。

月亮在天，空气有点儿潮湿，虫鸣声不绝于耳。刘唐急急忙忙行了一程，发现腰刀忘在了酒楼。这把腰刀跟了他十余年，已经像身上的器官一样长在身子上面。因惜乎这把腰刀，刘唐折身向酒楼回返，并加快了脚步。

郓城的街道上空荡荡的，几乎不见行人。酒楼虽在僻静处，却因经济实惠，价格合理，吸引了不少客户。上得酒楼，虽是时辰不早，却见比先前还多了两桌客人。说笑声，吵闹声，不绝于耳。靠着窗户的一桌在谈生辰纲的事，其中一个书生模样的人像是在说书，激动处摩拳擦掌，跃跃欲试，引得其他人侧耳倾听。靠近门口处的一桌是七八个年轻人，光着膀子划拳，其中一个大胖子纹着身，似有几分醉意。见刘唐进来，大胖子觉得这人日怪，已是八月半天气，却头戴白范阳毡笠儿，身穿一领黑绿罗袄，下面腿绑护膝，八搭麻鞋，背着一个包裹。刘唐也看了大胖子一眼，便把脸扭了过去。大胖子觉得刘唐背后的那个包裹有点沉，而且发出异样的声音。刘唐看到那把腰刀还在，安安静静依在杌子腿上，便随手挂在身上。店家见刘唐又回来了，便招呼小二上了一壶茶。刘唐也因走得急，出了一身的汗，口也干渴，便放下朴刀，解开上衣，打算喝两壶茶再走。

一杯茶还没有喝完，从门外走进一个乞丐，蓬头垢面，头发像擀毡的羊毛一样，不说话，手里拿着一只破碗，向大胖子那桌走去。大胖子正在划拳，一直输。他们有个规矩，谁输了谁喝酒。大胖子看到乞丐，气不打一处来，牛眼一瞪道："去去去，一边儿去，没看见大爷正心烦？"乞丐仿佛没有听见，像一个木桩一样站在那儿不走。大胖子不耐烦起来，对乞丐道："你是哑巴，还是聋子？没听见大爷跟你说的话？"乞丐没走，也不说话。大胖子一把拽住乞丐的手，像老鹰捉小鸡一样，轻轻一拽，乞丐便摔倒地上，头碰到杌子腿上，流了一片血。乞丐站起来，嘴唇轻轻蠕动着，还是没有说出话来，血却顺着脸颊流下来。

刘唐早已怒火中烧，忽地一声站起来，顺手抓过朴刀，背上的包裹里金条的撞击声提醒了他。他想到此行的目的，是晁盖哥哥派他来郓城谢宋押司的。临来的时候，晁盖千叮咛，万嘱咐，要他遇事冷静，千万不可造次，坏了大事。他也曾跟晁盖哥哥夸下海口，一定完成任务，甚至许下诺言，若出了差错，愿挨四十大棒。想到这儿，刘唐坐下来，身子却在发抖。刘唐压住怒火，对店家道，来一大盘煎肉，一碗鱼羹，一大碗饭给乞丐。店家看着刘唐。刘唐两眼一瞪道，我付钱。店家扭过头吩咐小二。大胖子对店家道，且慢，今天这乞丐的事只能我来处理。店家清楚，这大胖子是郓城一霸，唤作响半天。刘唐哪管他是响半天，还是响半地？只管对店家道，唤小二将饭送与乞丐。

店家看看响半天，又看看刘唐，左右为难。响半天对着乞丐就是一脚，正好踢到乞丐的腰上。乞丐疼得满地打滚。刘唐气的脸都气紫了，把朴刀往楼板上一杵，木楼板晃动起来。响半天道，哪里又冒出来一个爱管闲事的鸟人？一边说，一边摸着身后的双剑。刘唐道，爷爷还就管定了。一边说，一边攥紧朴刀的手指啪啪响。店家慌忙道，大家息怒，大家息怒。响半天对店家耍赖道，他替乞丐付钱也行，也必须把老子的账结了。刘唐道，你又不是俺儿子，凭什么与你结了？响半天道，老子说过，你今天必须把我的账结了。刘唐道，不结你又如何？刘唐忘记了此行的目的，一边说，一边又晃动着手里的朴刀。响半天也晃动着手里的双剑。看到这阵势，有一桌客人开始撤离。店家对响半天道，这位爷，你的饭钱我就不要了。又转向刘唐道，这位爷，乞丐的饭钱也不收了。随即吩咐小二给乞丐上饭。刘唐哪里肯依店家，从包裹里抽出一根金条，放到桌子上道，店家，你看这根金条够不够乞丐的饭钱？店家慌忙点头。然后，又转向乞丐道，你就可着肚子吃，吃足吃饱。乞丐忙不迭地点头，眼睛开始活泛起来。

刘唐本是粗鲁之人，包裹里的金条接连掉出二三根来。店家看傻了眼。有人围拢过来。小二道，咋这么多金条？刘唐的身体开始膨胀，用手指了指包裹道，老子的金条能买下半个郓城县衙。刘唐洋洋得意地看着响半天。响半天也傻眼了，直直地看着那个包裹，仿佛它是个聚宝盆。小二道，你真会吹牛。刘唐摘下帽子，脸上满是汗水，露出一张紫黑阔脸，鬓边一搭朱砂记，上面生一片黑黄毛。刚才那个说书的书生脱口道，他就是劫取生辰纲的刘唐。这声音不大，所有人都听得清清楚楚，只有乞丐在吃饭，一副狼吞虎咽的样子。小二道，我们想看看梁中书的金条是啥样子的？刘唐解下包裹，放到桌子上，拿出一根金条。灯光下的金条黄灿灿，沉甸甸，闪射出异样的光芒。小二看着包裹，叹气道，俺一辈子也没见过这么多的金条。

这时，平白刮来一阵穿堂风，灯苗儿晃了几晃，还是灭了，登时，酒店里鸦雀无声。刘唐屏住气，能够听到自己心跳的声音。有那么片刻，他什么也看不见，黑夜像一个偌大的包袱，把所有的人都包在里面。当他的眼睛能够适应黑暗的时候，一切都晚了，该发生的还是发生了。响半天一把抢走包裹，跳下酒楼。刘唐抓起朴刀，跳下酒楼，紧追不舍。

皎洁的月光下，响半天如敏捷的猿猴，在街道上狂奔。刘唐哪敢怠慢，三步并作两步，追上响半天，挥动朴刀便打。响半天举起双剑迎接。一个寒光闪闪似流萤，荧光成串；一个双蛇起舞似银练，银花四溅。你来我往，不下十余个回合。响半天终将不敌刘唐，弃包裹而逃。刘唐抢过包裹，正欲追赶，巷口处传来嘈杂声，雷横带着巡夜的士兵，打着火把，奔这边过来。刘唐不敢恋战，紧紧拽住包裹，飞也似地离开郓城县，奔梁山泊而去。

公孙胜，绰号“入云龙”。自幼好习枪棒，拜二仙山紫虚观罗真人为师，道号一清。曾与晁盖、吴用、刘唐、阮氏三兄弟等七人结义，智取生辰纲。梁山大聚义时排第4位，上应天闲星，担任掌管机密军师。

大名走来公孙胜 准信报给晁天王

黄朔

话说北宋年间古郓城的公孙村，有一户公孙人家，德高望重，家大业大，救贫帮弱，深得街邻敬重，村人都恭恭敬敬地称这家主人公孙荣先生。公孙荣有一子唤作公孙胜，八九岁光景，眉清目秀，聪明伶俐，智慧过人。公孙荣的好友王忠良有一女唤作秀秀，于是两家定了娃娃亲，公孙荣将祖传的一对汉白玉玉兔送给秀秀一只做定亲信物。

光阴似箭，日月穿行。不觉八九年稳稳过去，为生计王忠良在一家酿酒作坊里做伙计，王夫人则在邻县衙门做厨娘，她对秀秀太过疼爱，时而把秀秀带去吃点老爷太太吃剩的菜和饭。小姑娘如花似蝶，亭亭玉立，吹得一手好笛子，唱得一嗓子好曲儿，人见人爱。

且说县太爷和当朝红人蔡京有点亲戚关系，仗着这一点，为非作歹，搜刮民财，欺凌百姓，傲踞一方，他有一大秀秀5岁的残疾智障儿子很是喜欢秀秀，于是管家领县太爷的命要两家结亲。秀秀父母只得把秀秀指腹为婚的详情转告县太爷。

过了几日正值县太爷的生日，管家通知王夫人带夫邀约同窗公孙荣父子前来拜寿赏花，于是公孙荣父子备了厚厚礼品跟着王忠良 一起进了县太爷大院，公孙胜一眼看到秀秀指着道：“爹爹，那不是年关见到的小妹妹么？那个和我一样佩戴玉兔的小妹妹？”公孙荣含笑点头，等酒罢宴会结束王忠良和公孙荣父子一起行至回程的半道时，一队衙役策马而来，说银库公饷被盗， 一衙役拽住公孙荣从自己腰间悄悄拿出一包官银硬是说从公孙荣身上搜出的，不容分说硬是把他带走了，王忠良把公孙胜送回家交于公孙夫人，为搭救公孙荣变卖所有家产，无济于事。后来官府以公孙荣偷盗银库公晌为名将其家产全部没收，将公孙荣打入监牢，由于气恼伤寒一命归西，临死前见夫人及儿子最后一面，教导儿子："远离红尘，远走高飞。"于是公孙夫人带领公孙胜浪迹天涯，最后流落到蓟州。

话说公孙胜母子二人流落蓟州，受尽欺凌苦难，一群顽童常常围住他，用泥块扔他，叫他"野孩子"，他捡起泥块，在硬地上摔一摔，小手巧妙地捏一捏，于是一个个唯妙唯俏活蹦乱跳的小动物就呈现在面前了，他一一地分送给孩子们，惹得顽童围着他转化敌为友，你送他碗饭我送他碗汤，命不该绝，有人救，得到一无儿无女老夫妇的接济相助，公孙胜在蓟州开始学文习枪棒。后拜二仙山紫虚观罗真人为师，道号一清先生。公孙夫人看儿子已长大成人，暗自心喜，把儿子童年模糊的记忆详细地哭诉给他，自此时刻想报抄家灭父之仇，时刻想知道秀秀作何要陷害自己一家，他骨子里虽继承了父亲帮贫扶弱的血脉，但又想起父亲临终之语："远离红尘，远走高飞。"时时非常矛盾。

一日春季游荡到大明城，这里商贾云集，文人荟萃。烟柳画桥，风帘翠幕，十里绿荷，羌管弄晴。美景美图心舒畅，他走到一家茶馆饮茶，听到两位公子哥窃窃私语：听人说梁中书给他的岳父蔡京送的生日礼物，价值十万贯的金珠宝贝不知行程如何？公孙胜听到后窃想这北京生辰纲一定是不义之财，何不劫来济贫？也正好报了官府抄家灭父之仇。于是暗暗跟踪起二人。

且说公孙胜跟踪二人来到一大型赌场，约莫两个时辰，又尾随去了一处怡春院，只见这怡春院不同凡俗，不在闹市，而在静静的郊野，真乃"万翠竹深非俗籁，一圭山远见孤楼"。

大红灯笼高高挂的红色大门，门外两边修竹劲挺，高出墙垣，作冲霄凌云之姿。竹丛中，插植着石绿斑驳的笋石，以"寸石生情"之态，状出"雨后春笋"之意。门旁有一联："月映竹成千个字，霜高梅孕一身花"，一进门就有假山翠竹，使个怡春院曲折幽深，小桥流水，楼榭歌台。公孙胜隐藏在竹层中，看着二位公子大踏步迈进怡春院，径直向里走去。正在他思考自己要不要进去时，只见一台轿子由远而近停在大门旁，轿子左右两旁随跟着两位小姑娘，等轿子挺稳，两个小姑娘掀开门帘，搀扶出一位端庄的女子，这女子生的眉清目秀，瓜子脸大眼睛，穿一身白色绣花长裙，亭亭玉立，眼睛里含着一丝常人感觉不出来的忧思，公孙胜看呆了，那双眼睛他似曾相识。只见其中一个小姑娘拿出一把扇子给女子遮在头上，这扇面上是蓝天白云青青的绿草，绿草层中有一只白色的小兔子在仰望，这小兔子像极了自己家里祖传的白玉兔，他下意识里摸摸脖子上佩戴的玉兔，很是好奇！他尾随女子走进大门，施一礼："请问小姐尊姓芳名？"还没等女子开口，那小姑娘答曰："百灵小姐！"

公孙胜向前一步又施礼一拜："可否与小姐一诉？""小姐累了，要回房休息！"那小姑娘不耐烦地道。女子还是静静地微微一笑不作声，公孙胜越过游鱼小荷浅水，潜藏在竹层跟随这三人之后。约莫半顿饭光景，眼前一座白色小阁楼矗立在荷塘旁，荷塘四周的石凳上坐着那两个富家公子，只见那小姑娘跑过去不知说了些什么，两位公子怏怏而去，那女子姗姗上楼。此时天近黄昏，公孙胜飞檐走壁，上得三楼小姐卧室外，倒挂金钟头贴窗户，用手指抠破一点窗口纸，看到两个小姑娘正服侍小姐更衣沐浴，当小姐脱掉外衣，挂在脖子上的一只汉白玉玉兔在绣着大红牡丹的肚兜兜上摇晃，公孙胜一惊，那不是自家祖传的汉白玉玉兔么？他下意识摸摸自己的胸口玉兔还在，难道她是秀秀？那个联合官府害自己家破人亡的秀秀？他握住背后那把松纹古定剑就要破窗杀将进去！

转而一想不如见面问个究竟，于是他一个鲤鱼打挺翻下楼墙，飞驰到前门哐哐哐敲门，一会儿一阵下绣楼的脚步声伴着小姑娘的责怪声："哪个挨千刀没素养的小东西！"门开了，看到一彪形大汉，小姑娘倒吸了一口冷气，公孙胜阴冷冷地道："麻烦姑娘，将这个玉兔交于你家小姐，我乃你家小姐仁哥！"小姑娘连连点头道："您稍等，您稍等！"她慌忙跑上楼去禀告，不一会功夫小姐秀发有点凌乱地跑下楼来，让公孙胜进入二楼休闲室，然后把门闭上，让小姑娘待在一楼客房。当百灵小姐仔细地看着眼前这个高大威猛的阴森森的陌生男子时，竟惊讶地一句话都说不出，公孙胜冷冷地质问："可识得这玉兔？可知这玉兔来历？""我是秀秀，大哥可是老家郓城的公孙胜？"百灵小姐嘤嘤啼哭。"在下正是郓城公孙胜，你我父辈同窗义兄，你我原本指腹为婚的夫妻，为何设计陷害我全家？"百灵小姐哭诉："是县太爷为给他傻儿子娶奴家为妻设计陷害令尊，自那事变故后，父亲感觉愧对令尊，郁郁不乐，一病不起，一命归阴，母亲带俺投奔亲戚，途中染病身亡，俺为葬母自卖自身，被骗流落风尘，被卖到怡春院化名小百灵，但俺卖艺不卖身，曾以命保忠节，只为有朝一日寻找公子您！因大名府有重要官员看中奴家，按照妈妈的意思重修此院，妈妈要什么给什么，故从没人敢为难奴家。"真是栽花有心它不活，插柳无心柳成荫啊，于是公孙胜把流落蓟州、习文学武拜师学艺、浪迹天涯、尾随两位公子想知道梁中书给他的岳父蔡京送的生日礼物下落而走进怡春院等详情细数一遍，最后托付给她去打探。

话说百灵小姐一改往日的寒冷，不但吹笛吟曲而且对那官员的动手动脚也不做反抗，费尽周折，灌醉那官员，最终得知生辰纲大概要五月份途经郓城县境内。她把这消息告诉了公孙胜，并把自己平时的积蓄全送给了他，于是公孙胜快马加鞭奔赴郓城，志在夺取这份生辰纲济贫。

话说公孙胜在奔赴郓城的途中，遇一队人马厮杀，狼烟四起，场面悲烈，定睛一看，是一队山人抢劫一辆官府粮车。官兵人多，眼看山人将败，只见公孙胜使法术卷起一阵黄沙，翻天盖地，他一边招呼山人一边驱赶粮车，等到百里安全地带，始知官府征粮，老百姓颗粒不剩，于是聚集抢劫，因而结识了山人头目外号牛一刀，问他敢不敢随自己去郓城境内办件大事，劫大的官财？他说敢！当得知是蔡京的生辰纲时，吓的脸变色，于是推荐他郓城的大哥朝天豹，并交于公孙胜一把钢鞭作为信物。

公孙胜辞别牛一刀赶到郓城，首先找到朝天豹，此人长得腰粗体胖足有二百斤，猪头肉脸以贩屠杀牛羊为生，手下有一帮弟兄，走南闯北，杀富济贫，朋友遍天下。在一个郊野的大院子里，公孙胜见到了朝天豹，拿出信物说明来意，朝天豹热情非凡，杀猪宰牛招待公孙胜，可朝天豹就是不敢接这活，他推荐：郓城“托塔天王”晁盖，此人仗义疏财，肝胆照人，智勇双谋，能与日月同辉，可胜任此重事！朝天豹通过自己的管家老孙头，一个晁盖的同乡带公孙胜去拜见晁盖，公孙胜见到晁盖，把辰纲的来龙去脉详尽一遍，二人一谋即和，决定智取生辰纲。

白胜，绰号“白日鼠”，济州郓城县人。原来是个闲汉，和晁盖等人一起智取生辰纲。作战勇敢、机智，作为走报机密头领，完成过很多艰难的任务，是一个有胆量、有本事、讲义气的好汉。

戏愚顽白胜获利 巧弄拙鼠爷娶妻

陈进轩

诗曰：都言江湖多英豪，直教白胜自蒙羞。

今值表理还鼠辈，笑煞先前文章诌。

有这四句定场诗打头，今只说后日不够光彩的白日鼠白胜，想来必是鸡鸣狗盗、梁上勾当之辈。这里偏不是，表理虚实剥展透，倒底要还原个人物本相。前情如何，后日怎样，且交由史家评说，莫不成家贫、身乏还要变成身价轻重？须知鼠辈多智，智能化巧，巧由心生。由此看来，倒是个一个心性是最当紧的，出身豪门、草庭，姑且不论又能若何？

上面所言白胜者，本为郓城黄泥冈东安乐村人氏，因自幼生得瘦小，体不伟岸，貌不惊人，自是干不得霸王举鼎之事，倒也筋骨韧健，拳脚功夫上也小有所成。怪只怪祖无田产，家无商贾，每日里只是就便度日，少不得手长脚短，乡邻间一时顺手挟裹也是有的，赌场里趁机抓挠一二也是常事，于是凭空里多了个白日鼠的绰号，内中实含有不屑之意。好在白胜并不在意，满心里想的偏是劫富济贫，与人方便，你道这岂不是白日梦乎？白日梦做多了便成了心绪，心绪积得天长日久，少不得就要蠢蠢欲动，于是就有了清贫汉成就清贫人之举。

且说乡中有一姓雍名堂的首户，家财万贯，骡马成群，仗着表外甥张文远在押司手下做个贴书后司，更是雁过拔毛，恨不能天下财富尽归所有，惹得乡民皆恨之。白胜每欲算计，怎奈势单难行，依旧白日梦里闹动静。后老主雍堂暴亡，少主雍贵持家，虽贪得无厌，却生性乖戾少谋，偏又极言聪慧，素日与白胜等人赌钱，亦是输多赢少，回家报给爹娘老子，又每每说赢钱。是年郓城大旱，百姓颗粒无收，白胜再等不得，决计把雍贵拿来算计一番。于是便谎称自己探得一无主财库，只是苦于体弱，若雍贵能帮他掘通地道，财库银两凭力气背出。雍贵自恃体魄高大，凭力气背出自然沾光，遂与白胜击掌定音。

是夜月黑风高，白胜先带雍贵出村，东走西绕，左拐右转，前移后挪，看似夜行里程不少，实则只是村子周边。须知白胜是做惯了手脚勾当的，周遭形势哪里不熟，便是闭着眼也辨得清虚实深浅，那雍贵却不然。雍贵膏肥肠厚不说，平日里只是饭来张口，衣来伸手，夜黑灯引路，风高闭门窗，如何识得白胜算计。且有那无主财库的大光景晃着，东南西北能不由着白胜指点，直累得头昏眼花，越发认定了白胜所言不虚。约摸二更时分，听得白胜喊停，言道："看准了，就是此处，挖吧！"那雍贵兴奋不已，黑暗中看到眼前是一处坡地，半坡处有一丈余通道，知是白胜先前所掘，哪里知道此处早已经白胜张目过多次，看似荒坡，实则是雍家钱柜捷径。雍贵只顾想着自己精明透顶，于是应着又动心机，意为弄个牢靠，言道："君子咬牙不食言，谁背出来是谁的，此话不可反悔。此时你须再说一遍，我方信你，挖土掘洞不要你帮！"

白胜果然扮演得扎实，于是又言道："进入财库，先由你背，多少留些算我的。只怕你气力不赢，挖土掘洞半途而废，你我反倒落个空欢喜一场，那时才是尴尬荒唐。"雍贵果然中了激将计，口中发声狠，言道："让你看我厉害，纵是东岳泰山我也掘得通！"

俗话道：猪往前拱，鸡朝后扒，不计笨巧，各有门道。别看雍贵四体不勤，五谷不分，毕竟带着一身肉膘，又且是骨架高大，此时正应了一句"傻家伙自有傻力气"。只见傻家伙连挖带掘，连扒带挠，手抓脚蹬，这一通卖力，怕是自出娘腹就不曾有过的。再看白胜，闲汉耍猴一般，拉出一筐土问一句："看见钱柜了没有？"问得次数多了，雍贵便吭吭哧哧地答一句："快看见了，你别说话，小心被人察觉，我是一两碎银子也不分的！"白胜又道："摸着钱柜时，记着跟我言语一声，切不可自个儿独吞，好歹我也要得些。"雍贵越发卖力，一个地道里只听得牛一样喘息。夜深人静，风摇枝晃。约摸四更时分，地道挖通，雍贵发一声呼叫，言道："挖通了，摸着钱柜了，你等着，我装满你再过来！"

白胜又道："好歹给我留些，天明我要打酒吃。"

雍贵肩背怀揣，口中还念念有词：“都是你小子多事，此一处无主钱库，早晚我也能发现，那时尽归我一人独得，而今还让你得手，真真地岂有此理！”又道：“背不完时，我明日再来，你不许跟着，我背多背少皆与你无干！”

傻家伙乐中带恨，殊不知所盗银两尽出自雍家钱柜。

白胜将所得银两全部散于穷困乡邻，得济人家自是目瞪口呆，想不通贫汉白胜哪里获得多余钱财。道了万千感激，思量着又要探白胜原由，白胜只是淡然一笑，言道：“休问仔细，这些银两里少不得还是你家所出，而今算是物归原主，只管放心度支即可。”

至此，安乐村周边人皆知白胜算计了傻家伙雍贵，一时俱念白胜机勇仗义，得了接济的贫困人家，更是逢人便说白胜的好，那白日鼠三字，反倒变成了白胜手脚功夫，他人效仿不得。

再说吃了暗亏的雍贵，欲到县衙告官，却又忌讳别人说他憨傻少谋，便假借受友人所托，去县衙找到表哥张文远，把自家事说成他家事，意在打探官司胜算。张文远的心思全在与阎婆惜厮混上，温柔乡里自是万般欢乐，哪有闲精神与人掰扯，况且心眼里瞧不起憨傻表弟，听雍贵说的是外人事，也只当是真，于是随口答了句“监守自盗，不赢反输。”雍贵心不甘，又问张文远道：“那人是被人算计，不知情偷了自家钱柜，有如此因果在先，如何又算监守自盗？”

张文远白眼鄙视雍贵道：“那人傻，你也傻啊？那人不识自家钱柜，难道你也不识？自家人偷自家钱库，不是自盗是什么？似这种憨傻笨熊，告了官，也少不得一顿夹板，好歹让他长个记性！”雍贵听到夹板二字，吃惊不小，又忌讳着一个傻字，万般无奈，只好悻悻而回，夜盗钱柜之事再不提起。

星转斗移，不觉数月。雍贵蓦然间心血来潮，傻家伙动起傻心眼，自己也想着算计白胜，只是钱柜之事不好再提。于是便打起同父异母妹妹的主意。

这个同父异母妹妹名叫雍容，原为老主雍堂的二房姨太太所生，虽说不上花容月貌，倒也模样儿标致。因是出身偏房，性情上便少了几分戾气，人是少见的怯懦安静。又因自小儿订下一桩娃娃亲，心绪里只盼着华龄一到，便将出了雍家门，自是多一事不如少一事。于是雍家老宅里，越发笑不露齿，言不高声，云一样露一样无声无息，从不与哥哥雍贵起争执。哥哥雍贵要她结伴出门，自是不敢诘问，只顾低眉顺眼，尾随其后。

雍贵说的是：“跟我走，我带你去个地方，你可愿意？”

雍容嘤声答道：“跟哥哥去便是，哪有不愿意的道理？”

雍贵沾沾自喜，自以为哄骗得计，于是穿街走巷，绕弯路，走斜径，逶迤来到安乐村后，打量着白胜家院后，果然有个地窖。于是又煞有介事，免不了做出一副乖张嘴脸，话里专拣吓人处说。言道："如今离家已远，我实告你，咱们雍家犯了官司，县衙这几日就要来家拿人。我念你身体羸弱，自是受不得夹板，不如就此地窖中躲避几日，待官司了结，我再来带你回家，此间万万不可抛头露面，须避官家耳目当紧。"

那雍容哪里听得此番言语，见哥哥条陈厉害，早已惊魂破胆，小鹿儿羔羊儿一般，抖擞抖擞，颤颤栗栗，乖乖地蛰伏于地窖之中，大气儿不敢鼓出。雍贵见状大乐，离开安乐村，便如脱兔欢驴也似，颠颠狂狂地跑到郓城县衙。这一次没找表哥张文远，大堂上告的竟是白胜行为不端，诱拐民女。

县衙随即发文捉拿白胜到案，一行公人随雍贵直奔安乐村，当真发现一遮蔽地窖，地窖内果然藏匿一妙龄女子，正是雍容。雍容不知就理，以为哥哥所说官家拿人，顿时惊魂摄魄，只顾掩面悲切。公人越发信以为真，赌场里捉住白胜，不由分说，免不了绳捆索绑，推推搡搡，押到县衙。大堂之上，一番棒喝，草草给白胜定下个拐骗、玷污民女罪，沿街示众，以儆效尤。至此，白胜方才得知原委因果，知是受了傻家伙雍贵的捉弄，索性以赖耍赖，借机渲染，看到街上人多围观，偏拣那羞人脸面处，绘声绘色，口若悬河，把个羞口避人勾当，编排得说书唱戏也似。

言道："众乡邻听着！今日这事，全在我身上，于那雍容女子无干。怪我酒后乱性，一时失纵，把个如花似玉的雍容女子揽入怀中。先前只想着嬉戏一番，没想到情关未到，欲门先开，地窖中接解衣宽带了。现已被捉，只好认罪伏法，他日见到雍容女子，定当登门谢罪，一个歉字是少不了的……"

言语传到雍容耳中，雍容百口莫辩，叫苦不迭，一张头脸，恨不得找个地缝里钻下，只是悲切不止。此事过去的第二天，自小订下的娃娃亲的夫家那边，也着人临门退约，黄泥冈周边，无人不知，有苦难言的雍容自此一病不起。

三个月后，白胜服刑期满，果然打听得雍容窘境，于是张张扬扬，夸官亮职一般，状元还乡一般，不及人问狱中光景，逢人便说他要娶妻立家了。众人诧异，他便着人跟着，闹哄哄径直去了雍家，喊明口地要求亲娶妻。再说丢了丑的雍容，自知脸面全无，索性赌气嫁了白胜，白胜又点拨着雍容跟哥哥要嫁资，雍贵无奈，也只好咬牙切齿地给了。白胜得了夫人又得陪嫁，自此做起酿酒生意，因念着先前的戏耍，越发善待雍容，由是夫妻恩爱，相敬如宾，直至黄泥冈事发，而雍家却成为乡间笑谈。

阮小二，绰号“立地太岁”，“阮氏三雄”中的大哥，在梁山好汉中排名第27位，梁山水军头领第四位。智取生辰纲、江州劫法场、三打祝家庄、大破高俅水军……基本上每次大的军事行动都有参加。

老琴师重操旧业 阮小二怒索仇家

陈进轩

诗曰：顶天立地做真人，敢拿钢刃自断魂。

休言村野一鱼汉，便是人间太岁神。

阮小二，本名阮进，小二之称源于族内兄弟间的排行，阮氏三兄弟为一母所生，兄弟小五、小七亦皆如此。

看官须记，一部《水浒传》流传，世人皆知阮氏兄弟贱为草民，每日里只是吃酒打鱼，混迹赌场，踢遢不堪，其貌不扬，了无胸志，最是浪荡无羁。却不知阮氏原系出名门，追根溯源，回望魏晋，阮氏根魂可溯及代郡五原关，部族南移，又郡望落于河南陈留。先祖阮咸为阮籍之侄，属“竹林七贤”之一，善器乐、知音律，曾为散骑侍郎。然天道有亏，地道有损，人道有残，遁迹山林的阮籍终为司马氏所不容，诛杀之灾难免。阮咸一支为避其害，举家东迁至济州郓城地界，后其支再分，至阮氏三兄弟之祖阮开标立家，又迁至县城东南水莽之地，借势举名为阮家洼。其子阮文舟娶当地渔家女吴氏为妻，共生三子二女，依族裔小辈排序，分别为小二、小五、小七，皆为孔武之士，烈烈勇夫。二女少小夭折，故无名可考。

阮开标病故，其子阮文舟不善渔捕，又欲重拾先祖器乐技艺。于是与其妻吴氏商议。吴氏素知丈夫不善渔捕，又受不得风霜雪雨，虽则有万千说辞，毕竟是怕吃苦的心重。便言道：“夫君所言虽有些道理，到底打生不如混熟，水上只道不易，焉知陌生之地就是轻易的，我看还是现成饭吃着顺口。”阮文舟沉闷良久，又嗫嚅道：“不说轻易便当，只说让小子学个规矩章法，如何？”吴氏又是摇头，言道：“快休要提说这等话！若是两个小冤家不夭，此话倒还听得，似他们三兄弟，哪个捂得热屁股？到了热闹去处，眨眼又是钻天猴儿一般，岂不横生烦恼？”

阮文舟明知吴氏所言极是，偏又老实人横生了一根筋，又似老牛抵南墙，一个理儿认下，便是八头牛拉不回的。此后数日，不分昼夜，插嘴儿就言及此事，开口闭口都是县城里讨生活。吴氏被他噪咶得烦躁，也是一时赌气，心中暗忖：“只好由他独自去制做那吹拉弹唱的物事儿，好端端立个家业，哪里说抛下就抛下的，横竖由他一个人折腾去。”临到动身，吴氏又是不忍，禁不住一阵悲切，又不想让孩子看见，只是暗自垂泣，好似夫妻话作永别一般。那阮文舟倒是心系别处，吴氏那儿并不留心，三个儿子那儿，免不了做一些叮嘱指教，收拾个行囊便上了路。

按下吴氏母子依旧水里讨生活不表，这里只说阮文舟一个人去了郓城县城，东关厢寻了个落脚处，开了一间铺面，里屋安身，外屋挂个幌子，幌子上画个圆月状的阮，一字二用，既为先祖阮咸名讳，又代为器乐之称，算是开了张。时为徽宗一朝，恰值朝廷修文偃武，于是青楼和歌唱弹，街巷莺歌燕舞，郓城县城自是少不了梨园行当。即是闲人散汉，也多的是要图热闹，冷不丁听了丝弦管笛，便纷纷围拢过来，挑挑拣拣，竟也成了几桩生意。阮文舟亦做亦售，少不得赚些银两，心中甚是欣慰，免不了又怨起吴氏眼光短浅。如是岁月如此，那远在舟楫之上的吴氏母子，亦自当登岸弃舟，一家人县城里讨生活，阮家或是另一番光景，那时应是完美圆满。然老天最会造化弄人，阮文舟命途不逮，好端端地竟招惹了一桩公案，纵是后悔已晚矣。

原来郓城县城有一顽劣之徒，姓米名阿韶，街巷人见其冥顽，依其祖辈身份，阿字变成恶字，背地里均以米家恶少呼之。米家在县城开一家货栈，那米名阿韶出生于百工世家，吃的是水旱稻米饭，穿的是东南西北衣，按说该是个袋囊里讨生活的，偏偏又不是。祖业传到米家恶少父辈，因多了个县衙里做牢头的表亲，表亲的表亲又连着县城水陆码头的把总，一时竟成了兽中之鹰犬，张牙舞爪，甚是招摇。说来也是活该有事，那一日，米家恶少原本是带一伙虎朋狗友寻热闹的，觅着声儿就到了东关厢器乐铺。

你道这群混虫是喜着琴韵弦律？非也。赖皮之辈，顽劣之徒，哪里懂得宫、商、角、徵、羽的五声音阶。巧的是，那米家恶少偏偏又要卖弄风雅，于是煞有介事，瞄着柜架上横卧竖排，随手抓起一把七弦琴，横着指头拨了几声。同伙皆笑之，聚簇怂恿，那米家恶少越发卖弄得欢，丝弦上竟是满把抓拨，弄得拉弓射箭一般。阮文舟眼见得不是苗头，且又心疼不已，于是上前阻拦，言道："客官仔细，丝弦器物，最怕粗手笨脚。"也是实诚人话糙，本无取侮意，却是不中听。果然，他这里一语落地，那米家恶少早已恼羞成怒，言道："小老儿是想讨打，猪屁眼儿一样的嘴口，话是不辨香臭，屎尿不如。看我与你仔细！"

口中忿忿然，遂将那七弦琴摔掷于地，嬉笑着又以双脚踏上，只听得一阵筋骨碎裂声，可怜七弦琴刹时化为散木。须知病猫也有呜哇时，饿虎反倒发凶威。那阮文舟恰在此时又犯了一根筋的拗脾气，吼叫着扑过去索要包赔，后又撕扯扭打，众赖皮乐得看热闹，由着二人扭打一团，一时得难分难解。米家恶少坏了兴致，且脸上又被抓破了一块面皮，哪里咽得下？发声狠，招呼着一伙赖皮齐上，把阮文舟暴打一顿不说，反倒去县衙里告了恶状。

阮文舟无端吃起官司，自是愤懑恼怒，加之生性耿直木讷，且又执拗死理，又多吃了牢头亏待，于是大牢里一病不起。口风传到阮家洼，吴氏毕竟是女流之辈，虽是啼哭不已，到底少了主意。倒是长子阮小二心思先动，思量着欲替父服刑当紧，其他事过后再定，少不得再劝母亲宽心。一番落定，去了县城，谁知，牢头偏要阮文舟好看，百般戏弄，窜掇着上下，只是不肯周济，把个阮小二急得没头苍蝇一般。他人檐下，昂首不得，只好多赔笑脸，拣那求告话儿，一遍遍尽说不已，奈何仍是无果。不几日又得其父病死狱中的消息，那阮小二再无可忍，又惜着弟弟年少，老母体弱，遂又返回阮家洼，先瞒下父亡一节，说的只是官司纠缠，一时半会不得清白，怕是家中也要横生瓜葛。忍着一腔怒火，好歹说的吴氏信了，转个身又黑下脸来，打发两个弟弟上路，连夜携母投奔姨娘石碣村，其他话并不多说。

一番安排妥当，阮小二怀揣了一把剖鱼尖刀，天杀地杀地骂一声，一把火烧了草舍，选了个月黑风高夜，悄悄摸进大牢，一刀捅了牢头。此时郓城大牢为麻石所砌，墙高石坚，且有青灰勾缝，黑暗望去，恰似铜墙铁壁一般。小二自是浪里水里长里长大，县城光景哪里就能熟悉，思量着牢头也在石头屋子里居住，却不知牢头独自儿住在石墙之外，牢门口一处偏院即是。那小二装了一腔怒火，此时却是升腾不得，强忍着胡乱摸索。说来也巧，竟自摸到了偏院房门，院内似有杯盏磕碰之声。一时想起也扮成个假相，好歹打听牢头住处，于是趔趄着推搡房门，极似迷了路的醉酒汉子。

一狱卒过来开门，见了阮小二光景，喝斥道："哪里来的野驴？醉成这般模样还胡乱窜跳，啃你娘的脚趾头去！"

阮小二只是不睬，嘴里只顾胡言道：“官爷受累，你且告我牢头又搬到哪里去了，昔日酒钱直是不还，莫不成我是那醉酒不醒事的？”

狱卒听得蹊跷，稍倾忽儿大笑，随拿手朝灯明处指去，言道：“我们牢头大爷正要抓个顶账的，你且亲口跟他要去，少不得大把银子给你！”

阮小二依是佯装浑沌，踉跄着奔去那灯明处，此时牢头亦是半醉半迷，口中自言道：“哪里的鸟人要找打，须知我大爷的手段，喝不下这一盏，少不得拉你婆娘捣坑！”

阮小二听得明白，一时怒火撞顶，于桌上抓起葫芦酒，先自咚咚灌下，顺势勒住牢头脖梗。言道：“你不知阮家琴馆，可识得二爷尖刀，今日要你好死，以祭我父冤魂！”噗哧一声捅下，任那血流如注，再看开门狱卒，早吓得抽筋也似，哪里再得动弹。小二一把抓起，又道：“你只说出那恶少住处，我且饶你性命，若是吞吐迟疑，须知二爷刀头是尖的！”狱卒已知内中原委，哪敢欺瞒，自是支吾着说了个颠三倒四。小二得了米家恶少住处，却又穿街越巷，七拐八绕。此时已是四更时分，阮小二急火攻心，那一双杀人眼球儿，竟如灯笼火把一般。好不容易寻到院落，免不了窜房越脊，到底寻了个正着，本欲颈项处抹他一刀，刀举起又忍住，口中骂一句：“今日看你年少，且饶你一条狗命，只是容不得再为非作歹，轻重须长个记性！”一径骂着，刀刃直冲脚踝，只那一拨一挑，一条脚筋齐齐断掉。

阮小二困顿县城，自知难逃，又不忍殃及无辜，由着捕役上锁靠枷，倒也不躲不闪，只是大街上仰天吼道：“好汉一人做事一人当，诛杀牢头者，正是阮家二爷所为，此番舍出这一腔子热血又能怎的！”

阮小二惹下一死一伤的案子，一时县城轰动，这又引出了一个奇人，乃是学究吴用。正是他，平地里弄起一桩苦主告苦主的连挂案，竟使重刑轻判，直让那阮小二一命保全。这正是：天道沧桑邪正分，阴阳序延只应因。

阮小五，绰号“短命二郎”，在阮氏三兄弟中排行第二。从小生长在石碣村，打鱼谋生。曾与晁盖等人在黄泥岗智取生辰纲。梁山大聚义时排名第29位，上应天罪星，与童威一起驻守梁山东北水寨。

阮小五泣诉县衙　吴学究以假乱真

陈进轩

诗曰：东风不拂英雄泯，残月只收刚烈魂。

　　　但使小五识笔墨，羞煞天下哗宠文。

看官容禀，这一回书道来，不说阮小五黄泥冈上试身手，不说梁山寨上败何涛，不说水泊浪里戏高俅，不说清溪洞涧擒方腊。只说一段英雄阮小五先前小出身，专道那阮氏兄弟一母情深。事关燃眉，十万火急，便要油锅刀山，直往不惧，生死两抛，直恁地做出一桩催人泪下的事来，此才是烈夫柔肠，情关舐血，真真地惹人动容。

前一部书说到阮小二除恶蒙难，大牢里羁押候审，自是高窗囚困兽，铁链锁蛟龙，纵有天大本事，也断难脱逃。因是一母所生的同胞兄弟，哥哥坐牢，弟弟自是难得心安，于是这部书要续接上一节，再说逃到石碣村的吴氏、阮小五及阮小七。

阮小五，本名阮通，阮小二的弟弟。哥哥阮小二入狱，家中阮小五为长，少不了匆匆忙忙，虑粗虑细，好歹有姨娘家帮衬，线短针长的事儿勉强应付，一个安身落脚处到底有了。安顿好母亲及弟弟小七，打听得哥哥下了大牢，阮小五亦是瞒住不说，只说要出去一段时日，觅个用人处，讨个生活，多少挣些散碎银子。小七年少，尚无多虑，吴氏有姊妹陪着，先还信以为真，横竖搭个闲话，由着小五外出。及至阮小五要辞别上路，吴氏却又看出端倪，思量着一夫一子俱无音信，阮小五又行为遮掩，一时不想好处，于是一把拉住小五，非要讨个事由明白。阮小五自知遮掩不得，只好把前因后果，一并端出，哗啦啦犹如大厦倾，突兀之变，顿时勾得吴氏一阵嚎啕悲声，自知凶多吉少，免不了抓天挠地，寻死觅活。那小七先是随母哭嚎，后又要哥哥小五拿个章程，阮小五稳住弟弟小七，又对母亲好言相劝。言道："弟弟小七尚在年少，阮家一根幼苗万万断不得，须是老母多多宽心才是。"言下之意，也似有一去难回之状，这又惹得吴氏好一阵痛哭。

且说阮小五离了石碣村又重返阮家洼，心思已定，欲找吴氏族人求救。

俗话说：经一事如长三秋，蒙一难陡增世故。阮家自出了诸多变故，原本无忧无虑的阮小五，凭空里似经了千难万险一般，思量着县城里毕竟不是撒野之地，到底谨慎从事为好。于是并没有鲁莽从事，去县城路上，又折个迂回，掉头先去旧地，意在吴氏族门上多讨个主意。恰巧此事被学究吴用闻之，遂拦住阮小五，自己召集吴氏族人，多少凑了些银两，抽了个便当，独自先去县城打探了一番。打听得县衙尚未行文，心中稍安，又于关节处使了些银两，好歹先不让阮小二狱中受苦。随后返回，复见阮小五，一番陈述，言道还有些时日，暂且稳住性情，待他再想主意。阮小五虽是急不可耐，却也无可奈何，只是一时连一时地催促学究拿主意。

学究吴用一番思量，决计平出险招，专在刀笔上做手脚，于是复唤阮小五。言道："我欲造一桩苦主告苦主的连挂案，索性闹他个一不做二不休，想来应有几分把握。只是此事须要你吃些苦头，不知你可吃得？"阮小五跪地盟誓，泣言道："先生只管明言，莫说吃些苦头，只要救得哥哥免死，纵是让小五滚油锅爬刀山，眉头不皱！"吴用叹道："果然是重情重义的阮家兄弟！你只听我的，油锅刀山倒不必管他，皮肉之苦你须先吃。"

一番耳语之后，阮小五会意，当即扒去上衣，露出一身精肉，吴用抓起荆条欲打，忽又再生踟蹰，手中荆条竟不肯落下。阮小五急躁，叫道："先生说打不打，当又为何？莫不是怕咱受不得疼痛？"吴用摇头，复言道："我欲与你带伤进城，又知你们阮家兄弟生性莽撞，一时见了那一伙赖皮，当面发起凶煞，倒坏了大事，故而迟疑不决。"阮小五先是打个愣怔，继之以掌击胸，咬牙切齿忍了怒气，只管含恨诉表。言道："既依先生计，免不了忍气吞声，先生不让我恼，我自是装个无能之辈，到时由着先生点拨就是了。"吴用再举荆条，又道："我可真打了，此时反悔还来得及？"阮小五咆哮道："打，打，先生只管暴打，看哪个反悔服输，刀斧也一并用上！"

吴用两眼噙泪，荆条抽打出紫痕，又拿灰土涂抹了，乍看果然像个旧伤模样，再悬吊起一条胳膊，把个阮小五弄得死里逃生一般。吴用回学馆，先放了学生三日习作假，言说回家自作，他日交来即可。怀里揣起诉状文书，村外邀上阮小五，与那吴氏族人，以及相熟的乡绅学子。一伙人避大道，走斜径，逶迤进了郓城县城，吴氏族人及相熟的乡绅学子，先选个隐蔽处躲了，又嘱咐阮小五做出狼狈苦相。二人依照前日路径，街巷里果然寻到众赖皮中的一人，是个名叫孙豁牙的，吴用扮起阮小五娘舅身份，言道："这位孙家兄弟一看就是好汉行止，不似我这攮灶火的外甥，空长了一身糙皮肉，竟连个张牙舞爪的制琴老者都挥舞撕打不过，倒叫人家打了个皮伤骨损，岂不惹人耻笑！"

那孙豁牙赖皮亦打个闪烁，先上下打量二人，果见伤者唯唯诺诺、缩手缩脚，一副跑风漏气的皮囊一般，说话者倒像个文诌诌坐馆先生，一时消了警觉。言道："刚才所说制琴做笛的，莫不是东关厢那劈柴棒子老朽木？竟还被他打了，难不成娘胎里没长筋骨？"

阮小五记着吴用嘱咐，万丈怒火升起复又摁下，索性连眼皮也闭合了，只顾支支吾吾，闪闪躲躲。吴用也附和着自嘲，接着再用计怂恿道："这位兄弟，能否将那几位汉一并邀来小聚，也让我这外甥长个见识胆量，免得他见猫怕猫、见狗躲狗。"孙豁牙听吴用如此说，一时兴起，言道："这有何难，我打个唿哨，眨眼就到。只是，再不要说那厮张牙舞爪了，活活羞煞你先人！"

说话不及，一伙泼皮无赖无一遗漏。吴用又拣拾起先前言语，不及细描细述，那孙豁牙皮先又笑了，拿手撩揭起阮小五衣衫，冲着一伙赖皮挤眉弄眼，讥讽道："看这面团肉馒头一背的疤痕，竟是被那东关厢老朽木打的。如今弄出这副肮脏嘴脸，竟然还说挥舞不过，亏他一嘴吃屎的牙，还在肉窟窿里戳成直橛橛！"

一伙赖皮哄堂大笑。其中又有一人跳至阮小五面前，拿根手指拨弄阮小五那条吊悬的胳膊，笑道："哎呀呀，我以为是肉包骨的活物，敢情只是一根中看不中用的驴下胯物儿，看这光景，怕是站着撒尿也撒不出了！"一伙赖皮笑得捧腹。

吴用见火候已到，于是趁机点拨。言道："今日真是幸会，正好让我这个软皮囊外甥开开眼界。诸位好汉，尽管把那天撕打之事和盘托出，我记下来让没用的东西日日默读，也盼来日做个人样男子。"

一伙赖皮被吴用撩拨得浑身骚痒，巴不得卖弄威风。于是添油加醋，张冠李戴，前朝今世，捕风捉影，一古脑儿全灌到自己身上，说的全是自己如何孔武有力，如何拳脚相加。种种端端，口若悬河，恨不得爹娘多为他生出十张八张嘴，惟恐被他人小瞧了自己。

吴用一一记下，遂又问道："听人闲话，说道那日之事，是那米家少爷先动的拳脚，此话当真？"

豁牙嘴赖皮抢过话头，言道："米家兄弟先动的拳脚是真，第二拳却是我打的。我打的是一记黑虎掏心拳，一拳就把那小老儿打得七窍血喷！"

另一赖皮接上："米家兄弟又攻下盘，一个鸳鸯拐，死死地顶住了老棺材瓤子的肉嘟噜。老棺材瓤子啊呀一声驴叫，我接着使了个双风灌耳……"

又一赖皮冲到吴用面前，言道："他说得不对，双风灌耳是我使的，我叫虎贲。你外甥要长见识胆量时，只须叫我一声虎爷即可！"

吴用依旧面不改色，撩拨着又让众赖皮签名留记，转头再训斥阮小五。言道："你给我看仔细了，这才是大丈夫所为，人家落下名讳，你也须用心记下，长见识时莫忘了人家。"

阮小五支吾有声，果然装得萎缩模样。众赖皮只顾逞能，于是歪七扭八，当真落下各自名号，何曾去想内中关节？

县城寻案之事落定，吴用复带起阮小五，二人绕个偏街，见把那一伙赖皮帮凶甩开，这才停住脚步。旁边找个僻静处，怀中掏出诉状文书，交于阮小五，再言道："这一会儿只把仇恨咽下，你且默记我先前教你的言语，我这里即刻去隐蔽处邀人，一并随你去县衙喊冤。县衙大堂之上，只须要你个好口舌，专拣那要害处咬住不放，任他喝起堂威，亦是口舌不依。谨记莫忘。"阮小五连连点头。

说话间路短腿长，吴氏族人及相熟的乡绅学子俱已赶到。阮小五依吴用之计，县城大街上呼嚎悲声，蓬头垢面，跌跌撞撞，一路直冲县衙。果然状告米家恶少及一伙赖皮帮凶，当众欺凌孤老在先，后又与牢头勾结，狼狈为奸。牢狱头殉私枉法、私设刑堂、草菅人命。阮小二替父服刑无果，反遭百般凌辱，此为辱父戏子，实为天地难容。阮小二一时怒起，激愤难控，虽致一死一伤，毕竟事出有因，罪不当诛。

好个阮小五，呈上那一伙赖皮帮凶的口供，果然依吴用所言，口口声声，字字咬理，哪里有半点儿松口处？县衙又问了吴用及一帮众人口供，随即发签捉拿那一伙赖皮帮凶到案。面对先前言语，一伙赖皮已知中招入套，一个个后悔莫及，只得自咽其果。知县眼见得口供详尽，那阮父又着实受欺凌在先，便有心周全阮小二，于是当堂定了个"案情存疑，收监候审。"一边酌情申述公文，直待报呈济州衙门，至此时，学究吴用方才舒展了一口气。

这正是：父子情兄弟情心诚意恋，说吴用真有用重案轻判。

阮小七，在阮氏三兄弟中年纪最小，跟随两个哥哥行走江湖，绰号“活阎罗”，上应天败星。阮小七个性十足，性情豪爽，嫉恶如仇，对不公平的事情敢于公然抵抗，干了许多惊天动地的大事。

阮小七返乡受困 范氏女以身相许

陈进轩

诗曰：畅明自有春露霁，何须雷公造霹雳。

沙滩锁蛟嘶声远，犹有贤良引清溪。

阮小七，本名阮亨，阮氏三兄弟中的小弟，人称活阎罗的是也。

此书开场，借问看官，须记得那千古《水浒》奇书，一百单八条汉子，个个出神入化，人人俱得其鲜，尤是那阮氏三兄弟，被施老先生叙描得活脱脱天神一般。试看阮小二者，“生得眍兜脸两眉竖起，略绰口四面连拳，胸前一带盖胆黄毛，背上两枝横生板肋。”不说后面的绰号“立地太岁”， 更将那“天剑星下凡”丢掉，只是这般相貌，就足以令虎狼胆破，人鬼皆惧。天怜见。率水军屡建奇功伟业，征方腊败走乌龙岭迷，如此忠勇汉子，却于那厮杀场上进退不得，为保名节，愤愤然，直落个自刎身亡的下场。一番马嘶声远，万里晴空无云，上表奏报朝廷，得追封为忠武郎是也。青山依旧在，毕竟水东流。一语封诰，几多荣枯，于那小二婆娘孰喜孰忧？此为施老之困，吾辈如何得知？

再看其弟小五。本就是：“一双手浑如铁棒，两只眼犹似铜铃”，又是雄健模样。义气当先，敢为兄弟赴汤蹈火，临危不乱，勇冠水军，钢铮铮何等英姿，胸前刺下一只青郁郁的豹子可佐证也。奈何征讨方腊，亦是折兵清溪县，赤条条水泊性命，由那江南娄敏中所取，一个“短命二郎”的绰号，竟成谶语，怎能不令后人嗟怀？于是灰飞烟灭之后，又随大哥前引，也把个忠武郎应下。

最后当叙活阎罗阮小七。那小七为三兄弟中年纪最小，跟随两个哥哥行走江湖，干下了诸多惊天动地的大事。黄泥冈上麻倒青面兽，一条计劫了生辰纲，直教英雄出世。浔阳江上，救宋江，败官军，博得南北赞叹。梁山泊里，驾舟踏浪，先败何涛，再擒高俅，水中功夫，浪里刀枪，突兀兀直令梁山众好汉刮目相看。由是，金圣叹读批《水浒传》，果然刀笔了得，却也只对小七不吝文墨。言道：“阮小七是上上人物，写得另是一样气色。一百八人中，真要算作第一个快人。心快口快，使人对之，龌龊都销尽。”

天下归顺，四海平夷，两个兄长有去无回，独阮小七一人生还。小七破哥哥之先，当为阮家之幸，却又因戏穿龙袍生变，割去“盖天军都统制”一职，重新贬为庶人。如此峰峦壑谷，如此颠倒转覆，那小七竟然视官印如蓑草，乐得重回桑梓地。代兄侍母，养老送终，先前叱咤尽随风云去，然遗骨他乡的同胞兄长，何曾敢忘，哪时不怀？

三子二亡，其母吴氏何堪？胞兄先走，其弟小七何堪？竟是一个忠勇愿，直教环宇自败容。若是清郎书生态，奇相怪貌谁与评？风云散去了如无，功名休再提及，此一回只说重返风锁棚舍孤烟直的独苗阮小七。

话说阮小七北返之时，即已冷了前程心志，回到济州府石碣村后，又携带母亲吴氏，重返郓城阮家洼，依旧以打渔为生。是年阮小七年逾三十，尚且孤身，其母吴氏多方求亲拜友，终于寻得一门亲事，为一丧夫寡妇，娘家姓范，婆家姓弥，极是稳定实诚，妇道里断无闲话。三年前丈夫病亡，范氏女仍在夫家，身边拉扯个幼女，乳名叫个莲翠，尚在总角之年。母女二人虽与妯娌叔伯前后庭院住着，锅碗灶门却是自立的，平时并不多来往走动，彼此之间，倒也相安无事，只是一桩清苦，妇人那儿当是羞于出口，他人自然难知。

那吴氏所托保山，原为范氏女娘家邻居，虽不是族门同人，往日里却也过从甚密，村言俚语尽可明示，范氏女昔日做小女时，也多以长辈叔叔称之。保山受人之托，又收了吴氏些许好处，亦欲促成美事，加之又是旧时相知，自当竭力撮合，于是先探范父口气。言道：“我做保山，当是认下的人家，无非一母一子。侄女过得那边，且得安逸日子，纵是茅舍寒罩，毕竟是个依靠，胜过孤苦零丁打熬岁月。你道如何？”

范父先自沉默，后又一声长叹，言道：“我岂不知小女凄惶，只是礼上多有不便，须弥姓族人应允为好。你若做得好保山，须先禀明弥家，好歹探个虚实，那时再做计较，方为稳妥便当。”

保山听得明白，心中却又暗嗔范父迂腐。过一日去弥姓村庄，偏不去后宅弥家族人那边，一路打听着，径直去了前宅母女庭院，果见得庭院冷僻，甚是寂寥。几句应景客套过后，保山道：“我欲保你走个人家，虽不是绫罗绸缎的光景，冬暖夏凉倒也是有的。路途亦是近便，东边阮家洼，想必你也是知道的，不过一两个时辰的脚力。你若有意，此事也就相宜了八九分，剩下杂七杂八，你且不要过心。”

范氏女闻得此言，免不了又是一番凄然，小女莲翠虽不知大人话中分寸，到底是母女连心，亦陪衬着一旁啼哭垂泪。保山越发不忍，又劝道：“侄女暂止悲痛，你只应答我刚才言语，是肯呀不肯？”范氏女忍痛言道：“但凭叔叔周全，只是孩子叔爷那边，未知所以。”保山道：“你只做打算，我去知会一声便是，到底会恤你母女不易，毕竟三年丧满，岂能不加垂怜？”

也是保山一时张狂，哪成想弥家竟道出许多缠绕张致，竟要小七母子先与弥氏宗祠焚香跪拜，三牲四供须要齐备，五幡八帏亦应俱全，另有一场水陆大醮，更是不可短缺，其间费用，亦须阮家先期兑付。如此等等，种种端端，流水也似一长串。保山惊得咂舌，暗暗叫苦不迭，只好如数复言吴氏，那吴氏亦是惊得目瞪口呆，只有小七怒愣愤然，扬言纵死不去跪拜。吴氏含怨喝斥儿子，勉强筹措些许求亲礼奉，又打发保山去疏通关节，保山再去，又是回复依然。吴氏再无章法，只好舍下老脸老皮，蹒跚而行，捱到弥家，意为老脸当值斗米。说来也是该着吴氏遭磨难，偏巧那天弥家为小儿做百日祈福，吴氏只是心切，进门先说了许多家长理短的话，于是弥家男女尽皆涌出，劈头盖脸，尽是刺骨挠肉的锥心话语，只一时，便把吴氏噎了个吞吐不得，只好唯唯喏喏退出，以待便时再入。

吴氏再无以举措，又怜着儿子终身，真可谓百苦纠集，哭诉无门，不几日便染病在床，自此一病不起。阮小七怜其母慈悲，一腔悲壮强忍压下，专拣那钢牙碎咬，一忍再忍，一退再退，只是弥氏宗祠焚香跪拜一节，决然不可。后又暗自思量，弥家如此张狂，阮小七愈感内中蹊跷，只是一时难解。俗话道：天下没有不透风的墙。渐渐得些风言风语，前串后连，始获原委，竟是当年大哥二哥惹下的旧案。原来弥姓一家竟与县城米家恶少为表亲，故借机报复要挟阮氏母子，前面那些狂言妄语，不过是一腔积怨所致，生心要作贱阮氏母子。

其时阮小七愈是悲愤交加，娶亲之事不提尚可，毕竟母病当紧，岂容一日迟缓。然家中破门寒舍，早已家徒四壁，先前亏空尚不得补，哪里有资请医抓药？可谓英雄落难、长叹无应，只有一个捶胸顿足由己。正在小七万般无奈之中，恰是天沉云低之时，忽见一素衣裹面妇人匆忙而至，柴门外徘徊张望，眼见得是迟疑不决。小七惊诧，恍惚不知所措，那临门妇人亦是躲躲闪闪，张慌不已。踟蹰片断，移挪挪，颤抖抖，包囊里掏出一包散碎银子，半侧身递于小七。复言道：“妾身即是前日保山所提范氏女，闻得阮家母恙子忧，顾不得妇人家脸面周全，胡乱送些所积体己，好歹抓些药草，老人家那里，须是救命要紧，万不可再迟缓。”言毕欲回，小七一时怆然，于是紧走几步，复至妇人面前，愧言道：“小七命途多舛，家道空徒四壁，今获如此馈赠，当为解燃之恩。空话负天，无以为报，请受小七一拜！”

范氏女当下泣言道：“早闻得七哥英名，只怪妾身福浅，今生不得随愿。惟盼七哥图强，毕竟学不得奴家短识，切不可冷了心志，到底岁月如叶稠，来日光景须要一日日算计。寒来暑往，轻待不得。”言毕拭泪，匆匆而回。小七悲感交集，当日请医抓药，然吴氏历经丧夫失子，凄惶毕生，早已油尽灯枯，哪里再经得朽木风摧，幽怨怨又捱得数日，到底一去不归。

阮小七积怨已久，终至怒发，是夜月黑风高，又施展昔日功夫，于是翻墙越脊，蹦跳腾挪，前院里接出范氏母女，后院里一把火烧了仇家。有道是：天庭无门梯自够，地狱有路亦不寻。那小七半生里叱咤风云，生死两托，今始得一柔情女为妻，当慰老母地下亡灵，他日光景如何不惜？于是，急匆匆又携范氏母女上路，风萧萧再逃石碣村。此为小七最后一举，自此后，万千凄惶俱皆抛去。

说话间，光阴荏苒，春秋自转，眨眼又是旧去新来。

二十年后，中原已为沦陷之地，其子阮明镜考取功名，得举孝廉，后由人举荐于济州府，任了通判之职。时值阮小七五秩已过，因念着故土旧迹，于是又携其妻范女重返郓城阮家洼。自此天命假年，岁月有序，老夫老妻相濡以沫，自是恩爱久长，直至寿终天年，岁在七秩有三。 看官谨记：世间亦有六十之说，六十为甲子，七秩为古稀，此二说皆为圆满，姑且信之认之。

世间又言：小七弥留之即，由其妻范女助携，俯首先冲北边水泊方向垂目示拜，再继之于江南方向遥拜泣零，后在其妻怀中溘然长逝。须臾片刻，其妻范女亦随之而去，夫妻双双果得同眠。

世间再言：其子阮明镜返乡事丧，葬双亲于阮家洼水边，济州府告了丁忧，自此守孝三年。然期满并未去履职，后又遍访江浙之地，人皆言之曰：少了官家心，多了幽古情。此言也当一信可也。

杨志，因脸上生有一大块青记，人称“青面兽”，上应天暗星。杨家将后人，武举出身，曾任殿帅府制使，因失陷花石纲而避难江湖。三山聚义后加入梁山，位列马军八骠骑兼先锋使。

杨志惩凶救民妇　小翠脱难返家园

杜景玉

曹正妻舅上得二龙山，恳请杨志去七星寨解救妻子李小翠。李小翠的娘家在郓城县的李家庄，她是探望母亲的时候被一撮毛掠去的。杨志带了几个弟兄，随曹正妻舅下山奔七星寨而去。

走了一日，远远地看到七星寨。黄昏里的七星寨人声嘈杂，欢声雷鸣。寨门有一扇吊桥，悬在半空。寨墙虽然不是太高，下面却是条护城河。寨子依水而建，后边是八百里梁山水泊，烟波浩渺，一望无际。曹正妻舅按耐不住，前去叫骂。很快吊桥被放下来。从里面走出一群人马。一撮毛骑一匹藏青色的高马，手持大刀，身后紧跟了一群喽罗。仇人相见，分外眼红，曹正妻舅一马当先，举起杆棒枪朝一撮毛打去，一撮毛挥刀相迎。没几个回合，曹正妻舅的杆棒枪被打飞，人也被拿下，被众喽罗捉回七星寨。杨志举刀去救，一撮毛挥刀相迎。杨志身轻如燕，刀快人疾，上下翻飞；一撮毛的身子像壁虎一样紧紧贴在马背上，马儿迅疾奔驰，刀如闪电。数个回合下来，不分胜负。杨志心想，一撮毛骑在马上，自然占据优势，却掉头困难。于是调整思路，不跑长线，只在短线迂回，使得一撮毛在长线奔跑。杨志看破一撮毛的一个破绽，反身飞刀，连戳藏青马的屁股。藏青马受到惊吓，忽地一声，仰起前蹄，一撮毛被甩下马背。没等杨志去取，众喽罗直奔过来，抢走一撮毛，边战边撤，迅速拉起吊桥。任凭如何叫骂，只是不再出来迎战。

第二天，第三天，接着叫骂，七星寨始终紧闭。杨志他们便退回到曹正的酒店。第四天傍晚，酒店里来了一个人，戴着一顶帽子，帽檐遮住脸。仔细看时，却是三毛。曹正对杨志道："三毛曾经是我酒店的一个伙计，只因老宅被恶邻霸占，怒杀了他，怕吃官司，逃到七星寨。"平时的时候，曹正没少资助三毛。三毛正愁无以回报。三毛不认得李小翠，却认得曹正的妻舅，有心想救他，却力不从心，只得来跟曹正商议。曹正让三毛拜见杨志。

三毛知杨志是杨令公之后，世代忠良，甚是佩服。杨志让他讲讲里边的情况。三毛道："一撮毛心狠手辣，无恶不作，手下有一百多号人马，武器精良。寨子里边有许多暗道，也有很多的机关，像摆了一个迷魂阵。"听罢介绍，杨志便有了底细，跟曹正商议道："如果硬攻，我们人少，不占优势，不如巧取。"曹正道："怎么巧取？"杨志道："里应外合。"三毛插嘴道："忘记告诉你们，一撮毛拟定明日迎娶李小翠。"曹正大惊。杨志知道兵贵神速的道理，当机立断道："事不迟疑，我们必须在今晚拿下七星寨。烦请三毛劳顿，做个内应，如何？"三毛道："今晚不该我值班。"杨志道附在三毛耳畔，如此这般一说，三毛豁然开朗，奔七星寨而去。杨志对着他的背影道："以燃火为号。"

杨志告别曹正，身上别一把腰刀，乘小船来到后墙。此时的天色，似明似暗，风儿乍起，八百里梁山水泊，汹涌澎湃，雾色茫茫。曹正争抢去七星寨。杨志不让，坚持自己去七星寨，于是对曹正道："你对这儿的地形比较熟悉，带着兄弟们守住前门，我和三毛在寨里面行事，咱们里应外合，拿下七星寨。"争辩不过，曹正只好抱拳道："师叔，保重。"

黑暗中，水从四面八方撞击小船。杨志忽然明白水是有生命的。快二更的时候，杨志的心跳开始加快。可是，一等二等，寨墙上始终没有燃火。杨志有点儿着急，不是说好二更燃火的吗？难道三毛有变？起风了，脚下的船儿在摇晃，水拍打着堤岸。杨志感到来自水的无穷力量，心却不安起来。约莫三更时分，墙上有燃火晃动，接着，一条大绳如一条蟒蛇，徐徐降下。杨志顿时精神抖擞，像敏捷的猿猴一样，迅速爬上寨墙。

七星寨里灯火辉煌，到处贴着大红的喜字。众喽罗酣然大睡，桌子上杯盘狼藉。杨志跟在三毛的身后，走向西厢房。杨志看到里面还亮着灯光，有人影晃动，还传来"嘤嘤"的哭声。杨志好奇，走到西厢房，贴近窗下，李小翠在哭。透过窗纸，杨志看到一个老女人在劝她。老女人道："小翠，你就依了大王吧。"小翠不说话，只是哭。老女人叹道："大王把你的男人也抓进来了。"小翠停止哭泣道：

“真的？”老女人道：“哪个会骗你？大王是个杀人不眨眼的混世魔王，惹恼了他，他会杀掉你男人的。”小翠哭啼道；“与其这样，不如我现在死掉算了。”说吧，就一头向墙撞去。亏得老女人拽住了她，才没有撞到墙上。

杨志着实为她捏一把汗。正在杨志想动手时，“哐”地一声，门被踢开，一撮毛醉醺醺地闯进来。老女人慌忙离去。看到一撮毛，小翠往后缩了缩身子。一撮毛一把将小翠按倒在床上，嘴里呜呜噜噜道：“明天你就是我的人了。”小翠尖叫着往后出溜。一撮毛来个老鹰捉小鸡，一把将小翠按在身下。一股怒火在杨志体内燃烧。杨志随即进入房间，抽出腰刀，向一撮毛奔去。一撮毛来个就地十八滚，躲了过去。杨志不想他酒后还如此敏捷，不敢怠慢，举刀追杀。杨志的刀法是如此娴熟，寒光闪耀。一撮毛一路滚到屋外，打过天井，打到校武场，一撮毛从架子上顺手抽出一把刀，朝杨志杀将开来。你来我往，两把钢刀如两条交叉的弧线，迸发出片片星光。就这样，一来二去，如虎豹挣食，吼声震天；如蛟龙吸水，翻天覆地。杨志寻个间隙，拔腿就跑。一撮毛不明就里，没有迟疑，朝杨志追去。杨志紧跑几步，跃身弹起，身轻如燕，双脚点墙，然后一个漂亮的回折翻转，来个饿虎扑食，刀尖直取一撮毛咽喉。一撮毛一惊，想翻转刀印，可惜已晚，杨志的刀尖已经抵到他的咽喉。一撮毛住了手。杨志道：“把李小翠放了，留你一条命。”一撮毛扔下钢刀，举起手来。杨志抽回腰刀。在这个当儿，一撮毛右脚点起刀身，拼力踢去，钢刀如旋转的飞碟，朝杨志砍来。三毛看得真切，一刀将钢刀打飞出去。这时，传来了马儿的嘶鸣。一撮毛紧赶几步，一个攀猿飞越，坐到马背上，快速向大门飞驰。杨志奋力甩出腰刀，可惜晚了，一撮毛已经奔出寨门。

杨志后悔不已，本来可以一刀锁喉，却让一撮毛跑掉。一撮毛拼命抽打马的屁股，藏青马像长了翅膀一样狂奔起来。出了寨门约莫一里多地，藏青马突然跌倒在地，一撮毛被甩出几丈远。原来，曹正等人下了绊绳。此时，天色微明，众喽罗知道大事已去，放下武器。杨志在西厢房救下李小翠，又奔东厢房救下曹正妻舅。曹正妻舅和李小翠万分感激。曹正等人押解着一撮毛进来。杨志打开库房，凡想回家的，每人发放三千两银子做盘缠，不愿意的，可随了杨志。杨志拜别曹正等人，一行人上了二龙山。

石勇，绰号“石将军”，上应地丑星。身材魁梧，天生神力，性子暴躁，曾因赌博时一拳打死了个老千赌徒，逃走在柴进的庄上避难数月，后追随宋江上了梁山，排梁山英雄第99位，步军将校第17位。

郓城县石勇寻友 宋家村双义初识

钱广赋

话说石将军石勇，江湖上多闻得郓城县押司、山东及时雨呼保义宋江的好名声，径奔郓城县来投。一路逶迤，来到郓城县城外，天已过午。石勇早觉腹中饥渴，觑见驿道边有座青竹围墙，茅草搭盖的酒肆，寻思道：“且用过酒饭，却去寻宋家哥哥。”

进得酒肆，见有十几副座头，捡一干净的条凳子坐了。吆喝酒保道：“有上好的酒且筛三碗，切大盘肉一并端来吃。”酒保应声道：“爷稍候。”俄倾，酒肉端了上来。石勇将手中短棒倚座放了，大碗大块吃了一回。坐不多时，听得大呼小叫进来一伙人，店主笑脸迎上，道：“我说怎得今日有雀儿叫，原是赵都头与几位军爷到了，小店有新煮的肥羊，切大盘来？”那都头挺着肚子道：“奉知县相公钧旨，着我赵能引部下士兵巡查捉捕贼盗，因走得力乏饥渴，暂到店里歇息，有大碗酒、大块肉只顾送来吃。”石勇闻声望去，见赵都头与几个士兵捡副大座头坐了。酒保搬上酒肉，这伙人狼吞虎咽吃将起来。

这时，一个瘦得皮包骨头的老儿进得店来。这老儿衣履破烂，花白头发似一堆乱草，胡乱使根布条扎了个髻，满脸菜色。进店一眼认得赵能，上前扯住赵能官衣，苦苦哀告道：“都头还俺的地，那二亩地是俺祖祖辈辈讨生活的呀，怎得你白占了去？”

那赵能正眉飞色舞与士兵卖弄官场事务，忽见老儿扯他不放，索要地亩，顿时大脸紫涨，骂道：“老不死！那二亩地早已卖与我，立有契约，哪个还欠你？”说着抬脚将老儿踢出丈远。那老儿抱着肚子，痛得满地打滚，好一阵才抬起头来，满脸是血，口里嘶叫着：“还我的地！还我的地……”

石勇见老儿被打，心头火起，离坐将老儿扶起，问是何故。那老儿睁眼见一铁塔似的汉子来扶，感激道：“多谢壮士相救！这赵家都头原与小老儿近邻，近暴发了，做了都头，有钱有势，新置宅院，看中我家二亩地做后花园，没有中人立契，实不曾得他一文，便虚钱实契讹了去，与他争执不得，奈何？”

石勇又问道：“老儿说的可实？”

老儿急道：“若半点虚假，天打雷劈了我！”

石勇道：“老儿且放心，待我与你讨个公道！”遂扶老儿坐了。

赵能见一大汉扶起老儿并欲讨还公道，冷哼数声道：“哪来得鸟人？竟吃了熊心豹胆似的，说些不知天高地厚的鸟话，怎不撒泡尿照照自个儿托大！”

石勇闻听，提起醋钵儿般地拳头，上前骂道：“休说你这鸟都头，便是赵官家爷都把来做脚底下的泥！”

赵能见石勇来势凶猛，忙招呼士兵一齐上了。赵能挺一把大砍刀，与众士兵各亮兵刃，发声喊一拥而上。霎时，长枪大刀各使得呼呼生风。石勇赤手空拳，却不慌忙，稳住脚步，沉着应付，见招拆招，应手化解。战不多时，石勇瞅准赵能一个隙处，近身猛得使个扫堂腿，赵能应声倒下，大刀落地。石勇追上一步，踏住赵能胸口，对众士兵喝道：“哪个上得前来，先取了这厮鸟命！”

众士兵纷纷退下，石勇提拳望赵能脸上便打，赵能脸上开了花，不住声地叫饶。石勇本是大名府人氏，因赌博上一拳打死了人，逃命江湖。不想取赵能性命，打得较有分寸。听得赵能告饶，便道：“若饶你时，只依我一件事。”赵能连声道：“依得、依得。”石勇道：“将霸去的老儿土地还了，方能饶你。”

赵能连口应承。石勇这才将赵能提起，叫过老儿，立契画押。又教店主寻出笔墨做个证人。店主怕事，畏缩不前，石勇便挥拳去打赵能，赵能只得央告店主道：“但做无妨，救命则个。”店主这才寻出笔墨，石勇便叫赵能亲笔书写，望着他们画了押，退还老儿土地，这才放心。

赵能捡得性命，带人逃去，行得门口，回头对石勇发狠道：“有种的别走！待会爷带人取你鸟命！”石勇听了，哪里肯依，大吼道：“刁徒休走，爷先杀了你这鸟！”拔腿便追。石勇刚抬得步，却被人从背后拦腰抱住，口里道：“好汉使不得！”石勇回头望时，是条黑矮汉子。焦躁道：“兀那汉子，替谁说话？”

那汉子眼见得赵能一伙远去了，这才松手，道：“好汉息怒，听我言语，赵能那厮本是郓城县都头，手下有一二百名士兵，必是搬兵去了，你若去追，反被搭上性命。”石勇方才醒悟，唱个喏，谢过汉子。那汉子问道：“足下一身好武艺，宋清望得多时，深为佩服！请问大名？”

石勇知宋清是条好汉，便道：“小人石勇，大名府人氏，本乡起小人一个异名，唤做石将军。因与人争执，打死了人，逃走在柴大官人庄上，闻得宋江大名，特来郓城县投奔。”

宋清听得石勇从柴大官人处来，心下大喜，哥哥与柴大官人相好，知来人可信，便道：“小可乃宋江四弟，人称铁扇子宋清的便是。”石勇听得纳头便拜，道：“有缘千里来相会，无缘对面不相逢，多谢四郎点拨。”又问起宋江哥哥可在家里？宋清压低声道：“此处不是说话处，且去家里说。”又道：“此地不可久留，赵能那厮即刻便到。”说着扯了石勇便走。

二人转身，见仍跪在地上千恩万谢的老儿，便道：“你可远去躲了，避开那厮。”石勇说了，在身上一阵乱摸，竟没掏出点银铜来，摇头道：“没钱充不得好汉！”宋清从袖中摸出锭银子，递与石勇，送与老儿，又丢下些碎银给店主，扯起石勇匆匆离开酒肆。

且说赵能带着几个士兵逃回县衙，赵得见赵能满脸血污，问得情由，勃然大怒，与赵能即刻报知县说有强徒出没，急召兵丁飞奔酒肆而去。近得店前，一声号令，众士兵把酒肆围了，赵能、赵得带人冲进，不见石勇人影。店主见赵能带人来，陪着小心道：“都头离去，那厮即刻奔了去。”赵能使人在酒肆前后仔细搜了，对店主怒道：“这厮来得郓城县，必是与人厮熟，你若不实说了，便一把火将酒肆烧了，且枷你问官！”

说罢，使士兵取火种来烧酒肆，店主听得火烧酒肆吓慌了，忙道：“都头走时，那汉去追，被宋家村四郎抱住。”那店主因与四郎宋清厮熟，且宋清常来沽酒，却不愿细说。赵能寻思道：“这宋清日里在庄上理些家事，不似哥哥宋江结交天下，却怎地与这鸟厮熟？且到庄里寻个端地。”径奔宋家村。

却说宋清引石勇进得宋家村，恐庄人知晓，便进得后门，将石勇安置自己房内，置酒款待。二人吃酒闲谈，推杯换盏，相谈甚欢。石勇道：“宋公明仗义疏财，扶危救困，我此番来郓城端得投奔哥哥，怎不见哥哥面来？”宋清道：“说来不巧，哥哥因事外出，前时捎来书信，说是从柴大官人处被孔太公接至白虎山去了。石兄尽管在庄上住了，等待哥哥。”

话音甫落，忽听得院内吵杂，有人吆喝：“休教走了强人！”宋清肚里明白，多是赵能寻踪赶来，便领石勇在佛堂下地窖里躲了。收拾干净才去前院宋太公处，打探动静。近前，方见赵能、赵得在草堂大厅内盘问宋太公道：“宋清结识一名强人，藏身你家，会事的交了出来，免你罪责。不然枷去问官！”

宋太公知为宋江事来，哪晓得说是宋清结识强人。因四郎常在身边侍候，不曾外出，自信绝无此事，二人来庄无非是想贪些银两。便道：“老汉深知法度，如何敢藏强人？你却嗔怪我等不得，都头尊驾仔细去搜。”那宋太公不知石勇藏在家中，说出话来斩钉截铁也似，赵能听得倒也相信。这时宋清近得前来问赵能：“莫不是还是为了哥哥？”赵能却厉声喝道：“有人见四郎与强人一块出得店来，收藏家中，还不快些交出，不然一块捉拿问官！”

宋清道：“都头好没道理，我自去酒肆沽酒，见强徒追杀你，被我拦腰抱住，是为都头着想，怎地好心成了驴肝肺？都头走后，那强徒确与我一并出了酒肆，萍水相逢，自是各奔东西，竟还赖得酒店里不成？适才老父说了，你可仔细去搜，不得冤枉好人。”赵能被问得将信将疑，仔细寻思，自己逃出酒肆，多亏了宋清。但又怕宋清使诈，便与赵得使个眼色，赵得会意，引数十士兵去搜。

赵得引一拨士兵将宋家翻了个底朝天，哪里寻得到石勇？只得报与赵能。赵能听得来报，仍在草堂与宋家父子东拉西扯赖着不走。宋太公会意，着宋清托出盘花银，送与赵能、赵得，道：“都头休嫌轻微，望其笑纳。”赵能假道：“不当如此，多次蒙得愧赠，心实不安，既是太公厚意，权且收受。”得了银两，二人引兵自去了。太公骂道：“这刁徒狗也似整日围着庄子转，贪些银子使。”

宋清看二人走的远了，径去佛堂，宋太公见了，心里一动，竟随了去。宋清进得佛堂，将门虚掩了，伸手去挪供床，猛听得身后有人大喝一声：“四郎干得好事！”宋清惊出一身冷汗，慌忙将供床放好，回头望时，却是老父。宋太公进得佛堂，望着供床心里全明白了，对宋清道：“你随我来。”宋清不知是福是祸，胆胆怯怯跟在老父后面去了。

却说宋太公自宋江杀惜逃离家后，托朱仝使唤银子，打通关节，为宋江开脱。且喜宋江逃后不久阎婆自身殁了，少了苦主，婆惜相好张三因粉头已死，且欠宋江人情，已不再坚执抵告。宋太公近闻得朝廷册立皇太子，大赦天下，凡民间大罪尽减一等科断，宋江便是发露到官，也只该个徙流罪，不至害了性命。

宋太公既盼三郎返回，生怕被梁山引得入伙，望得四郎朝佛堂去了，这才猛然想起赵能捕捉的强人定与四郎有关联。便尾随过去，寻个端得。

四郎随老父进得房内，太公使庄丁退下，问四郎道：“那强人可是你隐藏家里？”宋清开始支吾不说，宋太公生气道：“四郎尽管实说，老父是识道理的人，绝不会做出不义之举。”宋清这才将石勇来庄上之事备细说了。

宋太公沉吟一阵，道：“也好，那石勇既是来投奔你哥哥，你可好生款待。使他带书信去白虎山唤你哥哥回来。”宋清道：“只怕哥哥因事缠身，一时半会不得脱身。”太公点头，思索良久，说出个让宋清吃惊的主张，道：“你便说老父殁了，停棺待葬，三郎必回。”宋清道：“父亲怎说得如此不吉利的话来？”

太公叹道：“不用此法，三郎怎地回来？”又道：“可让石勇多住些时日，过了这个坎，你可按我吩咐，写出信来，他若投三郎，让他捎了去。”宋清别无良策，摇摇头，只得依了。

宋清出得太公住处，日头已偏西，几株大槐树影在慢慢伸长，庄客开始收拾手中活计。宋清庄里庄外望了几回，才疾步走入佛堂，推开佛床，掀起木板，请出石勇，来得自己宿处。重置酒宴，将赵能来搜捕的事向石勇备细说了。

石勇听得，提棒欲寻赵能拼命，被宋清拦住。石勇道：“既因在下惹得事来，怎得连累四郎？待我进城将那厮棒杀了却做理会。”宋清劝道：“赵家都头四处搜捕与你，若进得城去，岂不是飞蛾投火？权且住下等待哥哥。”

石勇只得依了宋清，两人吃了几盏酒。石勇心里寻思：在这里住下，不如去白虎山寻宋家哥哥。免得连累了宋家。想至此，便说与宋清听了。

说话间已是掌灯时分，石勇提起短棒，坚执趁夜去白虎山。宋清苦留道：“石兄若去，也需歇息一夜，天明再走不迟。待宋清修书一封，石兄捎与哥哥。”

二人酒足饭饱，说了会闲话便歇息了。

次日，鸡叫五更，天色微明，石勇起身，宋清已备好酒饭。石勇洗漱毕吃了，便提棒上路。宋清将修好的书信及一锭大银、一套新的行头一并送与石勇。石勇收了，与宋清挽手出得后门。抬眼望去，大地苍茫，远处山林、村庄隐约可见，一轮残月挂在天边，伴有几颗残星闪烁，东方已露鱼肚白。

两人拱手揖别，石勇拽开大步，取径白虎山。慢慢消逝在天地之间。究竟石勇如何将书信交与宋江，且看《水浒传》。

孔明，绰号“毛头星”，上应地猖星，与弟弟孔亮同为宋江的徒弟。在白虎山落草，曾联合二龙山、桃花山攻打青州，而后又一同加入梁山，担任守护中军步军骁将。征方腊时病死于杭州，追封义节郎。

孔明三探宋家庄 宋清两试孔大郎

谭金辉

自宋江犯事后，灾厄之信传来，孔明寝食难安，星夜启程，到郓城打探宋江下落。宋太公不识孔明，本能心生戒备。凡事想开，又能极尽艰难困苦之假设，这在宋太公身上得以完美体现。

让到厅堂，孔明急急开门见山般打探宋江下落，宋太公如视浅滩之水，先是微微一笑，而后奉上上等香茶，令先解渴。见其对糕点做狼吞虎咽状，香茶则牛饮一番，遂又微微一笑，徐徐道来，不着边际，皆是寒暄之语。孔明再三询问宋江下落，宋太公皆顾左右而言他，滴水不漏。

孔明急得抓耳挠腮，宋太公稳如泰山。最后，竟意欲端茶送客。心火突起，老子还不是为你家儿子？好狠心，你连亲生孩儿的生死也不关心？好心当成驴肝肺，老子去也！这孔明一路踉跄，摔门而去。

孔太公一瞥之下，见孔明心浮气躁。其间波折，悉收心底。也不苛责，他呵呵一笑，令人备饭，叫声孩儿且歇息，待从长计议。孔太公心念故交，辗转反侧，夜间时发叹息之声，穿得老远。平素鼾声如雷的孔明也懊丧不已，夜不能寐。星月无言自辉煌，庭院内尽洒满皎洁心事。又梦见宋江，每每披头散发、面容枯槁，定定看他，而后高呼“无处可归，徒弟救我！”久之，乃至茶饭不思。孔明自责不孝，乃二次“请缨”。宋太公应允，此次，告诫孔明务再沉稳，多打探几人。

话说孔明别过老父亲，重走打探之路。再宋家庄一问，众人皆对这操外地口音之人心怀戒备。再者，实属不知，故一问三摇头，孔明暗自叫苦，只得再次叩开宋太公的府门。

此次，于厅堂接待者乃宋清也。其从柴大官人处归家探望老父亲。前脚进门，后脚跟进不速之客。咦，似未曾听哥哥说这层关系，这人意欲何为？不可不防！宋清心思周密，能言会道，素来在庄上问事，对往来应酬颇有心得，阅人甚丰，自是不好对付之人物。

宋清工于察言观色。听老父亲讲该人已是二进宋府，乃浮浪不堪重负之徒，今且好好盘问一番。于是乎，心内狐疑，脸上却带着盈盈笑意，顷刻间，设计了“三疑三探”，诚乃“立体进攻”也。

“公子言说家兄与令尊交契，不妨试言其详。”宋清抛出问题，便审视孔明。孔明急急曰：“小生生性粗疏，浪子回头始察人间万象。今事发唐突，尚未问及老父，尚乞见谅。”一问不知也，宋清气定神闲，微微一笑。

“尚有一事，请明示。令尊与愚兄往来甚厚，那可否来过寒舍，拜见家父。如是，我又怎么不知？”宋清言下之意，你家孔太爷如此派人殷勤探视，足见与其兄过从甚密，又怎有不拜见老人之理，而拜见老人岂有我不在场之理？须知，宋江在县衙，家长事务悉交由宋清料理。孔太爷视儿子为粗莽之人，爷仨很少交心。至于如何与宋江交契如何来往，孔明便不明就里。话说这孔太公还真未回宋家庄拜见宋太公，不是礼上疏忽，实乃宋江力辞也，坚称为人须低调，自己不才，然蒙众亲朋厚爱，交往甚广，若每一朋友皆到寒舍，此门庭若市车水马龙矣，如此张扬，殊非本意。见宋江义正词严，一干朋友便未坚持。然个别要求强烈，实在推不掉的，宋江也只好应酬，于是有了宋清在家之接待。然宋清不明就里，以偏概全。但见孔明支支吾吾，闪烁其辞，无爽朗之气格，言语神色暧昧，断非正派人物。一瞥之下，能窥破人心，甄别人格高下，盖因阅人既众，这宋清颇为自负。

他不动声色，微笑，续茶。眼前浮现乃兄宋江连受追捕、惶惶不可终日之惨状，今好不容易在柴大官人处落脚栖身，岂能暴露？断不能有任何闪失！自然，这小伙若是一番美意，也不应拂逆之。继续发问，“若是我知道消息后，定会告知。但我哥哥乃朝廷命犯，一旦到贵处，岂不给尊上添祸端？退一步讲，由于官家悬赏拿人，若官兵追杀到，又如何保护我家哥哥？”这孔明见宋清一百个不信任一万个猜疑，早就恼了，心下寻思：哼，老父如此提心吊胆，对朋友一片赤胆忠心，这厮却百般刁难，哼哼，这鸟人难道真与宋江是亲兄弟？简直与其父一般货色，之乎者也，不爽快，气煞我也！怒火攻心，脸色阴云骤起，目光如炬，急道：“好个不信任，恼煞我也！不懂仁泽，反来见疑。你就利利索索，知恩公下落，就告知；不知，来个痛快！哪有这般啰嗦，只把好心当成驴肝肺！”大怒，孔明二次摔门而去。

一路艰辛，孔明内火中烧，加之天气酷热，行路急，忽觉天旋地转，咦，在他宋家庄喝茶中有蒙汗药？哇哇哇呀，尚未喊出，便一头投到地上！此时，宋清一直在暗中尾随，见此情状忙趋前施救，轻轻把脉，令随从拿来一粒丹药，塞入孔明口中，见其神色好转，乃从容避开。那孔明如从梦中醒来，见一陌生后生救了自己，忙爬起，欲行跪拜之礼，被其拉住。辞别后，继续返程。殊不知，宋清一路追随。孔明回府上交差，宋清开始了在村中之打探。

孔太公得知儿子经历，对宋氏父子做法颇有怨言，惜乎自己一片好心，还害我孩儿舟车劳顿！但时局凶险，人心毕竟不可不防，宋氏父子做法似乎不宜苛责。毕竟，为朋友，受点委屈也就罢了，一切都忍了！他翻捡书信，见宋江亲笔信，知道转机来了。

让孔明休息几日，仍命其三上宋家庄。这孔明有畏难之情，见父亲大人义正词严，不由分说之状，乃把一肚子委屈悄然咽下，开始了三探宋家庄之征程。

这次手持书信，有个“进身之阶”，也免他狐疑，孔明也多了一分底气。一旦放下忧惧，风轻云淡。一路见水波不兴，清风徐来，自是心旷神怡。郓城界到了，风光殊异，这孔明心宽，风景便在眼前！看来，心顺就会万事皆顺。

闲言少叙，书归正传。这次孔明到宋府，即被奉为上宾。原来，宋清心思缜密，派出两班人马，一路打探孔家庄，一路到柴大官人处问宋江缘由。宋清放下信笺，忙大摆筵席，豪吃海喝一番。一切讲开，两家同心，不久，宋江便被孔家从柴大官人处拉到孔家庄，住了好久一段时日。正是：好事多磨古同今，仁义担当一片心。因果轮回实非妄，峰回路转忽又春。

孔亮，绰号“独火星”，上应地狂星，居住在白虎山下孔家庄。因好习枪棒，得宋江点拨武艺，遂与孔明一同拜宋江为师。梁山大聚义时排第63位，与孔明一同担任守护中军步军骁将，居住在忠义堂西边房内。

宋江救难施仁义 孔亮学武拜恩师

谭金辉

梦靥场景，挥之不去。蓦地，孔亮啊呀一声醒来，如发癔症，通身大汗淋漓。他似乎又见那日比武场景。 他孔亮今天遇见事了，遇见大事了！

平素，他莽汉一个，孔武有力，黑塔似一站，便能让人发怵。横行无忌，乡人无不谈之色变，避若瘟神。此次，却遇到敌手。

这乡绅名唤商周。商家拳师冯渊，威风凛凛立在那里，仪表堂堂，往那里一站，便似一堵墙。哥哥孔明一记“腾空飞脚”，飞身袭去，人家从从容容，巧妙下蹲，避其锋芒，借力打力，一招“达摩甩掌”，哥哥便站立不稳，扑通一声，重重跌倒，大半天挣扎起不来。那孔亮何时吃过这等亏屈，哇呀呀扑上前去，意欲手撕冯渊。正所谓艺高人胆大，与孔亮之狰狞面目形成鲜明对比，人家面带微笑，调息深沉，身体极为松弛，这正是武艺人临战状态。这孔亮肌肉僵硬，心浮气躁，恨不得一拳把人家打趴下，其实犯了武道大忌，反倒是一副挨打的架势。孔亮张牙舞爪，人家移步让过，一招不中。孔亮进攻节奏大乱，冯渊找到其破绽，虚晃一招“通天炮”，一招“抵心锤”正中心窝，将孔亮打出丈许开外！孔家庄众家丁意欲群殴冯拳师。商乡绅看不下，一声令下，手下拉开阵势，成两军对垒之状。孔太爷及时赶到，及时喊停。孔亮不得不灰溜溜地带众家丁打道回府。

此次，孔商之争以孔家惨败告终。此心里阴影面积甚大，孔亮每每忆及，忽忽不乐，只可惜了自己不会武功！这时，拜师习武之念油然而生矣。

谁知祸不单行，母亲孟氏回郓城省亲，没几日，郓城那边祸事传来，孟家满门，包括孔亮母亲，丧身火海，无一逃脱。噩耗如山，压得众人无法忍受，孔亮当场晕倒。醒转后呼天怆地，大喊一声“娘啊——”又晕过去。孔太爷老泪纵横，可怜两个没娘的苦命孩子，忙带两个孩儿火速去郓城去料理后事。

这孔太公早年于郓城经商，娶妻孔孟氏。与宋江素有来往。今突遭大变故，一时手足无措，便到郓城县衙请宋江帮忙料理后事。宋公明急人所急，对孔家爷仨一腔热情，极尽款待之能事，把孟家之后事料理得井井有条，诸事俱得其宜，甚慰逝者亡灵，极大宽慰了栖栖遑遑的孔家爷仨。危难之时，及时出手相帮，孔家甚是感恩戴德。孔太公流着眼泪，让两个儿子跪拜宋公明。这孔亮忽然闪了出趁机拜师念头，便一边跪地不起，一边说：“师傅在上，请受苦命的孩儿一拜！”

此种情状，令铁石心肠之人亦忍不住潸然泪下。对儿子“机智”拜师，孔太公深以为然。他自儿子被冯渊暴揍一顿后阴影挥之不去，一直苦于无处延请名师，这次的确遇到良机。想到此，孔太公对宋江道：“兄长，应允了吧。可怜可怜咱这苦命孩儿。”

宋江素来宅心仁厚、急公好义，见此情景，略一沉吟，便答应下来。孔太公忙令人后置一干物品，重行拜师礼。自此，宋江便收留孔亮兄弟，安置于县衙一闲房内。孔太公自此别过，回到孔家庄继续营生。宋江白天满足公务，夜间带二徒弟习武。且用闲暇时光，教孔亮兄弟写字，孔亮兄弟在郓城文武兼修，进步神速。

这郓城乃武术之乡，习武成风，历代名家辈出。宋江濡染期间，受益匪浅，武学也自是领悟一番。“下棋找高手，弄斧到班门”，宋江专找名师。功夫不负有心人，其时，县西十五里有一村，出了个武功卓尔不群人物，这宗师名为黄道深。善使“飞砖阵”：八人各站不同方位，手持青砖，团团把他围住，任由四面八方袭来“砖雨”，他被罩在“密不透风之砖雨”中，却气定神闲，手脚并用，防守极为严密，时而大类雄鹰腾空飞起，时而下蹲如潜龙。一个时辰下来，散落一地碎砖屑，黄道深却毫发无损。黄先生传武严谨，教徒有道，只收可教之良才，不收无德之狂徒。宋江德望高，名声好，天赐机缘，得以随黄道深先生学武。

有良师授业，加勤奋修练，宋江学得诸般武艺在身。如若不是宋江一心致力于圣贤之学，习武时间有限，定会成为武功盖世之人。但宋江乃武德之集大成者，心有大修为，脸有大气象，周身弥漫大气场。他行走江湖，靠浩然正气，令人望而平生敬畏之心，武功在他之上者亦不敢论武。

“大丈夫以身许国，不可意气用事。”宋江教诲弟子勿性情暴戾，须临事镇静，好谋而成。孔亮经老师点拨，变化颇大。

一日，奉师命到百里外籴粮食。行之半道一上坡处，见一老妪蹒跚坡上，步履维艰，背上负有一包袱，孔亮视之戚然，道：“老人家，且让我送您一程。”其时，旁有一文雅脸相、一身武术装扮之人冷眼相看。孔亮不加理会，自顾做自己感觉应做之事，何必看人脸色？此刻，师傅宋江之急公好义良好师风，在雕刻浪子心灵！人言“头顶三尺有神灵”，又曰“人在做，天在看”，倘若把圣贤及身边好人铭记于心，自是神灵加身矣！果如此修行，何忧令名不彰也？惜乎，人有时心魔发作，则自堕地狱，此是后话，暂不表。

孔亮行至于一集市，旁有小酒店，乃入内小憩，要点上好牛肉，沽酒，咦，如芒刺背，回而顾之，见半坡所见之人，目光灼灼怒视于他。若在平时，孔亮早就按捺不住，一记耳光飞去！此时，师傅音容笑貌在驱走“斗气”，战云从心宇一点点被师傅之慈悲面庞移走！孔亮不屑应战，且不发作，闷头饮酒。此时，天空阴云乍聚。

孔亮付酒资后，昂然而去。咦，道上又一半坡。忽闻背后步履匆匆，乃向时酒店斗气之人，今又苦苦相逼乎？孔亮腾地火起，先发制人，不待那人靠近，便一拳一腿同时袭去！接着，连连出招，把师傅新授之“擒敌二十四式”逐一使出，风声呼呼，怪叫声声，阵势吓人，套路清晰，倒也有板有眼。见那人身手不凡，斗而不败，也明只好重使旧招。那人见孔亮重复此前套路，知其技穷，用一记“双风贯耳”，双拳直奔孔亮太阳穴，孔亮招架不住，只是哀叹：我命休矣！闭眼等死。

忽地劲风远遁，那壮士收招，转而脸带笑意，对孔亮道：“壮士，某不才，姓颜名慧。今令师命小可一试您修为及武功，吾完成任务矣。”颜慧言罢告辞。

回去后，宋江又是一番教诲，孔亮捡拾不少，修为日臻良善。

又一日外出，孔亮于断桥处，见两个浮浪之徒调戏良家少女，立时火冒三丈，感觉该出手啦！浮浪之徒见孔亮威风凛凛，已先怯了三分，意欲用平素恶名吓退孔亮，道：“壮士且慢，俺乃李家庄李暴、李虎是也！”孔亮正义在胸，声如霹雳，大声喝道：“调戏妇女，天理不容，打的就是你！”这次，孔亮略施三拳两腿，便令两个恶徒抱头鼠窜！旁边百姓竖起大拇指！自是，孔亮威名雀起。 正是：习武原为报家国，铲尽不平亦止戈。约战只类小儿戏，自古学拳先修德！

李逵，《水浒传》中的重要人物，因生得粗壮黝黑，江湖人称“黑旋风”。梁山排座次时位列第22位，步军头领排名第5位。心粗胆大，率直忠诚，鲁莽好战，性格鲜明。

李云龙独山传艺 黑旋风沂水报仇

李艳灵

话说宋朝末年，郓城孤独山道士李云龙去蓟州管辖九宫县二仙山寻访罗真人。离开二仙山时，罗真人把一双板斧交与李云龙道：“此板斧是郓城的一位高僧云游四海寄放于此。那高僧临走时说，此板斧如百日无人取，便可转送他人，但这人一定要祖籍郓城。转眼数月过去，仍不见那高僧来取。今观沂水县百丈村有一名叫李逵的孩子，祖籍郓城，是天杀星转世投胎所生。可怜的这孩子偏偏投生在穷苦之家，每日饿着肚子练武，甚是可怜。看在都是郓城老乡份上，你就收他为徒吧！这把板斧可留作他日后习武之用。”李云龙接过板斧细看，这板斧足有三十余斤重，不是一般习武之人所用。可见这次要收的徒弟不同寻常。

话说李云龙因受罗真人之托，故绕行沂水县百丈村。行至村东，见数十人围着一个人拳打脚踢，另有一人拿着棍棒赶来，颇有治人死地之意。李云龙停下询问一老者。老者叹口气道：“说来话长，这人本来家有几亩薄地，如今也被张百万霸占去。现在一家三口都在张百万家做长工，昨日因孩子放丢了一头牛，便遭如此毒打。”这人话音刚落，只见一个黑不溜秋的少年急步赶来，大声喊道：“不要打我爹，你们有本事朝我来。”这少年名叫李逵，小名铁牛。长的粗壮，憨厚呆傻。寒冬腊月，上身却穿一件分不清是黑或是蓝的破烂汗衫，下身着一条只到腿肚的黑色短裤，脚下蹬一双破旧草鞋，远看，与讨饭的叫花子分不出两样。故有诗云：异相天生自不同，谁将慧眼识英雄。原非尘俗寻常子，果是罡星降碧穹。

李逵虽有铁牛般力气，与那群人一番搏斗之后，终因寡不敌众，被人打翻在地。这时，只见李逵一个鲤鱼翻身，瞬间从腰间掏出一把尖刀，发疯似地朝这群恶人猛然刺去。只见两人倒地，其余人仓皇逃去。李逵拿着刀欲追，躺在地上不能动弹的父亲用尽全身力气喊道："孩子，快给我回来。"李逵回头望望奄奄一息的父亲，跑回来哭喊道："我要杀了张百万。""孩子，君子报仇，十年不晚，先给父亲医病为重。"李云龙说着赶过去与围观者一块把奄奄一息的李老汉抬回家去。

只见百丈村西坐落着几间破旧的茅草屋，院落用杂乱树枝围绕。众人把李老汉抬进屋，放到床上。李云龙对李逵说道："我把你父亲的伤医好，你跟我去郓城孤独山学艺可好？"李逵听此言，忙跪下说道："师傅在上，受弟子一拜。"李云龙道："此地不可久留，待我给你父亲医好伤，你父母方可投奔亲戚家暂住几日。

话说这李云龙也不是凡间俗子，与罗真人同出一师。年少时熟读四书五经，精通刀枪棍棒，因与考官发生口角，屡次乡试未中。无奈上山学艺，与师妹暧昧生情，故被师傅赶下山。如今居孤独山，喜一人云游四海。

话说李云龙从腰间拿出两包伤药，一包给李老汉敷在伤口上，一包口服下。片刻，李老汉止住了疼痛，声音微弱道："俺本是郓城军李村人，黄河发大水那年，父亲带着家人逃难于此。恨俺无用，家人的温饱都顾不上。"李云龙道："贫僧也是郓城县军李村人，也是黄河发大水那年跟随父母移至郓城东南村落。后父母双亡，便居孤独山。"李逵父亲听此言，自是老泪纵横，真是千里寻他千百度，见到全不费功夫。自是本家，故多几分亲近。李逵向前道："俺学武就是给俺爹报仇，等俺跟师傅学成归来，定取张百万的狗命。"李逵母亲道："张百万仗着外甥在县衙做押司，把我们家的土地都霸占了。"李老汉道："我这孩子自小顽劣，难得兄弟教化，日后若有不听话处，望兄弟多加管教。"李云龙随即掏出二十余两银子与李逵父母道："本家人，不可见外，一点薄银，暂补贴家用吧！"

话说李云龙带着李逵走进一家酒店，吃饱喝足，便上了路。翻山越岭，走出沂水，便是郓城水泊地界。只见八百里水泊尽在眼前。李云龙叫来一条船，行至数里，只见山峦叠嶂，群山环绕，唯有一座山体嶙峻，自成一体。师傅说，这座就是我们郓城的孤独山。李逵抬头望去，孤独山怪石林立，沟渠纵横，林深草丰，树木丛生。到了山上，师傅令弟子端两碗肉三碗米饭让李逵食用。李逵早已饥肠辘辘，狼吞虎咽，一会功夫就吃光了。站在旁边的弟子们不由目瞪口呆，心想，此人饭量如此之大，想必饿死鬼脱成。只见两个做饭的弟子叽咕两声，便各忙各的去了。

第二天早饭时，厨子只给李逵端来一碗稀饭两个馍。李逵三两下吃个精光，起身去厨房盛饭，却被两个弟子拦住道：“没饭了。”李逵顿时急道：“你们骗人，师傅说让俺只管吃跑。”“想吃饱肚子好说，要先过我们这一关。”那两个弟子说着拳头如雨点般朝李逵打来。李逵暴跳如雷，张开双臂，与他们厮打起来。约过半个时辰，难分胜负。这时师傅赶来制止道：“你们两个欺负一个算什么好汉，快去厨房给李逵盛饭。”一顿厮打，李逵早已饥肠辘辘，狼吞虎咽完便去后山砍柴。

跟随师傅上山一月有余，师傅未提教李逵武艺，只教李逵怎样用斧砍柴。只看这板斧，三十多斤，师傅拿在手里，轻轻一挥，那碗口粗的大树顿做两截。李逵虽说有点笨力气，但两把板斧拿在手里，还是有几分吃力。师傅道：“你每日用它砍柴，天长日久，自会挥斧自如。”李逵虽无此耐心，但一想到地主张百万在附近村落横行霸道，使人毒打父亲，气顿时不打一处来。半年功夫，那板斧竟在李逵手里挥洒自如。有诗为证：砍柴日日入林深，板斧生风两臂抡。练就一身真本事，山东郓城扬其名。

转眼两三年过去，李逵已由十三四岁的少年长成一个黑大汉。故有诗曰：黑熊般一身粗肉，铁牛似遍体顽皮，交加一字赤黄眉，双眼赤丝乱系。怒发浑如铁刷，狰狞好似狻猊，天蓬恶煞下云梯。

一日，李逵意回家看望父母。师傅把他送下山时，恰遇到晁盖和吴用。吴用看到李逵道：“你这弟子，将来必定是江湖中一条好汉。今听宋押司说县衙缺人手，你可让他一试。”李逵顿时暴跳如雷道：“做什么鸟事，俺还要回家跟俺父亲报仇。”吴用大笑道：“此人不知好歹，将来必定创下大祸。”李云龙道：“我这弟子，孝心可嘉，暂由他回沂水吧！”

把李逵送上船，师傅把李逵平时使用的那对板斧拿过来道：“这对板斧是罗真人所赐，今我把他转送与你，记得要用它扬善除恶，铲除天下不平事。你生性鲁莽，偏又爱打抱不平，难免会招来杀身之祸。如有危难时，可再来找师傅。”李逵跪别师傅，只奔沂水。

话说李逵辞别师傅，无心欣赏一路风景，如旋风般直奔沂水县家中。李逵进家门就喊到：“爹、娘，铁牛回来了。”娘闻声走出屋道：“俺铁牛回来了。”李逵“扑通”跪在母亲面前问：“怎么，俺爹还在床上？”“你爹，他……他……”母亲哽咽地竟说不出话来。李逵急急跑进屋里，见没了父亲，大叫一声：“这个该杀的。”便拿起这两把板斧直奔张百万家中。

话说这张百万可是附近村庄的大地主，土地千倾，房屋百间，家丁六十有余。

经常仗着在沂水当押司的外甥欺压百姓、抢夺民女。李逵、父亲、哥哥一家三口在他们家做长工，给的工钱吃穿都不够，甭说给母亲看病了。那日，李逵放牛，心生一计。他故意把一头牛拴在山底的一棵大树上，其余牛往回赶。待李逵回来取牛，拴在树上的牛竟然不见了。这下可急坏了李逵，他本想把这条牛牵到集镇上卖了给娘看病。谁知牛没卖成，父亲却因此遭到张百万家丁的毒打。

只听李逵站在张百万大门外，大声喊道："快开门，你李逵爷爷来了。"李逵话音刚落，便一脚把大门踢开。几十家丁上来阻拦，李逵左右挥动板斧，七八个家丁瞬间倒地，五六个人头滚落。张百万正在屋里饮酒作乐，闻声早已拿起棍棒等在门口。话说这张百万也是习武之人，平常棍棒要的那是无人敢近身。偏偏今天遇上天不怕地不怕的李逵，无奈使出浑身招数也难敌那双板斧的威力。几十回合下来，实在难以招架。只见张百万猛地往下一蹲，竟然没了踪影。这下可急坏了李逵，莫非他有入地之功。这时李逵跑进后房，抓住张百万一个房妾道："说张百万躲到哪里去了，如说出，且饶你一条贱命。"那房妾早已吓得浑身颤抖，结结巴道："在……地道。""到底在哪，你且带我下去。"房妾见李逵满脸杀气，不敢不依，只好把李逵带到后院。

话说这张百万早知李逵在郓城孤独山学艺，迟早要回来报仇，便在自家后院挖了地道，通到前房各个房间，以备躲藏之用，并再三嘱咐妻妾，任何人不许告知。李逵掀开地道门，一下跳进去，却被张百万用刀抵住了脖子。只见李逵奋起一脚踢开了张百万拿刀的手，又一脚把他踢倒在地。只见张百万跪在地道里求李逵饶命，此时李逵怒火中烧，向前抓住其衣领，挥其板斧大喊一声："还我父亲。"已是人头落地。故有诗云：家财百万似云烟，作恶多端天有眼。李逵学艺报父仇，山东历代美名赞。

话说李逵杀死了恶霸张百万，真是大快人心。谁知好景不长，没几日，张百万在沂水县做押司的外甥听说此事，便带领一群人马捉拿李逵。李逵欲迎敌厮杀，被母亲哭着拦住道："孩子，谁再大的本事也抵不过官府，咱还是走为上策吧！"母亲再三哭劝，李逵不得连夜赶到郓城孤独山。

此时师傅李云龙早已预料。但沂水离郓城不远，官兵迟早会追来。李云龙决定下山找吴用商议。吴用："看你这弟子，乃是一条好汉，不妨让他投奔江州戴宗如何。"于是，李逵带着吴用的推荐信和师傅赠送的银两，奔江州去了。

欧鹏，军户出身，身材健壮，行步如飞，使得一杆铁枪，练就一身好功夫，人称“摩云金翅”，上应地阔星。原为黄门山大寨主。因钦慕宋江而到梁山入伙，担任马军小彪将兼远探出哨头领。

郓城遇险逢血光　欧鹏献图投宋江

刘昭

此回只说黄州人欧鹏，因身材高大，行走如飞，使得一杆铁枪，练就一身好功夫，且又喜行侠仗义，因此江湖上人称“摩云金翅”。欧鹏专爱结识天下好汉，听闻宋江清正明德，扶危济困，仗义疏财，心中早生钦慕之心，敬仰之情，决意去山东拜访。说走就走，欧鹏取道北上，翻山越岭，饥餐渴饮，夜住晓行，几多艰辛，几多劳顿，万苦不辞。日盼夜思，斗转星移，不几日来到郓城。

此时红日将坠，炊烟升起，薄雾袅袅笼罩着古风淳朴的郓城，大街上人来人往，车水马龙，甚是热闹。欧鹏不觉腹中饥渴难奈，心中暗道：“连日奔走，直恁乏累，权且讨盏酒吃，那时再作道理。”

突然间大街上乱作一团，一群官兵纵马呼啸而至，将一男一女团团围住，领头军爷大声喊道：“快快交出画图，放尔等一条生路，不然格杀勿论。”那对男女二十出头的光景，举止间倒像夫妻模样。只听那男的说道：“天道恢恢，物竞天择，不是尔等信物，如何苦苦追逼？”

领头军爷一声冷笑，“敬酒不吃吃罚酒！”右手一摆，顿时左边一个大汉杀出，只见他手使熟铜棍，一个箭步上前，一招拨草寻蛇，摆棍拦腰横扫。右边一个精壮汉子，使一杆两头带尖的丈余练子枪，滑步进身，一招金鸡夺粟，枪尖带着锐风直奔那女的咽喉。看官须知，熟铜棍与链子枪乃是刀剑的克星，棍一般都双手使用，力猛招沉，刀剑根本就无从招架。夫妻二人左躲右闪，左闪右躲，势力悬殊，眼见分晓。

眼看他们夫妻二人敌不寡众，欧鹏寻思中间定有缘故，官府之人也似狗仗人势。欧鹏侠肠荡气，心中暗道：权且助这夫妻一回危难，回头再细问由头。欧鹏发一声喊加入战团。他似一道青影掠过，人丛中左旋右转，东刺西挑，顿时哀嚎连起，瞬间躺下几人。加上那夫妻二人也不是等闲之辈，经过一番奋力拼杀，终击退劫图人群。

夫妻二人拱手拜谢，言道："敢问好汉姓名？他日相报解危之恩。"

欧鹏报了姓名，又反问道："二人缘何携图来到此地，遭人追杀又为哪般？"

夫妻二人也报了名号，欧鹏始知他们原是焦楚夫妇，乃抗辽大将焦赞之后，所携"奇门攻防阵法图"乃是先祖所遗。因担心此图流失江湖，又恐被歹人所获，后受人荐举，闻知郓城宋江是个极忠厚之人，解人危难，无有不恤，江湖上美名远播。思量着为宝图寻个妥帖之处，于是一路潜行，来投宋江，没想到宋江因怒杀阎婆惜，数日前已发配江州。

欧鹏闻知焦楚二人乃忠良焦赞之后，心中顿生仰慕之情。欧鹏有意结交，于是也表明了自己来意。常言道：自古之人，相惜于品，相敬于德，相交于情，相随于义。欧鹏和焦楚二人英雄相惜，相议同往江州，定要寻到及时雨宋公明。

追杀焦楚二人实乃奸贼高俅的白虎军密探，仓皇落败后他们再次集结，一路追杀欧鹏三人。某日欧鹏三人再次陷入重围，一番激烈的厮杀，焦楚夫妇均受伤，二人自知难以脱围出险，将宝图托付给欧鹏，焦楚泣言道："侠士重义，为命是托，万望护图到宋公明之手。我们夫妇纵然一死，也是无憾！"

欧鹏感怀流涕，随立地盟誓，一番殊打撕拼，终杀出重围，一路向南奔跑。可怜焦楚夫妇，乃忠勇后代，只因不敌强手连攻，又为护图心切，终至血染黄土，豪气殆尽，郓城地上，竟成英烈二魂。

话说欧鹏携图重返黄州地，千山万水，晓行夜宿，不曾怠慢，一心只想尽快见到郓城宋江宋公明。又因图藏于身，倍加留意，不行大道走阡陌，不奔平川越坎坷。忽一日，路经一山，虽不遮荫避日，倒也郁郁葱葱，只觉微透杀气，欧鹏亦不去理会。岂知山上早就张了眉目，见一条大汉，穿着青绫短罩，头戴范阳毡笠，提一杆铁枪，身躯雄壮，行步如飞，只顾走路。于是随后赶上，厉声道："兀那瞎眼汉子，买路钱不曾留下，竟要如此走过，是要找打吗？"

欧鹏掣着铁枪，回转头道："你这伙毛贼，人也不识，敢来拦截！"

对面之人看后大惊，叫声“阿呀！”撇了器械，拜倒在地。

原来是故友“神算子”蒋敬。蒋敬乃是欧鹏故友，祖籍湖南，落科举子，颇有谋略，亦能刺枪使棒，二人黄山相识。欧鹏仗义，蒋敬素慕其为人，二人性情相投，随结拜成生死弟兄。兄弟难得相见，欧鹏随了蒋敬来到寨边，马麟、陶宗旺出来见过。那欧鹏一心念着受托之事，遂把心事与三兄弟说知，三人也早闻得宋江大名，亦有投靠之念，只是不知宋江刺配江州一节。

一日探子来报，听得人说，郓城好汉及时雨宋江，在江州被判了死刑。四兄弟大惊大恐，当天便动身启程，急匆匆欲赶江州，半路上又获知宋江已被晁盖等人救了性命。四兄弟这才放下心来，又回到寨中，因知黄门山乃北上山东的必经之地，遂在山下安营扎寨，日夜等候宋江经过。

话说晁盖、宋江、花荣、戴宗、李逵等在江州劫了法场，在城外白虎庙聚义，杀了黄文炳，带着人马车仗，直投梁山泊来。一番急行，果然来到黄门山，四兄弟见影识形，随即跪倒在地，蒋敬抢得话头，说道：“俺兄弟四个只闻山东及时雨公明哥哥大名，想煞也不得见面，今日幸见，请受小弟一拜！”其余人等，也都慌忙滚鞍下马，撇了军器，飞奔前来，拜倒地下。

马麟紧随其后，言道：“小寨里略备薄酒粗食，权当接风，请众好汉同到蔽寨，盘桓片时。”

只有欧鹏心事沉重，一时念起焦楚夫妇，直觉心中酸楚，少不得眼巴巴望着宋江，心中唏嘘不已。

黑旋风李逵见人马布于山下，正准备一场厮杀，忽听得有酒，不等宋江答应，早已高兴不得，催促道：“我正口渴，哥哥快应了他们！”

宋江赶忙扶起众好汉，逐一问得大名，乃是摩云金翅欧鹏、神算子蒋敬、铁笛仙马麟和九尾龟陶宗旺。宋江大喜，即随各位好汉上山，山寨里杀牛宰马，众人饱餐一顿。欧鹏等人收拾起财帛金银，一把火烧掉山寨，随宋江等一行人去了水泊梁山。数日后，欧鹏寻个时机，拿出“奇门攻防阵法图”，哭诉经过。宋江感念焦楚夫妇忠士义举，当下包了许多银两，让欧鹏重返郓城，寻觅焦楚夫妇遗骨。欧鹏领宋江意，又复回郓城，在焦楚夫妇蒙难处筑坟树碑，刻文铭记，以作凭吊。

陶宗旺，惯使一把铁锹，颇有气力，也能使枪抡刀，人称“九尾龟”。原为黄门山四寨主，因钦慕宋江而到梁山入伙。梁山大聚义时排第75位，上应地理星，负责监修山寨城垣。

陶宗旺助修庄寨 宋公明获救回山

常玉璋

大宋徽宗年间，淮南西路光州有个黄家庄，方圆四十里，佃户千余家，为光州地界数一数二的大庄院。老庄主黄万川有二子，大的名世雄，刚过而立之年，小的名世霸，小长兄三岁。一日，黄万川召二子来堂前，说道：“庄院年久失修，多处院墙城垛残破，寻常年景又难免火灾水患，若贼寇来攻，恐难以防备，为父精力不济，你兄弟二人早晚合计，尽快着手修造事宜。”世雄、世霸连连允诺。

黄世雄内室陈氏有一表弟，小名唤作李狗儿。李狗儿听闻庄院要修缮，便寻了个事由拜见黄世雄，躬身上前道：“听说姐丈要修造庄院，小弟且推荐一人最为适当。”黄世雄答道：“我正为此事愁闷，快快说来。”李狗儿道：“我有一至交，姓陶名宗旺，亦是庄上佃户，为人淳厚，气力过人，最为称奇的是，此人精于建造，水路城垣，器械机关，无不通晓。”黄世雄答道：“庄上竟有如此奇人，你且速速荐来。”李狗儿忙应诺告退。

陶宗旺父母早亡，长相粗糙，尚无家室，虽出身农户，却对工程建造颇有禀赋。农忙之余，对周遭城池构造无不苦心研习，时日一久，竟能一通百通。

翌日一早，那李狗儿便引了陶宗旺前来拜见黄世雄。黄世雄见此人身短肤黑，步履矫健，穿一领粗布竖褐袍，右肩扛一把明晃晃利刃铁锹，与一般庄户人并无不同。及到与之言语，见其虽不健谈，却言必有中，方信李狗儿所言非虚，心中不免暗暗称赞，遂试将修造预备之事先委派与他，让李狗儿左右帮衬。黄世霸也见陶宗旺确非无能之辈，加之先前亦闻听有庄客提起此人善修建之事，自然也无二话，只是派干弟黄豹协助购材佣匠。

且说陶宗旺修造庄院，正用其专长，自是鸠工庀材，土木兴做，皆合计划而行。光阴荏苒，仅一载已完工大半。黄老庄主见陶宗旺构设精巧，用料仔细，庄院工事、炮台、堂厅、墙垛无不坚固异常，心中甚是欢喜。

说到这庄院修造，有两大要紧处，一是城防工事，二是钱库粮仓，唯有这两处玄妙不可轻易示人。一日，黄世霸来到黄世雄住处，上前道："大哥，如今庄院修造即将毕工，诸多构造机关如何让他人掌握？"黄世雄答道："一应图纸我可让李狗儿转交与你，你可早晚揣摩。"黄世霸道："大哥不担心那陶宗旺泄露玄机？"黄世雄道："我看那陶宗旺为人憨厚，疏于言辞，不似那奸邪之人。"黄世霸言道："自古人心难测，保不齐那五短农夫见利忘义。如今毕工在即，只剩钱库密室有些收尾，不如趁机结果了那厮。"黄世雄忙制止道："二弟万万不可，平日里老父都教导咱兄弟二人惩恶扬善，做人公道，怎肯做出这等害理之事。"兄弟俩一语不和，竟不欢而散。黄世雄抽空差了人将图纸誊抄一份送给黄世霸，黄世霸自是不敢懈怠，认真研读，不敢错漏一处。

且说这日钱库密室毕工，黄世雄放心不下，约了黄世霸，哪知他一早带了几个兄弟到庄郊狩猎去了，便一人前往验看。黄世雄、陶宗旺、李狗儿等一众人下了密室，黄豹在门口把守。几人正议论间，忽听密室大梁嘎嘎作响，顷刻梁断顶塌，千斤重的石板径直压将下来。黄世雄大惊失色，心中道："吾命休矣！"说时迟，那时快，陶宗旺双臂擎起，将那石板死死顶住，恰留得一丝缝隙，保住了几人性命。此时，只听得黄豹在密室门口大呼"屋梁塌了，快来人！"

巧的是黄世霸正狩猎归来，忙上前施救，慌乱间竟错触了密室机弩开关，被一支利箭霎时穿透了正胸口，口吐鲜血，当即归天。原来这弓弩谓之劲弩，材质本取自南山之柘，木质细密坚韧，所造机弩张力足有八百斤。一时间，众人更是乱作一团，好不容易才将黄世雄一众救出。黄老庄主闻讯赶来，见黄世霸命已归西，当即双腿一软，两眼发黑，哭晕了过去。

当晚，陶宗旺正在家诧异思量，忽见李狗儿慌忙来告，要其立即收拾家当远走躲避。陶宗旺道："此事确实蹊跷。那房屋大梁虽由黄豹购得，但我都一一查看，并无不妥。尤其是那劲弩机关因工程尚未竣工，并未解锁，为何竟然发射。弓弩机关黄豹应全然知晓。"李狗儿道："如今出了人命，说甚皆已晚矣，黄家已经告了官，官兵即将来你家缉捕，到时候你插翅难逃，还是早作打算。”陶宗旺道：“即使俺有意逃走，怎出得去这黄家庄？”李狗儿道：“这倒不难，这庄院聚贤厅后堂门旁有一暗道，直通庄外，前几日我刚随黄世雄走过一回，所以知晓。”陶宗旺道：“出的去这黄家庄，又能到哪里去？”李狗儿道：“我自幼在郓州长大，如今虽已还乡，但平日里仍和三五发小有书信往来，听说郓州不远处济州郓城县有个押司，姓宋，名江，表字公明，为人仗义疏财，扶人之困，江湖人称及时雨，你可先投奔他再做计议。”陶宗旺无奈何，只能听从。

李狗儿道：“你若到了那郓城县，可四处打听一下哪里有玄女娘娘庙，替我还了愿，了却小弟挂念。”原来，这李狗儿父母在时曾在玄女庙许了愿，祈求娘娘庇佑，待那李狗儿成人后再去还愿，孰料夫妻二人竟早早亡故，临死前将还愿一事嘱托给了李狗儿。后来李狗儿一人无法生计，来不及还愿便去了光州。只是那娘娘庙的地址，李狗儿早已不记得了。陶宗旺当即应允。

那李狗儿果然也是仗义之人，将陶宗旺引到暗道处，一直送至庄外，临行时递与陶宗旺十两纹银，道：“人言神前还愿需本人出财资，否则不灵验。其余你可做了盘缠。”陶宗旺推辞不了，只得收下。

李狗儿见庄院里人声沸杂，忙催促陶宗旺赶紧上路。陶宗旺背了些衣物干粮，扛了铁锹，趁着夜色，往郓城县奔去。待天明时，陶宗旺即将离了光州地界。一路上，沿途果然听人议论，说那官府下了缉捕文书，正悬赏五百贯文四处捉拿那偷工减料、致人伤亡的歹人陶宗旺。

陶宗旺恐被人认出，便日夜兼程，风餐露宿，不知过了几处州府，约莫行了半个多月，方来到郓城县。入得县城，但见城内人丰翕集，市井骈阗，好不热闹。

这陶宗旺寻了一家隐蔽处张家客店歇下，让店小二烫了四角酒，炒了盘青菜，啃了些干粮，酒足饭饱，便早早睡下。次日一早，便到周边街市佯装购置种地家什，趁机打听那宋江消息。无意间来到一处简陋茶坊，客人大半是进城来贩卖盐茶的田户，便挽了裤腿，蹲将下来，点了一壶姜茶。不觉已到半晌，那陶宗旺正欲离开，忽听得旁桌一客人道：“宋押司确实不值，竟为那不知羞耻的婆娘吃了官司，如今人逃命江湖，也不知去向，可惜可惜。”另一人答道：“谁说不是，这阎婆惜不知自爱，放着福不享，背着宋押司竟搭上那张三苟且，着实可恨，看来是死有余辜了。”陶宗旺正欲听仔细时，那两人却又改说庄家农事了，便匆忙起身返回客店，收拾物件，扛了铁锹，结了账，朝城南走去。沿街果然看到县衙张贴的海捕榜文，正四处捉拿宋江，便三步并作两步，径离了郓城县城。

却说陶宗旺在路上正踌躇没去处时，忽然想起一个人来。这人也是一位好汉，姓欧，名鹏，江湖人称摩云金翅。当年欧鹏在江湖行走时路过光州，与陶宗旺相识。虽一个出身行伍，一个出身田家，两人却气味相投，相见恨晚。只是当时欧鹏官司在身，不便久留，遂与陶宗旺匆匆别过。后来听说欧鹏在黄门山与神算子蒋敬、铁笛仙马麟落草为寇。想到此，陶宗旺打定主意，径直向黄门山方向赶去。待走了十几日，那陶宗旺到了黄门山，与欧鹏、蒋敬、马麟一一相见，兄弟相逢，把盏言欢，自不细说。茶饭之余，陶宗旺便与三位哥哥说了宋江杀惜落难江湖之事，众人皆叹息。原来那欧鹏、蒋敬、马麟三人也一直寻找宋江下落，却无确切消息，便在黄门山暂且观望。自此，那陶宗旺在黄门山便坐了第四把交椅，与欧鹏、蒋敬、马麟兄弟四人率三五百小喽罗共同把守黄门山。

且过了半年有余，四位好汉见小喽罗迟迟未打探到宋江真切消息，心中不免有些焦躁。这日，兄弟四人在聚义厅内商议，不如派几个喽罗径直去那宋江郓城老家打探。陶宗旺道："喽罗们去恐事又不济，小弟倒愿意再走一趟郓城县，顺便了结那李狗儿所托还愿之事。"欧鹏道："如此也可，只是四弟此去多加保重。"陶宗旺道："哥哥尽管放心，我这一身农户装扮，想必不会惹人注意。再说我这一把铁锹，胜过十杆刀枪。"欧鹏闻听此言，便放下心来。那陶宗旺便领了些盘缠，即刻收拾起程，往济州郓城方向连夜赶去。

却说那陶宗旺，途中不免跋山涉水，走州过府，十几日便到了郓城县地界。陶宗旺心中忖量道："不如先帮那李狗儿了却心愿，再打探宋江下落不迟。"便向周遭农户打听玄女庙坐落何处。正巧遇着一老妪。那老妪道："若问别的可能不知，要问这九天玄女娘娘庙却是知晓。这东平、济州一带，只有一尊娘娘庙宇，便在本县宋家村东北十里处还道村。前些年娘娘庙香火旺盛，甚至有方圆几百里外的香客前来请香许愿。只是近些年不甚灵验了，加上村里闹盗贼，限制外人进出，确是很少人再去了。"陶宗旺大喜，谢过老妪，沿途备了些贡品，一路问询，半晌的工夫便来到了这还道村。

到了村口，乍看这村落与一般村子无异，且多处墙垣颓毁，但细看处，村中布局甚是精妙。那陶宗旺阅城无数，又略懂周易八卦、奇门遁甲，自是看出了其中门道，心中不免暗暗称奇，禁不住在村里四处探看，不觉间已过晌午。这时才想起还愿一事，匆忙往村内古庙走去。

没走几步，却被五、六个手拿铁棒的壮汉团团围住。陶宗旺将铁锹往那地上一竖，拱手道："各位好汉，在下并非歹人，而是受人所托，前来娘娘庙还愿。"为首的壮汉道："这等说辞，只骗得过三岁孩童。分明是盗贼前来查探，好报与同伙，趁机劫抢。"陶宗旺道："着实冤枉。"

那壮汉吼道："若要俺相信，且问问手上铁棒！"不由分说，抡起棒子，便向陶宗旺抢来。陶宗旺顺势一躲，拔了铁锹，只做抵挡。那壮汉却不谦让，步步紧逼，先劈后扫，逼得那陶宗旺节节后退。陶宗旺道："竟是这般无礼，休怪我铁铲无情。"壮汉冷笑道："这农事家什恐怕是用错了地方。"陶宗旺见理论不过，只好应战。

壮汉使出一招仙人开山，直戳陶宗旺胸口，陶宗旺便亮出一招唤作蛟龙入海，明守实攻。那壮汉又是一棍风摆荷叶，横扫对方腰腿，陶宗旺使出鹤立鸡群，轻轻躲过。两人你来我往，直战了几十个回合。

陶宗旺并无伤那壮汉之意，处处留情。只待那壮汉体力渐渐不支，陶宗旺故意卖个破绽，拿铁锹往地上一砍，壮汉已然乱了分寸，慌忙跳起，却不料陶宗旺却又从空中砍来，壮汉两脚不稳，扑地而倒。旁边的几个壮汉便一起围攻，怎奈那陶宗旺抡起铁锹，似那闹海的哪吒长了三头六臂一般，近身不得。一伙人又厮打了几个回合，却被陶宗旺一一拍翻在地。几个壮汉爬身起来正欲再攻时，却被那为首的喝止。那壮汉自知刚才陶宗旺几处留情，未与自己一般见识，羞愧难当，起身便拜："小可真是有眼不识泰山，敢问好汉尊姓大名？"

陶宗旺还礼道："在下姓陶，名宗旺，光州人氏，江湖上给俺起了个诨名，唤作九尾龟。"壮汉拱手道："原来是英雄到了，失敬失敬。"

话说这为首的壮汉姓姬名成，为村里的保正，其他几个壮汉皆是村里的田户。村里这几年闹蟊贼，村民经常丢失牛马，报了官府也没下文，只能村民自发组织巡逻，抓到那可疑的人皆细致盘问。刚才看到陶宗旺在村里左右张望，便误作是踩点的贼党，故围将上来欲给他个下马威。

那姬成待陶宗旺拿着鸡鸭果品到那玄女庙替李狗儿还完愿，便将他拉去村舍，杀鸡宰羊，款待周详。陶宗旺便问这还道村来由，姬成道："大哥真是好眼力！待我细说端详。"

原来这还道村村民多是黄帝分封的十二子中姬姓的一支后世子孙，其祖辈不知何年何月来此，借着这里的溪水堤势造寨修村。村中老人言，祖先依照八卦乾坤布局修造了这村寨，看似街多路广，实则进出村的路只有一条，外人来了不得玄妙，进得来，却出不去，若无村民引领，转个三天三夜休想离得开。村中按照一卦六爻设有六大主巷，加上牛巷、马巷两个次巷，共八条巷。六大主巷村舍自北向南东西方向依次排列。村里祖辈便崇尚军事韬略，喜排兵布阵，故请了九天玄女娘娘尊位，加上娘娘又是黄帝之师，便建了那玄女之庙，世代供奉。

陶宗旺闻听大喜，道："我乍看这村就觉不寻常，如今听来，果然大有深意。"那姬成继续道："尤为精妙的是，平时这六大主巷呈六十四卦中第二十四卦复卦排列，坤上震下，自北边村口进来，前五条巷中间断开，皆为阴爻，最后一巷一字排开，实为阳爻。复者，返也，还道村村名由此而来。再往南去，则是高堤险坝，飞鸟难越。若遇战时，这六大主巷，配些个虚墙假舍，阴爻阳爻，互相变化，随便摆个卦象，便可将外敌围困住来个瓮中捉鳖。可惜村中几次毁于战火，早已没了当初的构设，仅存些个断壁残垣，致使盗贼横行。"

陶宗旺道："我从小就研习些个城垣建构，若保正有意，在下愿助村里一臂之力。"姬成闻言大喜，便招了些村里壮硕大汉，协助陶宗旺修葺村寨。姬成看那陶宗旺确属工程建造的行家里手，便拜其为师，早晚请教，获益长进颇多。闲暇之余，更有一些田户壮汉向陶宗旺讨教些铁锹功夫，自不多言。光阴荏苒，不觉间过了三月有余，村里主次村巷皆翻建一新，迷困强盗蟊贼早已绰绰有余，仅剩下玄女古庙尚未修整。

那陶宗旺一直未探得宋江去向，心中不安，便匆匆拜别姬成等一众村民，返回黄门山寨。村民感恩陶宗旺义德，夹道目送他出了村口许久仍恋恋不舍。

回山寨后，陶宗旺同欧鹏、蒋敬、马麟闻听宋江身陷江州囹圄，劫牢不成，却在在黄门山遇到了宋江，便一同去了梁山泊。到后来宋江执意回郓城接父兄，却被县衙都头赵能、赵得追截，身困还道村玄女庙。晁天王知晓陶宗旺曾在还道村帮助村民修葺村寨，对其地形甚是熟悉，便派他引领着李逵、欧鹏等好汉先行赶到还道村，又有姬成等农户暗中协助，追杀驱赶了那赵能、赵得，顺利救出宋江，其始功当属陶宗旺也。

再到后来，那陶宗旺跟随宋江征讨辽国、河北田虎、淮西王庆、江南方腊，南征北战，最后战死润州，血洒疆场，朝廷追封义节郎。待宋江衣锦还乡，将钱五万贯重建九天玄女娘娘庙宇之时，你道为首的匠人是哪个，正是那陶宗旺在还道村的收的徒弟姬成。

还道村村民得知陶宗旺战死后，无不哀叹痛哭，便在娘娘庙旁边修建了一座陶公庙，常年供奉祭奠。后人有诗赞颂陶宗旺的功德："光州庄户陶宗旺，绿林豪杰一巧匠；黄沙不掩真金迹，至今犹思义节郎。"

李立，绰号“催命判官”。曾参与营救宋江，大闹江州，是白龙庙二十九英雄之一。梁山大聚义时，排第96位，上应地奴星，与“活闪婆”王定六一同经营北山酒店。

李立大闹宋家村 晁盖仗义救宋江

钱广赋

话说“镇三山”黄信等六人与第五批好汉相聚后，马不停蹄，径奔梁山。山上晁盖大摆筵席，与新入伙的欧鹏、蒋敬、马麟、陶宗旺四人计六起好汉，连贺三日。筵席上宋江对众好汉道：“小可宋江自蒙上山，到此连日饮宴，甚是快乐，不知老父在家正是何如？江州之事必奏京师，将行移济州，着落郓城县追捉家属，以捕正犯，恐老父不保。宋江想念，欲往家中搬取老父上山，以绝挂念，不知众兄弟可允否？”

晁盖慨然答允，但是宋江坚执独自下山。晁盖苦留不住，众头领只得送过金沙滩自回。宋江下得山去，晁盖、吴用放心不下，便让戴宗随即下山，探听宋江下落。戴宗走后，晁盖仍不放心，又分拨众头领下山接应。“催命判官”李立得了晁天王将令，挺把朴刀，随众头领分散下得山去，来寻宋江。

再说郓城县都头赵能、赵得，被“震三山”黄信大败，两人逃回县城。县令大怒，喝令拿下。二人伏地道：“相公息怒，容小的告禀：强人闹得江州，我等岂能敌得，小人倒有一计，保准大人有功高升！”

县令压住火气，喝道：“快讲！”赵能道：“那宋江乃闻名孝子，新近上了梁山，必悬念老父，定来搬取，我们多派兵丁，潜在宋家，待宋江来时趁机捉拿。若不来时，可押宋江老父、兄弟宋清去抵，岂不是大功一件！”县令转怒为喜，吩咐赵能、赵得速去办理。

催命判官李立一路急行，到了郓城县，打听得宋家村去处，径奔过去。近得村前，见村外有兵丁巡查。李立寻机进村，找到宋家正门，却有几个士兵把守，见李立近前，喝问道："兀那厮什么鸟汉，莫不是梁山贼寇？"李立假言道："小人远方来的，投贵地特来就事，没了着落，要些拳脚得些银两回家。"几个士兵上下打量一番，见李立确也象要拳卖艺之人，催他快走，不然拿问送官。

李立趁机朝院内觑看，见不时有士兵走动，知有埋伏，只得转身离开。此时太阳已经偏西，顿觉腹中饥渴，出得村来，在驿道边寻得一酒肆坐了。李立将朴刀倚墙放了，唤店家要了一大盘牛肉，三碗酒，吃将起来。心下寻思：现不知何处觅得宋家哥哥，若来时，恐也是夜里潜回，搬取老父。不若我在这里捱些时光，待哥哥来时，报与哥哥有埋伏，那时再作理会。

李立为捱时光，又讨要了三碗酒，慢慢吃着。这时太阳落西，驿道上来往行人已渐稀少，吃酒的人也慢慢散去。店小二见李立吃喝完没有动身的意思，便道："爷或投客店住了或上路程，该起身了。"李立连喝六碗，已有些酒意，闻听大怒道："爷不怕你们把我蒙汗过去，开剥了，你怕甚鸟？却不少你银子！"

店主见李立生得恶煞，叫过小二耳语几句，小二点头溜了出去。不一会，小二便引领几个士兵，长枪、大刀、铁尺、钩叉将李立围了。李立大惊，随即抓刀，靠壁上的大刀早被士兵夺了去。一个头目大喝一声："将这厮绑了！"几个士兵一拥而上，抓胳膊摁腿来捆李立。

李立大叫道："为何捉我？"那小头目道："看你非良善，定是梁山贼寇！"待士兵抖索去捆时，李立猛然挣脱，随手抄起坐凳，劈头朝小头目打去。小头目慌忙倒退几步，躲过了。李立顺势横扫一圈，一个士兵接了个实在，倒在地上直叫。其余士兵各举刀枪朝李立砍杀，小头目举刀跳起，李立急忙抽身退至柜台，随手捞起酒坛、酒碗砸去，顿时，酒店内砰砰啪啪、稀里哗啦乱成一团。

几个士兵慢慢退到店门口，堵住李立的退路。李立看天色将晚，心下焦急，寻思道："我死不足惜，只怕误了哥哥性命。"情急之下举起一条长凳，舍命朝门口冲去。几个士兵见此，挺枪举刀来迎。李立刚冲几步，脚下酒水一滑，扑倒在地，几个士兵趁势拥上，将李立摁住，一条索子捆了，押出酒店，解往县里去问。

走出店来，李立被推行十数步，猛然被两条汉子挡住去路，听得炸雷般喝道："会事的放了俺家哥哥，饶你们这伙鸟人不死！"李立识得是"赤发鬼"刘唐和"石将军"石勇两位兄弟。众士兵见这俩人一个紫黑阔脸，鬓边一搭朱砂记，上面生一片黑黄毛，穿八搭麻鞋，腿上长满了黑黢黢的毛，持一柄朴刀。另一位持一条短棍，人生得高大威猛。怕难敌手。

小头目壮起胆子，喝令俩人让开，不然一并拿了送官。刘唐见不肯放人，不再啰嗦，近得前，两人一个使刀一个舞棍便是一阵猛打，一会功夫将这伙士兵尽数杀散，解了李立绳索。李立谢了二人救命之恩，问道："怎地凭巧来到此地？"

刘唐道："晁盖哥哥未听得宋家哥哥音讯，心内焦急，引领众多头领下山，令我与石家兄弟来宋家村打探，听得呼喊，便赶了过来。"道罢又急问可见到宋家哥哥？李立将自己来宋家村之事备细说给二人听了，焦急道："宋家有士兵巡查，哥哥夜里来时中了埋伏如何是好？不若咱们杀进村里。把这伙鸟人杀了且说。"

刘唐二人道声好，李立捡起地下自己的朴刀，三人大踏步去了宋家村。

且说李立三人踏着朦胧月色，摸进村里，一路连杀几处躲在暗处埋伏的士兵，早望见正门楼上高悬的两盏灯笼，才近得宋家院墙，却不见人影走动。三人唯恐中了埋伏，倚墙悄悄临得门前，见大门紧闭，静无声息。李立贴门听得里面仍无动静，便寻一隐蔽处，翻墙跃入宋家院内。

三人落地，四下张望，房舍不见灯明，如霜月光静悄悄照射宋家大院，房屋草堂依稀可辨。李立伏地听得隐隐有人的喘息声，打个手势，三人不敢妄动。

李立久经江湖，知些轻重，引刘唐、石勇先去了正面大门。三人潜行到近处，听得门房内有人说话，三人听了个仔细。一人道：不知宋江那厮来也不来，若来时，赵都头早领一二百人埋伏，必被捉。另一人道：却不见得，梁山那伙人个个英雄了得，你我弟兄小心才是。那人道：说的是。便不再言语。

李立使个手势，三人跃入门房，将房内几个士兵全杀了，便在房内专等宋江。

三人等了约一个多时辰，不见宋江敲门，却见西厢房亮了灯光，三人抬首张望，见房内走出一人，朝后去了，这时快到三更时分。猛听得后院声声呐喊：休教走了宋江！随即灯笼火把一片通明。

赵能、赵得引领一二百士兵，拥出宋家后门。

李立三人闻听宋江被追，哪敢怠慢，抄起刀、棍紧追过去。

且说三人沿僻静小道追了一阵，来到一个去处，听得前面士兵说是还道村，宋江藏在村中古庙内。三人近前，觑见士兵将古庙围了，担心宋江，欲待杀入，却见赵能领一伙士兵垂头丧气出得庙来，喝令众兵丁把守路口，休得走了宋江。随后与赵得各领一拨士兵去路口搜索、把守。

只说李立三人觑见赵得引一拨士兵去了还道村口，便从后面掩杀过去。赵得只顾领着士兵擎着火把前行，忽听背后杀声陡起，心中大骇。回头看时，后面士兵已倒下一片，余得抱头鼠窜。知是引来了梁山好汉，怕性命难保。扔了手中火把，拖着大刀便逃。

“催命判官”李立怎肯放过他，赵得见一人飞步追来，吓得两腿迈不动，寻思是刚才闯进古庙搜查宋江，莫非冒犯了九天玄女娘娘？更为害怕，禁不住祷告：“娘娘饶命，佛祖保佑，若脱得性命，必重修庙宇，再塑金身。”只是腿仍迈不得前去。李立从后赶上，一个力劈华山，一刀将赵得劈成两半。

那伙士兵见赵得被杀，吓得魂飞魄散，掉转头直朝赵能等人奔去。

李立三人在后追赶，猛见前面一条黑汉，光着上身，赤条条地，轮两把板斧，一味追杀，口里吆喝道：“杀了这撮鸟！”李立看得仔细，却是黑旋风李逵，知他已随晁头领到了郓城。

都头赵能引一拨士兵去守还道村古庙路口，行得不远，忽见一条黑汉光着上身，轮两把板斧朝自己杀来，如入无人之境，恣意砍杀，早已吓破了胆，顾不得士兵，使劲往庙里跑去。那李逵认定赵能是个官，盯着他一步不肯放松。赵能所带士兵一路被追杀、逃离，余得数几人，跟着赵能气喘吁吁地奔逃到庙前。赵能心慌，被松树根绊了一跤倒地，李逵赶上，就趁一脚，踏住脊背，就势一斧，砍作两半。

这时，欧鹏、陶宗旺也赶了过来，大家都厮见了，皆说道：这厮们都杀散了，却寻不见哥哥，怎生是好？

且说宋江独自下了梁山，赶到郓城宋家村时尚早，在林子里伏了，等到晚上敲得后门，见了兄弟宋清，知有埋伏，拔脚便走，欲去梁山搬兵。没走一、二里路，被埋伏家中的赵能、赵得发觉追赶，便沿僻静小路疾走，见有追兵赶上，便躲在名唤还道村一座古庙内。待赵能、赵得搜查走后，方敢出得庙来。听得有人厮杀喝喊，便躲在一松树后面。月光下认出李逵和众好汉，才挺身出来与众好汉厮见了。

李立高兴得大叫道：“哥哥有了！”

宋江问众好汉：“怎地寻到这里？”

欧鹏道：“戴院长探得哥哥被赵家那厮追赶，路上报知晁头领，便让戴院长回山寨，除吴军师和阮家兄弟等几人外，尽数下山来救哥哥。”

宋江谢过众家兄弟，李立高兴道：“待俺与石兄弟报得晁头领得知。”说罢与石勇欢天喜地去迎领晁头领与来郓城县的梁山众好汉。

花荣，原是清风寨副知寨，使一杆银枪，一张弓射遍天下无敌手，被比作“飞将军”李广，人称“小李广”，因善使银枪，又称“银枪手”。梁山大聚义排第9位，上应天英星，为马军八虎骑兼先锋使之首。

应天府花荣生梦　宋家庄宋清惊魂

陈进轩

一部《水浒传》，叙说一百单八条好汉，出处功夫，祸福际遇，性情异同，可谓各得其彰，俱活其形。然备中有略，同中有异，独那宋公明身边有两个人物最是触目，一个是“黑旋风”李逵，一个便是“小李广”花荣。若要细分细辨，逐字咂摸，内中又以花荣更显无间。

何以见得？看官只须翻阅宋公明出走花知寨一节，“花荣见宋江，拜罢，喝叫军汉接了包裹、朴刀、腰刀，扶住宋江，直到正厅上。便请宋江当中凉床上坐了，花荣又纳头拜了四拜。起身道：‘自从别了兄长之后，屈指又早五六年矣。常常念想。听得兄长杀了一个泼烟花，官司行文书各处追捕。小弟闻得，如坐针毡。连连写了十数封书去贵庄问信，不知曾到也否？今日天赐，幸得哥哥到此，相见一面，大称平生渴仰之思。’说罢，又拜。”此番礼上周全，他处可曾有过？

此皆是小荷初露，相交恨晚，他日自是惺惺相惜，情同手足。尤是南征方腊之后，众兄弟十折七八，活下来的二十七人中，偏又有花荣、李逵二人。思量前番峥嵘岁月，反观目下冷清门庭，岂能不嗟愕感怀。纵然朝廷委了重任，且各自功名昭彰，毕竟又是兄弟离散，从此天各一方，音信唯寄鸿雁，哪个堪以欣然。分手之即，洒泪话别，依依不舍，自是难表。

话说花荣授了应天府兵马都统制一职，却于东京城里只是盘桓，欲等回乡归返的哥哥宋江，那时再见一面，后因省院催促，只好悻悻登程。那应天府本为北宋时南京，因太祖赵匡胤在后周时曾任归德节度使，治所在宋州，故于真宗景德三年，升宋州为应天府。大中祥符七年正月，再次升格应天府为南京，位居大宋陪都地位。花荣得以此处任职，应是高于他处，此皆因徽宗念他乃将门之后，他人难以企及。然花荣自应天府赴任之后，却是每每忧伤，日日喟然，终至寝食难安，夜不能寐。

忽一日，睡梦中突然惊醒，口中直呼："哥哥等我！"浑家崔氏也受了一惊，慌乱中掌起灯来，又斟了茶水，服侍花荣啜了几口。言道："梦中呼出声来，莫不是又思念宋公明哥哥了？"花荣沉吟良久，不觉流下泪来，泣言道："快休说！平素亦是惴惴，然梦中多是攀叙思念之情，全不是这般梦中光景，想来许是哥哥凶险？"崔氏只是宽慰，且以梦为反说解劝，花荣哪里听得进。遂与崔氏复言梦中蹊跷，又言道："梦中见公明哥哥和李逵寻至应天府，我自是欣喜若狂。正欲扑地跪拜，一只手却被公明哥哥扯住，诉说朝廷赐饮药酒鸩死，现葬于楚州南门外高原之上。又说，兄弟如不弃旧，可到坟前，看望一遭。因此惊醒，敢不是个大凶之兆吗？"

崔氏闻得梦中缘故，亦自垂泪，又要解花荣心结，只好再拿出许多宽心话儿，只为劝花荣散忧宽体。于是又道："素常闻得人说，但凡至亲至厚之人临危托梦，多是言及前因后果，诸多悬惴。今番宋公明哥哥说得尽是倒头后话，想来应是梁山弟兄大多散亡，又忌着朝中权贵人物加害，故而梦中说了猜测度虑，想必还是心疑惊恐所致，将军断不可信以为真。"

花荣听了此话，心中又是暗自思忖，言道："若依你言，公明哥哥只教我任上多加谨慎便是了，何故说得那般细微，连药酒鸩死、葬于楚州南门外高原之上的话儿都说了？既说与我听，又让我探视，全无要我慎防的意思。不是大凶已成定局，又做何解？"

崔氏嗫嚅道："你待如何？"

花荣沉吟道："今番只欲前往郓城走一遭，宋清哥哥那里得些虚实，那时再做道理。"

崔氏不解，言道："既是悬惴宋公明哥哥，只差人去楚州地上打探一番便知，为何却去郓城？毕竟异地两隔，郓城地上你哪能就熟，一路寻找，耽搁了时日里程，反倒不美。"

花荣道："此话又差！想我花荣少时游历郓城受困，多得公明哥哥周济贴补，又携我去他老家故里盘桓多日，郓城地上哪里不熟。横竖二三百里，又没有山川阻隔，打马朝夕可至，哪里就耽搁了时日里程。你莫拦我，只备些往返盘缠便是，其它再勿多言。”

崔氏哪里再敢多语，好歹捱到三更鼓漏，花荣草草梳洗，胡乱用了些饭食，厩槽上拉出马来，一路北驰，不计冷热。至金鸡西坠，夜幕闭合之即，果然到了郓城地上，又凭着先前印记，寻条小径，拨马直奔宋家庄而去。

此时闲话少叙，只说花荣庄前下马，举手敲打门环，哪里顾得轻重缓急。及至庄客报知宋清，宋清吃惊不小，急匆匆迎上去，远远施礼道：“花将军远在应天府任上，何以星夜到此？”

花荣环顾四周，径直朝后院走去，恰是熟门熟路一般，只于口中低语言道：“只去哥哥厅堂说话。”

原来花荣少时，因贪着一份游荡心志，又闻听得济州蓼儿洼碧波荡漾，烟锁浩淼，青州山石地上哪里见得。于是辞别双亲，一路游历至济州地面，偏巧又因贪食了寒凉之物，竟于郓城城里困顿难行。此时宋江已在县衙押司任上，正巧遇到，便似那兄长眷顾小弟，其间多是精心照顾调养，直至花荣康复。也是二人志趣相投，各羡对方才情品德，也便自此结下生死之谊，那花荣也于宋家庄上，熟便得如庄客一般。

此时老太公已逝，厅堂中并无他人，宋清正欲着人斟茶倒水，却见花荣扑通跪地，双手抱住宋清，不及言语，只是悲伤不已。宋清大惑惊诧，一时手足无措，只顾又拉又拽。花荣道：“但须哥哥应小弟一件小事，我便起来，若不应时，便是天明亦跪着！”宋清道：“花将军乃哥哥贴己，又是过命兄弟，莫说一件小事，纵是塌天大事，我亦应下，岂有推辞之理？”

花荣这才起来，又要寻嫂夫人见礼，却被宋清一把拽住，只是催他快说。花荣长嘘一声，竟说出一番令宋清感怀的话来。

原来花荣自梦中得宋江言语，早已洞悉内中原委，知是公明哥哥凶多吉少，不去楚州探视，偏要来郓城走一遭，实为家中后事安排。只因着未获宋清应允，自是不便与浑家崔氏点破，这一遭走来，是要将自家妹子托付宋清。妹夫秦明阵亡之后，妹子花翎便一直跟随他们夫妇，且又轻轻年纪，后岁终须有个依靠，方好打发岁月。纵是自己，更是去意已决，于是尽将胸中块垒吐出。谁知宋清不及花荣说完，便先自大惊，言道：“花将军正值英姿勃发，自当竭力效忠朝廷，何故竟说出托付二字？纵是令妹孀居，自有做哥哥的另择相宜人家，必要完了令妹心愿。秦明将军地下有知，亦当是个慰籍，焉能就此僻壤之地，岂不误了令妹华年，亦有愧于哥哥。由此，宋清断不敢应。”

花荣又道：“宋清哥哥有所不知，便是当初，我亦有花宋连姻之意，皆因公明哥哥歉着秦明一个人情，故而将小妹嫁他，我自无话说。今番福祸天定，妹夫阵亡，为小妹托付后日光景，亦是义不容辞，哥哥休再反恻。”

宋清仍是困惑不解，复言道：“此话亦是蹊跷，你须告我原始因由，由我掂量个轻重缓急，那时我方受托。花将军只管道来，如此急迫，却是为何？”

花荣道：“哥哥既如此说，便是应了，其他言语自不必多说。哥哥只记小弟一句话，我今回返，若三五日内未见故人来家，哥哥只须亲去楚州一趟，那时便知分晓。哥哥于楚州回返时，顺便再去应天府小弟宅上，方知我今日托付之事，非为虚言。”

宋清越发听得话中藏头露尾，欲再推敲，又念着花荣一路风尘仆仆，已是人困马乏，不忍再三纠缠。遂言道：“花将军暂且用膳将息，未尽话语明日再说，毕竟不差在这一时三刻。”花荣再不多语，当下由着宋清安置，看过了马厩光景，顾自先去歇了。倒是宋清一夜辗转反侧，未能睡得踏实，好歹捱到天光放亮，又欲邀请花荣用膳，却又有更夫告知，言说花将军不及四更便已去了。宋清越发心神不宁，思忖着昨夜话里，尽是不祥之兆，哪里还等得三五日，庄上仔细安置条理一番，第二天便带着几个精悍家丁，择路朝楚州方向奔去。

然一切俱成困局，黄泉路上阴阳两隔，家人只落得仆地嚎啕。

原来花荣到得楚州时，那吴用也早已因梦而至，两个大哭一场。吴用道：“仁兄英灵不昧，乞为昭鉴。兄弟无以报答，甘愿与仁兄同会于九泉之下。”花荣道：“小弟寻思宋兄长仁义难舍，思念难忘。如今随仁兄同死于黄泉，也留得个清名于世，必归坟矣！”于是二人双双悬于树上，自缢而死。

正是：红蓼之中托梦长，兄弟惜惜各悲伤。一腔义血原同有，岂忍田横独丧亡？

秦明，出身军官世家，使一条狼牙棒，有万夫不当之勇，因为性格急躁，声若雷霆，绰号“霹雳火”，上应天猛星。梁山大聚义排名第7，马军五虎将第3位，在一系列战斗中屡立战功。

宋江失利连环马 秦明力助撤退人

钱广赋

话说宋江引领军马下得梁山大寨，拒敌呼延灼官军，两相厮杀一回。待宋江引五路军马掩杀时，却被连环马步军拒挡，不敢上前，只得鸣金收兵，退回郓城县地山西路口屯军驻下。呼延灼也退兵二十里扎下营寨。

次日，宋江坐帐，布下战法，五队军马在前，两路伏兵分左右，左林冲、右花荣，中秦明来搦挑呼延灼出马交战。

秦明领得将令，即刻披挂了，挺一条狼牙棒，跨下黄膘马，引领百余名喽兵。近得阵前，抬眼细看，层层叠叠连环马队摆开，三十匹一连，却把铁锁连锁，三千军马分作一百队锁定。连环马官军，人披铁铠，只露眼睛。马带甲，只露四蹄。三千军马各持弓箭、长枪，威风凛凛，摆开阵势。

秦明看得暗暗佩服，这呼延灼不愧名将之后，治军严谨，胸有韬略，绝非一般军官可比得。秦明勒住战马，横放狼牙棒在马背上，阵前大喝一声：“呼延灼，再与秦某决一胜负！”

连喝三声，不见人马出动，但听得画鼓咚咚，角号嘶鸣，喊声连天。

宋江远远望见，情知有诈，暗传号令教后军且退。

秦明连喝数声无人应答，心里焦躁，挺起狼牙棒，催动黄膘马，欲望阵里冲去。忽听得炮声三响，呼延灼三千军马，大河决堤也似席卷而来。顷刻间，秦明引领的百余喽罗被马踏翻或乱箭射死。

秦明心慌，拨马便回。连环马队紧追不舍，把箭来射，秦明将身伏在马背上，望得见右边一片树林坡地，打马飞奔过去。

秦明仓惶逃到树林，见连环马绕过树林，径奔梁山军冲去。秦明喘息片刻，却见官军马队后面的步军，追赶着百姓奔至树林中来，前面几个百姓，慌慌张张不时扭头张望。秦明望得亲切，步军将追上的人杀了，取下首级装入皮囊，撞上妇人抢得包裹首饰，缠在身上。

秦明望得怒满胸脯，一下冲出树林，让过百姓，将官方步军拦住，大喝道："这等滥兵，食朝廷饷银，不思为民，却杀良冒功，残害无辜，岂能饶得？"话起棒落，将几个皮囊沉重的官兵打得脑浆迸裂。

秦明舞棒赶杀了一回，忽听得马铃声响，呼延灼帐下"百胜将"韩滔挺一条枣木朔抢上前来，喝停官兵追赶百姓。秦明见是曾交过手的韩滔，骂道："滥官纵兵抢掠百姓，哪能饶你？"

韩滔道："这些兵丁本是各地征集的团练，被你杀了，也是罪有应得。你这朝廷叛将，更不可恕！"道罢挥朔来迎秦明。秦明哪里把他放在眼里，二人催马交战，斗了十几个回合，韩滔背上流出汗来，力有不支，心有些怯了。忽听得身后有人大喝："韩将军休慌，待俺呼延灼来会这厮！"

喝声甫落，呼延灼挥鞭跃马迎上前来，韩滔顿长精神。

秦明更不打话，迎上呼延灼，使个泰山压顶，朝呼延灼门面狠命打去。呼延灼喝声："来得好！"更不退让，双鞭并举，硬生生将秦明狼牙棒架住，鞭棒相撞，铮地一声火星迸溅，秦明顿觉手腕微微发酸，收回狼牙棒，心里暗叹："不愧将种，有万夫不当之勇！"

呼延灼架得狼牙棒，也感双臂有些发麻，肚里寻思："可惜了这员虎将，背叛朝廷。"

秦明收回狼牙棒，呼延灼两腿一夹踢雪乌锥御马，进上几步，双鞭直取秦明。韩滔趁势挺朔，朝秦明腰间打去。秦明手疾眼快，将狼牙棒平端，横扫一圈，呼延灼、韩滔躲了。两人提缰夹马，各挺兵刃，三人又战在一起。来来往往约三十回合，秦明担心宋江安危，无心恋战，卖个破绽，拨马便走。

呼延灼、韩滔并不追赶，只是骂道："且放过你这厮，待擒得宋江再与理会。"便各自引领马步军去了。

秦明脱得战阵，望官军追赶梁山军方向奔了过去。一路上连环马步军过处，尽是梁山喽兵尸体、丢弃的甲仗旗帜与狂奔无主的战马。失散的喽兵被赶上来的官兵俘获、捆绑，死伤的取了首级。

秦明望得焦躁，马不停蹄，随手杀了几个官兵。奔了片刻，早已望得山西酒店被步军围了，听得厮杀呐喊声，便纵马奔了过去。

且说北山酒店已被官军连环马踏平，石勇、时迁逃至山西路口酒店，与孙新、顾大嫂聚在一处观望官兵，忽见得连环马队卷起路上烟尘，铺天盖地投酒店袭来，急急各持兵刃以待厮杀。

连环马队近得酒店，骤然分开闪了过去，却冲出一队步军将酒店围了。时迁见得心慌，招呼众人道："好手不敌人多，三十六计走为上。"石勇紧握短棍道："来不及了！"

话犹未了，一队官兵拥进店来，顾大嫂持双刀上前，先将两个官兵砍翻，孙新挺鞭相随，石勇短棒挥动与官兵厮杀。唯时迁乖巧，跃上房去，揭瓦觑准朝官兵投去。官兵大怒，把箭来射，张得弓时便被瓦片击中，齐发箭，那时迁却翻到脊后。官兵竟将店屋平拆了去，时迁失了据守，只得窜出店外，与官兵周旋，冷不防捡起破瓦投向官兵。

官兵吃得亏，便集弓箭手拈弓搭箭专对付时迁，但见他影时，便齐箭乱射，时迁吓得四处躲藏。

众官兵觑得四人中有员女将，舞的双刀甚是干净利落，人到处官兵人头落地，身侧一持鞭大汉紧身相随，一条钢鞭舞得风雨不透，官兵近身不得。弓箭手便觑准顾大嫂来射。孙新眼见得箭簇朝顾大嫂飞来，将身去挡，正中肩头，顿觉肩臂发麻，钢鞭咣当落地。一个官兵见孙新中箭，上步来砍，顾大嫂举刀迎上，铮地声官兵砍刀飞了去。

众官兵见得有人中箭，嗷一声齐近身来。石勇力敌数个官兵，难以脱身，眼见得二人性命不保。忽听得官兵背后大乱，有人喊马嘶声，官兵停住脚步，回头张望。躲在暗处的时迁瞅得时机，发声喊："此时不走，更待何时？"跳将起来，架起孙新便走。顾大嫂、石勇断后，逃了出去。

且说秦明奔到酒店，觑见石勇四人被围，力拼官军，店房被平拆了去，心中火起，纵马从背后来袭。打翻几个官兵，顿时步军大乱。

店内官军回头张望时，只见一员猛将，使一条狼牙棒赶杀过来，心早怯了，哪还顾得追赶四人。秦明眼见得石勇等人逃远，心内惦记宋江，便拨转马头，望连环马追去。

秦明一路疾奔，踏越连环马后的步军，近得连环马，忽地发现每队连环马相连处皆有丈余宽间距，心中大喜，朝马背猛击一掌，黄膘马一声长嘶，飞越过去。

且说“豹子头”林冲引左军立等秦明搦呼延灼出马交战，再待杀出。却见秦明临得阵前，不待片刻，连环马步军横冲直闯将来，所引喽兵死伤一片，各自散逃，秦明力战。宋江暗教后军返回，前军拦挡不住，策立不定，后面大队人马各自逃生，宋江飞马逃走。

林冲思想道：“为人尚义，我若逃去，宋江众头领皆有生命之危。我拦挡一阵，以待梁山军马返将大寨。” 便自引本部喽兵上前拦挡。林冲乃八十万禁军教头，识得连环马阵。见无法破阵，只得死挡，使喽兵去砍连环马连接处铁索。却未近得前，被乱箭射了回来。林冲无奈，眼望着奔来的连环马，大吼一声，挺起蛇矛迎上去。

连环马与林冲坐骑相遇，林冲坐下战马立时两蹄腾空，人立而起，仰天长嘶。连环马上的官兵力挺长枪来刺林冲。林冲一把将长枪夺过，一声吼，那厮连人带枪跌下马来。后面收势不住，撞在一处。后队见有人阻挡，把箭来射，林冲只得挥矛拨挡，终抵挡不住，调马便回，那马驰不多远，林冲腿上一热，已中了一箭。疾驰中林冲咬牙将箭拔出，一阵剧痛，跌下马来。林冲抬眼看时，连环马发疯似的冲来，眼一闭，口中道：“我命休矣!”

猛听得一声大喝：“林教头休慌，俺秦明来也！”秦明穿过连环马，见林冲倒下马来，哪敢怠慢，拍马疾飞，来得林冲身前，伏身一把搀起林冲。林冲借力上马，秦明猛地一掌，林冲坐骑四蹄腾空，飞也似的投水边奔去。秦明舞棒断后，紧随了去。

秦明、林冲两骑逃得水边，早有李俊、张横、张顺、三阮六个水军头领摆下战船接应。毕竟宋江如何破得连环马，且看《水浒传》分解。

黄信，绰号“镇三山”，上应地煞星。原是青州知府慕容彦达麾下兵马都监，乃青州指挥司总管本州兵马统制“霹雳火”秦明的徒弟。梁山大聚义排名第38位，马军小彪将兼远探出哨头领第一名。

好汉结队归水泊　黄信大战黑松林

钱广赋

话说托塔天王晁盖引领梁山十七位头领、百多名壮健喽罗，劫法场救宋江，智取无为军。之后用宋江计策，分五起返回梁山泊。先不说五起人马登程，节次进发，只隔二十里而行。且说第四起黄信、张横、张顺、阮氏三兄弟，六人骑马带着车仗人伴，在路上行了多日，来到郓城县地，见前面一片黑松林。

黄信对阮氏三兄弟说：“前时大闹青州，原本公明哥哥与我们一道投奔梁山，被宋清书信骗回家，让人发现，被郓城县都头赵能、赵得捉了去，定成罪案。发配江州，惹出这么多事来。前面那片树林黑压压的，深为险恶，仔细了！”

说犹未了，忽听一声呐喊，从树林中冲出大队兵丁，百十来人将黄信等人围了。弓箭手挽弓搭箭，标枪手紧握长枪，气汹汹、恶狠狠指向众人。为首二人正是郓城县都头赵能、赵得兄弟。

赵能手持三股钢叉，高声喝道：“你等大闹江州、劫法场、掠无为军，杀害许多军民人等。我今奉朝廷急马快书捉拿你等。前几拨侥幸脱过，活该你等倒霉。会事的下马投降，饶你们不死！”

黄信闻言大惊，见眼前黑压压一群兵丁，箭在弦、刀出鞘、枪在手，将自己和几位兄弟围在核心。只是一场死战难免。同时心中窃喜，知宋江三起头领已回梁山。于是回头说道：“阮家兄弟随俺杀出重围，张家兄弟护财帛车辆随行。”阮氏兄弟各持钢刀，说声“听哥哥吩咐”，跳下马来，舞刀朝赵能、赵得杀去。

赵能识得是阮氏三雄，心下慌了，连催弓箭手：放箭、快放箭！霎时，乱箭齐发，呐喊连天。黄信暗暗叫苦，自己所处地势极为不利，驿道两侧无险可守，只有力拼。便抬眼觑望四面，见弓箭手张弓射箭井然有序，不觉眼前一亮，有了主张。随攒劲勒马，向后倒退几步，稍顿，黄信朝马屁股上猛拍三掌，一抖马缰，道声：“起！”坐下黄膘马久经战阵，闻声四蹄腾空，朝着弓箭手队列飞也似地冲撞过去。黄信趁势挥动丧门剑，在弓箭手队里纵横驰骋，砍杀起来。

弓箭手们坐梦也没想到霎时变成了铁蹄下之鬼，发出阵阵哀嚎，在郓城县黄土驿道上传荡。队伍乱成一团，飞箭渐渐稀落下来。黄信趁势大喊：“兄弟们，援兵马上就到，杀啊！”张氏兄弟闻听精神陡涨，他知道下拨首领距此二十里之遥，按时辰也快到了，连忙吆喝军伴车夫推车快行。没行数步，却被后面军士拥上。张横大怒，转身挥刀来战。张顺紧护车仗，不敢稍离寸分。

张横与围上来的军士厮杀，力渐不支，有几个军伴倒在血泊中。张顺挥刀来助，忽听背后有人高喊：“那车仗装有沉重物，必是金银财宝，杀死贼人者重赏！”俗话说“人为财死、鸟为食亡”，重赏之下必有勇夫。赵得此话一出，众军士忽地拥向车仗。

车上确是装有闹江州从黄文柄家搜来得财帛金银，被分五起装在车上运回梁山泊。转瞬间冲在前面的军士已逼近车仗。一名头目模样的汉子上前一脚将车踢翻，车上箱子里的黄白之物滚落一地。在阳光耀射下闪闪发光。众兵士眼睛顿时变得比金子还亮！那个踢倒车子的小头目张着嘴巴，呆愣了一阵子后，掐掐自己的大腿，马上意识到这不是做梦，随即弯腰抓了金银直往怀里揣。

兵士们见车上尽装金银，个个像饿了三天的人见了吃的纷纷而上。正与张家兄弟厮杀的兵士哪还顾得上再理会他俩，丢下刀枪去抢金银。驿道上的车辆担仗全被推翻扯烂，瞬即被围得里三层外三层。

赵能、赵得见手下兵丁只顾抢夺财帛，哪个还去理会梁山好汉，气得暴跳如雷，连戳翻几个，人也无法聚拢。这时黄信已将弓箭手大部荡平，也有的弃弓丢箭去抢金银。觑见车仗被抢，心中大急：丢失金银回去梁山怎向晁、宋二头领交代？急勒马径奔过来。赵能、赵得眼见黄信杀了过来，急唤兵丁抵挡，怎耐这些兵丁只顾抢金银，哪个还去理会。

这赵氏都头原本刁徒，无甚武艺，哪是黄信敌手。黄信冲来，哥俩只好硬着头皮去敌，一个抡起钢叉，一个持着大刀，朝黄信打去。黄信见二人来战，哪里把他们放在眼里，轻提战马，闪过刀、叉，勒马转了个半圆，回手一剑，竟将赵能的官帽连同头上的发髻削了去，乱发披在脸上，赵能吓出一身冷汗，急忙向兄弟赵得使个眼色，道声："三十六计走为上。"跳出圈外，拔腿便跑。赵得见哥哥一溜大撒脚往县城逃去，自己更不敢恋战，扛起刀跟了去。

黄信正要待放马去追，忽听张顺大喊："黄家哥哥，看护财帛当紧！"

黄信勒马回头，即刻被眼前情景惊住了：张家兄弟身边倒下一片兵丁尸体，这伙人全不顾张家兄弟的砍杀，一门心思往里冲，去抢金银。抢到金银的根本走不脱，立刻被同伴揪住。驿道上几处兵丁，你争我夺，相互厮打。黄信看到此，呼叫张家兄弟："快上马，凡劫落财帛者，休要走了一人。"

先抢了金银的小头目，怀里的金银已被分抢了去，仍不死心得和那些人争斗不息。黄信的言语全被他们听了去，各个如梦方醒，怀揣所得金银，放腿逃窜。

黄信正待放马去追，却见那伙人全被阮氏三雄用刀逼回来。原来阮家兄弟杀出重围，不见张家兄弟跟随，欲再杀回，阮小五提议不如从后面偷袭，三人绕到后面，见车仗被抢，正待去救，撞上这伙人便赶了回来。黄信见阮家兄弟返回，心中大喜，招呼道："阮家兄弟，围上这伙劫财者，休教走脱！"

阮小七高声回道："且把这撮鸟人银子收回，再去理会。"

阮氏三雄将那撮人聚到一起，列队排好，喝令他们把衣服全脱了，交出所抢财物。那小头目起初不肯，阮小二走过去，抓住衣领，猛地一拳，打地那家伙自转三圈，倒在地上。阮小七举刀喝道："不交者吃爷爷一刀！"众人战战兢兢将衣服脱了，交出所得。阮小五捡了件上衣，将搜出的财物包了。便没再难为这伙人，把他们放了。三人随即去帮张家兄弟。

装载财帛的车仗，人散尽完全显露在驿道上，歪倒车子周围仍有零散金银，散着诱人的光。车子旁边有两具尸体，面部朝下。黄信翻开看时，那厮手中紧握一锭大银压在胸口下。众头领感叹一番，把搜查后的士兵全放了。收拢起银子重新装了，数了数比原来还多了些零碎金银。

这时太阳已落入黑松林，黄信忽听得隐隐有马蹄声，对众人道："燕顺他们相距二十里的路程，该到了。"众人踮脚眺望，远远烟尘扬起，鸟雀乱飞。还是阮小二眼尖，一下认出骑马走在最前面的矮个子王矮虎，张顺也认出穆春、穆弘诸位好汉。毕竟黄信等人怎得与燕顺、王矮虎六筹好汉相会，且看《水浒传》分解。

薛永，江湖人称“病大虫”。“大虫”代指老虎，“病”字古义为超过，“病大虫”就是赛过老虎的意思。梁山大聚义时排名第84位，上应地幽星，职司长枪营步军头领。

薛永三探还道村　宋江一夜返梁山

魏天作

宋江大口喝干一碗酒，抱拳施礼说：“承蒙众位兄弟江州搭救，保住宋江一条性命，连日来又是盛情款待，宋江实在感激。可是宋江终日提心吊胆，常在梦中惊醒，生怕朝廷追捕到郓城县，连累家中父亲及宋清兄弟家眷。宋江思忖再三，决定回宋家村一趟，接父亲及宋清兄弟家眷上山，以免日夜惦念。”

梁山寨主晁盖听罢，从心里敬佩宋江的孝道和仁义，一百个同意去接宋老爷子及宋清兄弟家眷上山，可是又一百个不放心宋江一人去，这种担心刚刚说出，“病大虫”薛永第一个站出来，拍着胸脯大声说：“俺陪公明哥哥下山走一趟，接来宋老爷子和宋清兄弟家眷，以绝公明哥哥挂念！”

话音未落，花荣、秦明、黄信等人立即附和说：“是啊！多去几个人陪同公明哥哥，万一有点闪失也好有个照应……”宋江再次拱手施礼说：“谢谢诸位兄弟盛情，此次下山就不劳诸位兄弟大驾了，宋江已经计划妥当，等到夜深人静时悄悄进村，接了父亲和宋清兄弟家眷立即上山，人不知鬼不觉，岂不是更为稳妥？”

晁盖、吴用觉得此话有理，便答应下来。一行人送宋江到金沙滩，扶他登上一条小船，往对岸疾驰而去。晁盖回头走不多远，右眼突然狂跳三下，一种不安油然而生，立即停步转身，再看水面，小船已经消失得没有了踪影。

“智多星”吴用不解地问：“寨主怎么了？”

晁盖忧心忡忡地说："我有种不祥的预感，公明贤弟此次下山，一定凶多吉少！戴院长何在？"

神行太保戴宗出面说："兄弟在此。"

晁盖说："你立即下山，一路跟踪公明贤弟，万一有个闪失，速回山寨搬兵，确保公明贤弟万无一失！"

戴宗答应一声，施展轻功，踏水而行，追赶宋江去了。

晁盖带领一行人刚过山门，不意一脚踩空，差点摔倒，不由惊呼一声："不好！"赶紧令人备船，留下吴用、公孙胜、阮家三兄弟等人看守山寨，自己带领薛永、花荣、秦明、黄信、蒋敬等下山接应宋江。

乘着夜色，一路急行。忽然，前面出现一片突兀的高地，黑魆魆如是一座巨大城堡；阵阵夜风，犹如巨兽熟睡时发出的喘息；偶尔传来一声鸟叫，飘渺又遥远，仿佛来自梦中，有种隔世之感。

薛永吃惊地说："前面的高地好生神奇！"

晁盖一边急走，一边指点着说："此地就是公明贤弟府上，自古良田沃土。春秋时称廪丘，建有廪王城，十分壮观，齐乌余以廪丘奔晋指的就是此地，每逢阴雨或大雾天气，廪王城还能潮上来；此地还是战国军事家孙膑的出生地……"

话未说完，一个黑影从前边大树后闪出来，压低声音说："我当遇上了官兵，原来是寨主和诸位兄弟！"大家定睛看时，原来是"神行太保"戴宗。

不等大家发问，戴宗解释说："兄弟下山之后，在朱贵酒店打听公明哥哥的去向，朱贵说公明哥哥行色匆匆，给他酒也不吃，直奔宋家村来了。兄弟随后就追，在宋家村及时打听到情况。此刻公明哥哥已被两个贼都头带着的官兵盯上，往还道村方向去了。兄弟不敢四处寻找，准备回山寨告知寨主，不意在此相遇……"

晁盖发急地说："这回糟了，公明贤弟精通刀笔，纯熟吏道，虽然喜欢枪棒，可惜功夫不深，不是彪悍捕快的对手。好在离村不久，不会走得太远，出得这片高地，兄弟们分三人一伙寻找！"

谁知离开高地不远，前边突然火把通明，吼喊之声不断："宋江休走！"晁盖越发吃惊地说："糟了糟了，公明贤弟一定被官兵盯住了！"

薛永跳起来说："待俺冲上去，与官兵拼个鱼死网破，救出公明哥哥！"话音未落，人已跑出十丈之外。

晁盖生气地说："这个病大虫，说走就走，也不打个商量！"

戴宗感叹说："也难怪，那日他在揭阳镇上使枪棒卖药，没有先拜码头，给穆弘穆春兄弟俩刁难，差点闹出人命，幸得公明哥哥搭救。”

秦明不解地说：“一个走江湖卖艺的人，也被公明哥哥看上了？”

晁盖解释说：“秦明兄弟休小看薛永，他祖上并不走江湖卖艺，说起来也是个军官子弟，薛老爷子曾是老种经略相公帐下的一名军官，因恶了同僚，不得升用，子孙才落得如此下场。薛永兄弟因生活无着，终日面黄肌瘦，如同有病，但性情又是那般刚烈，威猛如虎，所以大家都叫他病大虫。”

“病大虫”薛永追着那片火把和喊声，很快跑到一个路口，路边一块圆形大石，上边雕刻三个篆体大字：还道村。抬头看时，只见周围高山峻岭，山下一遭涧水，中间只有一条路。无数官兵举着火把，将路口堵得水泄不通。

晁盖带领诸位兄弟随后赶到，看见薛永急得像个疯子，手握枪棒就要冲向官兵。晁盖将他拉住，发急地问：“公明贤弟果真走进了这座村子吗？”

薛永点头说：“正是。”

晁盖喟然长叹说：“公明贤弟啊，幸亏你还是个郓城人！难道不知道这是还道村？难道不知道还道村只有这一条路？”

薛永发急地说：“如此说来，公明哥哥进得村子，就没有活路可逃了？待俺冲上去，杀开一条血路，救出公明哥哥！”

晁盖拦住说：“薛永兄弟稍安勿躁，待俺想想办法。一二百官兵堵在路口，单凭咱兄弟几人不是他们对手，要智取不能强攻。还道村距东溪村不远，敝人充任保正时，曾因邻里纠纷来过几次，知道村中蹊跷。”

薛永追问说：“村中有何蹊跷？”

晁盖回忆说：“村边一座庙宇，叫九天玄女娘娘庙，建有戏楼、钟楼、山门，中有玄女殿、九女殿，后有祖师殿、玉皇阁，占地四十余亩；庙内一眼大井，叫半亩井，四角的井水各不相同，有咸甜苦涩四种味道，可医治百病。逢年过节，进香求吉祥的，汲水治百病的，人山人海，像赶会一样，就是平时不年不节，也是人来人往，穿梭不断……”

不待话音落地，薛永击掌说：“有了！俺就充当个求圣水的，先进村打探虚实，看看公明哥哥人在何处，也好定夺如何搭救。”说着，把枪棒往地上一攒，从怀里掏些药膏涂抹在脸上，顿时变得像久病缠身的人，咳喘连连走向村口。

两名官兵横刀拦住，厉声喝问：“来者何人，敢夜闯还道村？”

薛永不慌不忙地走近官兵，微眯双眼打量着对方，直把吐沫星子往他脸上喷：“噢，是两位军爷？前天俺来求圣水，还没有军爷把守，今天这是咋了，莫非出了啥事吗？”

两名官兵看薛永咳喘得厉害，生怕有传染病，抖动着朴刀恐吓说：“站住，再往前一步，叫你身首异处！”

薛永越发咳喘得厉害了，苦笑着说：“自从俺染上这身病，人见人烦，爹娘都想把俺从家里赶出去，要是军爷真能成全俺，俺到阴曹地府都记着您的好！”

说着，脚步踉跄地往前走去，眼看就要走过石碑了，两名官兵突然如梦方醒，快步追上来，把朴刀横在他脖子上：“快回去，想求圣水天亮之后再来，否则别怪大爷无情！”

薛永知道混不过去，只好退回来。

晁盖等人躲藏在暗处，刚才的对话全部听到耳朵里，大家越发惶恐不安起来，猜想宋江已被盯住，很快就会落网，不然官兵不会说出“想求圣水天亮之后再来”的话？

“霹雳火”秦明急不可耐地说：“好好一条汉子，装啥讨水病人，待俺杀将进去，救出公明哥哥！”说着，举起一条狼牙棒，就要冲向村口。

晁盖一把将他拉住，耐心地开导说：“秦明兄弟，一二百官兵把守路口，水泼不进针扎不进，单凭咱们兄弟几个，不但进不了村子，还暴露了救人意图，于公明贤弟不利，要想保全公明贤弟性命，最好的办法就是智取。”

薛永没有走进村子，自觉脸上无光，也不说话，只顾擦掉脸上的药膏，拿油彩涂成个小丑，肩扛褡裢，手摇串铃，摇身变成一个喝醉酒的江湖艺人，胡乱哼唱着再次走向村口：“想先父，两袖清风一身轻，蒙岳父，践约成婚配千金。数年来，草堂授课南京郊，娘子她，针线助我读书文……”

不待官兵横刀阻拦，薛永假装猛然酒醒，放下褡裢回头就跑，刚跑两步，一个趔趄摔倒在地，摔得满身满嘴巴泥土，直逗得官兵捧腹大笑，于是壮胆走回来，故作不解地问：“敢问各位军爷，您不是抓小的卖假药吧？”

不待对方回答，很委屈地说：“其实都是误会，小的根本不卖假药，都是货真价实的真药。耳听为虚眼见为实，不信看小的十八代祖传神药金枪止血散。”说着，从地上捡起一块大石，往脑门上狠狠砸下，鲜血顿时涌流出来，惨不忍睹，就连铁面官兵都禁不住惊呼一声：“哎呀！”

薛永从褡裢中拿出一包白色药粉，轻轻撒在伤口上，很快鲜血止住；擦净血渍，再撒一些药粉，疤痕渐渐消失。

官兵无不惊呼神奇，有人走上前来试图索取。

薛永讨好地说：“本来五文钱一包，小的看军爷实在，今天分文不取，不过军爷也要给小的行个方便，放小的回家搂着老婆睡觉去。”官兵迟疑片刻，压低声音说：“跟我来！”

薛永跟那官兵绕到一棵树后，沿小路走到石桥前，正要迈步上桥，忽听一声喊：“站住，天亮之前，任何人休得进村！”

喊声未落，十几名官兵冲上来，横刀拦在前面，十步之摇，是一队弓箭手，拉满硬弓，随时准备放箭。

薛永只好再次退回来。

霹雳火秦明气得跺脚说：“别再装神弄鬼了，眼看东方泛白，天就要亮了，再不救出公明哥哥，将是凶多吉少。待俺一条狼牙棒杀开血路，众兄弟趁乱闯进村子，搭救公明哥哥于水火之中！”

薛永抱拳施礼说：“休怪兄弟没有本事，实在是那群贼驴狡猾，把个路口防守得铁桶一般。寨主说得对，单凭咱兄弟几个不是一二百官兵的对手，要想救出公明哥哥只能智取不能强攻。刚才俺跟那贼驴绕到树后时，看见一条小路通向山涧，或许那就是一条通路。”

秦明立即反对说：“没听到轰隆声，山涧水流湍急，别说你一个旱鸭子，即便浪里白条张顺在此，也休想凫水过涧！”

薛永反驳说：“你不叫俺试试，咋知道俺是旱鸭子？”

言毕，丢下褡裢，操起枪棒，沿小路直奔山涧而去。

晁盖等人躲藏在树丛中，翘首企盼薛永归来，可是等了一个多时辰，也不见薛永归来。抬头看时，月影正午，料是三更时分，眼看就要天亮。

秦明抓起狼牙棒说：“不能再等了，再等公明哥哥性命难保！”随着话音，“黑旋风”李逵和“赤发鬼”刘唐等人急匆匆跑来。

李逵随声说：“秦明兄弟是等黑哥哥吗？黑哥哥听说公明哥哥被困还道村，就立即赶来了！”

秦明看见李逵，不由欣喜地说：“黑哥哥来得正好，不能再等了，现在就杀进去，搭救公明哥哥！”

李逵粗中有细地问：“秦明兄弟的话俺咋越听越糊涂？啥叫黑哥哥来得正好，难道除了黑哥哥还在等别人？”

秦明叹口气说：“别提了，一言难尽，等救出公明哥哥兄弟给你细说！”说着，提起狼牙棒，率先冲向路口。李逵手持两把板斧紧跟其后，一路拼杀冲进村子。

薛永拼尽全力，凫过湍急的涧水，翻山越岭，摸进还道村，但见大都头赵能、二都头赵得引着四五十人，高举火把跑到庙宇前，赶紧躲藏到一棵大树后。就听赵能喊：“弟兄们！村子、树林都搜遍了，只剩这座庙宇没有搜，想必宋江那厮就躲藏在里面，都给我仔细搜，一块砖缝也不能放过！”

赵得答应一声，带领官兵冲向玄女殿，刚到殿门前，突然刮起一阵风，黑云笼罩，伸手不见五指；庙宇嘎嘎作响，摇摇欲坠，飞砂走石，寒气袭人。赵能惊呼一声：“兄弟快走，神明不乐！”

喊声未落，只见一名黑脸大汉，赤裸着上身，手持两柄板斧，呼呼喘着粗气跑来。赵能越发惊恐，喊一声：“有鬼！”撒腿就跑。众官兵顿时都作鸟兽散，四处逃命而去。

赵能跑到庙门前，给一截树根绊倒，黑脸大汉赶上来，一脚将其踩住，手起斧落，把人劈成两半。躲藏在树后的薛永看得心惊肉跳，正欲起身逃命，忽然看见“赤发鬼”刘唐、“石将军”石勇、“催命判官”李立跑来，定睛再看那黑脸大汉，原来不是别人，正是“黑旋风”李逵。

薛永从树后走出来，迎上李逵说：“刚才听得死鬼大都头说，村子、树林都搜遍了，只剩这座庙宇没有搜，想必公明哥哥就在里面，咱们赶快进去寻找公明哥哥！”

躲藏在神厨里的宋江，听到薛永的声音，知道自家兄弟来了，赶紧走出玄女殿，与众位兄弟会合。

薛永看见宋江，惊喜地说：“公明哥哥找到了，快去禀告晁寨主！”石勇跑去不久，引着晁盖等人走来。

宋江不说话，从袖里掏出三卷天书和三枚枣核，双手捧着，引众人走进玄女殿，重整衣冠，双膝跪在玄女娘娘塑像前，声泪俱下地说：“我宋江何德何能，承蒙玄女娘娘如此恩宠？如若宋江能再见天日，必将来此重修庙宇，再建殿庭，伏望圣慈俯垂护佑！”

跪拜已毕，薛永等人簇拥着宋江，一路说笑着回山寨去了。

蒋敬，精通书算，能“积万累千，纤毫不差”，人称“神算子”，上应地会星。因科举落第，遂弃文从武，也能“使枪弄棒，布阵排兵”。梁山大聚义排名第53位，负责考算山寨钱粮。

举子落第走江湖 蒋敬郓城收小徒

刘昭

潭州原为隋唐两朝时府治，唐朝诗人李商隐，曾以潭州为题做过一首七律《潭州》：潭州官舍暮楼空，今古无端入望中。湘泪浅深滋竹色，楚歌重叠怨兰丛。陶公战舰空滩雨，贾傅承尘破庙风。目断故园人不至，松醪一醉与谁同。这是一首讽喻诗，寓人才埋没之憾，又切合潭州之地，典中情景，与诗人心境融成一体，读之令人顿生感慨。今借此诗此地说一说蒋敬，亦是合情合理。

蒋敬的父亲以教书为生，蒋敬自幼师从家父，学识渊博，又拥有一技，练就双手能拨算盘，无人能比，因此人送绰号神算子。虽然聪明好学，满腹经纶，却不想多次科考不中，几次三番之后，遂心冷了功名仕途，于是弃文从武。自此，迎暑送寒，苦练筋骨，使枪弄棒，排兵布阵，竟也赢得文武全才的赞誉。

蒋敬云游四海，一日来到山东郓城地面，眼见得此处民风古朴，又得知此村子为孙膑所设，内中布置颇多玄妙，顿感大合心意，于是住下不走，砌灶生火，摆摊设位，卖起了牛肉馅的大馒头。

那蒋敬亦是轮惯了大刀的手，剁肉捣馅，竟如上阵厮杀一般，偏又时不时地拨弄一番算盘，一时惹得众人见奇。再看那暄腾腾亮晶晶的好大馒头，热气腾腾地摆出来，大家竟争相来买，一时间成了集市一景。蒋敬乐得与人说笑，虽拨弄算盘，看似精打细算，实则保本即可，心思全不在赢利上。若有当日剩余的馒头，不计多少，尽随他人拿去，于是一个水堡集镇的人，都尽说蒋敬好处。

某日一位年迈长者，手中牵一垂髫孩童，拉拉扯扯向馒头店铺走来。蒋敬未曾识得，也是一时兴起，起身招呼道："老人家好福气，敢问手中所牵小公子，可是膝下令孙？"

那年迈长者言道："正是。"

蒋敬又道："我看令孙相貌清奇，将来定会有一番好前程。小可不才，自幼也读得几本诗文，纵是拳脚功夫，端的也略通几路。若是老翁舍得皮肉苦，我倒愿做令孙几天乡野师父，自是要倾尽所学。你看如何？"

那年迈长者又是一番窘色，不觉惶惶叹息，言道："多谢义侠美意，谨为先前几语，老朽亦是愧感万千。奈何家中米粮尚不能裹腹，纵是有意，到底拿不出束脩礼，倒叫人笑话。"

原来这老者姓尤，亦是本集镇人氏，街面上人唤作尤老儿。婆娘已故，膝下一子一媳，天怙佑得到一对双胞胎，俱是浓眉大眼，虎头虎脑。尤老儿自是喜出望外，遂取名尤龙尤虎，意在他日凌志青云。然天命不得大周全，双同胞兄弟刚到开蒙年岁，爹娘老子竟至双双染病而亡。尤老儿无力供养小兄弟吃喝，少不得集市上讨要些残羹剩饭，今日闻得蒋敬乐以施舍，便拉着先醒的一个，过来试试运气。因那一个还在家中困觉，只带得一个出来，不期正遇着蒋敬有意，也是天缘得识，于是才引来一段乡间故事。

蒋敬察言观色，到底窥出些许端倪，有意成全老者脸面，又言道："我刚才所言其实不全，即便收徒授艺，须是一个腹大能盛为好。俗话说，'饭多筋骨生，身大力不亏，'若是那猫样吃喝，纵要拜师，我也是不收的。"

尤老儿闻之，心中暗喜，巴不得蒋敬早说这话，即刻抢话道："如此说来，这孩子倒是拜得师傅了。"蒋敬只佯装不知，又道："此话怎讲？"尤老儿道："我这孙子最是能吃，便如义侠这满屉肉馒头，十个二十个亦吃得下！"蒋敬惊诧不已，言道："莫说十个二十个，如此肉馒头，若果真吃得三五个，我亦收为小徒，分文不取，还要供其三餐。"

尤老儿紧着摁下孙子的头，言道："快拜师傅，拜了管你饱腹！"

那小儿果真乖巧，当下跪地，冲着蒋敬磕了三个头，爬起来望桌上，看到桌子上摆了十个肉馅大馒头，不计凉热，抓起就吃，竟如狼吞虎咽一般。

蒋敬看得心伤情悲，围观的人俱皆诧异，只有那尤老儿像是心中有数的，单等小儿吃下第五个时，遂以一手抚摸小儿肩头，轻轻言道："小心噎着，先跟爷爷去外边撒泡便溺，回来再吃那五个。”

蒋敬不去理会，满心里只是怜悯孩子如此饭量，怕是未曾尝得饭足，哪里去想尤老儿要使掉包计，带孩子便溺是假，回家换为另一个饥饿孙儿为真。其间有知情者悄悄与蒋敬耳语，三言两语道出内中张致，言道：“尤家两个孪生兄弟，生得分毫不差，尤老儿此一去，只怕是要拿饱汉换饥汉，少不得再吃你五个。”蒋敬闻之惜惶，恤其祖孙不易，反倒劝其不得声张，于是正色道：“我决计收下小儿为徒，既是孪生兄弟，三个五个我亦一并收下！”

不一时，尤老儿复带孩子进来，蒋敬依旧佯装不知，偷偷窥视孩子眉眼头脸，果然与先前一摸一样，只是饥饿之状，胜于先前那个。蒋敬当下信了那人言语，心中反倒着实欢喜，爱怜之情又陡增了几分。看着换来的孩子也是一番狼吞虎咽，剩下的五个肉馅大馒头眨眼吃下，蒋敬怕孩子贪吃坏了肚肠，于是当即答应收孩童为徒。

蒋敬亦是君子行径，答应之事，付予承诺，夜眠三更，闻鸡起舞，教得两徒弟识文断句。更有那知礼义，辨廉耻，循序灌输，两小儿果得长进。那蒋敬初来到郓城水堡，便察觉出村街道路的奇妙布设，又听人常言一句俚语，言道：“水堡集，真稀奇，十个进来九个迷。”后闲暇时信步察看，果然大有玄妙，今正好与小徒传授功夫阵法，于是习文之余，又携带两个小徒以集市街道为战场，专讲那排兵布阵的要领，两个孩子也渐渐心领神会。

蒋敬把当年孙膑留迹烂熟于心，这也为他日后跟着宋江大军，先受招安，后效朝廷，一路浩浩荡荡，千里南讨方腊，遂又北征辽国，中原地横扫河北田虎、淮西王庆。那是大受补益，由此立下赫赫战功，端地挣下个万古英名。此为后话，姑且放下。

传说中，蒋敬收徒授艺三年，后获知徽州家中变故，遂启程返乡，后又因报仇杀人而落草于黄门山，巧的是得欧鹏所引，又值宋江囚困江州之时，一行四兄弟俱皆入伙梁山。江南平定后，蒋敬作为幸存偏将，被授为武奕郎、都统领，“管军管民，省院听调”。后因思念故土，便辞去官职，返回潭州为民。数年后，水堡集镇上的一对双胞胎兄弟，常念着一日为师，终身为父，侍奉着爷爷百年入土，两兄弟又千里寻师。一路辗转，终于来到师傅蒋敬身边，以报当年惜助之恩，至今长沙一带仍留有山东徒弟寻师报恩的佳话。

马麟，善使大滚刀，能吹双铁笛，人称“铁笛仙”，上应地明星。二打祝家庄时，马麟曾与扈三娘交战。二人都使双刀，四把刀上下飞舞，恰如“风飘玉屑，雪散琼花”，令人眼花缭乱。

铁笛妙曲惹乡情　马麟巧计济姐弟

刘昭

话说华夏中国，自那唐宋两朝始，城廓多乐坊，时人尤以横笛为妙，坊间也惯常制作竹笛、玉笛。后汉马融所赋长笛，“空洞无底，剡其上孔五，孔一出其背，正似今之尺八。”唐人李善为之注云：“七孔，长一尺四寸。”建康府人多行其乐，其中善笛者尤以马氏一族有缘，绰号含有“铁笛”者，非马氏族人不可兼得。那马麟素得家传，笛上功夫自是高人一筹，常年游走于勾栏瓦肆，赚得许多银两吃喝，凭借的就是一支铁笛，因此人送绰号铁笛仙。一个“铁”字，并不是说马麟的笛子是由那铁质金器制成，而是“好”的意思，“铁笛仙”一语，是说马麟吹得一口好笛音。马麟凭一支铁笛，走南闯北，游华夏山水，跨五湖四海。俗话有云：人在江湖，三教九流，鱼目混珠，无所不有。多年的磨砺，经过了人情世故，见惯了厚薄冷暖，那马麟见多识广，眼色里行事，指缝间跑马，颇显得市井老道。再加上相貌魁伟，孔武有力，使得一把大刀，亦是刀法娴熟，变化多端。也是艺高人胆大，游走江湖，尽随其意，大江东去，凭浪踏行，不噶受过半点儿委屈。

一日来到古城徐州，正赶上彭祖庙会，人来人往，甚是热闹。再看那庙宇廊舍，青衣粉黛着墨，街头杂技飞跃跨栏，真个是：能人献艺，高人斗巧，各露奇人，尽显功夫。那马麟本是热闹场中混熟了的，哪里禁得住这般光景，于是擎出铁笛一支，一曲玄妙之音，犹胜天籁之音。悠悠荡荡，浮云共扬，起起伏伏，曼妙霓裳，真是：闻之微醉，和之轻舞。笛声吸引拥挤的人流，潮水般汇集成旋流，一时天上人间，美不胜收。马麟眼观心乐，一番风头出尽，又悄然退出人潮，拐弯抹角，径直去了西郊燕子楼。

此时正是春暖时节，“红杏花开燕子楼”，遂为当地一景。走了一阵，忽觉身后有一小儿紧不舍，马麟诧异，于是驻足问道：“何事追赶？”

小儿唯唯诺诺，不敢近前，马麟再走，犹是复如。马麟越发好奇，见那小儿瘦骨嶙峋，一时侠骨柔肠顿生，弯身再问。这一问不当紧，直惹得小儿一时嚎啕，泪水竟如落潮，哪里止得住。

原来小儿也是建康人氏，父母早亡，直落得姐弟困守寒舍，艰苦度日。此间春去冬来，岁月自转往复，姐姐蕊儿已过二八及笄之年，正是碧玉年华，弟弟贵儿尚在舞勺之年，须臾离姐不得。此时蕊儿婆家那边，因恨着先前两姐弟的爹娘欠着一桩旧债未还，指腹连理之事欲悔，遂生歹毒恶意，竟偷偷将蕊儿卖给牙行，使了许多银两。牙行随之开市，后儿经倒手，连蕊儿自己也不知到了哪州哪县，可怜弟弟贵儿更是如隔九天，只知每天随波逐流，一路哭啼啼悲嚎寻找。这一日来到古城徐州，正苦于无所为计，忽然听到马麟笛声乡音，顿觉亲近无比，于是一路尾随，再不肯离开。

他乡遇同音，又是如此悲惨遭遇，马麟不忍，一时勾出怜悯之情，决意助其寻姐。那贵儿也是自小聪明伶俐，又见马麟生得身材高大，腰挎一口环头大刀，料定是个好功夫的，当下便要磕头拜师。马麟也应了，由着贵儿跑前跑后，乐得侍奉便当，寒凉温饱，亦倍加怙怜。

俗话说：天要随人愿，千山也难隔。终一日，打听到姐姐蕊儿此时已被转卖到山东郓城一里正家里。贵儿得此消息，哪里再肯放过，少不得央求马麟赶路，恨不得一时三刻见到姐，哭诉别情，马麟亦不敢怠慢，随即带上贵儿，师徒二人晓行夜宿，只顾望那郓城地面奔波。

再说这一里正，复姓西门，家道殷实，使钱做得一方里正，平日仗着鸡头大一方权势，为非作歹，勾官结富，欺压百姓。然做恶得报，年近六十，虽娶下四房妻室，仍是膝下无子。不孝有三，无后为大。眼看是断子绝孙光景，忽然闻得一妙龄女子辗转至此，生得花容月貌，十分可人，于是不计银两，于那人牙子手里花钱买下，意欲枯木逢春，续延香火。

且不说那西门里正欢天喜地，如摔倒拣拾了狗头金一般，恨不得红日早坠，罗帐早揭，不曾料到，洞房之夜，新娘子却手握剪刀，寻死觅活，又哭又闹，只是不许近身。西门里正看着新人娇媚万端，虽是欲火升腾，到底要做长久夫妻，怕的是一时逞强，伤了性命，那时落个人财两空，反倒美事难成。于是强压怒火，愤愤出室，派人仔细看管，由是一夜无话。

话说马麟，带着小徒贵儿，东寻西问，搜风觅迹，径直来到西门里正家门。不容通报，大步穿进庭院，有庄客上来阻挡，亦被马麟一掌推出。口中只顾呼叫："有识相的，快快请出我家妹子，若有半点儿闪失，管叫你们一家老少葬身火海，休想逃脱一个！"

庄客惊恐，风卷着一般，踉踉跄跄，进后院告知西门里正。西门里正平日里颐指气使，只道是天下以他为大，哪里识得英雄拳脚。闻知有人撒野，口口声声说什么妹子，知是为新娘子而来，一时怒起，便喝斥着十几个庄客，齐唰唰地围将过来。那里正原以为按倒二人，不过是缚鸡束鸭，哪曾想，十几个庄客不及挨得马麟近身，竟稀里糊涂地翻倒在地，一个个鼻青脸肿，尚不知那拳脚从哪里打来。马麟越发兴起，背囊中抽出铁笛，一曲九霄凌空，恰如万马奔腾，直冲的众人耳膜山响，爬起来又叫苦不迭。西门里正方知来人功夫了得，只好改怒相为笑脸，忙不跌地斟茶拉座，一边着人请出新人。

姐弟二人他乡相见，一时晃如隔世，免不了抱头痛哭一场。姐姐到底年长几岁，知是英雄马麟携弟搭救，又顺着刚才马麟话音，随即过来跪在马麟脚下，拜谢道："终盼得哥哥寻来，万望救妹子出这苦海，这陋乡僻壤，一刻儿也不想停留！" 言罢大哭不止。

马麟亦感心伤，随言道："妹子放心，哥哥自有安排。"

事到眼下，水火两势，那西门里正只好拣好听的可怜话说："都怪老朽一时糊涂，不辨来路，做下这糊涂事。如今好汉带走家妹也是使得，只是须到郓城县衙画个具结，倘若他日再有人来寻，咱这里好歹有个凭证。"

马麟已知西门里正怀下歹意，欲借官府衙门告他强抢豪夺，毕竟郓城县衙是老混账走顺的地方，人情联结自是方便，一旦进去，哪里会容得他细说原委。假意答应，心中却暗自思量如何索他银两，一则出口怒气，二则周济姐弟二人做返乡盘缠。于是一把揪住西门里正，言道："郓城县衙倒是去得，只是我家妹子被你卖来卖去，赚下不少身价，你只须把妹子的身价钱一文不少交与我，官府那儿当堂具结。"

那西门里正听得昏头昏脑，于是急言分辩道："这是哪里话，你妹子来龙去脉我一概不知，怎么变成我把人卖来卖去了？"

马麟只是搅缠，又道："我且问你，你既不知，我妹子本为千里之外建康府人氏，怎么到了你手？莫非大风刮来不成？"

西门里正被马麟搅得头沉，只好再忍急应答道："正是问得蹊跷！千里之外自有人牙子倒手，不是这般，我如何做得买主？纵是那身价钱，亦是人牙子所得，哪里就到了我手？"

马麟只是不理会，越发胡搅蛮缠。又道："你说人牙子倒手，哪里信得？须是道出姓甚名谁，家乡住处，高矮胖瘦，黑白俊丑，那时我方信你。还有，身价钱我取一半亦可，只是我妹子离家时携得三百两生意本钱，因有本家印记，须是一文不可少的。"

西门里正目瞪口呆，张口结舌，哪里说得清楚，少不得连连叫苦。呜哇言道："又是哪门子生意本钱，莫说三百两，三钱三文，我何曾见得？"

马麟不紧不慢，又道："你只管把家中所存银两拿来，不是我家的，我分文不取！"

言毕，示意小徒贵儿于灶间搜出铁鏊子，架火烧得火星四溅，贵儿又故做张致，言道："休再跟他口舌，这里只须让他赤足踏上，待到皮焦肉烂时，他自会交出咱家本银！"

马麟随口答道："倒也使得！"

此时再看那西门里正，早吓得魂魄飞散，哪里还敢分辩，急着指派家人，口中竟也说道："快去将那小娘子所带本银取出啊！"

不一时，家人抬出钱柜，白哗哗一箱子雪花银。那马麟煞有介事，桌子上铺下包袱，大把抓出，口中只是自语："这一块是，这一块也是……"估量着亦有三五百两，又道："好了，不是咱家的不要！"于是三人齐出，空留下气昏了头的西门里正捶胸顿足，悔恨莫及。

再说蕊儿早敬慕马麟英雄本色，意欲以身相许，堂前庭后，早晚奉侍，以报搭救之恩。焉知马麟只身自在过活惯了，又不想落下乘人之危嫌疑，遂以家有妻室为由推辞，又于扬州地面上，寻得一户建康府落地人家，当日便订了终身。那贵儿却再离不开马麟，依旧做个徒儿，随姐姐小住几日之后，便又跟随马麟远走他乡。自此，江湖上便多了悠闲笛声，时而田园牧歌，时而高山流水，道不尽的雅韵清音，直至黄门山遇宋江、入伙聚义，那时自是另一番光景……

李俊，因精通水性，人称“混江龙”，上应天寿星。曾三救宋江。梁山大聚义时排第26位，在水军头领中排名第一，与阮小二一同把守东南水寨。随宋江南征北战，屡立战功。

宋江遇险浔阳江　李俊仗义走郓城

刘兆全

李俊和“催命判官”李立同霸揭阳岭，与揭阳镇穆家兄弟、浔阳江张家兄弟，合称揭阳三霸。因赎卖私盐，又与“出洞蛟”童威、“翻江蜃”童猛过从甚密。而其实，之所以那些豪强恶霸对其俯首帖耳，唯命是从，并不全是因为李俊武艺高强，更重要的是李俊天生具有侠义心肠。自古至今，德为才之帅，艺为勇之根，只有两者兼备者，才能真正赢得人心。李俊的可贵之处就在于，尽管身怀绝技，做的却是“止杀”的功夫，这种与生俱来的本质特征，不仅让其成为揭阳镇令人瞩目的人物，即便是后来上了梁山，同样也是礼遇有加，倍受尊崇。

要说这个李俊为人仗义一点都不假，在这之前，仅仅因为有朋友告诉他，押司宋江因着一桩命案，发配江州，可能要路过此地，李俊就每日到宋江可能经过的路口去守候。但等了好长时间，也没见到宋江的影子。这日，或许就是李俊跑得累了，加上见不到宋江心情有些郁闷，就想到店里吃杯酒解解乏，想不到却是歪打正着。原来宋江在李立的酒店里吃酒，被他用蒙汗药麻翻，险丢性命，可谓江湖多险恶。李俊迎着宋江之后，设宴盛情款待，又带宋江到家少住几日，其间更是殷勤。宋江看到李俊如此照顾，其乐融融，不料却是触景生情，由不得伤感流泪。李俊见状，忙施礼道：“哥哥，莫不是怪罪小弟照顾不周？”

宋江赶忙还礼，面含歉意说道：“非也。只因宋江数年来多生变故，负累家父已久。今又带罪远走异乡，生死未卜，难以在高堂身边侍奉，倒让他老人家吃惊受怕，实乃不孝，故此感伤。”

正是说者无心，听着有意。只见李俊深躬一礼，道：“哥哥尽管宽心，你我既为兄弟，便分不得彼此，令尊面前小弟愿替哥哥尽孝，必要去郓城走一遭。一则告知哥哥消息，二则也代哥哥略表寸心。哥哥意下如何？”宋江闻言，感动不已，当下又拜李俊道：“贤弟若去探得家父光景，愚兄自是感恩不尽，只是此去郓城千里之遥，此间辛苦，却要贤弟自受，愚兄着实不忍。”李俊再拜道：“哥哥言重了，莫说只是个行走，纵是赴汤蹈火，又能若何？况那济州又是我走过的，此一去，正好寻了旧路，往来不过月余，哥哥放心就是。”

不说宋江辞别李俊继续赶路。只说李俊听了宋江言语，便想到自己的家事，年少就被迫闯荡江湖，不曾有爹娘的印记，每看到人家儿孙绕膝的情景，就暗暗想自己的爹娘。今由宋江哥哥一语撩拨，心里顿生感慨，就吩咐人备好礼物，决意到山东郓城替宋江哥哥了却心愿。路途遥遥，少不得陆行策马加鞭，水上摇桨嫌慢，风餐露宿，夜止晓行。

一路无话。这日来到了郓城地面，打听得宋家庄里程路径。此刻天色向晚，在夕阳的余晖中，李俊轻敲着紧闭的大门。自从宋江犯事，宋老太公和宋清父子二人就整日担惊受怕，寝食难安。虽有梁山众好汉不时来看觑，也多是避人耳目，张扬不得。这几日，宋太公忧虑成疾，宋清为父亲熬药吃过，就侍奉父亲睡下。听见门响，赶忙开门看时，却是一副陌生面孔，十分诧异。李俊猜得是宋清，便说明来意。宋清大喜过望，赶忙招呼客人，又要告知老父，李俊不忍惊扰太公，胡乱解了肚饥，与宋清叙话之后，便各自寝卧。翌日，李俊早早收拾，由宋清引领，来给宋太公请安问候。宋太公听李俊报了平安，知道三郎沿途有朋友照应，便觉心宽，病也好了大半。着人安排酒席，相谈甚欢。

李俊投其所好，就像多年未曾见面的父子，言语之间，很是投缘。李俊在宋家庄一住数日，早晚向太公嘘寒问暖，闲时就陪老人家说些世间趣话，和宋太公一起过了一把父子瘾，也让李俊尝到了父亲的关爱和温情。俗语云：忧愁恨日长，欢乐时光疾。不意间，李俊来宋家庄已有些时日，思量欲回。这一日和宋清出得家门，假宋清为太公买药之便，来到一个名叫郝山头的大集镇。李俊随宋清一路观看着沿途风光，看到镇上几家卖盐的店铺，便忍不住近前打听盐价及行情。此时正应了那句古话：“干啥的吆喝啥”。店主一听李俊是外地口音，并不多说内中实情。有认识宋清的，不免随便敷衍几句。

宋清急着赶回家给老父亲熬药，就留李俊一人随意走走。李俊在街面上悠悠晃晃，闲逛了一阵之后，便转身进了一家名叫悦来春的茶楼。此楼是镇上的热闹去处，亦是三教九流汇聚之地。不过，要想探听江湖消息，这里倒是个绝好的地方。有诗为证：悦来春茶品若仙，陆羽功夫世间传。九流三教如走马，地北天南聊客闲。

李俊进来，选了个敞亮的地方，招呼煮茶人，要了份上等的雨前茶。他悠闲地端起，呷了一口，正慢慢品尝。这时进来三个人，径直朝他走来，其中一人嚷道："哪里来的野人，不懂规矩，胆敢坐爷的位子？" 李俊闻言，知是故意找茬的主儿。遂好言道："店家买卖，讲究的是先来后到，位子岂有号定的？" 那人道："你这人好没道理，店家开张，爷早定了这个位子，谁人不知，哪个不晓？便是没有，爷也是想坐哪里坐哪里，你只乖乖滚开，少你一顿好打！" 李俊何时受过这等闲气，一时忍无可忍，一拳发出，直冲对方脸面。对方没有防备，未及躲闪，只听"哎呀"一声，面部实实地着了一下。那人恼怒，发作道："着啊，今番碰到对手了，倒解得爷这一阵手痒！"

看官可知来者何人？原来是"赤发鬼"刘唐、"摸着天"杜迁和"云里金刚"宋万三人。宋江发配江州路过梁山泊时，晁盖苦留不住，又惦记宋太公在家凄惶，就时常遣人到宋家庄探望。近日，晁盖听说有一异地口音的陌生人，来宋家庄太公家里一住数日，猜疑内中有诈，便派人暗中打听缘由。又有人来报："那人不知为何，胡乱打听盐价，不知道是不是官府之人？"晁盖越发生疑，吩咐刘唐等人星夜下山，悄悄摸清底细。这李俊与刘唐正打个不分上下，倒是杜迁看出些门道，便出手架开二人，低声说道："好汉且住，这里不是争强处，请借一步说话。"

也正是这个退闪说话，方叫众英雄惺惺相惜。李俊说明了来意，三人顿时哑然失笑，遂各自通报姓名，又听了宋江哥哥眼下光景。于是英雄相见，心灵自通，大碗喝酒，大块吃肉，好不痛快。

后来，李俊等人护送宋江上梁山后，深得宋江重用，这与李俊三次救其性命不无关系。更重要的是李俊不是靠武力赢得江湖好汉的拥护和爱戴，而是靠智慧和谋略，靠聪明的判断力，靠慧眼识时务的胆识，成就一番大业，这才是世间真英雄。

穆弘，出身富户，武艺高强，性情暴烈，江湖人称“没遮拦”。曾参与营救宋江，大闹江州，是白龙庙29英雄之一。梁山大聚义排第24位，上应天究星，担任马军八骠骑兼先锋使。

寻枣核穆弘下山　救将领宋江申纪

卢明

话说穆弘参与还道村救宋江，随大队人马回到梁山，一起陪宋江说话。宋江忽然发现，在还道村躲避官兵时，手中的三颗枣核不慎丢掉，那可是自己见九天玄女的宝贵见证。宋江只是提到，穆弘却要捡回，他心血来潮，右拳一捶左掌，便决定自己一个人悄悄下山，将三颗枣核寻来，交给宋江，也算是上山后立的头功。

穆弘找童猛，要童猛撑船，将自己渡到水泊西岸。童猛与穆弘是江州老相识，关系很不一般。穆弘提出的事，童猛自然不会拒绝，但他觉得此事不妥。他给穆弘分析了两条：一是三颗枣核，值不得去寻。况且梁山人马夜间刚在那里与官军厮杀，去还道村十分危险。二是若真要去，也要多带几个弟兄，万一出现危险，也好有个照应。

童猛之言，穆弘哪里听得进去。他坚持说：“枣核虽小，却系神授，宋大哥那么在意，我等兄弟不可看得轻了。去还道村寻枣核，人多了便动静大，容易暴露。我一人轻装而去，便不招眼。速去速来便是，何须兴师动众。不是自吹，我一身本事正愁无处使，这点小事足以应付！”童猛为弟，穆弘为长，穆弘说到此，童猛就不便再说什么，只得从命。

船到岸时，夜未退尽，还是拂晓，波平苇静。掩映在绿树之中的朱贵酒店，依然静悄悄的。穆弘喊起朱贵，在酒店选了一匹上等坐骑，翻身上马，猛抽皮鞭，向还道村飞奔而去。

到还道村时，天边亮起来。只闻鸡鸣声声，尚无早起下地的村人。沿路看去，见道上横七竖八躺着一些官兵尸体，那是梁山人马夜里救宋江时砍死的。穆弘于林中栓了马，慢慢走着，弓着腰，低着头，一步一步，仔细在地上寻找，一直找到九天玄女庙中。

果然，在神龛下找到那三枚枣核。枣核是散落的，可见当时宋大哥逃出之惊慌。穆弘将三枚枣核一一捡起，用双手搓去尘土，然后，轻拿轻放地用布包了，小心翼翼地放在口袋中。

穆弘出庙欲走，却出了状况，令他心头一紧。只见庙外路上，已有人前来抬官兵尸体。既然已有人看见，再退藏庙中，更会被猜疑。面对此情，穆弘索性硬着头皮，装作本村出行之人，大大咧咧地沿路前行。

起初，收拾尸体的士兵们并未注意他。快到拴马树林时，却有一个头目模样的人问穆弘是干什么的。穆弘不敢回话，只是加快脚步，想飞马闯关。可惜他未到林子，便被带队前来的县尉喝住。面对县尉之盘问，穆弘先是不答。后见不答不行，便想蒙混过关，仿北方话说了句："下地干活。"县尉听出穆弘是外地口音，便伸手来扭穆弘。

穆弘见瞒不住，也便豁出来，一边挣脱县尉，一边大叫："大爷我就是梁山好汉，你等众小儿能奈我何？！"穆弘疾跑，官军猛追，双方动作皆异常猛烈。怎奈官军人多，穆弘武力不支，被官军绑缚，吊到一棵高大的松树上。

县尉说等收完官军尸体，举行一个仪式，将穆弘杀了，祭奠死者亡灵。听此言，穆弘血脉上涌，叫苦道：此命休矣！穆弘这才感觉，下山之前童猛劝自己的话有一定道理，只怪自己虑事简单，脑子一热，便率性而为，没有留下后路。思来死不足惜，只是老父在堂，自己不能为他老人家养老送终，终是一憾。转念又想，自己为宋大哥做事，便是死了，也是值得。念及此，便有一股豪气充溢在脸上。

渐渐地，东边天空的乌云，变成大片大片的红霞。在准备就死的穆弘眼里，这霞光似血，殷红殷红的，仿佛能嗅到腥味。眼看着官兵将那些尸体抬到一起，一字儿排开，盖上布单，穆弘感到，自己这条命，马上就没了。他热血贲张，只愁无计将三枚枣核交给梁山兄弟。

一个头目来县尉处，报告说所有尸体整理完毕，要求开刀杀俘，以便祭奠。县尉就在绑穆弘的林子前坐着，头目与县尉的对话，穆弘听得真切。县尉说，知县早有安排，要等到午时举行祭奠仪式。

巳时以后，日近中天。官兵们忙着设警戒线，防止大胆的村民前来。穆弘东张西望，紧张之中，万念俱灰。一扭头，忽然望见一支人马飞奔而来，身后扬起一路尘埃。是官军又来一支人马？不像，这里已有官军支应，后续官兵再来，无须疾驰。是梁山兄弟们前来救人？也不一定，他们怎么会知道我遇此难呢？！来者为谁，关系到穆弘的生死命运。为此，穆弘的心紧绷着，瞪大了眼珠子，定要将这拨人马看清楚。

转眼间，人马近了。县尉及所带下属，皆在林边忙于事务，没有及时发现这支人马飞奔而来。吊在高处的穆弘却看得真切：这群人马，果是梁山救兵！只见李俊和穆春打头，李立、童威、童猛、杜迁等紧跟，其后带着一彪人马。穆弘见时机已到，便大声呼喊，招救兵到来。李俊寻声而来，即刻来到跟前。官军闻之，虽是惊慌，也在迅速凑集迎敌。

李俊、李立、童威、童猛等自江州来梁山入伙的将领，不只善水战，武功也颇了得。这几个人和杜迁一道，带领众喽罗，挥舞长棒朴刀，与官兵奋力搏斗。穆春趁机将穆弘从树上放下，割断绑绳，递去一根长棒。穆弘稍一缓劲，便操起长棒，和穆春一起，加入搏斗行列。

正所谓受害越重，反抗越烈。穆弘兄弟在揭阳岭长期称霸，傲气十足，何曾被人拘吓！今日，穆弘被官兵绑缚这么久，若非梁山兄弟搭救，命都没了。穆弘憋着一股劲，在博斗中表现最下力，最狠。他一棍棒扫去，便打翻三名官兵。接着越战越勇，吓得官兵们屁滚尿流。

由于官兵昨晚损失惨重，剩下的战斗人员少。再加此来只为收尸，并未带太多兵器，所以，最终不能战胜梁山人马。李俊也明白，此来之目的，并非歼灭官兵，而是救出穆弘。所以，他见好就收，招呼大家快撤。众将领拨转马头，穆弘也迅速转向林中，解马上蹬，并入撤退队伍，向梁山方向飞奔。

回到梁山，穆弘将捡到的三枚枣核如数交给宋江。宋江心生感动，说虽有三卷天书可读，但三枚枣核亦非同寻常。接着，他派匠人打造宝匣，供到聚义堂上。

穆弘说有一事不明，就是兄弟们怎么知道他遭受此难，并能及时救援。见哥哥有此一问，穆春便说出了原委。原来，童猛送穆弘下山后，总觉不放心，便将此事向晁、宋二头领汇报。宋江感到问题严重，立刻派李俊、穆春、李立、童威、童猛前来接应。考虑到他们都是江州来的，尽管刚刚夜赴还道村，还是路径不熟，便让杜迁跟来带路。

山寨安排酒宴，为穆弘压惊。把酒接盏之际，众好汉情涨耳热，说话也便随意些。见宋江过来发酒，穆春搭讪着说：“我哥哥穆弘刚上梁山，便做了这个大事，算是立了一件大功。”说罢，两眼盯住宋江，期待着宋江颜开如花，微笑着首肯。未曾想宋江却一脸严肃地说：“这一次，险些伤害了穆弘兄弟，他若真有个三长两短，怎么向穆太公老人家交待？！”穆春讨了个没趣，便不再言语，只是闷头喝酒，卒至醉倒。

次日，晁、宋二位头领，在聚义厅招集所有梁山好汉议事，肯定穆弘此次捡回三枚枣核，确系忠于头领和山寨之举，其心可嘉，其情感人，其效关乎整个山寨福祉。同时指出，穆弘此险，给全体头领一个教训：擅自行事，容易出错，应当避免。梁山将领，虽来自四面八方，却情同手足，理当同生共死，共举大业，不能让任何一位兄弟出现闪失。

此后，由军师吴用宣读整敕山寨纪律之将令。将令大意为，梁山作为一个军事组织，无规难以统一步调，无纪不能统率三军。自此以后，所有将领下山，必经晁、宋二头领批准，私自下山者将受严惩。经此一事，梁山将领皆知严明纪律之重要。

穆太公堂前，穆弘又一番聆听父训。穆太公苦口婆心，劝穆弘道：“你兄弟二人，心地不坏，为父自然知道。既上梁山，随军征战，英勇博击，这我也支持。怕得是你们性情暴躁，做事莽撞，容易招来不必要的危险。以前你们做事没遮没拦，以后可要遵依山寨规矩，做些个有法有度的事。”

果然，经此一事，穆弘颇有变化，久而久之，他由一个率性而为之村野青年，逐步变成一个能打善战之梁山将领。此后，穆弘跟随宋江，南征北战，屡立战功。

穆弘名列三十六天罡之数，排梁山将一百零八将第二十四位。观其英雄气概，果然当得。

张横，水性极佳，冲波如水怪，跃浪似飞鲸，绰号“船火儿”（即摇橹船夫）。曾参与营救宋江，大闹江州，是白龙庙29英雄之一。梁山大聚义排名第28位，上应天竟星，与弟弟张顺一同镇守西南水寨。

雷氏女投河自尽　船火儿巧斗恶魔

司瑞秋

张横，浔阳江畔小孤山人氏，人送绰号“船火儿”。与弟张顺皆水性好武艺高强。水上行走如水蛇似蛟龙，可称浔阳江上一霸。在江上做些捕鱼摆渡生意。此人胆大心细处乱不惊，多谋善断不善张扬，且略识文字，疾恶如仇敢做敢当。

张横因在江州劫法场救了大哥宋江遭官府通缉，便伙同众英雄投奔梁山。在还道村九天玄女庙参与救宋江时，听说郓城广济河两岸风光优美，便动了心，回山没几天，便向晁、宋二头领请假，来郓城地界走一遭。

这一日，张横自梁山泊乘舟上溯至广济河段，见河水清澈平静，浪花朵朵，荷花正艳白帆点点鱼歌互答，美景如画。张横便寻河边酒馆，客店老板不但待人和蔼可亲，而且阅历广特健谈。介绍郓城名胜，口若悬河。听客店老板滔滔不绝讲个没完，更兼客店刚开坛的酒香，煎炒烹炸美味的诱人，张横食欲大增，便打定主意住下。他要了大盘牛肉、红烧鲤鱼，品尝了郓邑名酒，还吃下几个牛肉壮馍、猪肉饼，直吃得满嘴流油。

夜半，张横醒来小解，见月光如昼，夜风习习，因过多用酒，便感到身上燥热，更因正值夏秋之交，夜半走出店门来到河边，跳入水中洗个痛快。

水温适宜，张横游到右岸，再回左岸，便坐在青石板上赏月。只听对岸嗵地一声似巨石落水。因为隔河相望，又是月光朦胧，他看不清发生了什么。出于好奇他又游到右岸，慢慢靠近，竟是一个人在水中扑腾，看来根本不识水性，生命垂危。张横用力将其托起，游至岸上，放于平地，才发现所救起的是个女子。只听从北边沿河来了一帮人，人声嘈杂且提着灯笼。人群渐近还听有人哭叫："云儿啊！云儿啊，你千万别寻短见啊！"

张横站起，与来人打招呼，来人见岸上躺着的是自家女儿，一齐下跪，救命恩人请受我们全家一拜。张横问其故，人群中长者回答，此处不是说话的地方，往北不过一里路便是俺家义和村，请恩人去寒舍叙话。

雷家长者讲："俺雷家都是老实百姓，小女翠莲原定于七月十六完婚，男方即河左岸七里湾宋家，双方都为婚事做了准备。不想，左岸一霸刘歪脖子来俺家，无端说俺父欠他五斗高粱。时间已经过了六年，俺家老父亲已过世三年，刘歪脖子的欠粮依据，只有俺老父亲按了手印的借条，借条肯定是假造，打官司官霸一家，哪有百姓说理的地方。认倒霉还账，五斗粮六年驴打滚的利，是个无底洞，怎么也还不上，不然就强逼女儿做他的姨太太，小女性情刚烈又走投无路，才投河自尽。"

张横听完自然义愤填膺，然毕竟独自一人，强龙难压地头蛇。此时雷家女儿已经醒来，她边哭边喊："恩人不该救我，我还是要去死，死也决不进强盗的门。"张横见状，思虑良久便说："我有良策应对这恶魔。"张横与雷家长者做了精细安排，然后告辞雷家。

当夜，张横游回广济河左岸住宿。次日上午，张横沿河上行数里，见刘家大户张灯结彩唢呐鸣奏，他想这世上芸芸众生，几家欢乐几家愁。张横决计，去刘家会会这个恶魔。不大功夫，他下河捕到两条鲤鱼，每条尺半长三四斤重。整好衣冠后进了刘家豪宅，施礼道：鄙人南方人士，往来鲁地做些布匹生意，闻贵府有喜事，特来致贺。

刘歪脖子与家丁上前迎接："欢迎远道而来的宾客进门，蓬荜生辉。"

张横入席寒暄之后，饮酒食肉毫不客气，片刻他站立叩问："敢问东家，尊姓大名贵庚几何？"

刘歪脖子道："俺姓刘，汉室宗亲高祖后，字善良，现年四十八岁。"

"好名字好名字，字善良，想来东家一生做善事，周济贫苦恩德布于乡梓，四邻皆感恩戴德。"

"不敢不敢，贵客过奖。"刘歪脖子十分得意。

张横接着问道："我言词不知深浅贸然问之，东家年近半百，家已有四房妻室，还要抢夺少女成婚，也太名不符实了吧。你自称是汉室宗亲，岂不玷污先祖之懿德吗？”

刘歪脖子听罢勃然大怒，将桌子一拍：“你是从何而来的恶棍，竟敢羞辱漫骂于我。众家丁，与我乱棍打出！”

七八个家丁手持棍棒，恶狗一般围住了张横，为首者照张横后背狠狠一棒，啪地一声，棍棒断为两截。对张横而言，挨一棍也不过蚂蚁打一拳踢一脚，他纵身一跳，从院中蹿上房顶。“刘歪脖子，你这恶贯满盈的坏蛋，头上三尺有神灵，岂能容你为非作歹，残害百姓？你就等着索你的狗命吧！”

瞬间张横飞出房顶无踪无影，刘家院中人皆惊呆。账房先生走来劝阻道：“东家，这是不祥之兆，这娶亲之事是否缓图之？”

“休得胡言，在郓城地界，在广济河两岸我怕过谁？跺跺脚，广济河水也得倒流，安排船只我要娶亲！”

刘家数百名人员站立岸边，炮震天动地响，鼓锣拚命地敲，唢呐齐声鸣。歪脖子披红戴花春风得意，要亲自迎娶新娘子。两个船夫划船累得满头大汗，至河中央，却不走了。两个船夫使出吃奶的劲，船就是一丝不动，紧接着船在河中心飞速旋转，正转几十圈，再倒转几十圈，又正转再倒转，刘歪脖子已经没有刚才的兴致，吓得面如灰土浑身哆嗦，这都是张横在船底所为。紧接着，迎娶大船拚命颠簸，一个船夫饮酒过多站立不稳落水河中。一个武功甚好在船头还站得住。船底下张横伸手抓住这船夫的脚脖子，轻轻一拉，船夫便落入水中。船不再旋转，翻了。张横掐住刘歪脖子，将其按在水中，让他连喝几口水，一用劲，这个坏蛋便一命呜呼，见阎君去了。

几个水性好的逞能，欲为主子报仇，围上来，被张横挥动船桨一一打退。几个围住雷小姐船只欲劫持的，见张横挥动船桨上来，皆吓得四下逃命去了。张横用后背驮着雷小姐在水中似蛟龙飞驶，而雷小姐衣衫不湿。至左岸，宋氏家中迎亲者将新娘接去拜堂成亲。

在宋家，对亲人拜堂成亲。洞房之夜雷小姐讲出实情，一切皆赖恩人张横所救。宋家到处寻找英雄张横，表谢意。其实，那张横当晚便回梁山大寨去了。在山上，张横向晁盖、宋江报到，只字不提成全雷小姐婚姻为民除害之事。

广济河水年复一年地流淌着，广济河两岸的百姓，世世代代传说着张横为民除害的故事。

张顺，水性极好，人称“浪里白条”，上应天损星。梁山水寨八头领第三位。因活捉高俅而威名大振。随宋江征讨方腊时，在涌金门被乱箭射死，之后被追封为金华将军。

乘轻舟宋江脱险 荡水泊张顺遇奇

陈进轩

诗曰：面如傅粉手如钩，最是戏水如囊收。

天生一个江州汉，却道郓地困扁舟。

此一回是说张顺水里功夫，却不是老家江州。说来亦是蹊跷，竟是那滔滔八百里水泊郓城界里，居然还引出一番前世今生，偏又与宋公明得九天玄女点化一前一后，你道奇也不奇？

此番既说张顺，少不得还要先牵枝勾蔓，攀缘藤儿一般，再回到及时雨宋公明那儿。那宋江因故怒杀了阎婆惜，先于柴进、花荣处避风，后又因返乡探父被擒，于是发配江州为囚，这个枝蔓上得识“浪里白条”张顺。众英雄江州劫法场，设若没有张顺等人，驾了船在那白龙庙江边接应，必定又是一场厮杀，此为水里功夫。船上救人，少不了的是患难之交，其情久深。今又值宋江落荒还道村，玄女庙里九死一生，巧得众英雄下山施救，终又坐了轻舟回返。如此，起起伏伏，种种端端，哪里少得了张顺！这些关节，自有那千古奇书《水浒传》尽描尽述，此番再提前情因果，不过是要论那张顺与宋江情投义重，端的是宋江施义，张顺倾心。然世间又有话说，说的是：一巧难掩百拙，变故当有定数。此话果真引出一场天运离奇，却尽由那一巧扯出，想来亦是该着。

书不宜散，言归正传。却说宋江被众英雄接迎，赵能亦被斩杀，一路辗转，渐渐到了水泊地带。看看追兵已远，自是万无一失，于是尽皆宽心，一哄儿皆要乘船返回梁山寨。人多簇拥，自是大船先满，此时偏那张顺一时兴起，簇拥中拉扯宋江衣袖，竟如独揽自占一般，扯了嗓子呼喊道："公明哥哥，你且随我坐那扁舟，又是轻便快捷，且省得拥拥挤挤，推来搡去。其间又少了许多聒噪，云里雾里，闭目养神，哪些不好？"

那宋江自经了昼夜波折，自是身困体乏，又体恤众兄弟连日劳顿，并不想大船上多加繁缛礼尚。况那大船上人多势众，招人眼目，亦是巴不得由张顺一人悄悄带回梁山，于是当下应允。言道："如此甚好，就坐兄弟扁舟。"又复照晁盖等人，让其带人自回，趁着天色未亮，先回山寨报与军师吴用，免得虑心挂肠。一行众人听得宋江如此说，又知张顺水里功夫了得，毕竟轻舟便当，不过一前一后罢了，索性由张顺把着，独载了宋江回返。只有李逵张狂，竟与那大船上呼喊连天，言道："张顺你端的今日着实恼人，竟要独携哥哥，想必是小舟上先自藏了上好色酒。待我金沙滩上候你，若果真闻得香气，那时再与你争执！"张顺顺势复言道："我还要到龙宫里走一遭，专寻些上好老酒，自有我和哥哥畅饮，与你黑煞头何干？"

大船上众人听得一黑一白戏耍，俱各发笑，却不知那张顺无端地说出龙宫二字，竟做了后来的谶语，此亦为天机使然也。

此时云淡星稀，夜幕朦胧，月色溶溶，水泊悠悠，偶有夜鱼跃出，划破水面涟漪，倒别有一番境遇。看看大船逶迤破浪，一叶扁舟如游星汉。宋江因念起屡屡磨难周折，一时感叹生命虚晃，其间多得张顺险中获安，不觉望着夜空，喟然长叹道："世事维艰，命途多舛，毕竟一个安字是人之所望。张顺兄弟，你可虑过后期若何？"

那张顺本是水里讨快活，浪里自踏行的赤条条汉子，哪里去想后日光景，见得宋江喟叹，窃以为是公明哥哥脱险心畅，一时有感。于是言道："后期若何且有头领虑想，我只认得公明哥哥一个仗义，若公明哥哥要时，纵是龙潭虎穴我也直往。若是公明哥哥问一声星夜可捉得鱼虾，我便是一手擎船亦捉得，上山与哥哥做了下酒，那时才是痛快！"

宋江早知张顺坦荡，又见张顺果然弃了船浆，便惊呼道："小心水深浪急，不是耍得！"

说话间已至白龙丘，此时水路已过大半，水面上西南风荡起，全不见波动浪涌。宋江自知平安，一时放下心来，周身稍感倦怠，欲招呼张顺顺势歇浆，由着轻舟荡漾自行。哪曾想，刚要稳下神来，半空中却陡地卷起一柱旋风，水面上随即暴出一个兜底旋涡，那轻舟自是滴溜溜独自旋转，任是怎么也把持不住。宋江一时慌乱，指挥着张顺把牢浆板，口中叫道："这旋风来得怪异，兄弟休要逞强，且去白龙丘躲避一时要紧！"张顺也大感怪异，随口说道："哥哥说的极是，便去暂避一时也好，恁地打起旋来，可不是怪异怎的？"

好歹将小舟拨弄到白龙丘，匆匆寻了个稳便处，胡乱扎牢船头。二人弃舟登丘，回头再望泊心，却又风平浪静，哪里还有甚旋风旋涡？再想刚才光景，竟恍若隔世，不得其然。那宋江本是身困体乏之人，又多了这一惊一乍，冷不丁有了落身处，全身无处不散不乏。于是欲拉张顺小憩一时，却见张顺凝神锁目，痴呆呆望定水泊，竟如方丈坐禅一般，哪里还有半点儿神志？宋江始觉惊异，于是呼唤道："张顺兄弟莫要吓我！是困觉了还是身体有恙，怎的这般光景？"

张顺只是不语。

宋江以手试于张顺鼻息，断断续续，似有似无，又如那绒线儿风中微颤。宋江越发诧异，于是又连声呼唤道："兄弟醒来，小心夜风侵袭，不是耍得。"

张顺依是不语。

此时宋江只是诧异惊愕，哪里知道张顺荡悠悠早入幻境，竟自去了奇幻之地，蓦然间，看到一幢富丽堂皇的去处，真真的宫阙殿堂一般。张顺先还颇感惶惑，迟迟疑疑，欲行欲止，以为自己夜色中误闯了不便当处，却是不该见着的人家。正欲寻路退回，哪里还有进退的穿堂，心中着实急躁，禁不得就发了雄威，抖起臂膀，挺了腰身，要胡乱劈出一条道来。忽然地一阵异香扑鼻而来，再看眼前，又见举目广厦，勾梁画栋，檐廊相连，甚是豁朗。张顺方觉可意，顾不得万千美景，地上啐一口，言道："官肥民瘦，朝野权倾，天下奇观，竟都入了帝王家，着实恼人！待我等夺了江山，一并役使尔等摇橹使浆，专要吃尽风霜之苦，那时便是天下太平！"

一语未了，忽听檐廊下有人朗声笑道："金华太保如此嗟谔，想来应还是恋着前世因果，这却也怪你不得。"

张顺闻言，折身寻音，见是一白须老儿，身躯甚是奇伟，眉宇间颇多哂笑。于是剑眉竖立，怒道："我乃梁山好汉张顺，人称浪里白条的便是，休要拿无来由的金华太保污我，惹我一通暴打，那时要你好看！"

那人又笑道："太保休怒，暂将此话记下，他日定然知晓。今既有缘相识，权且少叙片刻，白龙丘洞府虽比不得西湖震泽龙宫，府中自酿浆醪尚且入得口，若太保神君不弃，少不得取些品尝。如何？"

张顺听了，心下自思道："这斯须是先醉了的，却把我'浪里白条'戏作鸟甚金华太保，岂不荒唐可笑？"于是复望那人，手指了廊檐下亮晶晶鎏金对联，言道："江州府衙门我亦瞧过，不过黑漆描画两行枝叉鸟字，你这里却拿鎏金来做。是甚稀罕字儿，值得如此破费。你且读来我听，若是联中带个酒字，我须拣那上好老酒抱回一坛的，免得黑旋风那斯赖我独饮了！"

那人依旧笑容可掬，不接酒话，只是指了鎏金对联，朗朗吟道：天昏地黑，休恋尘世浮云。飞黄走红，自是俗间过客。

张顺听得无趣，遂鄙视道："不好玩，竟无半个酒字。虚言品尝，却不曾半盏取来，可见愈是富家愈抠索，断不是爽快人家。回了，哪个要听你胡言乱语？"

那人亦不相送，只于身后胡乱吐些含混言语，说道："太保神君只管叱咤风云，他日涌金门里自有分晓，只是龙庭规矩森严，本宫小神恐再难与神君相见。今日略施手段，虽属节外生枝，也是天缘定数，断无戏耍神君之意。陋府小叙，权且做个铺垫人情，倘有见日，那时须得认我是个山东故旧。"

张顺却顾自寻路退回，口中只是言道："又是怪异，怎的如此头昏脑胀？"

一语落下，耳边听得宋江连声呼唤，张顺吃惊不小，激灵灵打个寒颤，遂记起刚才是在梦中。言道："哥哥休怪！我自是糊涂了一场，些须辨不得原故，倒让哥哥受了惊吓，是小弟乖张了，我与哥哥陪罪便是。"宋江见张顺醒来，又扶其臂膀，言道："刚才你发什么罕病，把我一通惊吓？"

那张顺此时方才清晰，遂记起梦中蹊跷，恍恍惚惚，犹断犹续，遍体冷汗浸润，于是长嘘一口气。言道："哥哥你道怪也不怪？刚才梦中竟然去了一处宫廷，有人自称本宫小神，见我闯入，却拿金华太保唤我，由我一通喝斥，至此尚感怪异。"

宋江大骇不已，突兀记起九天玄女密授天书之事，那时说的是不得与他人道破，惟恐祸出。而今张顺竟也有了一番奇幻境遇，想来亦是天道使然，却又随口端出，岂非自破了天机，如此怕是凶象。一番反恻，遂又握住张顺手臂，言道："梦非梦，只做一念一记即是，断不可再与他人言之。好兄弟，你且珍重，哥哥要与你做那惊天动地的长久情谊，亦不枉了世间一番来往。"

张顺虽仍感混沌，然宋江肺腑之言，却是牢牢记下，于是二人相视凝目，至登舟复返方才错神。此时东天微现晨曦，梁山水寨依稀可辨，轻舟如箭，驰疾而去，何其畅然！

穆春，出身富户，因其兄穆弘绰号“没遮拦”，故人称“小遮拦”。“小遮拦”的“小”并非是“大小”之小，而应作“肖”解，是相仿、相似的意思。所以准确的称法应作“小没遮拦”。

闯江湖穆春入鲁 生感怀丑女话郓

刘昭

自古至今，有几句俗话说得好，叫作：金无足赤，人无完人。又道：弄巧成拙世常见，唯其一人迷其幻。说来也是，想那茫茫大千世界，悠悠无声轮回，均跳不出千人千脾性，万人万模样，就是那百物生灵，亦是如此。此一回要说的好汉穆春，便因了一个率性而为，差一点儿就坏了来日的英名气节，那时才叫惋惜。

话说穆春，本为江州人氏，出生口含富贵，临世富贵人家，前世修得因果，呱呱坠地，便是揭阳镇上一户豪门。江湖人见穆家兄弟少无天日，便送哥哥穆弘一个绰号，叫做“没遮拦”，弟弟穆春也得个绰号，叫做“小遮拦”。

这一日，恰逢穆春心情高兴，一路走来，径直去了揭阳镇上最是气派的云雅茶楼，茶博士自是小心伺候，一壶上等雨前自是少不了的。穆春品茗观景，只见大街上人头攒动，犹如潮涌，行人匆匆，恰似蚁群搬家。穆春看得寡味，又不解世人艰辛，心中无趣意，于那清新润喉的茶水，也似感寡淡了许多。此正为是非曲直滋生之时，有一句“闲来生事端”，说的就是这般光景。

就在穆春百无聊赖之时，一位操山东口音的客商，悠悠然信步向穆春走来，口中慕羡道：“偌大个揭阳镇上，如此玉树临风，高洁清雅，不是名门望族，焉有这等脱凡出俗之表？恕在下冒昧，敢问贵府名号？”

穆春正想有人搭讪解闷，又听了几句奉承言语，皆是镇上人口中少闻的，浸心润肺，真如蜜糖浇灌的一般，心里如何不乐。于是笑答一句：“承祖德，占个穆姓，单字名春。”

此时再看那客商模样的山东人，自是面呈诧然惊喜之状，言道：“原来竟是揭阳镇上赫赫有名的穆家公子，若不是在下有福，便是梦中也不敢想的！”

那穆春越发听得受用，也问客商姓氏名号，客商模样的山东人信口答道：“在下拙朴，得个名字也占了几分俗气。只因老爹姓娄，便胡乱添了个满福的俗名，窃以为他的儿子从此要搂着大富贵睡觉的。哪里知道，胡乱做些脚腿生意，满福倒先变成满脸尘了。岂不真真的荒唐可笑，说来可不惭愧！”

此时再看穆春，早已被娄满福者勾扯得欢畅不已，不觉哈哈大笑道：“难得巧遇个谈吐有趣之人！若如此解说，那我这个穆春二字，当是木逢春自茂，我是不是要黑白无止地生长啊？”说罢又笑，那娄满福也跟着大笑，二人竟如陈年旧友一般，口中遂以兄弟相称。

穆春唤来茶博士，又重沏了一壶新茶，二人谈天说地，随兴随景，不亦乐乎。娄满福见缝插针，话锋自转，逢隙即钻。刚说着生意买卖，忽然地又扯到风物人情，地域奇闻。张口五岳之尊，闭口圣人脚下，又兼有岱顶观日出，南天索绝顶。由表及里，俱是山东风物，只勾拉得穆春心荡神驰。便手拉了娄满福，言道：“兄长生意不妨暂且放下，好歹陪伴着去你那山东老家，待我一饱眼福之时，些许亏空，自有我为兄填补。你道如何？”

娄满福反弄出一腔的不尽然，言道：“虽是你我兄弟有缘，生意亏空到底是小觑不得的。况且贤弟本为豪门贵体，即便贤弟要去，怕也是走不利落。”

这等欲擒故纵话术，那穆春如何受得？当下便放了狂话，言道：“我但凡有了主意，哪个拦挡得住？莫不成游山玩水，还要着人呵护看管？”

娄满福又在那楔子上加了一锤，又道：“如此说来，当真能去得？”

穆春登时红涨了面皮，随手掏出一锭银子，啪地往娄满福面前一放，言道：“这一锭银子权作补偿兄长生意亏空。我此时再去取些银两盘缠，回头便是启程上路，我若是扭捏迟缓，便不是大丈夫所为，那时任你嘲讽！”

看看穆春走出茶楼，娄满福抓起那一锭银子，估摸着足有二十两，禁不住暗暗窃喜。再说那穆春果然快去快回，脚上换了软底薄靴，头上戴一顶遮阳斗笠，远远地冲娄满福叫道：“我已齐备，兄长亦须便捷快当些！”

说话间，二人登路启程。沿途自是风餐露宿，晓行夜住，逶迤来到济州地面。此地东去，可达东岳泰山，一路向北，不几步便是郓城地界。此种路转峰回，穆春如何识得？无非尽由着娄满福带路罢了。

是日天色渐晚，又见得金鸡欲坠，玉兔将升，娄满福伺机对穆春道：“穆家兄弟，你看前边那片林木，便是愚兄亲戚庄子。我欲留贤弟委屈一宿，胡乱吃几盏酒，明日再去泰山，不知贤弟意下如何？”

那穆春本是游玩，加之一路辛苦，自是早晚不迟，客随主便，只由娄满福方便安排即可。遂言道：“兄长所言极是，只是无由讨扰亲眷，多有不便。”娄满福又道：“你我兄弟，何言讨扰，只怕怠慢了贤弟。”

不多时，来到一深宅大院。娄满福又对穆春言道：“这是我表姑家，姑丈为人甚是爽快，待我通报于他。”稍时，随娄满福出来一人，年约五旬，一身富贵打扮，远远地打量穆春，虽是满脸堆笑迎客，却又掩不住眉宇间的狐疑。

穆春少不更事，哪里去想内中曲直，道声讨扰，随了众人进去。一杯热茶饮过，再于席间入座，穆春看时，果然十分丰盛，山珍海味，应有尽有，不觉心中暗道：“虽早闻山东人好客，到底是铺排得过了些。”

说话间，酒过三巡，穆春又见主人每每偷窥于他，话间言语，也多是试探他家中光景。穆春颇感不悦，闪个空儿，低声问娄满福何故。娄满福讪笑道：“此乃山东待客之道，贤弟只管开怀畅饮，一醉方休，才是礼上周全。”

穆春信以为真，加之少年张狂，哪里把得住关节，十数碗酒下肚，早已有八九分醉了。浑沌间似听得主人与娄满福言语，句句不离小女二字，那娄满福只是吃吃发笑，言道：“俱是在那边坐实了的，只为家中变故，不计小姐相貌，甘愿入赘为婿。你休多虑，只管黑灯瞎火搬入小姐房中，待他一觉醒来，那时由得他解辩？”主人仍是诧异，又道：“我看此人仪表不俗，全不像落魄之人，你须道出个实底，我亦心安些。到底是怎样个来龙去脉？”娄满福只想事成抽身，于是又道：“他是自愿上门的，你只当糊涂官糊涂做，哪来的如此盘查？似你这般麻缠，我一番好心全变成驴肝肺了！”穆春听得蹊跷，心中只道不好，却又挪移不得。

原来这娄满福本为街面混混，无正经营生，整日价游手好闲，凭着一张死人说活的巧嘴，无非骗个吃喝费用。本院主人姓鲁名殷实，当地人称鲁员外，若论二人纠葛，不过是因着家中一个独苗女儿，名唤月桂。因相貌奇丑，亲事久拖未定，鲁员外甚是焦虑。那娄满福挑着个跑媒拉纤的名头，隔三差五，连蒙带骗，没少勾销了鲁家银两，于那真实人家，并不曾寻得半个。渐渐地鲁员外有些察觉，少不得要追讨银两，娄满福耍赖不成，于是一蹶子尥到江南，无非是要躲避一时。偏巧又遇到了少不更事的穆春，遂又打起了借猪头还愿，两面通吃的主意。那鲁员外虽有疑虑，却又甘愿是真，由此可知当局者迷这句古话，该是怎样的道理！

花开两朵，各表一枝。再说丑女月桂，自见到穆春临门，又见得娄满福冲老爹挤眉弄眼，且又让熄了房中烛光，心中已猜着了十之八九，不觉又是一番凄凉。心中暗想：来人少年英俊，仪表堂堂，不是由人哄骗，焉能千里迢迢入赘于此？如若果真中了赖皮娄的算计，须知清醒时不似昏醉时，天明见我残缺模样，那时闹将起来，女儿家脸面又放哪里？又想自己生来貌丑，自知祸福天定，好歹苦熬些岁月，打发二老爹娘百年上路之后，那时或入空门亦是使得。只是那哄骗人的勾当，却是万万做不得。一番主意打定，只是当作不知，心里却又急着那少年人套贪杯。

说话丑女月桂百般思良之后，竟然有了主意。只见她悄悄打来首饰匣儿，胡乱抓了几串珍珠玛瑙，剪断连珠丝线，悄没声儿撒于门槛内外地上。又把一根细小蜡烛隐于屏后，复以黑幔遮蔽，虚掩住房门，只做和衣睡下。

这里刚刚收拾妥当，听得门外一阵杂乱脚步走来，踢踢趿趿，踉踉跄跄，继之又是咣当扑嗵。房门开处人倒下，直如墙倒屋塌一般。丑女月桂听得真切，只做惊骇失魂，口中发着呼叫，房内灯盏尽皆点燃，一时亮如白昼。

再说那醉酒的穆春，先前不过是一时眩晕，虽挪移不便，到底是心里不甚糊涂。冷不防跌此一跤，一度清醒之气顿时喷出，八九分醉早已变成了八九分醒。恰在此时，眼前骤然亮起灯火，自是激灵灵放眼觑之，一下子看到室内一张缺鼻少唇的煞白面孔，又是披头散发的光景，口中发一声怪叫，爬起来拔腿就跑！

话说那穆春一口气跑出十几里路，看看东方渐亮，遂又记起诸多前情。前思后想，被人算计的心思一经涌现，哪里忍得住，发着狠要找那娄满福撒气。正要返回之时，遂又哑然失笑，心中暗道："纵是他人可恼，毕竟自己少年张狂在先，说出去也是脸面丢尽，不如就此做罢。"那穆春经了一夜的折腾，自是腹中饥饿，于是寻了条河流，胡乱抹了几把脸，看看前边有个集镇，自去打尖裹腹去了。

事后几日，穆春独自游逛了泰山，复返时，竟神使鬼差地又回到了郓地，凭空地又听得一条奇闻，所述所描尽是他先前光景。正是说者无意，听者有心，穆春方才得知，那一摔一跌，全是丑女月桂自设张致，为了自家颜面，亦是不想讹人就范。穆春闻知，甚为感慨，自此便多了对郓城人的感怀之心，先前的不快尽丢脑后。直到后来得知宋江囚困江州大牢时，那穆春先于心中闪过的，竟还是对郓城人的别样心结，一场厮杀争夺，未曾谋面，倒对宋江先怀了敬慕之心！

侯健，长得黑瘦轻捷，人称“通臂猿”。裁缝出身，做得一手裁缝好活，飞针走线，技艺高超。爱使枪弄棒，曾拜“病大虫”薛永为师。梁山大聚义排名第71位，上应地遂星，负责制作旌旗袍袄等军服。

侯裁缝采买布料 安翠萍喜配新郎

司瑞秋

侯健祖居洪都，身材高大而单薄，面孔清秀而消瘦，丹凤眼炯炯有神，为人坦诚而忠厚，做事谨慎而沉稳。他伙同众英雄于江州救了宋江，投奔梁山泊。在山上每日舞棒弄枪习练拳脚，日子过得格外舒心。一日侯健正在后寨信步，迎面来了军师，吴用说道：“侯健贤弟，人号称你天下第一裁缝。眼见秋风渐凉，令你下山去郓城购些布匹，为寨中兄弟做些棉衣也好过冬。”侯健点头答应。他去账房领取了银两，然后辞别晁盖宋江，二位寨主再三嘱咐，速去快回，少惹是非。

侯健下山，不敢怠慢，舍舟登陆，步行来到郓城县城。天色已晚，在客店歇息一夜。第二天微明侯健起身在街头小吃铺喝碗豆米粥，吃斤半大饼。然后看了几家布店，比较一下布的价格与成色，决定买几匹皂清布和月白布，柜台伙计量布时，侯健见此人尖嘴猴腮，刁钻奸诈，将布扯得愣紧，布量得飞快，侯健有些眼花缭乱，此时，他发现了破绽，说，这匹布就要这些吧！量布伙计说，二百七十尺。

又量了几匹布，侯健又将那刚量过的布匹，再让小伙计量，仍然是扯得紧量得快，后报道二百八十尺。侯健问：“整匹布多少尺？”

“五百尺，”伙计答道。

侯健笑道：“如此这布店可发大财了！原本一匹500尺，你卖给我却是五百五十尺，你不发大财了吗？”

小伙计面红耳赤退下。掌柜打圆场道："小伙计不懂规矩，得罪客官，请见谅。"然后将布重新核实一遍，侯健付了钱结了账，雇脚夫将布运回客店。

侯健又回集市再买些针线零碎，抬头见路边摆一地摊，摊后站父女二人，摊上摆的全是童鞋、童帽、虎头鞋、鹅托子鞋、再仔细看虎头帽做工精细，虎耳虎口虎眉虎眼栩栩如生，鹅托鞋绣着花草鸟虫，惟妙惟肖，十分逼真。侯健上前打听，老翁道："小老儿姓安，河南濮城人氏，小女叫安翠萍，母亲早逝，逃荒于此，俺父女相依为命，小女做些针线，卖掉换些米面勉强度日。"

侯健再打量老翁年过半百，须发斑白。小女青春年少，虽是一身粗布衣裤，却长得浓眉大眼，面孔白皙，眉似弯月，可谓出类拔萃。侯健又想自己又不买这童帽童装，久站立摊前恐耽误人家生意。正想离开，只见迎面闯进一个人来，此人歪戴帽子斜楞眼，酒糟鼻子破唇口，肩膀左高右低，走路一跛一拉，一脸凶相，身后跟着八九个家丁。侯健常来郓城县城买东西，认得此人。此人人称王老八，县城一霸，其妹是县丞的六姨太，大哥又在县衙内任职，家中楼堂瓦舍、骡马成群、良田数百亩。王老八无恶不作，百姓皆惧之。侯健站定要看个究竟，小女安翠萍见其恶棍，自然后退，其父安老翁前站。

王老八开口道："这虎头帽子虎头鞋，我全要，你能要几个钱？"安老翁还未及回答，王老八将老翁推了一把，老翁身子趔趄差点儿摔倒。王老八接着道："这小妞如此美貌，插花描云如此心灵手巧我也要了，一共多少钱？"

安老翁站定愤然道："我们是老实百姓，并未得罪你，如何出口伤人？"

说话间，王老八已将安翠萍的胳膊拉住，她吓得脸色煞白，安老翁前去阻挡，被家丁推倒在地。侯健见状，大喝一声，迈步向前，把王老八拽姑娘的手搬开，在王老八眼前虚晃一拳，下面狠狠一脚将王老八踢倒在地，两个家丁奔向前，也被侯健打翻在地，王老八在地上呲牙咧嘴喊爹叫娘。

侯健上前用脚踩着王老八的前胸道："你再敢在光开化日之下欺压百姓。调戏民女，我一定要你的狗命。"然后脚下用劲，只听喀嚓一声，王老八断了两根肋骨。侯健抬起脚放了王老八，王家众家丁架着他嚎叫着走了，侯健忙转身帮安老翁收拾地摊，慌忙离开集市来到客店中。

安老翁双手抱拳道："多谢好汉救我父女之命。"然后躬身下跪。侯健赶忙拉起："老伯偌大年纪，我怎敢让你下跪磕头？"

安老翁接着讲："请问好汉尊姓大名？"侯健简单回答，安老翁接着讲："小女早有心愿，当今乱世我父女常受人欺凌，若遇有不惧邪恶挺身而出救我危困者，小女愿以身相许，万望好汉莫要推辞。”

侯健赶忙摇头：“老伯此言差矣！小女青春年少，年不满二十，而我年过三旬，将比小女年龄大一倍，岂敢许以婚姻？”

安老道：“年纪大些无妨，大龄人阅历广顾家眷爱妻室有何不可？”

侯健多年单身，身强力壮，精力充沛，见安氏女如此美貌，若不动心，便不是男人。然侯健又是规矩之人。年龄差别之大故是原因，再者侯健已梁山落草，宗旨是替天行道，铲除贪官污吏杀富济贫，居无定所，他根本无法让安家父女幸福与安定，所以他绝不答应。

侯健思虑良久，终有良策。侯健开口道：“安老伯，此乃是非之地，岂能久留。我有一徒弟现居城北常庄，梁山泊边，地方僻静，较县城安定些。暂去此处存身可否？”“好好，俺父女听从恩人安排。”原来，这徒弟的叔父在梁山军中，徒弟偷偷坐船去山上看叔父时，认了侯健这个师父。

离开郓城将近半夜，弓似月牙，稀疏星斗，阵阵秋风，使人倍感清爽，只是从郓城往北确实不好走。装满布匹的木轮车从沙土路上轧过，木轮足被沙土淹没半榨，行走不过七八里路，雇来的车夫一老一少皆气喘嘘嘘头上冒汗。回头看安家父女皆行走艰难。侯健有些着急，对车夫说：“这一老一少走路忒慢，你俩个车上各坐一个人，我加一倍脚钱。”

“不行不行，客官，你真是站着说话不腰疼，你要是车上再坐个人能推上半里路，我的脚钱分文不要。”推车的年轻人带有讥讽的味道。英雄好汉最难忍受的就是别人瞧不起自己。他接过年长车夫的车，让安家父女各坐车一边，推起车一遛烟跑了。年轻的车夫怎么也赶不上。

行走将近二十里，后边的推车已看不见人影，见路边有一家卖饭的，侯健便停下车歇息。此时星斗隐去，东方发白天将放亮。

又停了好一会后面的年轻人才赶上来。他一边擦汗一边说：“看你瘦骨嶙峋的样子，决不像有力气的人，我真是有眼不识泰山，佩服！佩服！”

侯健让这个年轻人说了一番是心里有些不爽，似乎心中的疙瘩还没解开。见路边有一沟壕，壕边皆有一定坡度。侯健说：“这木轮车我能推过去，还能倒着拉上来，您信不信？”

脚夫中年长者摆摆手，“千万别，这沟壕有丈余深，有雨就存水。沟底根本驮不住车，车轮子陷下去，怎么再拉上来？万万使不得。”

侯健让两个脚夫都坐到车上，说您可坐稳了。便把独轮车推到沟里，车轮已陷到车轴，他略一用力，车子爬上对面平地，然后把车子再倒进沟底，又倒着拉回原地。侯健面不改色，气不发喘。连路边卖饭的都围上来观看。大伙称赞道：好汉力大无穷，真神人也。

侯健邀安家父女，两个脚夫一块吃饭，他买了大饼油条，糖糕一大堆，年轻车夫愣愣地望着侯健发呆。侯健笑道："小兄弟，快吃饭呀，你刚才说的不算数，我不会少给你分文脚力钱。"

大伙都笑了。

大伙吃完饭又吸了袋烟，继续赶路。侯健仍让安家父女坐到车上，他推一辆车，让年轻的脚夫推一辆车。再往北已是淤地，路面坚硬而光滑好走多了。太阳冒红，天已大亮，人也来了精神，赶路轻松多了，不大功夫来到常庄大镇。大家在常庄街头停下。侯健对安老翁说："安老，我有意当一回牵针引线的月下老，给小女提亲如何？"

安老翁道："鄙人再愚昧也看得出来，恩公是心底善良的好人，俺与小女遇上您是俺的造化，只要你认为合适的，恩人尽管给俺做主，俺盼的是小女有个家，俺老了也有个依靠。"

侯健接着说："这个人叫陈耕，是俺收下的徒弟，父母双亡，年龄与小女相当，禀性脾气俺也知根知底，家庭不算富裕，有几间老屋倒还结实，几亩薄田收成不好也够糊口，跟我学了几年裁缝或赚个零花。待会儿，我把这小伙儿叫出来，你老和小女相看相看，你父女看中了，便订下这门婚事，看不上咱们继续赶路。"

侯健说完便告辞去了村里，停了大约一个时辰，侯健领着一个小青年走过来，他一向做事谨慎稳妥，他并没将相亲之事说与陈耕，只说他买了些布匹，多年不在布行混，不知布匹质量如何，价格是否合适。

陈耕将布看了一遍说："卖布老板贪你是个大户，布的质量好价格也便宜。我若买上丈把两丈的这个价钱绝对买不了。"侯健与徒弟继续寒暄。此时安定父女可将陈耕看个仔细。过了片刻，陈耕说："师傅，几年不见，我是日夜想念你，今天咱们相遇，师傅说啥也不能走，我得好好款待师傅才对。"

"我还没定准是否在此地歇脚。你先回家待会，我还有要事相商。"

陈耕离开后，侯健问安老翁："我给你挑的这个女婿你可满意？"

安老连连说："恩人有眼光，这小青年俺甚满意，但不知男方是个啥意思。"

侯健又问安翠萍，"这个可是姑娘的终身大事，若不满意，尽管开口。"

安翠萍低下头脸红了，"俺的婚事自有老父与恩人做主，不用问俺。"

侯健又去村里问陈耕，这徒弟自然一百个满意，当他介绍姑娘心灵手巧，插花描云样样娴熟，陈耕更是心花怒放。侯健说："我再去女方通融，看人家还有什么条件，你先找本族亲人与四邻好友把家收拾一下，待会女方来家，别让人家看着腌臜。"

侯健出门先去街心餐馆先订下美酒菜蔬，还借用餐馆桌椅，并高价付了定金。然后，他再去问安老翁："今天是九月重阳佳节，小姐婚事从简，今天就拜堂成亲若何？"

安老翁与女儿商量后，完全同意。

侯健不厌其烦，又通告陈耕，今日拜堂成亲，陈耕觉得这婚事太仓促，恐怕女方不满意。侯健道："一切听从师傅安排，不必多言。"

村里亲祖近邻早把庭院打扫干净。这家送来新被子，那家新被单，贴上双喜字，洞房马上亮堂堂红彤彤，一派喜庆气象。安氏翠萍已被陈家少女少妇搀扶着进了陈家天井院，鞭炮响起，侯健邀陈家族长主持婚礼，族长再三推辞，侯健不得不站立庭院中央讲："我是个粗人，没什么学问，让我当襄礼，实不合格。现在我宣布，重阳佳节，良辰美景，新郎陈耕与新娘安翠萍喜结良缘，愿二个新人相亲相爱，白头到老，请新郎新娘一拜天地。"

新郎新娘下跪瞌头后站定。侯健宣布："二拜高堂。"陈耕父母早已辞世，摆在上首的两把椅子一直空着。陈耕开言道："我师傅侯健待我恩重如山，胜似生身父母，老泰山岳父将女儿送给我当妻室，请二位长者上坐，受俺夫妻一拜。"侯健与安老皆推让，众人推着拥着才勉强坐定，陈耕夫妻下跪行了大礼，然后夫妻对拜，礼成。

乡村餐馆接到定金不敢怠慢，早早动手煎炒烹炸忙了近两个时辰，鸡鱼肉大件荤素凉拌盛满大盘小碟，连同桌椅一并送到。婚宴开始，陈耕挨桌敬酒，敬到侯健时，他再次嘱咐陈耕，一要善待妻子，互敬互爱，要孝敬岳丈。二要有什么天灾人祸遇上什么过不去的坎给师傅捎个信，我定来相救。

其实侯健与两个脚夫都不敢太多饮酒。吃饱喝足，侯健与陈耕徒弟安家父女洒泪而别。他伙同两个脚夫，一路向北，直奔梁山寨而去。

萧让，胸藏锦绣，笔走龙蛇，善写宋朝流行的苏东坡、黄鲁直、米元章、蔡京四种字体，江湖人称“圣手书生”。梁山大聚义排名第46位，上应地文星，负责行文走檄调兵遣将。

书生郓城遇旧识 萧让妙笔换流囚

萧珩

且说宋江拜别玄女庙，与众头领各各上马，便离了那还道村。斜地里忽走出一人来，拉住队伍里一马缰便道：“王二哥，我正寻你哩。”宋江回头看时，却是一位老汉拦住萧让，萧让也连忙下马见礼。这番旧人相逢，便又引出一场英勇睿智、义薄云天的事情来。

那老汉口中道有事，却又不再言语，萧让会意，便让其稍待，自己前往晁盖、宋江处告假。晁盖与宋江叮嘱他万千小心，并约定五日为期。萧让自去叮嘱老汉一番，依旧上马随众人奔梁山方向去了。约莫离了郓城地界二三十里，萧让放缓马缰，待众头领与喽罗们去得远了，方才掉头，折回县城方向。薄暮初起，淡月中天，萧让依稀记得城北十里有处客栈，远离官道，多有江湖散客聚集。过不多久，果见别云栈零星灯火，人马萧萧，萧让感喟虽别经年，依旧物是。在别云栈用过晚饭，萧让回房休息，只待三更天时，悄然出门，更不牵马，直奔还道村而去。

村中人犬具酣，萧让潜至一处小院，轻推柴门，果然未曾落栓。屋内人闻声，披衣相迎，正是白日里拦住萧让的老汉，两人相扶着让进屋去。石台上燃着萤豆烛火，二人相对坐下来，老汉便道：“上次与你郓城一别，如今也已五年光景了。”萧让答道：“当日玉皇庙中，谁不知道你唐石老汉好刀工。”唐石笑道：“圣手书生在郓城多处庙宇都有落笔，岂不比我这刻碑老匠人有名头。我前日里去济州寻你，坊间都说你与金师傅两门一夜间人迹全无，后来打听得你在梁山落草的风声，我兀自不信，你却真个上山了？”萧让笑道：“真与不真，你今日不都见到了。你寻我却为何事？”

唐石面露艰难，一时不知从何说起。萧让略猜到几分，便宽慰他道：“依你我当日交情，老哥但说无妨，小弟若能相助，断不敢辞。”唐石便道：“此事若败，须要连累与你。”萧让自笑道：“我人在山寨，官府早已知晓，便没你这桩事，他们也不肯放过我，我却害怕得罪他们甚么！”唐石道：“我自去年冬日便不再刻碑，年纪渐长，又不曾成家，只有一不成器的侄儿，尚犯事发配在外，只恐这把老骨头旦夕间去了，连祭拜之人也无。因此日夜思量，想接此子回城。”

萧让道：“不知此人所犯何事，现在何处，欲接回他，可有甚门路？”唐石答道：“不过坊间泼皮一个，也未犯甚么大事，只是碍了公差抓人，生生走了人犯，知县这才将罪责坐在他身上，如今发配赵州。”于是便将当年事情本末说了一通，唐石那侄儿唤作唐牛儿，他放走的人犯更不是别人，正是宋江。

萧让便道：“此罪也不算甚重罪，但不知从何搭救则个。”唐石道：“这个我已打探清楚，赵州知州大人有位侧室常氏很受器重，常氏有个幼弟名唤常绩，现在郓城访友，知州大人因着这位常夫人的缘故，也看重这位常公子。”萧让道：“老哥之意，可是要厚礼去求那常绩？”唐石道：“我倾尽家产备得一份礼物，却不曾得见常绩本人，跟下面人打听，都说此人胸无文墨，只甚爱风雅之物，但凡字画谁道一声好，便要想尽办法弄到，若真到手，也不过爱上三五日便丢开了。好在他只是为了这个花些银子，又爱慕江湖事迹，不曾仗势滋事，知州倒也纵容他一些。我家中困顿，哪有什么名家字画与他，少不得烦你。”

萧让自是聪明人，早已明了唐石之意，便道：“这个何难，只是你这里并无笔墨。”说罢，便于怀着取出五两碎银子交于唐石：“这个你且收着，近日风声紧，我不便入城，你明日带这个去清书阁，寻装裱上的李师傅，请他给我配一套上好的笔墨纸砚，跟他道乏，说我改日还有事情烦他，你带着笔墨之物去城北别云栈寻我。”唐石身无积蓄，便不推辞，二人又絮絮一阵，不等报晓鸡鸣，萧让便依旧悄悄离村，仍在别云栈住着。

次日，唐石依言前往清书阁寻那李师傅，李师傅听闻萧让之托，忙在店中选了上好器物交于唐石，再三推辞方收了银子。唐石拿包袱裹了笔墨之物，径直奔城北而去。萧让方才用罢早膳，暗自琢磨这字便仿得，只缺了一枚图章，又念着唐石一把年纪，北上艰辛，心内打定主意，必要回山寨走一趟。

待笔墨齐备，唐石便精心裹了器物来寻萧让，到了别云栈萧让的客房。唐石掩好门，仔细放置笔墨，方才道："亏得你不曾去县里，前夜出了宋押司的事情，县里缉捕令风声正紧。"萧让宽解他道："你且放心，我白日里并不常出去走动，县里多半也只顾眼睛放在公明哥哥身上，不会有事。"唐石一旁稍坐，萧让磨墨道："我与你仿一副蔡京的字可好，如今天下皆知苏黄米蔡，蔡京此人位高权重，常绩若得他的字，必然重视。"唐石自然欢喜，待他落笔书成，墨渍干透，方小心卷起。

萧让收起笔墨，嘱咐唐石道："我还有事与你说，午后我去回禀哥哥，替你走一趟赵州，你且带着这字再去找李师傅，请他装裱，做旧个一二十年的样子。装裱做好不要即刻去找常绩，这字上还缺一枚图章，我去问金大坚要来，找常绩之事，也要从长计议，务必要让他应允。"唐石惊起道："怎好劳烦你去赵州，这使不得。"萧让道："我去使不得，难道你去不成？赵州路途遥远，你又年逾花甲，如何走得！"唐石语塞，唯有不断躬身致谢。二人吃过午饭，各自散了。

且不说唐石去寻李匠师，单说这萧让叮嘱小二关照房间，自己纵马往梁山方向去了。不及黄昏，早已到了朱贵的酒店，两碗酒润喉，接应的小船便到水边了。二人便一同乘船去了。宋江正与晁盖、吴用在聚义厅，商议山上兵马陈设之事，见萧让已上山，便笑道："贤弟归来，我心方安啊。"萧让亦笑道："此次回来，却是要告诉哥哥，烦请哥哥再为小弟忧心几日。"

晁盖笑道："贤弟莫要玩笑，此行凶险，我们可为你日夜悬心，如今刚回来，却又为何事要下山？"萧让便道故友唐石欲救子侄，自己仿蔡京题字相赠一节，并直言欲代他走一趟赵州。晁盖思量片刻道："贤弟仗义援手，固然可敬。只是他问你索字，你已相送，赵州几百里，你身份危险，何苦定要前往？"萧让不及回答，宋江却道："晁盖哥哥，常人云：'救人救到底，送佛送到西'，这唐石老汉一把年纪，孤身如何走得百里？他是萧让贤弟的故友，贤弟高义，怎会坐视不理。且这唐牛儿发配，唐石老汉救人，件件与我宋江脱不得干系，如今我自在山寨受用，他二人却在异地受苦，我于心何安。"

晁盖道："既如此，便依二位贤弟。只是赵州远隔几百里，萧让贤弟的安危却是要紧，倘有万一，如何照应得来。"吴用一旁笑道："这也不难，便让几个小兄弟随他去，倘有事情，立时遣人报信。"萧让便拜别了几位头领，径直去金大坚处借了蔡京字样的图章，点了两名小喽罗，趁夜赶回了别云栈。

萧让安顿好两喽罗，命他二人扮作闲汉，混进城里打探常绩的行踪，自己每日倒有两三个时辰在楼下喝茶。不过两日，那二人便来回禀：常绩在郓城也住了三四个月，近日恰好要启程回赵州。萧让道："可探得几时启程，走哪条路？"一人答道："十日后一早启程，赵州北上，自然走城北的官道。"

萧让听罢暗自揣度，只命这二人好生休息，几日后自有用他们的地方。他则只待唐石前来，共商计谋。又两日光景，唐石怀揣布包，兴冲冲而来，那包裹里自然是做旧的条幅，只待萧让取出印信，将图章落定，唐石方笑道："这下可好，总算是在常公子离开前准备齐了。"萧让道："你也知他近期启程的事情了？"唐石答道："自然日日打听，唯恐他提前去了。你说，我明日去访他可好？"

萧让见唐石喜色难收，便为他倒了盏茶道："你这一去，倘若那常绩不喜欢这字，你当如何？"唐石一惊道："蔡太师的字乃是一绝，他又是当朝太师，你不道常公子会喜欢吗？"萧让道："他于字画上并不甚通，你怎敢说他必会喜欢？便是喜欢，他若不肯为你去求这个情，你当如何？即便他肯去，知州不肯放人，你人字两空，又当如何？赵州路迢，我欲代替你去，又以何身份取信于常绩？"唐石语塞，面露愁容道："这些我却不曾想过。依你之见，我该如何？"

萧让沉吟片刻道："你我所有指望，皆在常绩一人，须费些心思，做出万全之策来，使他必取此字，必于知州前尽心周旋。"唐石深以为然，萧让便让他靠近些，附在耳边道："只好如此如此，你须看我眼色行事，单看我甩袖，你却再把字与他。"唐石拜服，谨记了萧让的嘱咐，依旧回还道村去了。

又是六七日光景，夜深雾重，只见有二人溜出别云栈，径直往城北官道去了。

天色大亮，常绩的车马方慢悠悠走出城来，刚入官道，便有人回报道："昨日官道不知被甚么人撅了好大几个深坑，这会儿出城的人都绕着走哩。"常绩略有不快，道："今日出门却是晦气，也罢，我们便绕道过去。"马车转了个弯，径直奔别云栈所在的小路去了。自不必说，那坑便是萧让命二随从连夜撅的，只为将常绩引到这条路上来。

常绩出门晚，又绕了路，午时恰到别云栈附近。管家便道："前方有个客栈，我们不妨用些午饭，然后再走。"常绩少年意气，远看这别云栈倒也阔大，便道："是了，我们又不赶路，吃个饭什么打紧。"

别云栈一楼坐着三五桌客人，常绩打扮虽不富丽，但别于江湖气息，店小二迎来送往如何不省得，一路把这贵客让将进来。常绩拣了个干净宽敞的桌子，命小二尽管上好酒菜，自己则新奇地打量着其他桌客人。管家低声道："公子莫看了，此处不是官道，江湖人鱼龙混杂，性情怪异，莫要惹了他们。"常绩笑道："不妨不妨，我只瞧瞧罢了，又不真去招惹他们。"说罢，依旧偷眼四处张望。

酒刚筛好，一老丈佝偻身材，怀抱包袱，由外径直奔向常绩。管家眼疾，挺身拦在前方喝一声：“大胆，你是何人！”那老丈扑腾跪地，拜了一拜，双手抱紧包袱道：“小老儿有话，回禀常相公。”管家见他衣衫穷苦，心下不耐，摆袖道：“有甚事，打扰公子吃酒，莫要胡缠，快去快去。”老丈不动，三五桌人俱望过来，那常绩倒也不恼，冲管家笑道：“有什么打紧的，且让他起来说话，一个老儿，你还恐我吃他打么？”

管家依言，侧身让开，那老丈冲着常绩又行一礼，双手托举包袱道：“小老儿家贫，只此一物，欲献于常相公。”常绩见他如此郑重，包袱又紧不离手，倒起了几分兴致道：“这是何物？又为何赶到此地献于我？”老丈缓缓揭开布包，露出一副红木精裱的卷轴，卷轴收起，不似新物。老丈道：“此物乃是元丰年间，蔡太师在郓州任官时所做，本是赠友，后来此人病故，这字便被家中下人盗去，小人机缘巧合，低价购得此物。”常绩听后大喜，立命打开来看，但见笔精墨妙，神采绝伦，于是对左右道：“快去行囊中取些银子，谢过这位老丈。”

这老丈忙叩谢道：“回禀相公，小人送字不求金银，但有一事望相公相助。”常绩奇怪道：“你有何事？”老丈低道：“蔡太师高官厚禄，此物有市无价，如若无甚难事，小老儿也够养老了，只是家有子侄不肖，妨碍公务，被逐至赵州，不得已将此物拿出，以求相公能在知州前美言几句，放过小侄，小老儿百年之际，也有子孙送终了。”语罢长拜不起。常绩虽觉他言辞恳切，却也有些犯难：“不瞒老丈说，我如今吃穿用度皆出自知州姐夫，已是惭愧，又怎好拿官场人情再去为难他。”那老丈叹气一声道：“相公真个不肯？”常绩道：“非我不肯，实在难为。不如我重重与你金银，你亦可富足终老，这样可好？”

那老丈见常绩不肯，只得道：“相公不允，只好请赐还此字，容小人拿去罢。”常绩不舍道：“一百两可好？”老丈摇头，常绩道：“二百两？”老丈仍摇头。常绩皱眉道：“五百两，不可更高。”老丈拜求还字。常绩思量半晌，只得好生将字卷了，付与这老丈。老丈双手接过卷轴，拜谢之后便向外走，只听不远处桌上客人道：“那老丈，他不识得佳品，把来与我一看可好？”老丈摆手道：“老汉并非要以此物换金银。”那客人道：“你既不售，让我看看也不打紧。”老丈听闻此言，便将包袱小心托到此人面前。常绩放眼望去，此人瘦削身材，文雅面庞，一副江湖人打扮，打开卷轴之后连声喝彩：“果是蔡太师早年笔迹，老丈有此物，羡煞旁人。”常绩听闻这话，更是百爪挠心，目不转睛盯着那字。

只见那客人又道：“此物可遇不可求，我行走江湖不爱财物，独爱字画，老丈可否成人之美，我愿出高价求购。”那边常绩听闻，气得几乎跳将起来道：“他不卖与我，如何会卖与你！”这客人笑道：“这位老丈出此物，只为求子养老，我虽不能使其侄归来，却可替此人为老丈养老。老丈便认我为义子，又有何不可？”老丈闻言，似有犹疑。常绩恐他一时心动，抢道：“罢了罢了，你拿来与我，我与你尽力一试。”

老丈正要将字送去常绩那里，这客人一把拦住老丈冲常绩道：“你这人好不晓事，方才人家求你，你作态不理，如今我要得这字，你却胡缠。”常绩怒道：“老丈明明为救人，你却要买要认亲，岂不羞死人！”二人说着，便要动手，那管家恐生意外，忙拦下常绩对这客人道：“这位客人莫气，你二人争执不下，怎不问问老汉心意？”老丈见提及自己，偷眼看了一下那位江湖客人，此人面上仍有不悦，甩了一下衣袖。老丈忙上前道：“若常相公可求得知州放过小侄，此书愿赠与相公。如若不谐，小老儿与此书，便托与这位客人。”

常绩意气道：“虽我平日不劳烦姐夫，但你侄儿并非罪大恶极，拼着我一意求情，姐夫必然应允。”这客人闻言，慨然道：“如若你真个救得此人，在下甘愿拱手相让。”常绩乐道：“原来足下亦是君子，不如共饮一杯。”这客人道：“甚好甚好，不过在下有一言，此老丈年迈体衰，赵州几百里，恐怕行走艰难。江湖儿女，义气当头，足下肯为其子侄向知州大人求情，在下愿代替老丈随你去赵州接应。你我共成人之美，如何？”

常绩大笑道：“只恐足下是担心我办事不谐，携字潜逃，特来为这老儿做监军罢。”二人玩笑一番，共同落座，老丈见事已成，便于常绩告辞了。这老丈不是别人，正是唐石，与常绩争夺字画的客人便是萧让。

常绩见萧让仗义豪爽，又精通书画，心中敬爱，将其视为至交。比及到了赵州，那幅卷轴便压在萧让之处，常绩自去向知州求情。知州不耐烦他痴缠，便调来唐牛儿卷宗查看，闻他当日并不知情，便猜到其中七八分是与人替罪；又闻人犯早已发配江州，虽闹出火烧无为军之事，但已与此案无关，便开释了唐牛儿。

萧让命悄悄跟随的二人之一回郓城报信，自己将卷轴交付于常绩。常绩设酒饯别后，萧让便带唐牛儿日夜兼程，亲送至还道村。因恐村民发觉，连夜告别唐石叔侄，径回梁山去了。

金大坚，绰号“玉臂匠”，上应地巧星。金石雕刻家，善刻碑文、印章，亦会枪棒厮打。金大坚在《水浒传》出场时有赞诗一首：凤篆龙章信手生，雕镌印信更分明。人称玉臂非虚誉，艺苑驰声第一名。

吴学究求助圣手 玉臂匠坚辞刀工

陈进轩

书中说道：宋江因题“反诗”被捉，由蔡九知府密令关在江州死牢，晁盖闻讯大惊。吴用献计，使戴宗把“圣手书生”萧让和“玉臂匠”金大坚请上梁山，意在仿描蔡京笔迹，制作假信，轻轻巧巧赚出宋江。吴学究说出一番话来，言道：“吴用再有个相识，小生亦思量在肚里了。这人也是中原一绝，见在济州城里居住，本身姓金，双名大坚。开得好石碑文，剔得好图书玉石印记，亦会枪棒厮打。因为他雕得好玉石，人都称他做玉臂匠。也把五十两银去，就赚他来镌碑文。到半路上，却也如此行便了。这两个人山寨里亦有用他处。”

前一个人是萧让，后一个即是金大坚，一并请到山寨。金大坚精心仿刻蔡京图章，自是“雕的无纤毫差错”，却又因“翰林蔡京”四字，弄巧成拙，险些断送了宋江、戴宗的性命。

书中说那金大坚，也有四句赞誉：“凤篆龙章信手生，雕镌印信更分明。人称玉臂非虚誉，艺苑驰声第一名。”吴用说到金大坚时，也用“眉目不凡，资质秀丽”赞之。

你道学究吴用如何结识金大坚？济州、郓城属地连接，一南一北比肩相邻，来往便捷，自不必说。一学究，一匠工，互慕其才，心生好感，多有走动，彼此交集，亦不必说。细论起来，还当属昔日阮小五求吴救兄那一节。那时节，阮小五闻得哥哥阮小二因一死一伤下了大牢，自知遮掩不得，只好把前因后果，一并端出，顿时勾得母亲吴氏一阵嚎啕悲声。小七年少，先是随母哭嚎，后又要哥哥小五拿个章程。阮小五心思已定，先稳住弟弟小七，又对母亲好言相劝，尔后离了石碣村，又重返阮家洼，欲找吴氏族人求救。恰巧此事被学究吴用闻之，决计平出险招，专在刀笔上做手脚，于是急匆匆赶到济州。也是一时情急，学究吴用竟一改往日谨慎，定要金大坚即刻仿造济州公文，大牢里先开脱阮小二，公文上只定个役刑，郓城那边无有不依。

因是相熟的旧识，那金大坚并不推辞，只是要听备细原由。言道："兄长且莫急躁，我须知道些内中原委。便是针尖大的细微处，我亦要先有个了然，刻书弄图倒是轻易可成。"

此时吴用长长嘘出一口气来，遂把阮家父子怎样为人，怎样惹火上身，遭人黑手算计，怎样一腔怒火，县城里弄出一死一伤，从头至尾，细说了一遍。金大坚连连点头，遂言道："那阮小五现是怎样光景，我亦须知他些许？"

吴用复言道："阮小五虽是急不可耐，倒也知道县城里毕竟不是撒野之地，到底谨慎从事为好，毕竟又是无可奈何。只是一时连一时地催促，要我尽快拿个主意，故而来济州寻你。"

金大坚又道："县衙那边，可曾做些铺衬？"

吴用回道："已召集吴氏族人，多少凑了些银两，愚兄先去县城打探了一番。又于关节处使了些银两，好歹先不让阮小二狱中受苦。"

金大坚又是点头称是，遂又问道："还有一紧要处。我且问兄长，郓城那边，现是个怎样发落？眼下怎样光景？"

吴用又是一声长叹，言道："尚在收监候审，眼下倒是无忧，直怕济州衙门下个重判文告，那时悔之晚矣。"

金大坚独自凝神思量，忽儿突兀站起，又道："我再问兄长，那阮小五既是一心救哥哥性命，可受得一番苦楚？若受得皮肉之苦，小弟便是心中有数，与其怀揣个假做之虑，倒不如在他身上弄文章。兄长又是胸含千秋雪的，哪里出不来佳语妙句？直教他大堂上唱一出悲痛大戏，竟比济州这里弄公文来得稳妥。再有一桩紧要的，却是你我皆不知。倘若郓城那边的公文尚未报呈，这里先弄个济州衙门的公文图案压下去，反倒是弄巧成拙。"

吴用听得金大坚说出这番话来，不觉嗟谓，言道："一语点醒梦中人，怪我亦是情急之中，自乱了阵脚，却得贤弟拨通。如此，我便教小五使一出苦主告苦主的勾当，那时才是火中取栗！”

金大坚言道：“这便是了。小弟这便随兄长去家中，横竖暂不使阮小五察觉，以免他心移语乱。赶巧郓城那边有我一个门子，家中称做八郎，为人最是爽直，与这济州衙门里沾些亲戚，得便我与他暗通关节，兄长自带苦主当堂哭诉。我这里使那门子觅缝儿插针，只说托我往知州那儿捎带时鲜物儿，再顺便卖个假人情，也问知县大人可有话捎带，我自是假装与知州衙门是相熟的。如此一烘一托，一唱一和，那知县自是官场里滚圆了的，哪些不醒得？阮家一案，捎带着也就照应了，岂不比弄那公文图书来得稳妥？”

吴用大喜，言道：“如此事儿成了！”

二人遂奔郓城，不一时也便到了吴用庄上。金大坚远远地觑一眼吴家庭院，又对吴用言道：“兄长自去与那阮小五弄铺排，我只在旁边草棚里瞅个风景。稍顷，便去郓城县城门子那里，约摸好时辰，再于县衙门前汇聚。”

吴用会意，进家只说有了主意，又故意扬了声儿与阮小五说道：“我欲造一桩苦主告苦主的连挂案，索性闹他个一不做二不休，想来应有几分把握。只是此事须要你吃些苦头，不知你可吃得？”

阮小五果然说出一番英雄豪杰的话来，言道：“先生只管明言，莫说吃些苦头，只要救得哥哥免死，纵是让小五滚油锅爬刀山，眉头不皱！”

外边金大坚听得明白，当下便敬佩了阮家兄弟。心中暗忖：“如此情真意切之人，今番着意帮他，方显得我金大坚断非鸡鸣鼠盗之辈，与那弄假手段无干，端的也是磊落汉子！“又偷偷窥得吴用擎出一束荆条，又让阮小五露出臂膀，用力抽打出紫痕，又拿灰土涂抹了，乍看果然像个旧伤模样。再悬吊起一条胳膊，把个阮小五弄得死里逃生一般。金大坚又佩服了吴用用心良苦，亦是男子汉做为，也与那书生学究无干。于是故意于草棚中弄出一股知会声响，抽个冷子出了吴家庭院，出村直奔郓城县城而去。

书家暂且丢下吴用带阮小五着伤进城不表，且说金大坚径去县城找到昔日门子八郎，寒暄几句闲话，金大坚便道出了因由始末。那八郎果然爽直，只略微沉吟，便言道：“原来只知师傅为圣手书生，凭着偷天换日的本领，仿得当朝苏、黄、米、蔡四家字体，不过赚些度日盘缠，断无江湖勾当。今番看来，师傅并非文弱书生，直直的是个好汉，倒叫门生羞愧。稍时去得县衙，那时看我如簧之舌，也弄出一番机巧，由不得知县老爷不信。后日夸起口来，也说个圣手门生，脸面自是多些光彩！”

金大坚连连摆手，哂笑道："此言差矣！既呼我圣手，当是手上功夫，无非指、腕、肘、肩同用，讲究的刀柄侧斜、刀角入石。再于指实掌虚中，生出若干流动、毛涩、斑驳、冶铸痕，等一应金石韵味。要的是刀中见笔意，笔中寓刀韵，刀笔互不相害，至韵吐隽永时，方为圣手功夫。你那儿却是如簧之舌弄机巧，我倒不是三酒六巷卖野药的，这又与师傅何干？莫非你要以手指拨弄那鹦鹉哥儿的伶牙俐齿？直恁地，我倒要先听你叫几声'中招吧'！"

八郎哈哈大笑，直言师傅妙语，那金大坚也自笑了。

两人说笑一通，又饮了一通茶水，八郎煞有介事地收拾起一个包囊。估量着吴用那边也到了火候，金大坚忽又想起一个关节，遂冲门子八郎言道："我自是与那学究打成一伙的，你却如何得进县衙，若我先呼你，反倒显出是假？"

八郎拍拍包囊，复笑道："这个不劳师傅费心，小生平素也常于县衙门前走动，三班皂役里边也有几个相熟的，无非见机行事罢了。"

二人遂去隅首，寻个隐蔽处，远远地打量吴用等人，那边也自到了。这里金大坚先示意八郎，转个身去了吴用那边，也扮个阮家兄弟的母舅亲戚。一行人入得县衙，那阮小五果然照学究安排，直把那前因后果，一五一十，泣诉得字字声声，入骨入肉，一时倒把知县惹得连连点头。

这里八郎一步闯入，故作是惊喜巧遇的，拿手指了金大坚。言道："你不是金员外么，远远地看着像你，赶过来，竟还是真！济州亲戚那里捎话儿，要吃些时鲜物儿，正愁着不得有便，赶巧与你碰着，倒省我一番腿脚！我知你素与济州衙门里相熟，这个便当，你须应下。知县老爷，你若有些捎带，也可一并与他，横竖图个不拿支使钱儿！"

那金大坚见景应景，遂故做张致，言道："八郎你也是个不省事的，不看我外甥一家苦楚么，连知县大人也受了好大劳累。你倒要我去你那亲戚家走动，我可是个心静的？"

嘿！这二人如此一烘一托，一唱一和，那知县果真听出了门道，又是有心周全阮小二的，于是当堂只拣轻描淡写处结案。遂言道："阮小二为父报仇，实属情有可愿。虽致一死一伤，毕竟是受欺凌在先，又属激愤失手，且当不得死罪，只是三年役刑少不得。"

吴用搬请金大坚，果然尽得其妙！

杜迁，绰号“摸着天”，从字面上看，是个头很高，几乎能用手摸到天空的意思。梁山大聚义时排第83位，上应地妖星，为步军将校。征讨方腊攻打清溪县时，在乱军中被马踏身亡，追封义节郎。

霍寻自找索命因 杜迁难忍杀母恨

刘昭

此回只说杜迁，祖籍郓城东北杜庄寨，世代为书香门第。其父杜行远，学识渊博，为人质朴，任沧州通判时，常与柴大官人来往，因慕其耿直洒脱，一老一少，竟结了习性相投的忘年交。

柴进何许人也？乃后周世宗嫡支子孙，家中有太祖皇帝御赐铁券丹书。平日最喜仗义疏财，专好结纳四方豪杰，被誉为当世孟尝君，绰号“小旋风”。

侠骨柔肠的杜行远只因和欺下媚上的知州相悖，招致排挤，心冷了官场的勾心斗角，于是辞官挂印，拜别好友，带着家眷老小，素装简行，返回故里杜家寨。

辞官返家的杜老先生，为教化邻里乡亲，开馆讲学，自此孩童始知：“人之初，性本善。”人之父母亦明了：“子不教，父之过。”杜老先生又利其空闲，把毕生所学著书立传，警世明言，以示后人。一时间，小村庄人皆知廉守礼仪，哪个不说杜老先生好处远扬，十里八村，纷纷带自家小儿前来受教。

话说离杜家村不远，有个宋家村，村中有位宋老太公，甚是与人为善，其子宋江少小便有大志，极得太公喜爱，闻得杜老先生学养人品，格外敬重，于是亦让其子宋江入了杜家师门。那宋江知书达理，聪慧练达，且与公子杜迁过从甚密，杜老先生也乐于二人亲近，杜迁大宋江一两岁，便以兄长之礼待之。因那杜迁幼随父亲在沧州几年，启蒙开智较早，言谈间颇多见识，宋江亦是敬佩，尤重杜迁忠厚温良。一来二去，遂成挚友。

俗话说，欢乐日渐短，忧愁寒夜长。又云：天有不测风云，人有旦夕祸福。那杜老先生本自无恙，无来由地生一场奇病，不几日便撒手人寰。杜老夫人斋心仁厚，老爷在世时，每天晨诵经文，暮念咒经，祈佑家人，从不与人争论是非，善待他人。不想子未成人，老爷离世，如塌天顶。乡亲可怜霜妻弱子，皆竞相帮助料理杜老先生的后事。然那杜老夫人不善理家，一时有困，就让儿子杜迁去典当家什。没几年，家中大显败相，亲朋自是冷了不少。

春去秋来，寒来暑往，经历了世间冷暖的杜迁，本就有些木讷的性格更是少了言，寡了语。母亲亦是常常念叨要儿子安分守己，规矩做人。为赡养母亲，杜迁丢了学问，干起了粗笨重活，间或又打渔补贴家用，和老母亲饥寒为伴，相依为命。

稍后，宋江在郓城县衙做了押司，官身不得自便，与那少年伙伴，来往上也渐渐稀疏了许多。一日，宋江得知父亲宋太公突染风寒，一向孝行道义的宋江急匆匆告假探望，不期与肩背鱼篓的杜迁迎面相遇。旧友相见，各表别叙，一时颇多感慨。杜迁得知宋江为探父而来，遂将鱼篓放下，挑拣着选了几条鲜活的，送于宋太公，略表心意。宋江亦不推让，差人送往家中，拉着杜迁走到附近一家酒楼，言道："难得一见，陪兄弟吃口酒，小叙几刻，以解思念之情。"

店小二认得宋江，紧着筛酒泡茶。二人正在叙话，一人凑趣过来讨扰，道："这不是宋大哥吗，今日怎得闲暇归里？"宋江抬眼，认出此人，道："家父小疾，故回家探视。"

你道此人是谁？听我慢表。此人姓霍名寻，本为西乡一霸，仗着家大业大，为非作歹，欺男霸女，强取强夺，祸害乡里。又和时任郓城县主簿的表亲杨知修过往甚密，狼狈为奸。因此人皆敢怒不敢言，只是心里诅咒上遭天谴，口里默念下应因果。宋江因杨知修得识霍寻，因厌其行径，心里不直，少有交往，今日避躲不开，少不得搭讪几句。

霍寻初见杜迁，见其身材高大，五官清秀，眉宇间略带窘迫，倒多了几分儒雅之气。可谓：举手投足如学子，不发一言带超凡，不出一语透脱俗。禁不住多问："敢问这位好汉姓名？"

杜迁起身施礼，道："无名之辈，辱没先祖。小可姓杜，单名一个迁字。"

霍寻紧问，道："莫不是杜家庄杜府公子吗，素闻老太爷在外为官，带回许多书画珍宝。他日得识一二方好，不知杜公子肯不肯？"

杜迁愧道："俱是枉传，不过艰难度日罢了。"

霍寻追问道：“人说府上藏有一幅《韩熙载夜宴图》，若能观之，实乃三生有幸。”杜迁矢口否认：“谣传而已，不可真信。”

《韩熙载夜宴图》为五代画家顾闳中所作，描摹的是南唐巨宦韩熙载开宴行乐的场景。画中线条流畅，工细灵动，神韵独出，世人皆谓之稀世珍宝。亦是霍寻贪心邪念，如此稀罕物儿，焉能流入僻壤村野，可他宁信其有，得风便雨，也是自作孽。霍寻自见得杜迁，就牵挂上那幅名画，少不得讨好杨知修，杨知修更显贪图之念，于是二人渐露掠夺之意。

一日，杜迁打得一条赤尾鲤鱼，思量给老母亲打打牙祭，于是匆匆回家。

霍寻假意巧合，强拉杜迁上酒楼叙话，一会光景，杨知修走来搭讪，霍寻借故离去。杜迁推辞不得，只好胡乱饮了几杯，便觉身困体乏，一时浑浑沌沌，不知所以，醒来时，已不见了杨知修。杜迁只道是自己贪杯，顿觉悔恨不已，急匆匆赶回家来，忽见自家门口围了许多人。有邻居看见杜迁，着急招呼道：“哪里去了？寻你不得，你家老母出事了。”杜迁看时，老母已是气断身亡。

看官可知霍寻借故离去为了何事？原来他和杨知修设酒算计杜迁，酒中早已做了手脚，留杨知修缠住劝酒，霍寻遂带人径直去了杜家村。

霍寻对杜母谎言杜迁与人攀谈书画，言家中藏有《韩熙载夜宴图》，故要他来取。霍寻说得煞有介事，然知子莫如母，杜老夫人知道儿子定不做此事，明白来者不善。于是答道：“穷家破院，衣不避体，食不裹腹，何来奢侈之物？”

霍寻见老夫人不好对付，随口又是胡说：“实不敢瞒，你儿子杜迁在县城访友贪杯，失手打碎了主人家的均瓷梅瓶。你可知，家有万贯，不抵钧瓷半片，也是主人家大量，面子上得过且过，一幅‘夜宴图’也就顶了。”

杜母方知晓儿子中了圈套，于是怒斥道：“光天化日，诬陷无辜，这王法上半点儿不怕了吗？”

霍寻不听啰嗦，指示几人在屋内屋外，院前院后，搜索一遍。杜老夫人一怒一气，血涌气堵，一头栽倒在地，命丧黄泉。可怜杜老夫人，一生念佛，竟死于乡霸无赖之手，让人扼腕叹息。

杜迁抱着母亲痛哭，伤心欲绝。父亲去世早，他于母亲跟前耳听面命，晨省昏定，出必告，返必面。母亲有疾，煎药先尝，邻里称赞，乡亲颂誉。如今，母亲死于非命，内心愤恨难表，听人所说经过，又想起今日种种端倪，义愤填膺，纵使高大男儿，心里暗自有了盘算。

杜迁记起少年时听父亲讲《礼记·檀弓上》，子夏问于孔子曰：“居父母之仇，如之何？”夫子曰：“寝苫枕干、不仕，弗与共天下也，遇诸市朝，不反兵而斗。”意思就是：侮辱父母的人，不共戴天，我每天拿盾牌当枕头、睡在草席上，就为了哪天遇见你，手无寸铁也要和你搏斗。杜老先生每每讲到动情处，都要感叹孔子那么谦和那么隐忍的圣人，提到辱母这件事，言语尚如此之极端。

杜迁披麻戴孝送走母亲，于坟头久坐不去，好心人劝阻不能。

杜迁坐到半夜，趁着月黑人静，来到乡霸霍寻家，整衣束装，潜到门前，用短刀轻轻剥开门栓，悄无声息摸到霍寻床前。此时霍寻不会想到作孽作死的期限已到，不会想到借债还钱、杀人偿命的天理，否则他不会睡的如此安心。真是天作孽犹可违，自作孽不可活。

杜迁看着仇人熟睡如猪，鼾声如雷，想到自己的母亲冤死他手，不觉怒从心起，愤从胸出，一个健步跨出，跃上床头。好汉杜迁不用棍，棍不能解心中恨，亦不用刀刃，再锋利的刀刃也不能割去胸里冤愤。只见他捷身如跨马，一腚坐在那仇人脸上，一如大厦斜倾，一如泰山压顶，一如天地裂崩，摸着大杜迁高大的身躯，顿时让霍寻动弹不得。“七尺二寸”英雄，因得绰号“摸着天”，本意希望能够发迹富贵，出人头地，不曾想先借来报杀母冤恨。

杜迁蹲坐于霍寻口鼻之上。

一问：“我杜迁守已安分，只想侍奉老母天年，我母为何遭你贼子毒手？”

二问：“我家老母一生吃斋念佛，从不论人长短，为何遭你贼子毒手？”

三问：“我与你前世无仇，今世无冤，为何下得如此毒手？”

开始杜迁还能感觉身下有挣扎动静，且伴有“呜呜咽咽”声，不久方觉安静下来。杜迁只顾自说，越说越悲，越说越愤，越说越恨，拔出短刀，欲要千刀万剐仇人，不想翻身下来，对方早被他磨盘样的大屁股憋闷气绝。

好汉做事好汉当，大仇已报，内心释怀，借仇人之血写下：“觅地无处找，摸天可探知”，留言于几案上。出村寻到宋江，从头至尾，细说端倪，宋江闻之大惊，遂送他银量，劝其速速出逃，后事由他再做安排。

杜迁家乡难呆，避难出城，念起幼时曾随父到柴大官人家走动，于是寻旧路逃到河北沧州，以求立身之地。

杜迁疲于逃命，却不知郓城县衙已从留言中探知是其所为，又得知杜父曾在沧州为官，且与柴进过往甚密，猜想定逃往于此躲避。于是，上报济州府发文沧州府，捉拿案犯杜迁，而杜迁此时尚在途中。

沧州府不认识杜迁，只好以济州府发文中的“身材高大、行为学子”字样，草草画出影像，四处悬挂缉拿，又派人前去柴进柴大官人家搜查。柴进不明何故，又知自己府上无人招惹是非，就让人进来搜查，以示清白，自己又带人围猎去了。偏巧住在柴进处的落考举子王伦也是高大身材，公人以为拿个正着，便胡乱将其捆绑，带回了事。

王伦科考落举，贫困潦倒无以为生，听人赞柴进“规行矩步端详士，目秀眉清年少郎。礼贤好客为柴进，四海驰名“小孟尝”。就一路打听，寻到沧州。不曾想，还未住稳几日，就让人一根绳索，稀里糊涂地绑捆起来，进了牢房。

家人报于柴进，柴进匆匆回府，正巧门人进来，道：“门外有一高大故人求见。”

柴进诧异，赶紧让人领来，见是昔日故友之子，又听杜迁说了前因后果，心中已是明白几分。杜迁亦知王伦代己之过，进了牢房，决意去沧州府自首，换回王伦，柴进不允。

柴进安顿下杜迁，又派人多使银两，上下打点，经多方周旋，沧州府大牢里救出王伦。杜迁怕再惹麻烦，不敢久留，又苦无去处，王伦受过一次惊吓，也想离开，两人就商量着离开沧州。柴进见心意已决，又留住几日，临起身又赍发盘缠银两，亲送至城外，打发二人上路。

且说王伦和杜迁离开沧州，一路晓行夜宿，不几日到了山东地面，陡见一山隐于淼淼水泊之中，甚是险峻紧要，于是决定在此安身立命，以图他日之计。一晃数月，渐渐地又有些走投无路之人觅上山来，二人一并收下，慢慢也有了几百人马，一时小成气候。王伦也便成了梁山泊的首任寨主，人称“白衣秀士”，杜迁顺势成了二寨主。又因本领平常，但凡再有好汉入伙，杜迁便推贤让能，主动退闪。后在晁盖、宋江掌政时期，地位不断下降，亦安然处之。杜迁宽容大度，不争功，不抢名，只有宋江等人，依旧认其是梁山的开山元老。

宋江在祭奠宋万时曾评价曰：“虽然不曾立得奇功，当初梁山泊开创之时，多亏此人。”这句评价借来用于杜迁，亦是最最合适。

杜迁在原著中出场不多，形象较为模糊，因此很少被历代名家所点评。当代实力派作家陈进轩先生对水浒颇有独到见解，曾有言专赞那礼贤退忍的杜迁：“一个忠厚在身，胜似万马千军，此为心胸盖天是也。”

今逢重书郓城水浒人物之即，权且借来一用。

宋万，绰号“云里金刚”。金刚是佛门护法神，以雄伟、高大貌呈于世。元明人于佛寺绘四天王壁画，多有在云端现半身者，故称“云里金刚”。梁山大聚义时排第82位，上应地魔星，职司为步军将校。

行大孝宋万寻叔 秉正义好汉惩凶

王锡亮

话说北宋末年，奸佞当道，官腐君昏，他们上不理国政，下不恤民生，一味沉溺于酒海肉山，犬马声色，黎民百姓饥困交集，叫苦不迭。年轻力壮者外逃出走，老少难行者坐以待毙。

却道黄泥冈北大碾庄前一片坡地里，有一着衣褴褛的少年，正一铲一铲用铁铲挖田鼠窝，想从田鼠口里夺点粮食，以缓家人之饥。

这孩子是大碾庄人，姓宋，长辈唤作万万，成人入户时，登记为宋万。不过这个沉甸甸的大名，也并非他的父母所起，因为在宋万还没有记忆的时候，他的爹娘就因为生活逼迫撇下他离开世间了。是家叔揽下了这个没爹没娘的孩子，也是叔叔为他取了这个响快的大号。

宋万这孩子，自幼秉性憨直，忠厚善良。自知没了爹娘，从小就不给大人添心多事，把收留自己的叔叔婶婶当亲爹亲娘看待。你看这小小的宋万，当下就知道为一家生计着想。每年入得冬来，他就如此这般地和一些穷娃们翻动着泥土，将那些吃物挖回家去以维持生计。他甚至心里有着自己的打算，冬天里在这一片挖寻鼠窝里的豆子，晚些时日，天气回暖，春草萌生之时，他就又到高地阳坡处寻薅那早生的野菜为一家人充饥了。

说到叔叔婶婶，这宋万还有一大堆心事窝藏心底。时下婶婶身体多病，烧锅做饭都难以支撑。要不，宋万一直老往西边天际瞧看太阳，每天下午，他要早些回家，收拾烧锅的柴草和晾晒的被褥。细心的宋万，听近门一个二爷爷说，勤晒被窝，胜似吃药。他就铁记在心里了。还郑重地对叔叔说，要想好得快，必须吃汤药将养。这说法宋万信，他知道婶婶这病不是光靠晒被窝能治好的。可是宋万看出来了，晒被窝的确使婶婶的病体见轻了。

这近门二爷爷在大碾张庄，应该算是一个有文化有知识的人了。他懂医也懂一些草药知识，不少人有个大病小情都去问他。他给叔叔讲要给婶婶吃药的时候讲得很认真，好像字字砸在地上，叔叔听了很结记。这话说了没几天，叔叔就从清早出去没再回家。为这事，小宋万多少次缠磨着婶婶问，叔叔究竟哪去了？可婶婶就是不说。

宋万终于知道叔叔哪去了！还是从近门二爷爷那里打听到的。这不，宋万从清早就出发了。头一天，他就把二爷爷告诉的事跟婶婶说了，可婶婶说的也是，你知道又怎样？那么大个地面，找一个人好找？还不是大海捞针？

当宋万想到二爷爷的这些话，应该是满身力量了，可是没有，那鼓起的劲都叫一身的疲乏赶跑了。为叔叔出走的事，宋万好几天没吃东西了，又加上大半天的赶路，他身上真是四两劲都没有了。但是， 他暗中对自己说，我不能坐下来，不能躺下去，他觉得自己一坐下就要睡过去了，他只能蹲下收拾一下鞋子。宋万照人指的方向走着，他偏偏往东北走了好一阵，又往西折过头走。这时宋万脚腿全不当家了，他真的再没有力气往前挪动半步了。看看天已暗下来，宋万那胖大的身子靠着路旁的一个柴草堆倒下了。

已是翌日辰时光景，宋万方才醒来，见自己怎么躺在这个地方？心想自己不是在找叔叔拼命赶路嘛，怎么跑到这个草棚子里来了？正在思忖，就听得一个怯生生人小姑娘的声音：“他醒了！”接着，又一个老头儿走近前，说：“你这是又累又乏，把个身体折腾得不轻。”那老人慢慢弯下身子，意思要抚摸一下宋万的眉头。这时，小宋万折起身子，向老人方向靠了靠。刚才说话的小姑娘也往前挪动几步。因为草棚窄小，这一两步挪动，那小姑娘已经走到明处。看得出，她年龄也和宋万不相上下，像一般农家女孩一样扎着羊角辫儿，她眼睛大大的，挺精神。

从宋万和那爷爷谈话知道，小姑娘叫翠翠，他们是爷孙关系，是那年河北遭旱灾时逃难到这里的。女孩的爹娘也不知漂泊哪里了，爷孙俩就在这个叫东沙岭的路口，用石头垒了个窑洞住下来。这里过往行人多，方便讨要，也方便打听儿子的消息。

这时，老人得知小宋万是要找寻推水的叔叔而来，倒是犯了一阵思索。他说：“这东沙岭的山东边就是一条河，河东就是任城县。那可是个大市面，那里几条街都是店铺，什么竹竿巷，顺和街，都是些大买卖家，生意兴隆，很是热闹。”

说话间，那翠翠端上来一大碗热气腾腾的地瓜糊糊，说：“饿坏了吧，快吃吧.”听到他们说推水的事，也便搭讪说，我看到过推水卖的，都是在城里，听那说话的口音，都是咱郓城这片的人。

爷孙俩都是热心人，看到天色还早，他们便稍加收拾，就和宋万翻山进城了。

经过大半天奔波，在这座城的西北片，他们找到一个推水的汉子。宋万慌忙赶上，见那人不是叔叔。经那人介绍，这里做推水生意的有四五个人，都活动在这个城里的大街道上。那人听到宋万说过叔叔相貌特征。那人满有把握地说，你朝东南方向走，过去云栈桥，在那两个街口间，准能找到他。

已是黄昏时分，宋万看到前面像是叔叔，他飞快地跑过去，看到单单瘦瘦的叔叔，竟推着船也似的两个大水箱，两个细麻杆似的腿弯曲地捣着地，脚上穿着一只一样的鞋子，还都露着脚趾头。这时宋万放声大哭起来，当叔叔看清是侄子时，叔叔说：“哭什么？这不挺好嘛。”说着说着也哭了。那陪同前来的爷孙俩也擦拭着眼睛。

过了些时日，在一个单瘦的推车送水的汉子车上，人们看到又添了一个拉车的小帮套。小宋万不能再看着叔叔那样负重送水了，他要帮叔叔拉车，他要让叔叔少出些力。过路的人看见小宋万老是把拉车的绠绳绷得紧紧的，拼命地使劲拉，都夸赞不已。因为叔侄俩都争着用力，车子走得飞快。有时，为说明自己有力气，小宋万还自己推着车给叔叔看，还跟叔叔说，练练力气，晚些时，我就自己推车上路了。

且说在送水的往返路上，小宋万几次看到手持刀枪棍棒的孩子们。经询问知道，他们是学武术练功夫的。这里，不少地方设有教场，孩子拜师学艺的不少。当时乱世社会，武艺在身倒能防身健体，叔叔也就叫宋万抽时间习练武功。

光阴荏苒，转眼二年有余。宋万多次回家，为婶婶送药煎熬刨制。不要看那树皮、草叶的，还真见效。经过一段时间，婶婶的病大为好转。其间，宋万也多次翻山去沙岭爷爷那里，帮助爷爷砍柴、开荒、凿石、垒墙。在频繁接触中，一对小人儿，也热火得有些意思。有时，聪明伶俐的翠翠，还主动承担起给婶婶送药和伺侯婶婶的活计。有时，翠翠还在家停顿些时日，干些提水、做饭，拾掇家务则个。

且说宋万力气渐渐大起来，他就跟叔叔提出要单独上路干活。最初叔叔不放心，死活不放他一个人出去。可是他终究执拗不过，宋万几次偷偷推车卖水去了。

话分两头，且说城东南处有一金银斗量、财以万计的李姓大户，有一欺男霸女、为恶一方的三少爷。因为那老三恶贯满盈，当地民众提起来咬牙切齿、恨之入骨。这日酉时时分，李家三少兴围归来，擎苍牵黄，气焰嚣嚣。他不顾傍晚行人多，云栈桥上不堪负重的危险，直冲直闯。他挥舞的猎棍，直向一个老人戮去。

宋万看在眼里，一边挡驾，一边呼喊说不要碰撞着老人。恶三听到有人敢拦挡于他，那还了得！于是下得马来，猛挥猎杆直向宋万戳戮，口喊："你是哪家小子，敢挡三爷我的人马去路！"理直气壮的宋万说道："我叫宋万，你的人马撞倒老人了，为啥不勒马收缰！"

可那恶少李三，仗着人多势众、财大气粗，抡起猎杆，朝着宋万狠狠抡去，不是宋万躲闪及时，真要脑浆崩裂了。这时，恶少仍步步进逼，过步不舍。宋万自知自己不是空白身子，猛地抓住猎棍，来了个倒卷白龙尾，巧妙地运用了"四两拨千斤"之力。这时，毫无提防的恶少，早被长杆弹在一旁。

宋万又猛抓棍中，来了个卷尾白龙吞猛虎，将恶三卷起。这一连串的下马威，使众人鼓掌欢跳，欢呼叫绝。这使恶少李三，大失了体面。遂对手下呼喊"有种的都给我上！"

当他的手下从懵懂中反应过来之时，那宋万已将推水车推到云栈桥下面的河水里。这时的推水车漂悠悠浮在水面上，手执半截猎棍的宋万，这时也遂之跳到推水车的木桶里，用那半截猎棍拨拉着水，浆也似的，那推水车像只小船，悠然地向西南方向驶去。这时宋万向桥上的恶三打着招呼："来呀，有本事的！"

恶三自知不是对方敌手，也无勇气前去追赶，虚张声势了阵，悻悻而归。这谓：宋万艺藏沉默中，云栈桥上惩恶凶。

故诗评宋万曰："忠孝仁义心地淳，妙手珍艺袖中存。居三沦落八十二，非为卑懦是磨轮。"

王英，绰号“矮脚虎”，车家出身，原为清风山二寨主。因救助宋江，大闹青州，而到梁山入伙，三打祝家庄后娶扈三娘为妻。梁山大聚义时排第58位，上应地微星，专掌三军内探事马军头领。

蔺秀英郓城落户 王矮虎李楼寻亲

卢明

话说宋江回家搬宋太公，被官军追至还道村，半夜三更被晁盖派来的梁山好汉救出。与此同时，王矮虎、郑天寿等人奉命随戴宗到宋家村接宋太公上梁山。

一顶山轿抬着宋太公，几个猛士贴近护卫，众喽罗在后跟随，向梁山泊方向进发。行了一程，轿夫感觉彼累难耐，便在一个村子边歇息。王矮虎性急，坐不住，便借着朦胧月光向村内望去，影影绰绰看见有个大院，院中有楼，便脱口说了一句：“乡间还有如此富户！”郑天寿跟过来，用手搭于王矮虎肩上，俯身贴在王矮虎耳边调侃道：“兴许楼里还有美女娇娃，能惹哥哥意乱情迷。”

此时，宋清凑了过来，顺便介绍道：此村名唤李楼，有个李员外，家大业大，良田千亩，驴骡成群。他是经商高手，经常涉足千里之外。只惜李员外老来丧妻，去两淮货卖时，收了个年轻貌美的蔺姓娇娘。可是好景不长，不久，李员外便染病身亡，剩下娘子孤零零一人持家。

闻听此言，王矮虎肩头一震，随即闷不作声，在路上踱了好几个来回。上山第二天，王矮虎便向晁、宋二头领请假，说在郓城梳洗楼有个清风山时期的心腹喽罗，想暗自一访。二头领正庆贺搬宋太公成功，高兴头上，也没多想，便允了假。

王矮虎前脚刚走，郑天寿猛然间想起，王矮虎头天晚上在李楼便要留下，这次请假八成是贪色的本性突发，借故去李楼。感觉王矮虎一旦惹出什么麻烦，会败坏山寨的名声，便将此情报告了晁、宋二头领。

晁、宋头领感觉问题严重，便安排郑天寿随即下山跟踪观察，若果去强暴民妇，便及时制止。郑天寿感觉自己与王矮虎武功相当，万一王矮虎色心难抑，很难控制他。因此，晁、宋二头领便又派戴宗、李逵与郑天寿一同前去。李逵当时还不乐意，一边把手在胸前来回摆着，一边说不耐烦办这腺事。怎奈宋江执意派他，不得不从，临走摇着头道："好汉不干那勾当，热娘们的不是好鸟!"

渡过水泊，舍舟登岸，便是郓城地界。前有岔路，一路通梳洗楼，一路通李楼。郑天寿说，王矮虎去李楼找寡妇只是我等猜想，或许人家王头领真去梳洗楼访友了。李逵却道："既然好色，肯定是去李楼找寡妇去，你还在那里犯傻，没耐烦理你！"戴宗说："二位兄弟不要争执，你们二人先朝李楼路上走，我去梳洗楼一路。我腿快，如果不在那一路，回头也能追得上你们。"

路上，李逵纳闷，王矮虎这么个好色之徒，怎么就进入了梁山好汉行列。郑天寿两条腿迈得很快，一张嘴却闲得憋闷，便向李逵谈起，王矮虎本是两淮人士，车家出身，运货时见财起意，劫了人家财物，流落江湖，在青风山与燕顺、郑天寿一起打家劫舍。此人最大的毛病就是好色，看见娘们拉不动腿。因为清风山知寨刘高之妻，还差一点与燕顺拼命，幸亏宋大哥劝下。后来，他在宋大哥推荐下，与清风山的兄弟们一起上了梁山。

郑天寿、李逵走过一程，戴宗便回来，说王矮虎的确没去梳洗楼，他从梳洗楼返回时，取近道到达通往李楼的道路，并远远看到王矮虎正往李楼快奔，便赶快来与郑、李一起会合，商量下步如何办。李逵说："咱们撒腿快追，若这厮果去欺负人家妇道人家，看我一板斧割了他性根！"

王矮虎在前面匆匆赶路，无暇旁顾。戴宗等人在后面远远跟踪，唯恐跟丢。戴宗和李逵自背后望去，见王矮虎车轴汉子，五短身材。虽是个子矮，但体型敦实。一双短腿，摆动得特别快。郑天寿想像得到，王矮虎此时当是心花怒放，笑开那张蛤蟆嘴，露出满口大牙。

三人尾随王矮虎到李楼村中，过街穿巷，暗中见王矮虎正在敲李员外大门。李逵怒火中烧，要去砍杀王矮虎，被戴宗拉住。三人在墙角窥望，见开门的丫环与王矮虎对语好久，丫环竟然让他进了院！

院子很大，进不去。为弄清院中情况，戴宗便找了个僻静墙角，让李逵双脚立地，双手扶墙，权作人梯。郑天寿站上李逵肩膀，扒住墙头往里窥视。见此院有好几进，二门以内一座小楼，三开间，两层，木棱门窗阔大，内糊白纸。虽是灰砖灰瓦，却是雕梁画栋，可见此户富足，果如宋清日前所述。再看楼前庭院，见一貌美夫人与王矮虎相对而坐，有哭天抹泪状。郑天寿愕然，李逵却说，王英此来，定是前来骗色，至少是私会情人！截宗却说，别结论过早，等夜间再行观察。

一更时分，月上柳梢。戴宗在外望风，李逵与郑天寿翻墙入院。见房内灯光一直亮着，郑天寿让李逵在树后准备接应，自己到一楼窗前观室内动静。李逵不干，非要自己去窗前观察，让郑天寿准备接应。郑天寿怕争执起来闹出动静，反倒坏了大事，便不得躲在树后，让李逵前去窥探。

李逵在窗前站好，以手指蘸涎，轻松将窗纸戳破。虽则纸洞还没他瞪起的眼珠子大，但还是能够借此看到屋内情形。李逵见室内，清灯下貌美女子与王矮虎隔桌而坐，交谈甚欢。时间久了，李逵感觉望得眼疼，便抽身揉了一番。

待再次贴窗内窥时，却发现，王矮虎坐到了贵妇人这边，二人靠得很近，似脸贴着脸。见此景，李逵登时血液上涌，欲闹将起来。随即又想到，下山时宋江哥哥再三交待，做事切勿急躁，便强耐性子再看，难免弄出点动静。

李逵恍惚间，忽见王英吹灭了灯，感觉王矮虎定是去搂着贵妇人睡觉，便想发作。忽然又想到，翻墙入院时戴宗一再交待，无论发现什么情况，都要回到墙外合计对策。于是，便硬着头皮听里头有没有动静。

正所谓有灯易看，无声难听。正当李逵将两只耳朵翻过来正过去地贴在窗上静听时，却被一记闷棒猛然打倒在地。李逵缓过神来，哪里顾得了许多，起身高喊：“哪里的鸟人，敢打铁牛爷爷。”王矮虎听得是李逵，便跳外一步，说：“梁山李逵么？敢跟踪我，该死！”二人迎面对打，郑天寿急忙向前，看得出与李逵对打者正是王矮虎。二人皆怒，郑天寿拉不开。在墙外观风的戴宗闻声迅速越墙而来，及时制止了他们的打斗。

原来，王矮虎耳朵特别灵，听到室外有动静，警觉到有歹人，便吹火油灯，寻一根木棒，从侧门悄悄转到室外。在李逵还傻傻地往黑影里望的时候，王矮虎的棍棒已经打来。戴宗尽力劝说，王矮虎还是一脸怒气，拉着三人进屋，点着灯，叫了李家贵妇，非说明原委不可。

原来，貌美妇人本是王矮虎表姐，姓蔺，名秀英，与王矮虎从小一起长大。王矮虎虽然性情粗暴，为人玩劣，惹事生非，讨人恶嫌，因为表姐理解他，便很听表姐的话，二人感情很好。与人打架时，多少人都劝不住，表姐一声轻语，便能使王矮虎立马住手。后来姑父姑母因变故而亡，表姐远嫁他乡，姐弟二人从此再未见面。还是在清风山时期，王矮虎偶尔遇到一个老乡，听此人说表姐死了夫君，又远嫁山东。

那夜搬宋太公上山路过李楼时，宋清说到两淮和蔺姓，王英便猜测这李员外夫人可能是表姐，自己和表姐就是两淮人士，而表姐又姓蔺，姓蔺的又不多，身世又对茬！王矮虎感觉十分象，但又不敢确定，怕说出来又不是表姐，反倒被人耻笑，故反复迟疑。上山后向晁、宋二头领请假时说了个谎，原想先来李楼打听清楚再说，谁知却出了后来这档子事。

其实，当日白天在院里，是表姐向王矮虎诉说这些年的艰辛。晚上王英在表姐的楼房里，诉说了他这些年的经历。至于后来李逵看到的亲脸，是一种错觉，原为王矮虎眼里进了飞虫，让表姐帮他擦出。

真相大白时，李逵、郑天寿，包括戴宗，都感觉很尴尬。李逵虽然憨直，身架转得倒快，连忙跟王矮虎作揖道："铁牛此来，虽是奉晁盖哥哥、宋江哥哥将领，但也曾误疑王英兄弟伤风败俗。兄弟如不解气，便把铁牛这肉眼珠子挖了去！"然后转到蔺秀英身前说："俺们粗鲁，姐姐原谅则个！"一边说，一边跪下，急切之际，一个响屁滚出，倒是惹得蔺秀英笑了，大家都笑了。

王矮虎转尔将嗔怪的目光投向郑天寿，说道："这二位哥哥新来乍到，咋知俺王英好色？八成是你小子狗眼看人低，从门缝里把人看扁，在头领那里告了刁状！

郑天寿无话可说，便强调三人前来，也是为王英好，怕他违犯梁山的纪律。王英正色道："人都会变，你却拿老黄历说事。说俺好色，俺承认，俺前些年是见了美妇拔不动腿，可那是在清风山时期啊。你去打听打听，上了梁山，俺王英学兄弟们做派，改了老毛病，再也不招腥惹臊！"

最后，戴宗好说歹说，才劝王矮虎消了气。戴宗强调这是一场误会，经此一事，更能洗净王英兄弟的名声，说明他已经是一个响当当的好汉。

还是蔺秀英表姐通情达礼，说不怨三位头领前来盯梢，弟弟此前的作为确实不让人放心。现在能学好，她也就放心了。弟弟如能一生一世都清清白白做人，自然不会再出此类事端。王矮虎终于释然，四男一女相对一笑，握手言欢。

借住一宿，第二天，戴宗等四人拜别蔺秀英回到梁山。李逵心想，宋大哥搬来了老爹，王英兄弟见到了表姐，俺回山便和晁、宋二头领请假，去搬俺老娘上山快活。后来王矮虎娶到扈三娘，夫妻二人不止一次来看望过这位表姐。

郑天寿，绰号“白面郎君”，苏州人氏，银匠出身，原为清风山三寨主。因救助宋江，大闹青州，而到梁山入伙。梁山大聚义时排第74位，上应地异星，担任步军将校。

逃旧婚天寿入郓 结新缘玉儿上山

李艳灵

话说自从宋江坐了梁山寨第一把交椅，大小头领，尽皆欢喜，拱听约束。郑天寿、燕顺、孔明、孔亮负责把守金沙滩小寨。宋江特令郑天寿闲暇之余，负责梁山寨的银器制作。梁山寨虽为男人的天下，但鞋帽服饰上的银器也是不可缺少。众人有所不知，打造银饰的工序极为繁杂。山东人所配银饰大多以浇铸、錾刻为主。苏洲人做银器流程不仅浇铸、錾刻，还要镶嵌、点翠、焊接、精雕。尤其最后一道工序，加工时左手握锤，像画家运笔一样，心手相应，雕出一组组生动有致图案。银饰做工优劣，关键就在此时，雕刻细微处，尽显出匠人的精心和准确。

郑天寿做银器的手如女人手般精巧，扈三娘常常感叹自愧不如。有时望一眼郑天寿白净、英俊的脸庞，扈三娘不由几分感叹。如果当时宋江把她许配郑天寿，郎才女貌，该多好。然世间事不尽人意者多，尽人意者微乎其微。想到这扈三娘发出一声轻微叹息。那边扈三娘叹息声刚落，这边郑天寿捶打银器的铁锤竟然打在了手上。扈三娘不由笑道：“如此走神，必有心事，跟大嫂说来无妨。”

郑天寿言道自小母亲病故，与父亲相依为命。因长得如女孩般俊俏，故做银匠的父亲让其穿红戴绿，金银满身。本可因其丰厚家底，娶一个如花美貌之妻，生儿育女，过一份安宁日子。可天有不测风云，人有旦夕之祸。郑天寿常跟父亲到知府家做银器。哪知府家有一小姐，长得丑且不说，就那身肥肉，哪个英俊郎能看得上。偏偏这知府小姐看上了郑天寿，跟知府爹哭闹说非他不嫁。那知府大人疼惜女儿，强行其与女儿成婚。按常人之理，银匠儿子能跟知府千金成婚，岂不是大富大贵之幸事。然郑天寿如处牢狱，每日愁眉苦脸，甭说行夫妻之礼、洞房之事了。再后来索性跟师傅练剑，数日不归。知府千金见不到郑天寿，便把气出到郑老汉身上。那日，在院子里打骂郑老汉正巧被郑天寿看到。郑天寿顿时怒火中烧，飞起一脚，把知府千金踢出三米多远。知府千金怎肯罢休，随手拾起一根棍棒，朝郑天寿打来。郑天寿欲抽出宝剑抵挡，被父亲止住道："好男不跟女斗，再说咱也愧对人家。"郑天寿愤然说道："这样心狠毒辣的女人，不要倒也罢了。"

知府千金挨了丈夫的打，哭着回到娘家，那万般委屈如火山爆发般道与父母。知府闻言暴跳如雷，火速派人捉拿郑天寿，没想郑天寿竟然打点行装离家出走了。

话说郑天寿一路游山玩水、吃喝玩乐，览尽无限风光，吃尽百味美食。但好景不长，身上所带银两已捉襟见肘，无奈又做起了银匠生意。

一日来到郓城县，只见郓城有宝塔一座，又名观音浮屠。塔为八棱四门楼阁式砖塔，历经风雨，剥蚀益甚。塔四周碧水环绕，夏日黄昏，上千只"云燕"绕塔飞鸣，绿树燕影与巍巍古塔，在碧水中交相辉映，宛如一幅古朴的风景画，甚为壮观。有诗赞曰：巍巍不记何年起，半入云霄半插水。观其塔，不由想起苏州的古塔，想起在古塔旁与父亲支灶打银器，生意甚是红火的场景，于是决定就在郓城古塔前支灶打银。

郑天寿做银器的手如行云流水，招来不少前来观望的少妇少女。郑天寿制作的银器分三六九等，而加工费也分三六九等。若贵妇或阔少前来加工，必是高价；若是普通人来加工，则物美价廉；若家境贫困人前来加工，一律免费。其中不乏刁钻富户人假装贫穷人前来加工银饰，大多被郑天寿一眼识破。

一日，一少女如仙女般降到郑天寿的摊前。此女名叫玉儿，皮肤细润如温玉柔光若腻，樱桃小嘴不点而赤，娇艳若滴，而灵活的眼眸带有几分调皮，几分淘气，且又带有几分哀怨。话说郑天寿只顾与玉儿四目对望，那锤子锤到手上，竟浑然不知。正是那金风玉露一相逢便胜却人间无数。郑天寿这边揉着被锤子打疼的手，那边玉儿从怀里掏出一捧首饰道："可否帮我把这些首饰化成银两？""如此精美首饰怎可轻易化掉，难道小姐手头如此紧缺？"玉儿听郑天寿如此之问，泪水竟然夺眶而出。"这些首饰必是小姐心爱之物，不到万不得已，不要轻易化掉，我这有些碎银，小姐不妨拿去。"郑天寿说着从怀里取出些许银两递与玉儿。玉儿自是千恩万谢，谁知正要转身离去，手中的银饰和郑天寿赠送的银两竟被人抢去。只见郑天寿眼疾手快，跳出摊位，飞也似追那贼去了。稍会功夫，郑天寿且追上了那盗贼。

只见那盗贼猛然转身掏出一把尖刀朝郑天寿刺来。郑天寿眼疾手快，飞起一脚把盗贼手中尖刀踢掉，又飞起一脚把盗贼踢倒在地。盗贼跌跌撞撞从地上爬起来道："大爷饶命，家中有老母久病卧床需要医治，小人也是被逼无奈。""此话当真？"郑天寿问。"若有半句假话万箭穿心，不得好死。""且信你这一次，如下次再让我碰上，必不饶你。"郑天寿说着把玉儿的首饰银两从盗贼手里接过来，并从怀里取出十余两银子递与他道："快回家给老娘医病去吧。"此人自是千恩万谢，回家而去。

玉儿从郑天寿手中接过首饰银两，说什么也不肯离去。而此时郑天寿心中也有万分不舍。二人一见钟情，卿卿我我、缠绵悱恻。原来玉儿是郓城李集富户家一小姐。一乡绅公子看上玉儿，强其家人让玉儿出嫁。玉儿无奈逃婚至此。然好景不长。话说一日两人正在一家客店缠绵，忽响起如雷鼓般的敲门与叫喊声。玉儿知是哥哥带人来寻她了，忙推郑天寿道："是我哥带着人追来了，我去开门，你从后窗逃吧！"郑天寿紧紧抱住玉儿道："我死活都要跟你在一块。"玉儿道："如家人看到我跟一个男人，肯定颜面扫地，逼我跳河自尽。"郑天寿欲拿起宝剑开门厮杀，又被玉儿哭着拦住道："你们都是俺的亲人，厮杀必有一伤，哥哥还是走为上策吧！"郑天寿挥泪从后窗逃走。与不喜欢人在一起要逃，与喜欢的人在一起又要逃，难道这就是命运所致么？郑天寿无奈地行走在山间或荒野，心如寒风般凄苦、悲凉。

不善言辞的郑天寿，此时却把自己身世经历一一道出。扈三娘不由感慨万千道："我说如此英俊男儿，怎会流浪江湖呢？原来兄弟也是有故事的人。兄弟的心事也是你大嫂的事。玉儿的家离我们山寨不远，待我回去跟你哥商量与你寻来便是。"宋太公在旁边听到也是感慨万千道："明日我就让宋江派人去寻，寻来我就做你们的主婚人如何？"

一日，梁山寨张灯结彩。郑天寿终于和可人的玉儿喜结良缘。人逢喜事精神爽，梁山伯众头领容光焕发、精神抖擞，齐聚梁山寨举杯共贺。故有诗曰：遭际平生总不同，英雄美女两情浓。且欣终可成良眷，幸有梁山好弟兄。

童威，绰号“出洞蛟”，上应地进星，是童猛的哥哥。早先兄弟俩在浔阳江上贩卖私盐，与李俊等有交情。随李俊等人归顺梁山后，成为水军头领，与阮小五一起驻守梁山东北水寨。

梁山将受命出击　出洞蛟勇劫官盐

黄朔

话说北宋末年，童威仰慕山东及时雨宋江“仗义疏财，忠肝义胆”，随宋江上梁山后，位列梁山好汉的第68位，梁山四寨水军头领，星号地进星。

童威矮壮彪悍，着一身短裤褂，肩扛一把长柄刀，自幼父母双亡，吃百家饭，穿千家衣成人，浔阳江边盐枭，水性那是一个了得，号称“出洞蛟”。忠肝义胆，豪情漫天，力大无比，唱得一嗓子好歌，深得众人喜欢。

且说童威和众家弟兄上得梁山，那是大碗喝酒，大块吃肉，好不快乐。他们把守梁山，商谈军务大事。自古“军马不动粮草先行”，时值六月汗淌，食盐紧缺，有诗云：岂是闻韶解忘味，迩来山中食无盐。童威获得盐道中友人官方运盐的信息，自告奋勇，一马当先，下山调盐，也不枉称浔阳散漪荡盐枭！

六月骄阳似火，远望梁山泊就像一面明镜，天水一色，浩瀚无边。走到湖旁，乍看，湖水犹如一潭诱人的陈酒，静静的，清盈盈的；细看，又宛如一块无瑕的翡翠，亮亮的，碧绿碧绿的。那一只只小舟，荡漾在这明净的湖泊上。船桨激起微波，湖面犹如一面起皱的缎子，阳光一照，又好似满湖碎金。童威一路好心情自不必说，装扮成渔家驾一叶小舟驶向郓城。

郓城县有一条宽阔幽深、清水涟漪的河流，上游出自东京开封府，下游注入八百里梁山，是漕运皇粮和商贾云集的水上交通要道。船来船往，热闹非凡。童威上得岸来，只见岸边有一高瘦文静之人，上穿一白色大汗叉，下着一白色肥短裤，瓷实的黑布鞋，戴一草帽。此人便是童威郓城盐道故友仁兄李志坚。

李志坚在郓城水泊岸边与妻子开一茶馆旅店，兼做摆渡人当掩护，从事私盐交易，不断帮童威把私盐运上梁山。两人寒暄后，李志坚习惯性地瞧瞧四周小声道："老弟暂且住下，明日中午头有一官府盐船路过此水域，可设计劫船，动静不能太大，郓城的官府一向严明清廉。"

童威点点头随李志坚走进他的茶馆旅店。夫妻两人热情款待，商量明天劫船计策，童威把李志坚最大的一艘货船装满砂石，用一根又粗又长的粗布绳子桄在船身上，余绳打成圈拴在船底，船表面用旧帆布盖上，放上十多葫芦老酒和两篮子烤鱼，一夜安睡但等天明。

第二天，童威和李志坚一起划船进入水泊，一边打鱼，一边观察四周。鱼儿也打了不少，活蹦乱跳的。童威发现几十米前一只船慢慢向这面驶来，不时有个公差在船头走来走去，看装载量与船沉度及船夫划船的力量速度，童威小声对李志坚曰："一定是哥哥说的盐船到了，为保万无一失，弟弟得探个虚实！"

于是童威一个猛子钻进水里，像小鱼泛了个小花，一下游到那船底，扳着船帮，把用绳子系牢包裹很严的船上物，用长柄刀刺开一道小缝，看到雪白的盐粒。他心中暗喜，果不其然！

他慢慢用头顶一下船底，船儿一晃，从船舱里走出来三个公差，四下看看无事，又回到船舱。童威回到自己船上，提出一篮烤鱼，他一边打开一壶老酒，一边高声唱：红日炎炎似火烧，老酒烤鱼正飘香……

歌声惹得人们目光都集聚过来。李志坚与老商客都混熟了，他时常驾船在水泊摆渡，其中卖些茶与熟食。童威唱时，李志坚就把一葫芦一葫芦的老酒扔给老客商。都也不奇怪，拱手谢过一饮而尽，扔给他些铜钱。等盐船靠近十多米时，童威侧翻下水。把船底系着自己船的绳子放开，游到盐船下方，用绳子桄上船两侧的系绳固定在船底，然后游到自己船上。

他偷眼望一下那盐船，船夫吃力划桨船却丝纹不动。船夫道："官爷，暂且歇息一下吧？"从舱里走出三个官差，其中有一名唤作飞鹰的官差，偏瘦楞高，阴深冷暗，打个眼罩抬头看看太阳，太阳正火辣辣当头照射着，其余两个官差道："头儿，吃点东西吧？"

童威吆喝道："老酒烤鱼正飘香……"不时把烤鱼葫芦老酒扔向其他商船，两个官差砸吧砸吧嘴看着头领飞鹰，飞鹰不说话摆摆手命令船夫继续赶路。船夫拼命划船船就是丝纹不动，船夫道：“官爷，实在划不动了！歇息一下吧？”飞鹰看到其他商船吃鱼喝酒好不快乐，吃完喝足劲儿倍足，船儿嗖嗖前行，他招招手把半袋铜钱扔给童威，摆摆手示意童威把剩余的一篮烤鱼和儿葫芦酒扔过来。

童威会意，把烤鱼和剩余老酒扔向盐船，两个差役抢接，打开葫芦一饮而尽，飞鹰倒给船夫少半碗曰：“你少用些，吃多了误事！”他自己慢慢一边吃鱼一边吃酒，半个时辰功夫两个官差昏昏睡去，飞鹰感到头混混的，知道大事不好。说那迟那时快，童威以迅雷不及掩耳之势飞跃盐船将船帆翻转过来，飞鹰吼道：“世间竟有如此胆大之人，报上名来！”

童威一个飞身钻进水中，将船儿拨得左右乱晃，一会晃悠得飞鹰脸蜡黄。童威一个鲤鱼打挺腾起脚尖刚沾上船，只见飞鹰从腰间抽出一物，刷刷刷三道寒光朝童威飞来，童威猛然一个侧翻翻到水里，左右手和嘴分别接住那寒光，定睛一看，原来是飞镖……

矮壮彪悍的童威飞上船一个鳌鱼翻功，把来不及躲闪的飞鹰拱翻在船，使他动弹不得，从腰间薅出预先准备好的绳子把飞鹰双手捆住。童威道：“哥哥这般武艺高强，佩服！哥哥也是有爹娘老子的人，小弟不想害人。这两位哥哥只是吃了我的蒙汗酒而已，两三个时辰自会醒来。借你一只小船，你带着这两位哥哥一起回家孝敬爹娘吧！”

飞鹰有气无力地叹道：“半生从无失手，今日既然败在英雄手下，要杀要剐随你！”于是童威一五一十详尽实情道：“哥哥也是明事理人，我梁山好兄弟等盐吃。”飞鹰叹道：“我带兄弟活命回去，也无好时光，不如随英雄一起做事去了！”

一只载满胜利果实的小船，在金光闪闪的湖泊中欢快地驶向梁山寨。

童猛，绰号“翻江蜃”，上应地退星。“蜃”，一说是“大海蚌”的意思，一说应是指一种龙。梁山大聚义时排名第69位，上应地退星，与阮小七一同驻守梁山西北水寨。

梁山将西山开店　翻江蜃水中惩贼

卢明

梁山脚下，鸭嘴滩边，尽管湖风过水，依然热气难当。水中有十几只船，载着建设物料和相关用具。浓荫下，童猛与十几个伙计，趁等待童威之时，合计着怎样在水泊西岸郓城地界，建好一座酒店。

建酒店的命令是军师吴用宣布的。酒店的任务是探知官方声息、迎接新头领上山。对于这项安排，童威想不通。感觉不让兄弟俩训练水军，却安排干这生疏的事，极为不妥。这次分工，也有李立，他的任务是开设山南酒店。童威想，虽是同来江州，二童不似李立。李立有开店经历，二童哪能也来开店！童威欲找宋大哥说道说道，童猛则不以为然，他劝哥哥，初来乍到，随遇而安，把开店这活接下来，干好了，以后在山寨里也好说话。

这十几个伙计，主要是这样选的：第一，尽量选当地人，且当地并不知道他们投奔了梁山，这样才便于经营，也便于掩护。被选人员中，有个于二，于二的表哥王三家在梁山泊边，经于二联系，酒店便以王三的名义开设，外界只知王三为老板，童威、童猛在背后暗中指挥。第二，选几个确实懂经营酒店之人，这样开设起来，确像酒店样子，不易被人看破。故，所选之人，或懂采卖，或善烹调，或能酿酒，或愿跑堂，或会修马车。比如小哥李丰，聪明勤快，善于察言观色，便让他担任酒保。第三，所选人员尽量水性好，会驶船。如此，才能跟得上童威、童猛兄弟步调，一旦有事，无论飞舟报信，拥舟斗敌，还是快速撤回梁山，都很有用。

至于物用，童猛跟李俊要了十几只船，让陶宗旺开挖酒店所在路口与水泊停船处的水道，还请李云着人设计了客房地下室，平时藏酒，战时藏人。

童威到来后，童猛便与十几个伙计一起下船，驶向水泊西岸。其后，由于二和王三在当地找了个建筑队，在毒日热浪中忙活月余，终于将酒店建好。一个完整的院落，竹篱瓦舍，前排作门店，卖酒供食。后排作客房，供客住宿。院两侧则是酒店伙计住处，院中还有停车喂马的棚子。

酒店开张，前排门店经营，主要是童威过问。童猛多在后院活动，以致于伙计们都说他是二闲掌柜。其实童猛的心思主要用在设计突发事件的预案上。他还喜欢带几个伙计在泊子里打渔捞蟹，收芡集菱，像玩要似地，便将做菜的原材料备齐。

随着时间推移，酒店生意越来越多。客商们南来北往，喜欢在这里吃住。他们或单来，或群至，或步行，或赶车，或食而不住，或过夜方离，种种情形，不一而足。用餐时，这边一桌，那边一伙，常年外出之人，多有粗豪之性。几盘菜，一壶酒，三巡过后，脸红耳热，喝五吆六，高声喧哗，不知不觉中，那途中所听，家中所闻，都一一道出。童猛则于每日夜晚，将哥哥童威叫来，让酒保李丰前来汇报听到的情况，从中梳理有用线索。

那天中午时分，一个面有刀疤之人，来店并未买多少酒肉，反倒着意打听酒店情况，此处瞧瞧，彼处看看，形色诡异。酒保李丰眼中看到，心中生疑，便及时向童威、童猛报告。童猛着王三暗自辨认，方知此人系王三同村中人。此人霸道无理，心狠手毒，常勾结土匪抢劫富户，脸上刀疤便是与人打斗时被刀砍落下的。刀疤脸走时，童猛派于二跟踪好久，发现此人并未回村，而是去了一个土匪巢穴。

王三预感来者不善，怕是刀疤脸惦记酒店财旺，为土匪睬点而来，店里或有一场恶仗要打。于二道："要不，咱们去找晁头领汇报，请求援兵？"童威道："目下兵打祝家庄，战事正紧，宋头领所带人马出师不利，吴军师又带几个将领奔赴前线，中军大寨只有晁头领坐镇，无将可遣。再说，土匪打劫只是一种可能，即便我们暂请金沙滩、鸭嘴滩的兄弟前来助战，如若匪人不来，我们虚惊一场，金沙滩、鸭嘴滩又失了防守，很不划算。"童猛则胸有成竹，及时说出防范处置土匪袭扰计策：一则将地下室通气口打开，夜晚让所有客人睡在地下室，以确保其人身安全。二则派三人轮流值夜，发现情况及时声张。三则所有人员刀枪随身，以便随时使用。四是店后备好两条船，若果有土匪前来打劫，尽量避免陆战，将匪人引到泊子里，发挥水战优势。童威知道兄弟心细。这些年来，多少次都是在童猛的摆布下脱险。于是，便决定按童猛方案执行。

夜过三更，河汉横斜，一钩弯月挂在天边，月色十分朦胧，酒店周围万籁俱寂。猛然间，听到于二一起怪叫，酒店伙计们折身起来，把枪刀握在手里，跑出店外。见有二三十匪徒手执火把，下马抢劫。童威、童猛和酒店伙计列作一排，众匪徒列成一排，双方紧张对阵。

童威手执钢叉，高声喝道："何方匪徒，敢来大爷店里找死！"只听匪首哼地一声，道："我们要收拾店主王三，你个臭蛮子滥店员充什么能，快给我滚开！"王三毕竟胆怯，况知童威童猛才是真店主，便躲向童威身后。

童威、童猛知此仗难免，便挥舞钢叉主动出击，与匪徒拼命打斗，当即打倒四五个匪徒。伙计们也各执兵器，与匪徒对打。尽管童威、童猛十分了得，毕竟匪徒人多势众，一番恶战过后，店方难以抵挡。童猛一边舞叉力支，一边大声叫道："伙计们快上船！"见童威带领众伙计登上船，开始离岸，童猛紧跑几步，钢叉一支，使跳到船上。匪徒们在岸上够不着打船，见旁边还有船只，便顾不得马上洗劫酒店财物，也随着登船，在后面追赶童威、童猛的船只。见此，童威心中一乐：你们以为船是误停在那里的？这是二爷我之计策，就怕你们不上船！

不多时，船至梁山泊大水面中，童威、童猛带领众人跳入水中，游至匪徒所乘船下，一阵摇晃，便将众匪掀入水中。这些匪徒多为"旱鸭子"，任凭在水中怎样挣扎，也无济于事，多被淹死。有几个会水的匪徒，在水中也无打斗经验，自然败给童威童猛他们。

第二天晨曦初露，林中小鸟照旧鸣叫。在地下室睡眠的客商一觉醒来，睁开惺松之眼，便去院子里喂马。吃早饭时，有人说昨晚在地下室听到地上有动静，不知何事。有人说自己睡得沉了，什么也没觉到。

对于童威、童猛，李俊最是关心。起初吴用宣布让童氏兄弟开西山酒店，李俊也曾想请求将二人调为水军，转念又想那只是初步分工，以后还有调整机会，便将此事放下。三打祝家庄胜利后，人员增多，分工较前精细，李俊便建议晁、宋二头领，将童威童猛调派到金沙滩小寨，列入战斗序列。其在西山酒店的任务，由在登州开过店的孙新和顾大嫂接替。晁头领中箭身亡后，宋江接位，重新分派任务时，李俊及时建议，宋江便将童威、童猛调到水军中来。这对水性好、船技高的兄弟，便如蛟龙入海，在更能发挥自己作用的水战中，大显身手，屡立战功。

林冲，原是八十万禁军枪棒教头，绰号“豹子头”。梁山大聚义时排第6位，上应天雄星，马军五虎将之一，把守正西旱寨。参与了梁山一系列的战役，为山寨的壮大立下汗马功劳。

小二现身郓城地　林冲病愈蓼儿洼

陈进轩

茫茫大千，荡荡环宇，最是一个机缘聚合让人称奇。更兼有那一句现成的俗话，叫做“滴水之恩，涌泉相报”，也是极让人感慨嗟怀的。试想当初，那施者或许一怜一悯，或许一恤一助，轻风儿一般，游云儿也似，施过了也就置之脑后，并不要人日后有个果报，哪个会去念着记着。然那受者却入了心田，浸了肺腑，经年论月地再难忘却，定要寻个机缘，了却那心中坠悬的一份记挂。

如此说来，世间当各有因果，人伦总难泯灭。由此话做了铺垫，果真就有了林冲的一番悲喜际遇。发配沧州牢营了，却突兀地见着了昔日东京汴梁城的一个故人，这个故人李小二，又恰恰是记着挂着的受恩者，又恰恰是那“报当涌泉”的知恩人，又恰恰于那沧州牢营前开酒店。你道巧也不巧？不说世事沧桑、他乡遇故，不说衣食添补、嘘寒问暖，只那一句听来的消息，便教落难英雄免遭涂炭，硬是在鬼门关上打了个回转。设若没有李小二夫妇一激灵一通报，梁山寨上，焉能有那一杆蛇矛枪直教官军胆寒的常胜将军？这便又应了一句古话，叫做：天无绝人路，万仞当洞开。

且说那豹子头林冲，自于那风雪之夜，斩杀了陆虞侯和富安，血溅了山神庙，推知荡荡环宇里，再没了立身处，只有一个上梁山落草的曲径可走。于是一把火烧了草料场，惶惶然如丧家之犬，悲怆怆似天穹塌陷，踉踉跄跄直奔前程难料的梁山泊而去。

李小二夫妇自是当天，便闻知草料场出了惊天动地的大事，恩人林冲连夺二命，偏又是那东京权贵高太尉指派来的心腹，如何就肯罢休？悬赏图影，张榜文告，凶犯潜逃，沿途缉拿，自不必说，便是一个寻声觅迹，也可让他们夫妇有口莫辩。沧州牢营里哪个不知恩人来过，只这一项，便是定死的连挂。也是李小二一时机敏，那边闻得风声，这边冲进灶间，只一铲便捅裂了锅底，烂锅挪到门外敞亮处，门口挂个歇灶招牌，拉着妇人逃出了沧州。一路胆战心惊自不必说，倒是妇人口中抱怨道："当初东京返回时，我也说过少些脚力，且于郓城姨娘处落身，你偏要恋这老家故地，如今倒绕了不少冤枉路！沧州凶险地，哪里就好？"李小二只是催着赶路，任凭妇人埋怨，只不还口，看看到了济州地面，进入莽荡水泊，便是郓城地界，知是万无一失，方才嘘出一口长气。言道："昔日只是念着叶落归根，如今才知活命当紧！今番再投你那郓城姨娘家，只要个稳妥生计，横竖再顾不得脸面！"

也是男儿脸面金贵。那李小二进了郓城地界，偏偏又不愿去姨娘处了，倒是望着眼前的莽荡水泊，说出一番少有的话来。言道："素常闻得五行生克，你那乳名里正有个金翠二字，咱那酒店又专弄灶间烟火，岂不应了火克金的道理。倒是我记得少时的名字里有个树旺，而今就要寻个水生木，只在这浩瀚莽荡里，觅一处敞亮地，专饲养些鹅鸭水禽，吃不下的肉蛋，出水泊卖了，换来米面油盐，进进出出，可不落到个旺字上？"

妇人知他是怕羞了脸面，又听说得排场，也便依了。当下寻了个林木茂盛的荒坡地，搭木成顶，泥草为墙，三两日也就是个新家，又仗着山高皇帝远，夫妇二人倒也乐得逍遥快活。老话里只说树挪死，人挪活，哪里却知，正是李小二的一时起意，竟又傍上了梁山寨，直教豹子头病体痊愈！

话说这一日，李小二收拾了一筐蛋禽，撑一条小船，欲寻了旧路上岸。只那时，影影绰绰，听得莽荡水泊里有汉子歌唱，细细辨之，好歹听出几句，却是撕喉裂嗓一般地呼嚎：爷爷生在天地间，不怕朝廷不怕官。水泊撒下罗天网，乌龟王八罩里边！

李小二吃一惊，急着拨转船头，偏又此时风向陡转，扁舟由不得使唤，虽是沿旧路用力，拨划着倒远离了岸边，那汉子的歌声竟自清晰了许多。少顷，歌声戛然而止，伴之是一声喝问："难怪今日不曾得手，敢情是你这厮在此张网，害得我好半天捕不得一只！你且把船靠近，若打得乌龟王八，好歹赊我三五只，若是要窥探我梁山寨中虚实，须知那高俅老贼先喝了七爷的黄汤！”李小二听得话中蹊跷，又看见对面那人精赤着身子，一身的疙瘩肉竟如铁铸的一般，越发腿软心怯，却又船旋难行，哪里知道此人正是“活阎罗”阮小七。只是口中喏喏答道：“小子只在这蓼儿洼荒滩上讨生活，原本要去岸上卖些蛋禽，不曾水中张网。因未知梁山寨是哪里，窥探勾当断没有过。”

这李小二只顾脱身，那精赤汉子反倒瞄准了筐中蛋禽，遂又大笑道：“林教头竟是个有福的，现成的新鲜蛋禽，倒也比得乌龟王八汤！”

李小二打个愣怔，也是心中念想催着，一时竟忘了刚才的虚惶，颤了声儿问道：“敢问好汉爷口中的林教头，可是沧州来的？”

阮小七道：“不是沧州来的，哪里去烧得草料场？”一语落地，忽又扼腕叹息道：“想那东京城里八十万禁军教头，何等了得，如今直落得山寨中气息奄奄，全是那高俅老儿闹的。可恼！可怜！”

李小二听得稳妥，口中啊呀一声，遂言道：“小子直要跟好汉爷去山寨，这一筐蛋禽尽皆带去！”

阮小七自此方知因果，于是二人一路并行，又值风顺船疾，不一时便到了巍峨山寨。李小二怀抱了蛋禽，跌跌撞撞，口中只是哭喊道：“林教头还记得小二么？原只想躲个官府纠缠，没曾想竟是水泊里得了消息！”

说来也是奇怪，那林冲原本因了梁山寨擒放高俅之故，一股窝心火化作气恼血块，已是数日卧床不起，昏沉沉直待黄泉招引，众头领及鲁智深等人尽皆忧心如焚。焉知突兀地一声呼嚎，恰似鬼门关上蓦然回头，那林冲竟自睁开了眼睛，浑浑沌沌呻吟道：“有人唤我，须是故人来此。”此时阮小七一步闯入，远远地先呐喊道：“林教头好不恼人！我三番五次入水泊为你捕鱼捞虾，只说为你贴补身子，你却昏迷不醒。冷不丁一个故人唤你，你倒满眼里射了光芒，可见我即便烧了硬壳王八汤，你也难喝得下！尔今我又做了引路人，你该怎样谢我？”

众人俱皆不解阮小七之意，阮小七也不解说，只是冲着外边招手，言道：“那小二哥你快进来，看看你的恩人，被高俅那贼攮的气成哪般模样了？”

此时话到人到，李小二扑通跪到在林冲铺前，只瞥一眼，就见泪如雨下。垂泣道：“小二只当恩人隐姓埋名，好歹躲个净爽，全不知还有这一节变故。若不是与七将军巧遇，哪里会知恩人亦在这莽荡水泊！”

林冲果然挣扎着坐起，二人好一番言说。李小二细辨林冲气息，竟是柔弱无力，悬浮如游丝，遂又言道：“今日巧遇，直要搬请恩人去个严密地方，虽是荒滩茅舍，倒有吃不完的蛋禽。早晚教我们夫妇捧些汤水，一则尽心，二则将息，待调养得周全了，那时再送恩人回山寨。可是使得？”

林冲只是踟躇喟叹，阮小七又抢话道：“难得有这么个尽心意的，又是山寨周边的隐蔽处，强似这里风硬石寒百倍。教头只要胡乱点个头，来回接送尽在小七一人身上！”宋江已知林冲之意，恰又让抢话的阮小七一语道破，当下便允了，又交待了几句仔细处，遂送二人下山，又命阮小七一路伴随。

且说李小二夫妇，自迎了恩人到家，自是一日三餐精细倍至，那李小二又是弄惯了灶火的，荤荤素素，稀稀稠稠，搭配的竟如官家席面一般。加之婆娘亦是个手脚勤快的，冷暖寒热，早晚服侍，倒是与自家胞弟胞妹无别。那林冲亦是快意了许多，晴朗温和的日子，便不再卧床，早晚也随了小二夫妇饲鹅喂鸭，其间免不了说些闲话。夫妇二人自知恩人心结，言语间不去碰撞东京旧话，便是沧州牢营里的闲言碎语，亦是一字儿不提，专拣些鹅脖长鸭腿短的荒滩趣事，叨叨着说成故事。林冲知他们夫妇善意，又是天高水阔的幽静地方，早迎朝霞扑面，夜闻流波荡漾，渐渐地心中也宽慰了不少。便是那宋头领放走仇人高俅一事，也自少了许多怨恨之气，倒是平添了悠然恬静的田园归隐念头。一日闲聊，竟与小二夫妇叹惋道：“飘荡浮萍，毕竟是无根之物，叱咤风云，终须个天道有序。细细想来，直不如终老南山最是惬意！”

李小二嘻嘻笑道：“恩人原本就不是等闲人物，不似我们草野小虫，苟苟且且。即是此刻发了散心，到底闻不得号角铮鸣，但凡有了紧要事，怕是一时三刻也耐不得清闲！”林冲也是一时难得兴致，遂言道：“愿听小二详解，却是为何？”李小二吃吃笑道：“只在‘终须个天道有序’这几个字里，若不信时，愿与恩人设赌。”也是小二一语成谶，转天阮小七驾舟前来偷吃闲酒，谈及燕青自东京回来，言语间透出朝廷近日将来人上山招安之事。正是说者无意，听者有心，此话不说尚可，此话一出，林冲当下腾地站起。言道：“烦请小二帮我打点行装，我即刻便随活阎罗回山寨！”

李小二正欲戏言赌事，偷眼窥得林冲早已陡生厉色，顿时吓得哑了声。你道那豹子头因何陡生厉色，只因阮小七说了一句朝廷近日来人，便推想许是仇人高俅，于是心中一股熄灭了的窝心火，气冲冲，扑腾腾，又独自冒了出来！

如若真是高俅前来，此一番，豹子头林冲又当何为？

单廷珪，绰号“圣水将军”或“圣水将”。梁山大聚义时排第44位，上应地奇星，司职马军小彪将兼圣水营都统。与林冲、董平、魏定国等一起把守梁山正西旱寨。

圣水将军大名神　英雄救美也动人

李艳灵

此回单表梁山英雄中第44条好汉单廷珪。话说梁山兵马打破大名府后，朝廷派凌州团练使单廷珪与魏定国领兵再打梁山。单廷珪人称“圣水将军”，善用淡水浸兵之法。关胜领兵与单廷珪交战，宣赞、郝思文被单廷珪捉拿。幸亏得李逵、焦挺、鲍旭三人在中途相救。关胜与单廷珪对仗，关胜掉头就跑，单廷珪拍马追赶，举枪便刺，关胜奋起神威，用拖刀计将单廷珪拍下马后活捉，单廷珪感谢其不杀之恩，归降梁山。

话说单廷珪与林冲、董平、魏定国一起把守梁山正西旱寨，寨内大小事宜大都有林冲、董平掌管。一日午后，闲来无事，自斟三杯酒，顿觉浑身燥热，心情烦闷不安。欲去魏定国那儿，又想其刚与妻子团聚，必是恩爱情深，前去打扰不得。忽想起前几年在郓城客栈救下的一女子，不知现在近况如何？

话说那年单廷珪因公事路过郓城县，日近傍晚，住进一家客栈。酒足饭饱，欲脱衣上床休息。忽听隔壁传来一个小女子的哭声。本来身处异地，不该多管闲事。可那女子的哭声如针般刺入单廷珪心中。辗转反侧，未能入眠。单廷珪心想，此女子如此哭泣，必定有万般委屈，莫非是抢劫而来。想到这，他穿衣下床，猛然一脚把隔壁客房门踢开。只见一彪形大汉在欺凌一个小女子。那大汉见单廷珪闯进来，不由恼羞成怒，大喊道：“这是我花钱买来的一个小女子，与你何干？”“朗朗乾坤，怎可由你胡作非为。”单廷珪说着一拳朝那大汉打去。那大汉从床上摸出一把刀，欲朝单廷珪刺去。没想到刀未出手，便被单廷珪一拳打倒在地。那大汉欲起身再厮打，又被单廷珪一脚踢到了墙角。只见那大汉被单廷珪三拳两脚打得鼻青脸肿，忙跪在地下求饶道：“大爷饶命！”单廷珪道：“饶你性命且可，你要答应我以后不许欺负柔弱女子，凡人都是女子生养，我们应该敬重三分才是。”大汉道：“大人说的对，小人以后再不敢。”那大汉说着起身溜出客房。

那哭泣的女子仍跪在地上，任单廷珪如何劝说，都不肯起身。原来此女名叫凤莲，自小丧母，与铁匠父亲相依为命。谁知这铁匠父亲爱赌。哪天若身上输个精光，便回家安心打几天铁。若身上赚几两碎银，便一头扎进赌房，几天不见踪影。一日和那大汉赌红了眼，竟然把女儿凤莲赌上了。凤莲年方十六，长得清秀俊俏，当时正在屋里学刺绣，忽然闯进来一个彪形大汉，二话不说拦腰抱起凤莲就走。且说那大汉家中有妻室，只好把凤莲带到一家客店寻快活。没想到快活未成，反招一顿狠打。凤莲得救自是感恩戴德，又见单廷珪英俊，无以回报，便想以身相许。

单廷珪对此女遭遇深表同情，有心把她带走，可自己身在军营，南征北战，哪里容下一个小女子安身呢？可让这女子回家，无异于刚出虎口又入狼窝。此时单廷珪忽然想起郓城县押司宋江，人称及时雨，是远近闻名仗义疏财的好汉。如把此女托付与他，定是无牵挂。找到县衙，问起宋江大名，看门衙役说他回宋家庄了。单廷珪随写一封书信，书信中把凤莲的情况详细说明，并再三嘱咐衙役千万要把此书信亲自转交给宋江。随掏出几两碎银打点衙役。

单廷珪把凤莲送到家中，随手掏出二十两银子放于桌上，对凤莲爹道：“我已托付郓城县押司宋江来照顾凤莲。如再拿女儿做赌注，我决不饶你。”凤莲爹自是感激不尽，连连说到自己以后决不再赌博，更不会拿女儿来做赌注。单廷珪听凤莲爹这么一说，才放心而去。

谁知单廷珪刚出城，便被十几个拿枪弄棒的人拦住。为首的就是方才在客店挨打的彪形大汉。没想到此人劣性不该，反倒报复来了。单廷珪不由大怒，拉开架势与这群人打斗。单廷珪未掏出刀枪，恐伤及无辜性命。且说彪形大汉带来的这群人，虽会使枪弄棒，略懂点武功，但哪是单廷珪的对手。十几回合下来，彪形大汉和那群人东倒西歪，仓皇而逃。单廷珪急步追上那彪形大汉，猛扯衣领道：“本想饶你姓名，没想到你如此不知悔改。别说你们十几人，就是百余人，也不是我圣水将军的对手。我与郓城县押司是故交，我已把凤莲之事托付与他，如今后有半点差池决不饶你。”单廷珪虽与宋江一面不识，却似前生有缘。此时，不得不拿宋江压他。彪形大汉哭求道："求大爷再次饶命，小的以后再也不敢。"

且说这个彪形大汉两次绕过一死，决定痛改前非。他撤散了赌场，安心跟父亲做起了壮馍生意。没想到几年后，风生水起，壮馍生意甚是红火。郓城壮馍也因此家喻户晓，成了郓城名吃。宋江每次回宋家庄看望父亲，总要捎带几个。

南征北战，居无定所，转眼几年过去，那单薄柔弱、清秀俊俏的身影时常让单廷珪牵肠挂肚。不知凤莲近况如何？他爱赌的爹不会又把她做赌注输给那个男人了吧！肯定不会，宋江肯定会前去照顾的。如若那日把凤莲娶为妻，该多好。然事事难料，没想到身经百战，堂堂的圣水将军竟然被关胜打下马活捉，后随关胜来到水泊梁山寨。几次见到宋江欲提此时，但每次都是羞于开口。再说自己写于宋江的那封关于照顾凤莲的书信，竟然未留姓名。想起单廷珪就是长长的一声叹息。这时关胜走过来道："小弟如何叹息？"俗话说得好，酒后吐真言。单廷珪随把自己多年的心事一一道出。

次日，关胜说与宋江，宋江不由大喜道："我梁山伯不仅有仗义疏财、劫富济贫的好汉，英雄救美的好汉也是层次不穷，改日派人把凤莲接上山，众弟兄们同喜同贺！"

话说当时宋江接过衙役递过来的书信，如负重任。他安排朱仝隔三差五就去凤莲家了解一下情况，并适时赠送些银两。凤莲爹也因此不敢再起赌心，安心做起了打铁生意。转眼凤莲年方十八，出落得亭亭玉立、娇俏玲珑、秀气可人。媒人踢破了门槛，凤莲自是一个不答应。凤莲爹深知女儿心事，可茫茫人海，到哪里去寻当年解救女儿的恩人呢？有心让宋江去寻，可宋江说此人书信未留姓名，实在不好寻找。凤莲自是朝思暮想，寝食难安。

谁知一天晚上，梁山寨下来十几人，说受宋江之托，请凤莲上山。凤莲爹心想，莫非宋江要女儿去做压寨夫人？不对，宋江一向仗义疏财，决不会做愧对兄弟之事。莫非女儿的那位救命恩人也在山上。想到这，凤莲爹收拾一切细软，也跟随上了山。

凤莲上山后，见到自己朝思暮想的恩人，一下扑到单廷珪的怀里，不肯再松手。单廷珪激动、幸福的泪水也是夺眶而出。有情人终成眷属，梁山伯又一桩喜事临门。故有诗云：凌州团练功夫真，圣水将军大名神。初出阵中捉宣郝，随后便被关胜擒。相辅把守梁山寨，是非张弛皆有文。朗朗数篇不得表，英雄救美也动人。

魏定国，绰号“神火将军”，原为凌州团练使，善用火攻。他与单廷珪一同奉诏征讨梁山，尚未出征便被关胜围城，城破后归顺梁山。梁山大聚义时排第45位，上应地猛星，担任马军小彪将兼远探出哨头领。

地猛星郓城得巧 神火将凌州受辱

陈进轩

诗曰：四时清明皆善因，往复从来不欺人。

物竞一条通天路，且看良莠自寻门。

这四句诗说的是，郓城物华天宝、人杰地灵、民风纯朴、善始善终、因袭成习，最是崇尚先贤圣礼之地。只那一个新月送火神的习俗，亦浸润得四时有节，五谷丰登，便是周边州县，也要趋而仿之。一时又有歌谣流布，唱的是：“郓城福安雨露甜，敬着火神回家园。正月初四送你走，火德星君保一年。”

那火神原为华夏传说中的司火之神，名祝融、回禄，又称火德星君。郓城人因敬他教化黎民百姓识火、懂火、用火，便数千年沿袭下来，渐渐传而为俗，历经日久，便自形成了入冬接迎、逢春敬送的习俗。也是郓城人一番尊贤崇圣心诚，果然换得风调雨顺、四时平安，百姓无不称颂，任由着家家户户的后生小辈，把这一迎一送的规章，演绎成高歌欢呼的 “送火神” 流程。这后生小辈又须是未曾婚配的童子身躯，讲究的自是浑沌初开、真元气蕴。内中携带了几多虔诚，自不必言表，单是那入夜时分的一派气势，便也道出郓城人的赤诚坦荡。

是日，家家焚香颂表，尔后绑扎柴把，上插火神牌位，直待酉时一刻。一刻将到，浅夜时分，后生小辈齐集村头，高举柴把，排列成形，口中高呼：“火神爷您走好！”齐刷刷点燃后，呼喊着朝西南方向奔跑，直到把“火神”送到荒野僻静处，再呼之曰：“火神爷记着啊，待冬雪日到来之时，再来接您回郓城享受供奉！”如是循环，年复一年，无有竞时。

便是这个因由，竟引来一个异乡人物，姓魏名定国，那时不过是随父来郓城宋家串亲的孩童，他日应下个“神火将”的名头，却是不曾料到。

话说那魏定国本为凌州人氏，距郓城也有五百里之遥，想来本不该有亲戚走动，说来却有个因果。原来那魏定国的祖辈多为把灶望火的窑匠，中原各州县俱是走遍了的，至魏定国的父亲独当一面时，魏家烧窑把火的本领已传数代。一日，魏定国的父亲应郓城宋员外之约，自东昌府到郓城，依旧做的是盘窑烧火的营生。

也是魏定国的父亲求成心切，加之郓地多水，一时竟染了风寒之疾，月余方得痊愈。那宋家自是慈善人家，怜悯为怀，煎药捧汤、冷暖照料，竟如家人一般。待工成辞行之时，宋员外非但未扣病中耗费，反倒多给了几两路途盘缠。魏定国的父亲自此念了郓城宋员外一家的好处，但凡有闲时，便要顺道来郓城宋家走一遭。宋员外一家自是盛情款待，少不得礼遇相加，如此一来二去，渐渐就变成了亲密无间的朋情亲戚。至魏定国长到志学之年时，其父已来郓城数次了。

也是其父年事已高，自知后日来往不便，又想把这份亲情续接到后辈身上，于是欲携带儿子去郓城走一遭，权作熟悉往来途径。那魏定国素知父愿，又是风华正茂的年岁，哪有不从之理。遂又与父亲言及郓地风物地理、四时习俗，其父忽记起病困郓城宋家时，恰逢辞旧迎新的年节，那郓地新月“送火神”的习俗，却是与凌州本土有别的。于是便闲话儿一般，直把那火把高照的热闹景儿，尽情地描述了一番。焉知说者只为初识的好奇，听者却是一句不落，尽皆入了心。

你道为何？原来那魏定国虽生于祖辈把灶弄火的人家，心思却不在“烧窑看火候，观火知生熟”的工匠技艺上，一心要的是志向远大，只羡那大丈夫叱咤风云、鹏程万里，由是常怀了一鸣惊人的夙愿。今番听家父说得热闹，知那宋员外有个孙子，名唤宋玉的，与自己同岁。又闻得郓城鱼虾丰盛，河网纵横，渔歌唱晚，百帆争流，一腔观景的心脱兔般跃起，如何耐得住，当日便催促父亲启程。言道：“今日已是初四，倒是年前早做准备的好，横竖不是当日到的，热闹景儿却要错过了，这又让人懊悔。”

父亲见儿子应从得畅快，又自知儿子偏爱了热闹景儿，心中欢喜着，遂又言道：“郓城习俗，只是初四日送火神启程，此又称起驾，其后直到上元节，皆是跟火相连的热闹景儿，哪里会是错过的？”魏定国听父亲如此说，心中又欣喜了许多，于是当日便定了行程。父子二人套了一辆轻便车马，又带了几件凌州黑陶，自家腌制的干鲜果脯，也挑拣着装了三五坛罐。说话间离了凌州，一路向着西南方向，直奔郓城而去。

沿途闲话少叙，只说父子二人到了郓城，那魏定国放眼荡荡水泊，一时看得目瞪口呆，不觉脱口而出一句大话。言道："如此雄浑阔大之域，当为藏龙卧虎之地。他日叱咤风云时，倒是英雄尽展之处，那时方知大丈夫不容世间空乏一生！"其父素知儿子有些乖张，便训诫道："顽劣小儿，养家糊口的本领不曾见你学得一件，倒是那无根脚的空话说了不少！此番到了恩公家中，只许你规矩说话，万不可再说甚叱咤风云，招人耻笑是小，便是我脸面上也不好看。"魏定国一一应下，不再多语。

不一时到了庄上，宋员外早已迎出门外，见面寒暄，少不了说些彼此牵挂思念的话语，二人拉着手儿进了庭院。车上卸下一应礼品，腌制的干鲜果脯着家人搬到后院，几件黑陶器物果得宋员外喜爱，言道："素闻凌州黑陶由来久远，人称先古神器，古朴大方，做工考究，造型典雅。世间人又誉之'黑如漆、亮如镜、薄如纸、声如罄'。今日一见，果然名不虚传。"

魏定国的父亲见宋员外喜欢，自是十分欣慰，遂拉过儿子，指引着，一一叩拜了宋家尊长兄嫂。宋员外见魏定国生得相貌伟岸、仪表不俗，也自是分外喜欢，着意叮嘱了几句，内中唤出孙子宋玉，打发着二人结伴，去与村中小儿玩耍。遂又言道："早去早回，吃过晚饭，一块儿看火神回家。"

那魏定国一心只念着"送火神"的热闹，巴不得不在父亲眼前，又听得宋员外说出"火神回家"的话来，于是兴冲冲随着宋玉跑出院子。待跑到村外场院，看到众人围拢着一堆炊帚疙瘩，那魏定国却顿时心凉了半截，痴呆呆好半天，竟自喃喃自语道："来时听家父说得热闹，直当是要拿火神爷做些铺排，却原来竟是刷锅用过的炊帚把子，这有甚好看？"

宋玉见魏定国灰暗了面孔，笑道："你休看炊帚疙瘩无光景，这是先辈们传下来的，火神爷并不喜欢漫天火烧，要的只是家家户户的一份诚心。须知这炊帚疙瘩最是居家日月离不开的，那漫坡遍野的柴草，哪里都可拣得，即便烧得火光冲天，火神爷也知是世间人只为自己烤火取暖，于那一份诚心又有何干系？贤弟若是只为热闹好看，倒是初五之后的'火神会'最是雄壮！"

原来郓城送火神先有许多讲究，起驾日虽然是正月初四，那日晚间，俱是家家户户落供焚香的，其后直到上元节的前一日，却尽由着村中孩童拿火把做游戏，此又称为"火神会"。魏定国听得宋玉说出这一番因果原由，登时又来了兴致，遂跟着众人一块儿制作火把。但见众人齐手，先把风干的炊帚头拆开，然后一层层均匀地绑扎到一根尺余长的木棍上。讲究的是燃得好，还不要燃得太快，既不可闷烟，也不能飞火，还要燃得时间长久。那魏定国果然是生来要与火为伍的，搭眉儿只瞄了一眼，也便掌握了内中要领。不觉又自语道："火能谋利，亦可为祸，这种废物，却只好拿来照明煮饭，于那大丈夫所为，终归是攀扯不上的！"

此时宋玉便有些不悦，怔怔地望着魏定国，言道："贤弟只以为'送火神'是做着玩儿的小孩子把戏，须知诚心最忌虚华，质朴方显本真。"

魏定国自知唐突失言，遂点头言道："是我张狂了，兄长勿见怪为好。"

宋玉知魏定国虽然说出这些话来，内中未必心悦诚服，又不想让客人轻薄了郓城习俗，于是左右张望一番，遂把魏定国拉到场院屋中。复言道："贤弟且看这些摆设是甚物景儿？若能一口说出，我便服你是个大丈夫，将来驰骋天下，我们也敬你做个神火将！"

也是少小男儿一番逞强，那魏定国果真远近端详，只见屋子里靠墙摆下一排排胳膊般粗细的竹筒，约有三尺长短，另有一堆马架儿一般的捆扎物，也于墙角堆了。竹筒底部留着关节封口，下边筒壁，纵横交错着指头大小的窟窿眼儿，视之黑洞洞，探之又有黑白相间的粉面儿撒出。那竹筒上部，却封堵着一团绒毛草屑，缠缠绕绕，难辨其用。魏定国诧异着欲抱起观看，忽然间触摸到一根鼠尾般粗细的柔软物儿，紧贴着竹壁钻出。好个魏定国，一番踟躇之后，忽然失声儿大叫道："只说来郓城看个热闹，没想到却是火神招引，今生大事可成也！"

你道魏定国为何说出这番话来？

原来魏定国自触摸到那一根鼠尾般粗细的柔软物儿，便认定是引燃药捻，如是，那竹筒当为火药器械。此物下部点燃，上部喷出，那一团绒毛草屑，遇火定会燃烧，夜空中岂有不壮观之理？

也正是这一趟郓城之行，凌州城里果真出了个神火将，只是出阵遇到的是旧识双枪将董平，倾心演习的火药钻天炮，竟不及一展神威，便自做了梁山降将。可见天道不可逆循，人心不可自欺也！

张青，曾在光明寺种菜，因此唤作“菜园子”，上应地刑星。随二龙山众头领加入梁山，坐上第102把交椅，司职打探声息、邀接来宾头领，并负责管理梁山西山酒店。

壮士误逐光明寺　张青计杀淫荡人

曹先锋

话说大宋宣和二年四月，梁山英雄排座次已毕，泊主宋江张贴告示，分调人员。张青、孙二娘夫妇领了兵符引信，来至西山酒店住下。重操旧业，轻车熟路，很快把个酒店打理得井井有条。官府商贾，八方声息，及时禀报，未有遗漏；山寨头领，过往好汉，好酒好菜，盛情款待。众人没少在宋江、卢俊义和吴用面前说了赞美之词。唯有李逵心存不满，时常骂骂咧咧，道些张青、孙二娘的不是。究其原因，不是张青、孙二娘待李逵不好，而是李逵经常瞒着宋江、卢俊义和吴用等头领，偷偷下山来此吃酒。最初张青、孙二娘还陪他大碗喝酒，大块吃肉，可是，李逵经常醉酒，而且酒醉之后时常惹是生非。不久，这事传到宋江耳朵里，宋江明令西山酒店：没有我的话，不准给李逵酒吃。张青、孙二娘遵宋江之命，不再给李逵酒吃。李逵认为张青、孙二娘是拿着鸡毛当令箭，有意难为他，因此这才引起了李逵的不满。

六月初六，烈日当空，热浪袭人，李逵酒瘾发作，又偷偷来到西山酒店，这次他多了个心眼，没有大摇大摆地直接喊出张青、孙二娘，而是戴了顶草帽，把帽檐往下拉了又拉，悄悄进店后找了个偏僻处坐下，摆手招呼店小二过来，低声点了二斤牛肉，一只鸡，一条鱼，两坛酒，独自喝了起来。

李逵自斟自饮，虽无人作陪，倒也喝得津津有味。就在即将菜净酒光之时进来一个和尚，一腚坐在李逵对面，吆喝店小二过来，点了二斤牛肉一坛酒，也自斟自饮起来。李逵酒足饭饱，正待起身离坐，这时走近一讨饭老者，对和尚道：“出家人慈悲为怀，您就行行好吧，赏给小老儿两口饭吃。”和尚抬起头，一瞪眼，稍一迟疑，从盘中抓起一块肉，“噗，噗，噗”，朝肉上吐了几口唾沫，随即把肉递向老汉。

李逵见状，猛地一拍桌子，忽地站起，怒道：“你这个秃驴，老子吃肉可以，你怎么也敢吃肉？坏了出家人的规矩也就罢了，怎么还要羞辱人！”

和尚毫不示弱，亦怒道：“我怎么羞辱人了？”

李逵指着和尚手里的肉：“你愿给他就给他，不给他没谁到你盘子里去抓，为何吐上唾沫再给他？”

和尚道：“我的东西我做主，与你有什么相干？”

“路见不平，谁都该管！”

“你不要咸吃萝卜淡操心！”

“放你娘的狗屁！”话音未落，李逵猛地来了个“猛虎掏心”，一拳直击和尚心窝。说时迟，那时快，和尚侧身躲过，后退两步。李逵一手扯下草帽，一脚踢倒桌子，箭一般腾空飞身扑去，眼看双腿要踢中和尚额头，却突然来个“声东击西”，快速落地后马上来个“扫荡腿”，直扫和尚下盘。和尚反应奇快，一个“鹞子翻身”越过李逵头上，顺势来了个 “仙人指路”直点李逵脑门。李逵大吃一惊，闪身躲过，还未等对手落地，已腾空飞起一脚，直击和尚下体。店小二见二人打得难分难解，赶忙告知孙二娘，孙二娘出来一看，原来是李逵和客人打在了一起，赶忙上前，就势将二人分开，然后拉住李逵，连嚷加拽，将李逵拉至后院，锁上房门，慌忙折身跑回前厅，一面连声向和尚赔不是，一面急喊店小二添酒加菜。

且说张青此时正在店外收拾杂物，忽听店内传来打斗之声。进门一看，这个和尚好生面熟。仔细一想，这不是仇人慧海吗？于是，赶紧退到门外。

原来，张青祖上多是种菜高手。靠祖传，张青年轻时也成了种菜的行家里手，故人送外号“菜园子”。后受雇于光明寺专门为其种菜。张青不仅种得一手好菜，还有一身过人的武艺。为了多挣些钱，他身兼两职，白天在寺里种菜，夜晚为寺院打更。一日二更时分，忽听西厢房内传出一阵争吵声。张青有些纳闷：佛门乃清净之地，这夜深之时，怎么还有人在此吵架？走近一看，原来几个和尚正在喝酒赌博，为赌资的事发生了争吵。按照寺规，出家人是不准如此的。但这几个和尚仗着会些武功，不把寺规放在眼里，其他和尚敢怒不敢言。张青虽怀不满，但一个打更的，怎好干涉寺内之事？三更时分，张青发现刚才还在喝酒赌博的几个和尚悄悄溜出后门，往附近一个村庄去了。深更半夜，他们鬼鬼祟祟地去干什么？张青心疑，便尾随而去。

且说几个和尚来至村头一家门口，也不叫门，一个个从墙豁口翻入院内。那房里人听到动静，亮了灯，轻轻开门。张青这才发现，原来这里住的是村上的一个小寡妇。这个小寡妇以前常去寺内烧香，去年丈夫不知何因，得了个急病没来得及看便告亡故。自那之后，来寺烧香的次数更勤了，所以，张青便认识了她。几个和尚拥着小寡妇进了屋内，房门随后被关上。张青看在眼里，恨在心中：和尚偷女人，天理不容！有心进屋抓奸，可寻思再三，还是不去为好，便坐在门外等候。接近五更，几个和尚完事走出，张青忽然站起，低声喝道："以后不准再来啦！若敢再来，定然不饶！"说罢扭头快步而去。几个和尚吓了一跳，但静心一想，一个种菜打更的竟敢管我们的闲事，未免太猖狂了，若不刹刹他的威风，以后就不能再来这里快活了。可是他们自知理屈，也听说张青会些武功，所以不敢明火执仗地报复。于是决定回去想个法子好好整治他。

自此之后，张青种的菜园经常出事，不是篱笆被拔进来猪羊毁坏了菜，就是水坝被掘开口子淹了菜，更令他不可思议的是，他施肥、翻地、平整、打畦、买苗、插秧，累了十几天，好不容易栽了半亩茄子，半月过后，茄苗长得郁郁葱葱，眼看就要开花结果，谁知一夜之间，茄棵竟然全部被人拔掉。菜受了损失住持当然埋怨张青管理不当，为此曾不止一次地对他严厉批评。张青有口难辩，只好忍气吞声。

话说到了秋后，白菜收获，张青挖了一个地窖将白菜储存于窖内，这是全寺上下一冬吃菜的唯一来源。一日，北风呼啸，大雪纷飞，滴水成冰。张青提前把地窖盖了个严严实实，上面压了木棍，四周还压了砖头、石块，确定万无一失后方才回屋。岂料，不知哪个王八羔子夜间偷偷打开了窖门。如此一来，一窖白菜全冻成了冰疙瘩。住持见白菜全被冻坏，认为是张青失职，便命人把张青狠打一顿，并逐出了寺院。

寺院四面围墙高大，寺门夜间紧关紧闭，张青打更巡逻格外留心，外人不可能进来。更为重要的是，故意打开窖门冻坏白菜乃损人不利己的勾当，如果不是报复，断然不会有人干这下三滥之事。张青料定此事必是那几个淫乱和尚所为。当天夜里，便翻墙入寺，见西厢房灯火明亮，走上前去，仔细一听，一个法名慧海的和尚道："我小计一条，便除了心头之患。滚了那个菜园子，以后可没人敢管咱们的闲事了！"言罢一阵狂笑。张青闻听，怒不可遏，踹门闯入，厉声道："好你们几个秃驴，喝酒赌博，奸淫妇女，不但不听劝阻，反而陷害于我，不杀你们，后患无穷！”说罢大吼一声，却似半天起个霹雳，从半空中跳将下来，手起刀落，早砍翻了门口的两个和尚。紧接着挥刀再砍，几个和尚虽然都会武功，怎奈还没等反应过来便成了刀下之鬼。慧海靠里，见张青破门而入，大吃一惊，把这五脏六腑都提到九霄云外。说时迟，那时快，就在张青乱砍之时，慧海纵身撞破窗户跳了出去。等到张青见屋内和尚个个身首异处时，便寻找慧海，此时，慧海已逃得无影无踪。

张青离开光明寺，几经周折，进郓城县城孙家店当了店小二。在孙家店被店主孙元看中，将次女二娘许配给他为妻。这期间，张青虽曾几次欲寻慧海算账，但一直未能如愿。万万没有料到，今日竟在这里遇上了慧海这个该千刀万剐的淫和尚，真乃天赐良机！张青是个胆大心细之人，光天化日之下在自己店中明目张胆地打架杀人，外人不知缘由，会给酒店造成不良影响，也会给宋江哥哥等梁山兄弟脸上抹黑，必须想个万全之策，于是，便退至门外，以防被慧海察觉。

张青绕到后门，进店找到孙二娘，此时，孙二娘已经将李逵打发上山去了。张青低声将和尚之事说与二娘。孙二娘听后怒从心中起，夫妻二人窃窃私语，如此这般，定下妙计，孙二娘出门而去。

此时，慧海已将桌上的酒喝光，正要喊店小二再加酒，孙二娘走了过来。这和尚见老板娘笑吟吟地又来到身边，顿时增添了三分精神，伸手往孙二娘胸前摸了一把。孙二娘不但未露怒容，反而笑嘻嘻地低声对和尚说：“请跟我到里院，有桩好事送你。”和尚见这女人甜声甜气，立时淫心大发，便随二娘走去。一进里院，和尚忙问：“送我什么好事？”孙二娘道：“刚才都怨我们看管不周，惹你生气了。送你一个二八小妞，算是给你赔个不是，不知您意下如何？”说罢指了指一个半掩的房门。和尚一听，乐不自禁，丢下二娘，摇摇晃晃向房门走去。推开屋门，见果有一身披花红衣服之人面墙而立，和尚见了，“嘿嘿”一笑，向前一把从后面搂住：“小美人……”一句话没有说完，那人伸手卡住了和尚的脖子。慧海顿时清醒过来，结结巴巴：“你、你、你是……”“我乃梁山义军头领菜园子张青，当年在光明寺你奸淫妇女，作恶多端，我好意劝你，你却把好心当成驴肝肺，陷害于我。现在你恶习不改，恃强凌弱，滋事生非。今日报仇雪恨，为民除害！”“好汉饶……”没等慧海说完，张青掏出随身牛耳尖刀，一刀结果了慧海性命。这正是：福随善至是天理，祸因恶积亦必然。善恶之报终有期，惩恶扬善百姓安。

孙二娘，梁山三女将之一，“菜园子”张青的妻子。孙二娘是典型的“野蛮女友”，有着一身的义气，敢爱敢恨，风骚大胆，江湖人称“母夜叉”。梁山大聚义时排第103位，上应地壮星。

孙二娘藏金运银 母夜叉调虎离山

曹先锋

话说张青、孙二娘夫妇领了梁山泊主宋江之命，来至西山酒店。二人名义上是开店待客，实则是在这里打听声息，邀接来宾。夫妻俩对宋江哥哥如此知人善任甚为高兴。因为不但开酒店是他们的拿手活，而且西山酒店处于郓城地面，来往郓城甚是方便。在郓城，他们还有一桩心事急待了结。

原来，夫妻二人当年在十字坡酒店经营有方，生意日益兴隆，金银财宝积攒了许多。后来，鲁智深、武松在二龙山做了头领，连连寄书招他俩入伙。由于时间仓促，加之携带不便，投奔二龙山时便把所有金银珠宝分装在箱内，找了个地方偷偷埋了起来，打算日后寻机取出。上梁山之后，见梁山队伍日渐扩大，开支庞大，便想把金银珠宝献给梁山，以报宋江哥哥知遇之恩。但一直苦于没有机会。二人担心夜长梦多，所以这事便成了夫妻俩的一大心事。

半月之后，西山酒店收拾停当，一切走上正轨，夫妻俩便决定离店取宝。经商议，张青留在店中打理一应事务，孙二娘选了两个心腹推车前往。

且说孙二娘女扮男装，戴上凉笠儿，穿着青纱衫子，系了缠带行履麻鞋，挎上柳叶双刀，打扮作个客商模样。两个心腹，都作脚夫打扮。时值五月天气，白日酷热难行，夜间凉风习习。一行三人，乘夜色悄悄来到光明寺东南一古墓前。见四下无人，孙二娘便命心腹沿墓向东两步的地方开挖。不大会儿，箱金银宝贝全部挖出。三人将箱子分装在两辆推车上，系紧揽绳，蒙好遮布，两个心腹，一人推起一辆，朝梁山方向疾步而去。

两个时辰过后，东方渐渐发亮，三人停下歇息，打算找个地方吃饱后再赶路。就在三人商量着去何处打尖之时，忽见店内另一心腹匆匆赶来。孙二娘大吃一惊，急问："大清早找到这里，所为何事？"来人道："奉张头领之命前来告知孙头领，宋头领在郓城县衙的旧友送来密信，说是郓城县令已得知你们的行踪，郓城地面所有通往梁山的路口都已设下关卡，但等你们自投罗网，请你们务必多加小心。"孙二娘愕然：此行就连宋江哥哥也不知晓。只有丈夫我们二人清楚，怎么会走漏消息呢？禁不住骂道："是哪个狗杂种泄的密？找出来非把他剁成肉泥不可！"说归说，骂归骂，她心里清楚，当务之急不是追查泄密之人，而是赶快把金银珠运往梁山。心中暗想：事已至此，别无他法，只能继续赶路见机行事了。

孙二娘带领一个心腹在前行走，另外两个心腹推车在后，前后拉开百余步的距离。前行不到十里，孙二娘远远望见一十字路口有官兵在走动。孙二娘止步对心腹道："我把官兵引开，告诉他俩到十字路口向东，然后见路左拐，顺路前行十四五里就可到达西山酒店。"

孙二娘大步走上前去，忽听有人喊道："她就是孙二娘，休叫贼人跑了！"孙二娘一看，叫喊之人竟是吕甲，顿时明白了一切。原来，吕甲经商为生，常年在外。张青带孙二娘重回光明寺开店之后，吕甲时常在这里食宿，日子长了，便与孙二娘熟了。此人专好沾花惹草，见孙二娘貌美，便动了邪念。一日见张青不在店内，先是对孙二娘言语轻薄，后又借口无钱，愿以衣抵押，但要孙二娘给他脱衣。孙二娘不想得罪客人，能忍则忍，仍然笑脸相对。岂料吕甲误解了孙二娘，便上前动手动脚。孙二娘忍无可忍，喝道："来人，将这厮拉出去剥了!"孙二娘之意是要剥他的衣服令其当众出丑，但吕甲以为是要剥他的皮，吓得屁滚尿流，夺路而逃。以后逢人便说："孙二娘开店剥活人，连包子都是人肉馅的。"一传十，十传百，越传越离奇，热情好客的孙二娘成了杀人不眨眼的母夜叉，宾至如归的张青客栈成了剥活人的黑店，味道鲜美的牛肉包子成了难以下咽的人肉包子。于是便有了"大树十字坡，客人谁敢那里过？肥的切做馒头馅，瘦的丢了去填河"的民间歌谣。一些不知真相的客商宁愿信其有，不敢信其无，绕道而行，故而客店生意不见了往日的红火。

天长日久，孙二娘打听出是吕甲在造谣惑众，便要找其算账。怎奈自从"剥人"事件之后，吕甲自知理亏，不敢再来。孙二娘寻他不着，只好将这笔账暗暗记在心中。这次孙二娘下山前往光明寺，途中进一酒店吃饭，恰巧吕甲也在店内，孙二娘虽然男扮女装，但进店时吕甲看上去面熟，可一时又记不起是谁。思来想去，忽地觉得与孙二娘相似。但孙二娘是个女人，听说早就上了梁山，落草为寇，官府多次悬赏缉拿于她至今未果。于是将帽檐拉低，走上前仔细一看，发现对方没有喉结，顿时心中一亮：好你个母夜叉，竟敢女扮男装，光天化日，自投罗网。我何不禀告官府，一来可得一笔赏银，二来可报当年一箭之仇。于是匆匆离开酒店，来至郓城县衙。郓城县令得到密报，立即布下天罗地网，专等孙二娘飞蛾投火。

却说孙二娘见到多年寻找未果的仇人，顿时新仇旧恨涌上心头，用刀指着吕甲，大声骂道："当年你无中生有，坏我名声，还没来得及跟你算账，今日又向狗官告密，若不杀你，难解我心头之恨！"说罢上前挥刀直逼吕甲。官兵中一黑大汉想立头功，挥挥手，喊道："诸位莫动，让我一人活捉这个小娘们，回城大家一起快活！"言毕挺枪上前拦住孙二娘。孙二娘"嘿嘿"一笑，道："老娘的手早就痒痒了！"说罢挥刀来战。二人你来我往，一个立功心切，一个雪恨求成，刀来枪迎，枪去刀挡。战不到十个回合，那黑大汉渐渐力怯。孙二娘使了个"横扫落叶"的招式，将那大汉一刀拍倒，那黑大汉急忙来了个"就地十八滚"，然后弃枪爬起，就要逃命，孙二娘赶上一刀劈下去，只见银光一道，血星四溅，黑大汉顿时身首异处。吕甲见此，慌忙抽身西逃，这正合孙二娘之意，紧跑几步，撵上去挥刀便砍，那吕甲还没反应过来，便做了刀下之鬼。

官兵呐喊着一窝蜂追了上来，孙二娘沿路向西，"挡我者死，避我者生！"且战且退。毕竟孙二娘彻夜未眠，官兵以逸待劳，跑了二三里路，孙二娘体力渐渐不支，便立住脚，打算来个鱼死网破。就在此时，背后两条大汉从树林中追将过来，前面那大汉手挺朴刀，身长八尺有余，一部虎须髯，面如重枣，目若朗星，似关云长模样。后边那大汉亦手挺朴刀，身长七尺有余，紫棠色面皮，有一部扇圈胡须。孙二娘见是朱仝、雷横前来接应，顿时来了精神。官兵多是朱仝、雷横旧部，一来知道两位都头武艺高强，交战必死无疑，二来感念旧情，不忍与其交手。于是个个后退。孙二娘等人见官兵退去，也赶紧回梁山复命。

回头再说孙二娘的三个心腹，见孙二娘实施调虎离山之计将官兵引向西去，便乘机按孙二娘所指路线，疾步前行，奔向西山酒店。正是：行大义斗智且斗勇，除小人报恩亦报仇。

孙新，绰号“小尉迟”，出身军官子孙，随兄长孙立驻防登州。他与妻子顾大嫂开酒店为生，后因搭救表弟解珍、解宝，劫狱反登州。梁山大聚义时排第100位，上应地数星，担任东山酒店掌店头领。

李四缘结梁山将 孙新火烧草料场

吕萍

话说三打祝家庄之后，梁山好汉凯旋。因孙新、顾大嫂原是开酒店之家，宋江着令夫妇二人替回童威、童猛别用，至此，孙新重操旧业。这日半夜，突然一声响动，孙新警觉地睁开眼，借着窗口的天光，看见一颗人头从酒缸后面冒出来。孙新佯装不知，打了一个很响的呵欠。没想到小偷闪了一下，竟然把二百多斤的酒缸拦腰抱起，向外走去。孙新暗暗叹服，心说，宋江哥哥令我物色眼线，这倒是个好苗子，胆子大，功夫好，我且要打探一下此人的底细，便悄悄跟踪出去。

小偷把酒缸放在车上，拉到郓城的一处集市，天已大亮。他走进一家店铺，急喊：“李老爷在么？”一位员外模样的人走出来，说：“我正要寻你，李四，你若交不上地租，我可要扣押你家的老房子了。”李四陪着笑脸说：“别别，我赶脚换得一缸酒，可不可抵债？”李老板说：“亏你小子想得出？我铺子里难道缺酒不成？”李四说：“恰逢涝年，粮食颗粒无收，我一家老小总得活命么？”李老板不耐烦地说：“算了算了，把酒搬进来吧。”孙新听得分明，却也未动声色。

李四正要把酒缸搬进去，一群人走了过来，为首的是个红脸大汉，他说：“这酒哪来的？”李四认识他是县令的小舅子丁老大，心中暗暗叫苦，说：“丁大人，这是给李老爷送的。”丁老大看着若大的酒缸，垂涎欲滴，他冷笑道：“偷来的么？”李四大惊失色，说：“大人莫要取笑。”丁老大说：“昨天夜里，我家少了一缸酒，小的们，给我抬回去。”李四抱着酒缸不放，哀求说：“丁大人高抬贵手，我还指望这缸酒活命呐。”

李老板听到吵吵声，从店中走出来，拱手说：“丁大人所为何事？”丁老大说：“李老板，昨夜被盗去一缸酒，在你门口捉了赃。”李老板说：“丁大人搬走好了，不够的话，我店里的酒尽您享用。”李四说：“你你……”李老板说：“闭上臭嘴！丁大人说是他家的就是他家的，还能有错？”

孙新听得明白，心里那个火，这不是明抢吗？

丁老大正要把酒缸抬走，孙新挡住了他们的去路说：“慢着，这缸酒何以见得是你家的？”丁老大说：“关你何事？”孙新说：“这缸酒是我的。”丁老大哈哈大笑，“有何凭证？”孙新说：“敢问大人有何凭证？”丁老大说：“昨夜被盗，少了一缸酒，在这集市上撞见了。”孙新说：“事有凑巧，我与李四是好友，听说他交不起地租，故送他一缸酒抵债，你说这缸酒是你的，何以为凭？”

李四惭愧地低下了头，心说，他若告我偷盗，在众乡亲面前又如何做人？

丁老大说：“我一闻便是我家的味道。” 孙新说：“那缸呢？也是你们家的？”丁老大说：“当然，难道小偷还能把酒藏在裤裆里不成？”众人哄笑。

孙新说：“空口无凭，何以服人？”丁老大说：“壮士难道能拿出凭据？”孙新说：“不错，我且拿出凭证，这缸酒便归我了。”丁老大说：“一言为定，驷马难追。”孙新说：“凡我店铺的酒缸底部，皆有‘孙记’字样。”丁老大说：“如若属实，老子拱手相送，小的们，给我把酒缸抬起来察看。”

孙新一指李四，说，诸位靠边，让给这位高人即可。李四无地自容，只得硬着头皮双手一搂，“嗷”地一声把酒缸抱了起来。叫好声中，早有人趴在地上验证，大喊，确有“孙记”字样。丁老大说：“孙老板，就算酒缸是你家的，焉知酒也是你家的？”孙新说：“当然，正如大人所言，酒不放在缸里，还能放在裤裆里不成？”丁老大说：“也不尽然，说不定这小子盗去了我家的酒，放在了你家的缸里。”孙新气得脸都憋红了，见过耍赖的，还没见过这么赖的。

丁老大说：“小的们，把酒缸抬回去，把酒留下，把缸还给这位壮士。”孙新说：“且慢，丁大人，你说酒是你家的，有何凭证？”丁老大说：“你有何凭证？”孙新说：“我家的酒是用来养银子的。”丁大人哈哈大笑，说，真乃天方夜谭，土养草木水养鱼，头一次听说老酒养银子。孙新说，少见多怪，今日便让大家开开眼。丁老大说，若要酒能生银子，我丁老大便能怀孩子。众人哄笑，挤成一团，李老板早已从酒铺里拿出一把笊篱，向酒缸里一捞，一把碎银赫然在目。众人看出了端倪，小声嘀咕，人家早已做了记号。孙新说：“怎么样？丁大何时怀胎？”丁老大说：“误会，既然这缸酒是孙老板的，我丁老大愿赌服输，后会有期！”带着一帮人扬长而去……

李四扑通跪在孙新脚下，说：“孙老板义薄云天，小人感激涕零，冒犯之处全凭孙老板处罚。”孙新将李四一把拉起，说：“哪里话？茫茫人海，相识皆是缘分，快把李老板的地租清了吧。”于是，清了地租，撕了契约。

李老板虽不明真相，却也看出孙新并非寻常之辈，便热情相邀，非要拉李四和孙新喝两盅，于是，三人要了几碟小菜，围坐在一起。

李老板说，李四出身贫苦，能得孙老板青睐，定然君子之交。李四羞红了脸，只管殷勤斟酒，孙新说，我结交朋友，向来不问富贵贫贱，只交知音。李老板说，孙老板如此境界，老哥自惭形秽，今日相识，三生有幸。孙新说，彼此彼此。李老板一使眼色说，李四受此大恩，怎生像个哑巴？李四端起酒杯说，小人先干为敬。一饮而尽……

孙新也一饮而尽，说：“我有个提议，不知当讲不当讲？”李老板说：“但说无妨。”孙新说：“你可以长期给我的酒店供应酒水，把这‘罗列三千馆，清香第一家，隔壁三家醉，开坛十里香’的招牌送我，让李四担负跑腿的差使，一来拓展了你的生意，二来李四也有了稳定的营生。”李老板大喜，说：“正合吾意，孙老板真乃我命中贵人。”三人相视而笑……

孙新起身告辞，李老板说：“李四，你送孙老板一程，那丁老大今日马失前蹄，定然不肯善罢甘休。”李四点头，孙新说：“对付几个小混混我还是有把握的，后会有期。”李老板拱拱手，说：“恕不远送。”

孙新脚下生风，一来怕顾大嫂着急，二来宋江哥哥布置的任务基本搞定。

且说那丁老大，心中窝了一肚子的火，恨恨地说，要让这个南蛮子明白，我丁老大可不是好惹的。

孙新行至坝头桥，一伙人蒙着眼罩冲出来，将孙新团团围住，孙新沉着应战，一时，刀光剑影，呐喊声声。李四一直悄悄跟在孙新后面，便躲在一个土坑里，掏出事先预备好的石子，向目标掷去。一个人捂着头大喊，有暗器。孙新知道李四暗中相助，士气大增。众人如群狼捕猎，孙新挥枪横扫，有人暗使飞刀，孙新一枪挑飞。众人联手把孙新逼入河道，想来个棒打落水狗，哪料孙新突然抽出长鞭，如蛟龙出潭，啪啪生风，神出鬼没，水花四溅，直打得一群人晕头转向，狼狈逃窜。

孙新轻喊：“李四，快出来。”李四从土坑里爬出来，灰头土脸地问，人都跑了？孙新说，你快走。两人各奔东西而去。

却说顾大嫂在酒店憔急地观望，孙新这小子哪去了？也不跟老娘说一声。孙新突然出现在店门口，他说：“娘子，我回来了。”顾大嫂看了一眼，便忍不住哈哈大笑起来，她说，哪里来的叫花子？待我洗浆洗浆。便端起一碗馊米粥劈头盖脸地泼来，孙新抹了一把脸，说，爽！顾大嫂一把拧住孙新的耳朵拉进了里屋……

三天后，李四来送酒，孙新热情款待，席间，李四说，丁老大在坝头一带征集粮草，民怨沸腾。孙新一惊，说，噢，这般动静却是为何？李四说，据说高俅要派兵攻打梁山，丁老大奉县令之命囤积粮草。孙新一惊，却故作镇静地说，兵马未动，粮草先行，此话甚是。二人酒足饭饱，送别不提。

次日，孙新亲自拜访李老板。席间，孙新说：“我有一批草料，想送于那丁老大，又因此前有过争执，故而想让李老板出面。”李老板说：“这又何苦呢？”孙新说：“我报国无门，故求李老板帮忙完成志愿。”李老板叹了一口气说：“罢罢，我便陪上这张老脸。”孙新说：“去时带壶老酒，请丁老大喝上两杯，日后还要仰仗他多多关照。”

三天后，孙新果然派人拉来一批草料，由李四押送。李老板亲自求见丁老大，丁老大说：“什么风把李老板刮来了？”李老板说：“你成了大忙人，些许日子未去我铺子里喝酒了。”丁老大说：“哪有闲功夫？天天为粮草的事发愁。”李老板说：“我有一批草料原为防备灾年，望丁大人笑纳。”丁老大喜出望外，说；“多谢，李老板真乃雪中送炭。”李老板说：“我还带来老酒一壶，咱哥俩喝两盅？”丁老大说：“草料我收下，这酒是万万不敢喝的，我那县令姐夫可下了死命令。”李老板说，将在外，军令有所不授，怕他做甚？丁老大看着李老板手中的酒壶，早已醉了。李老板看得分明，便对李四说，把草料卸了，你们先行回去，我跟丁大人还有事要办。

于是，李四带着一批草料走了进去，被捆成了草把子的孙新被当作杆草给卸了下来，孙新一个地滚翻钻进了草料堆里，李四若无其事地走出了粮草重地……

再说那李老板和丁老大推杯换盏，喝得正欢，草料场却突然起火。丁老大扔下酒杯，便往现场跑去，可那火势威猛，岂能救得下？草成灰，粮成碳，丁老大一屁股坐在了地上。

通往梁山的小道上，林木葱郁，百鸟和鸣，孙新正背着一身的夕阳大步前行，突然一尾响鞭如乌龙腾空震得地动山摇……

顾大嫂，性情彪悍，颇有武艺，人称“母大虫”。为人侠义，古道热肠，兄弟有难舍命相救，朋友遇危慷慨而赴。梁山大聚义时排第101位，上应地阴星，担任东山酒店掌店头领。

害亲哥牛三施暴 申正义女将惩凶

耿雪凌

话说某日傍晚顾大嫂坐镇西路酒店，门口来了一高一矮、一胖一瘦两个中年男人，高者黑瘦，矮者白胖，高瘦者唤作牛二，矮胖者唤作牛三，原是兄弟两个，来梁山泊边卖杏子的。二人各推一辆独轮车，车上筐里满当当的金黄大杏。安排房间住下，二人简单洗漱，要了酒水吃食。顾大嫂切了牛肉，撕了烧鸡，一并端上桌来。牛三直望着邻桌上的野鸡野兔，笑嘻嘻地央求着：“大嫂，好吃食不给我们，怕不给钱咋地？只管上来，价钱好说！”

顾大嫂犹豫片刻，还是爽快去锅里分别舀了一盆端给了客人。顾大嫂开店，为钱，也不全为钱。顾大嫂这店原是三打祝家庄之后，梁山好汉安插在梁山西路的眼线，一为打探消息，二为前来投奔梁山的英雄做落脚之处，相似于情报秘密联络处。再者，好吃食也不是每日里都有，野味更是难得，顾大嫂体胖，就是因为贪着那一口口福。见客人张口要，顾大嫂再是不舍，也只能忍痛割爱，何况，牛三笑嘻嘻的一副白白胖胖面孔，让顾大嫂惺惺相惜，顿生好感。顾大嫂瞥一眼只顾埋头喝酒吃肉的牛二，心里话：要是你这冷脸黑厮向老娘张口讨要，老娘断不会与你！

顾大嫂开店，兼营赌场。饭后赌局，牛三上桌，牛二只管回屋闷头睡觉。客少，顾大嫂和解宝凑局。赌的是牌九，牛三坐庄。开局，牛三输三家；二局，牛三输三家；三局，牛三还输三家。牌场如战场，气氛肃穆得紧。各人手中的芭蕉扇业已零落，汗水如小溪流淌，只是远没有溪水清凉畅快，如蚂蚁蛰咬，如蜘蛛丝胶着。多亏顾大嫂细心，上好的蚊香熏着，上好的金银花凉茶伺候着。牛三再无心思顾看顾大嫂的肥乳和樱桃，一门心思在牌桌上，只是，心性乱了，收回来也难。果然，牛三全场尽输。不多时，牛三的钱袋已如产妇的肚皮瘪了，牛三一张粉脸早已涨成了猪肝，牛三的汗水打湿了脚下的地面。

牛三说，等等，去去就来。牌场规矩，庄家不撤庄，下家必定陪着，顾大嫂前世与银子无冤，今世与银子无仇，正求之不得呢，正喜出望外呢，自然愿意奉陪到底。

等，一等再等，却没来。等来了争吵声，等来了一声凄厉长嚎。争吵声起时顾大嫂竖起耳朵，解宝出去撒泡长尿，长嚎声叫人坐不住窝了。解宝、顾大嫂和另一赌客闻声而去，是牛二的住处，是牛二的长嚎。解宝执了蜡烛过来，顾大嫂回房拎了自己雌雄虎头刀，旋风一样冲进去。牛二已然在血泊里了，牛三举着尖刀，正一下下往牛二身上扎。

顾大嫂吼一声“休得撒野”，急上前抡起虎头刀把尖刀打落在地了。

顾大嫂怒道：“他不是你亲兄弟？”

“当然是！这是我们兄弟间的事，不关你事，莫管闲事！今日不结果他，明日也要结果他！”

牛二的血溅了牛三嘴脸，灯影里牛三一张脸鬼一样阴森、凶残。

牛二俨然一个血人，黑暗中却并没伤到紧要处。

牛二问：“是为你嫂子？”

“正是为她！今日出来就是个局，就是要结果你性命的！”

“你和那贱人平日里勾搭快活，我只视而不见，没想到，你们竟歹毒至此！”

牛三环视周围，欲拾起地上尖刀。顾大嫂趋前一步把尖刀踩在了脚下。

牛三恼羞成怒：“肥婆，走开，莫管闲事！”

顾大嫂大怒：“老娘地盘，岂容你畜生撒野！”吼一声“畜生”震天响，挥刀砍下了牛三一截臂膀，再欲举刀，被随后赶来的孙新拦下了。

孙新说：“今日不比往常，今日是在梁山，梁山规矩，不得滥杀无辜。”

顾大嫂反手一巴掌，一声脆响，拍在孙新脸上。“这等不仁不义的狗东西，杀一千个也不算坏梁山规矩！头领怪罪，老娘担着！”

顾大嫂有一对削铁如泥的雌雄虎头刀。雌虎震天吼，双虎回旋斩。顾大嫂抡起手中雌雄虎头刀，左右开弓，手起刀落，牛三人头落地。

顾大嫂还似不解恨，一刀挑着牛三人头，一刀挑着牛三的眼睛，破口大骂：“狗东西！瞎你狗眼！瞧清楚老娘是谁！老娘不是肥婆，老娘是梁山鼎鼎大名母大虫！”顾大嫂对牛三骂她肥婆耿耿于怀。

此时，一个人影从梁头翩然落下，众人一惊，定睛看，却是时迁。

顾大嫂凝神，手里刀尖指着时迁问：“时兄弟何时到达？怎不知晓？”

时迁笑答：“嫂嫂放下虎头刀说话，我怕你刀不长眼睛。”

解宝本是猎户，刀伤箭药随身携带，拿来些草药给牛二涂抹包扎了，依然扶床上歇息。牛二说，他和牛三原是同母不同父的兄弟，他是他娘改嫁带过去的拖油瓶。后爹不待见他，之后娘和后爹又生下牛三，牛三欺他老实，连他新娶的媳妇也霸占了，他忍气吞声，没想到他们还要合伙害他性命。

时迁说，他来，本也没甚大事，只是天热，不能寐，来顾大嫂这里赌牌。见他们赌牌正酣，闻着香味，他先去找吃食。半盆野鸡见底，正巧碰着牛三进了牛二屋，天性使然，他也闪身跟着进去了，噌一下窜到梁头，准备看一场好戏。他以为进来的是一个小毛贼呢。想当年，他时迁可是这行当的翘楚，江湖人称“鼓上蚤”，今个倒要看看这小毛贼身手，只是不要丢了祖师爷脸面才好。正好，刚偷吃了顾大嫂野味，也好拿这小毛贼给顾大嫂献礼。不想来人竟向床上躺着的人开口要钱，未果，竟自向去翻找。二人撕扯，来人扬言此番出来，就是要结果他性命的，还说是和他老婆合计好的。听明白了，是小叔子作孽和嫂子通奸，还要结果哥哥性命。没想到这厮说着还动了真家伙，他正欲从梁头跳下来打抱不平，见顾大嫂他们赶来，他就继续躲在梁头看热闹。

顾大嫂道：“兄弟来得好巧，正好与嫂嫂做个证家！”

第二日，一干人等陪顾大嫂去头领处请罪，牛二再三证明是牛三和他老婆通奸、要取他性命在先，顾大嫂救他不得已才杀了牛三，时迁作为证人也极力替顾大嫂说话。众口一词，头领诺诺。此番顾大嫂杀人，不但没获罪罚，还落了个仗义救人的美名。

及至伤体痊愈，牛二一来感念顾大嫂救命之恩，二来考虑到回去也是凶多吉少，他那个偏心的后爹定是饶不过他，因此执意留下来当了店小二。牛二不多言多语，人也勤快，渐渐得顾大嫂喜爱。

扈三娘，梁山三位女将之一，绰号“一丈青”，上应地彗星。呼延灼带兵攻打梁山时，扈三娘曾用红棉套索捉住其副将彭玘，又与呼延灼交战多个回合，武艺赢得呼延灼的赞赏。

两撮毛欺压黑牛 一丈青惩治恶霸

吕萍

矮脚虎王英与一丈青扈三娘有一次执行任务归来，途经梁山泊西南岸的李家村，见村东头吵吵嚷嚷，人声鼎沸，于是驱马近前打探。原来是恶贯满盈的张财主在欺凌黑牛，把黑牛刚打的鱼抢走了。

这黑牛是个孝子，靠打鱼维持生计。一年前为了给老娘看病，借了张财主的银子，没想到利滚利越滚越多。这张财主外号两撮毛，一肚子坏水，他见黑牛的妹妹年轻漂亮，就要拉去抵债。没想到妹妹性情刚烈，竟然一头撞死了。黑牛为了给妹妹讨回公道，被两撮毛的狗腿子打得半死，老娘哭瞎了眼。黑牛为了老娘，又把房子抵压给了两撮毛，看好了老娘的眼睛。一年的期限已到，这两撮毛步步紧逼，无非想霸占黑牛家的老房子。

扈三娘了解实情后，肺都气炸了，说这也太欺负人了，天下就没有说理的地方么？黑牛长叹了一口气说，冤死莫告状，饿死莫做贼。衙门口朝南开，有理没钱别进来。那两撮毛有钱有势，穷苦老百姓又能怎样？

扈三娘决计惩治一下这个两撮毛。王英不想节外生枝，说我哩个姑奶奶，你可千万别再惹事了，我们还是早点回去交令吧。扈三娘说：“要回你回，我不走。”王英看了一眼扈三娘那冷艳的脸，只得闭了嘴。

夜深人静，扈三娘抄起一根木棍悄悄出门，在村上溜了一圈，把张财主家的地理方位以及出村的各个要道查看了一遍。王英跟在后面，一再劝说，咱不能图一时之快而害了人家。这跑了和尚跑不了庙，咱一走了之，人家母子咋办？扈三娘一声不吭，王英还要再说，扈三娘一瞪眼，王英只得住了口，默默地跟在她身后。

扈三娘顺着一棵白杨爬上了房顶，王英紧随其后，两人趴在房檐上观察张家大院，瞧见几个家丁在院子里走动，大约熬到三更天，看看没什么动静，他们就进屋去睡了。

第二天一早，两撮毛带着狗腿子再次上门，他斜着眼、横着肩，霸气十足地说："黑牛，昨天打的鱼也太少了，照你这样什么时候才能还上我的银子？"黑牛说："昨天那一阵暴风，耽搁了半天，今天一定补上。"两撮毛说："算了，我可没这么大的耐心，限你三天时间，从这里搬出去，这房子就归我了。"黑牛说：'你这不是拿人往死路上逼么？我砸锅卖铁也要还上你的银子，你莫再吓唬我娘。"两撮毛说："三天之内还不上银子，莫怪老子不客气，告辞。"

两撮毛走后，黑牛"扑通"给老娘跪下了，说："娘，恕孩儿不孝，咱恐怕保不住这祖传的老房子了。"老婆婆眼里含了泪，说："儿呀，娘不怪你，是娘拖累了你。"母子俩抱头痛哭。

王英说："婆婆莫要伤心，我们正在想办法对付那两撮毛，这活人还能让尿憋死？"扈三娘对黑牛说："哭有什么用？我有一条路，你走不走？"黑牛说："什么路？"扈三娘如此这般说了一遍，黑牛点点头，说："他娘的，反正也没有活路了。"

夜里，三更已过，王英悄悄撬开了两撮毛的房门，把柜子里的银子盗了出来。不料，他在黑暗中踢翻了两撮毛的尿罐子，尿水流了一地，散发出刺鼻的味道。两撮毛听到动静，折身而起，拿起床头的拐杖就向外冲，却被尿水滑倒在地，摔了个狗吃屎，一抬头却看见房子着了火，大惊失色。慌忙大喊，火火火，救火，救火啊。家丁听到喊声从房中跑出来，不料，被门口的屎汤子滑倒在地，破口大骂，两个黑影在房顶上一闪就消失了……

就在两撮毛惊慌失措，张家大院上下乱作一团的时候，扈三娘和王英已经超小道离开了村庄，向梁山泊边跑去。

月光如水，清波粼粼，湖边的小船上，黑牛早已把老娘背上船，等候在那里。王英和扈三娘跳上渔船，小船迅速离岸，向着梁山的方向划去……

燕青，又名燕小乙，绰号“浪子”，梁山大聚义时排第36位，上应天巧星。他遍体花绣，善用弩箭，精通相扑，武艺高强，而且多才多艺，吹弹唱舞、各路乡谈、诸行百艺，无有不精。

小乙花园偷学艺　燕青卢府喜拜师

曹先锋

话说河北大名府有一员外姓卢，双名俊义，其人相貌堂堂，目光炯炯，眉分八彩，身高九尺如银，故人送绰号“玉麒麟”。卢员外不但一表人才，家中富有，而且武艺高强，自幼练成了一身功夫，人称“神拳”。多少自恃武艺高强者找他比试，结果无不败于其手下。一时间卢俊义名震河北，不少人慕名欲拜师学艺，然卢俊义密不外传，无论亲朋上门，还是故友求告，一概婉言拒之。

一日，卢俊义家招来几个年轻短工，其中一个发如墨染，唇像涂朱，睛若点漆，面似堆琼，眉清目秀，腰细膀阔，看上去甚是讨人喜欢。问他籍贯姓名，他道：“我乃北京土居人士，做工短暂，不叫名姓也可。我在家排行第一，大伙就叫我小乙好了。”小乙乖巧伶俐，做事心细、认真、稳妥，同来者中，小乙年龄最长，故而同行都称他“小乙哥”。三五天过后，“小乙哥”就成了人们对他的称呼。这个小乙哥当然也深得卢俊义的喜爱，所以后来同进卢府的其他人陆续被辞退，仅剩下小乙哥一人。

其实，这个小乙来卢府并非为挣几个小钱，而是另有所求。他久闻卢员外大名，知道其神拳非同一般，早有拜师念头，可也知道卢员外的脾气，自己的身份绝对不允许提此请求。于是，以做短工之名来到卢府，暗下决心，就是偷学，也要把神拳学到手。

卢俊义有个习惯，每天傍晚都要独自悄悄到后花园练拳。恰巧这个时间段正是歇工之时。小乙摸准了这个规律，便提前悄悄蹲在花丛下装作给花浇水，以窥其习练拳脚。

却说这天卢俊义悄悄来到后花园，脱下外衣，热身片刻，随即舞动拳脚，先是一路神拳、二路朴拳、三路花拳，接着四路勾挂拳、五路迎风掌、六路金刚掌，继之七路荷叶掌、八路翻子拳、九路练手拳……忽而如狸猫捕鼠，轻灵敏捷；忽而似燕子窜云，闪展自如。既具有内家拳练精化气、弧形走转之势，又兼外家拳开合舒展劈打纵跃之态。只看得小乙眼花缭乱，惊叹连连。

一日，卢俊义进园关门时，猛然瞧见了专心致志给花浇水的小乙。卢俊义喜欢小乙，知他年纪轻轻，是个下人，故而没有介意，只是朝其微微一笑。小乙见主人发现了自己，等主人练完拳脚，便主动上前收拾他的衣着，帮他擦汗。卢俊义见小乙把自己服侍得头头是道，无微不至，心里非常高兴。就这样卢俊义默许了小乙。一晃三年，小乙细心观察揣摩，偷偷习练，练成了一身好功夫。

且说有一天，卢俊义出外未归，卢府突然来了一帮盗贼，见财物便抢，见人便打。卢府护院家丁上前和他们拼杀，但个个都不是盗贼的对手，死的死，伤的伤，逃的逃。管家李固上前央求道："各位好汉，财物任凭你们拿去，求你们千万莫要伤及府上女眷。"

"放你娘的狗屁！"一个满脸络腮胡子的黑大汉说完"啪"地一个耳光扇了过去。李固打了个趔趄，狗抢屎般地趴在了地上，再也不敢吭声了。

卢家满门全吓坏了，躲的躲，藏的藏，就在卢府上下不知如何是好之时，小乙突然急急从外边跑来，大声喊道："小乙在此，大家莫怕！"接着纵身跃上房顶，取出小弩，满扯弓弩，箭无虚发，盗贼立时纷纷倒下。盗贼一看不好，急问："你是何人?"小乙哈哈大笑："俺乃卢员外门徒小乙也！"一个头目模样的盗贼听了忙说："卢员外从来不收徒，谁人不知，何人不晓？这家伙一定是个冒牌的！他只会射箭，不会拳脚，大家不要怕，他的箭快没了，都给我上，揍死他！"小乙见他们不信，嗖地从房上跳下，抱拳在胸，说道："我拉趟拳让你们见识见识。"说罢亮开架势，拉起了拳脚。但见拳拳生风，步步疾速，出手凶狠，变幻莫测，令人眼花缭乱。盗贼们看呆了，有的说道："这不是卢员外神拳的套路吗?"但是，头目模样的家伙还是将信将疑，于是上前吐了门户，等着小乙和他单挑。小乙盘算着，先不管他，也吐了个门户，却把两眼死死盯住对方。众人鸦雀无声，直勾勾地望着他俩。头目模样的家伙怀着戒心，先要看小乙拳路，不敢轻易下手。小乙专等对方出手，想乘他的破绽将其打到倒他。因此二人在院子里转来转去，都不先出手。走了五六个圈子，不见动静，众人便喊喳起来。

小乙心想：他不先动手，我何不先斗他一斗？我要这么这么赢他……就故意漏个破绽给他，便将步法一变，取了个“拨草寻蛇”势，猛扑对手。头目模样的家伙见小乙猛扑过来，就取了个“飞燕掠水”势，用两手来抓小乙。小乙一旋身，闪电般从头目模样的家伙右腋下钻将过去，随手抓住了他的腰胯。头目模样的家伙扑了个空，一看小乙从中路扑来，急取个“鹞子翻身”势，就来撩小乙的下三路。小乙急速又一旋身，顺势从其左腋下钻将过去。头目模样的家伙紧人一步，想抓小乙两只脚。小乙忙后退一步，假装要兜腰胯。头目模样的家伙一看，暗喜道：“你脚步乱了!”猛张两臂，纵身跃起，取了个“泰山压顶”之势，来抓小乙双肩，这下他把吃奶的劲都用上了，就去跌小乙。其实他只看小乙步乱，没想到自己的步早乱了，又急欲扑倒小乙。说时迟，那时快，刹那间，在他猛扑小乙时，力全用在上身，还没抓住小乙双肩，小乙急速将身子往后一错，早闪在一边，两手却倏地飞起，轻轻按住他的双臂，顺势往前只一带。头目模样的家伙一心想取胜，用力过猛，没想到小乙步法急变，使出异样解数，只轻轻一带，头目模样的家伙身子往前直倾，再也站立不稳。这叫作“四两拨千斤”，没费大劲，头目模样的家伙好似半堆墙的身躯立时扑倒在地。

头目模样的家伙挣扎着爬起来，恶狠狠瞪着小乙还想再扑。没等他脚站稳，小乙只顺势又一带，便将其拨倒在地。头目模样的家伙还想再爬起，未等他起身，小乙迅速踏上一步，将左手三个指头在他的脊骨第三粒算盘珠位上紧紧捏定，速将右手两个指头，猛地按到尻尾底骨下那个“死穴”上，只听头目模样的家伙“哎哟”大叫一声，立时一动不能动了。这手叫作“闭血法，擒拿手”。

头目模样的家伙浑身无力，如死人一般瘫在地上。小乙一手抓住他的脖领，一手抓住他的腰裆，用力一挺，举过头顶，在院中旋了半个圈儿，喝道：“滚一边去吧!”头目模样的家伙如同一扇死猪肉被摔出三丈开外。众盗贼见了，知小乙果真精通神拳，不敢造次，只好架起头目模样的家伙，丢下财物，匆匆而去。

卢俊义出外归来听说此事，非常感激小乙，料到这个给自家打杂的小乙决非等闲之辈，当即吩咐宴请小乙。席间，卢俊义恳请小乙说出真实姓名。小乙是个乖巧之人，当即跪下磕头道：“员外在上，恕小人隐瞒之罪，我乃燕青，家住山东郓城西南二十里燕家庄，并非北京土居人士。祖上虽谈不上富有，日子过得倒也殷实。我自小喜爱舞枪弄棒，也曾拜师学过拳脚功夫。俺庄上有一口水井，水质甘美，名唤‘玉液泉’。家人在玉液泉边开一酒作坊，用此井水酿造美酒，所酿之酒命名‘玉池香’。由于该酒窖香浓郁、酒体协调、绵柔回甜、余香悠长，称得上‘隔壁三家醉，开坛十里香’，所以买酒者不远数十里慕名而来，生意甚是兴隆。我家因此财源广进，成为一方富户。不料这竟引起邻村人称“苏氏五虎”的垂涎。五恶霸平时依仗人多势众，经常欺男霸女，无恶不作，百姓虽然对他们狠得牙根疼，但慑于他们的淫威，都敢怒不敢言。这次又寻衅闹事，企图霸占我家酒作坊，硬说这口井是他们家爷爷当年出钱领人所挖，只能供人畜饮用，不可用来赚钱。如果用此井水酿酒赚钱，他们家必当五五分利。我闻听此事，不由怒火中烧，便找五虎算账。，话不投机，三言五语便打了起来。结果两虎身死，三虎受伤。官府缉拿，燕青我在家无法存身，只好逃往他乡。后隐名埋姓，编造家乡居住，来到员外府上做工。”

卢俊义一听，忙说道：“你就是江湖上所传的义士浪子燕青?”燕青连连点头，道：“燕青不慕荣华富贵，来府做工，只为向员外拜师求艺，以期日后铲除邪恶，伸张正义。”卢俊义大喜：“好你个小浪子！，你这个徒弟我收下了！”燕青闻言，喜不自禁，忙道：“师父在上，受徒儿一拜。”说罢立马行了跪拜大礼。自此，卢俊义便把他平生的本事逐一悉心向燕青传授。

燕青天资聪明，悟性甚高，一点即成。不久，卢俊义与燕青同上梁山，卢俊义把真传给了燕青，自己引退，之后就由燕青在梁山传授拳法。燕青又把自己的几套拳路也揉进其中，独创了一套奇特的拳术，被人称之为“燕青拳”。后有人赞曰：“燕青拳，得仙传，金刚亮背力无边。前窜后纵捉猛虎，乌龙入洞把身翻。”

一年冬天，燕青领了宋江之命，下山进京见李师师打探消息，不料被官兵察觉遭到追捕。眼看燕青就要被围，不知燕青用了什么招儿使其足迹全无。结果官兵迷路，燕青不见了踪影，故人们又把燕青的武技称为“迷踪艺”，把燕青拳又称作“秘宗拳”“迷踪拳”等等。目前，燕青拳已成为中国的主要拳种之一，此是后话。正是：玉麒麟传国粹承祖训自练神拳威震河北，小浪子拜名师成高徒独创迷踪名扬神州。

董平，东平府兵马都监，善使双枪，有万夫不当之勇，江湖人称“双枪将”。梁山大聚义时排第15位，上应天立星，担任马军五虎将。作战勇猛，因常打头阵，又称“董一撞”。

没羽箭东平公干　双枪将郓城移情

陈进轩

这一回要说一个东平府风流人物，不似如鲁达之于金翠莲，不似武松之于潘金莲，不似石秀之于潘巧云，不似宋江之于扈三娘，那王英周通更是不屑比之。此人便是此后的梁山将中，马军五虎将第五名，善使一双绿沉枪，冲锋陷阵，勇猛无敌，人称双枪将董平的是也。这董平原为东平府兵马都监，因其心灵手巧，三教九流，无所不通，品竹调弦，诸般灵巧，江湖上便以风流双枪将冠之。世人因敬着他那一身惊人的好武艺，且有万夫不当之勇，称谓里又变为“英雄双枪将，风流万户侯。”以上原故，俱在宋江攻打东平府，话中人为绊马索绊倒活捉之前。此番要说的，却是被人戏耍，痴情入窍，竟跑到郓城呆傻了一通痴情男儿！

你道敢与双枪将戏耍者何人？乃是做了东昌府兵马都监的没羽箭张清！

说来也是荒唐，原来那张清自去东昌府投军之后，仗着百发百中的击石手段，又兼自幼军汉家出身的娴熟弓马，东昌府无人能及，几年间竟做到了兵马都监。按说也是聊慰平生，却又性情使然，心高气盛，眼眶里全没了他人。后又闻得东平府有个善使双枪的风流人物，亦是兵马都监的名头，着实有些惊世手段。那张清听了，心中着实不服，又兼着东平、东昌两府相邻，打马也就一二个时辰，于是便趁着公暇之余，得便去了东平府几次。到底是英雄气魄，两人虽各有试探，飞石连发，双枪锁颈，各自手段均使了个通透，倒是双双都有些敬佩。只有一件，令张清颇多瞧不起董平，言语间自是少不了刺讽几句。原来那董平正值年少，可谓风华正茂，风情正浓，偏又痴迷了东平府程太守的女儿，几次遭拒，却又越发着情。一日，张清又去东平府盘桓董平，二人于那隅首酒楼坐定，正是饮酒正酣之时，那董平竟自撇下张清，独自俯于窗口，痴呆呆、迷离离，且口涎自流。忽又返身拉张清至窗前，言道："仁兄看仔细了，那个便是我心仪女子！这女子亦仰慕我英姿，都是那程太守从中作梗，害我难得遂愿！"

书中说，董平"累累使人去求为亲，程万里不允"，那张清也自是明白，此时最宜好言解劝。然那张清恰于此时，蓦然间又记起郓城寻仇未果之事，其间也多少尴尬，一时乖张心顿生，欲撺掇董平也去郓城走一遭，横竖品尝寻人难及的滋味。于是故作鄙视，言道："我当甚么仙家女子，敢情亦是一般女流，若比及郓城偶遇女子，虽模样身段无异，到底韵致上还差着几分！"正是着情人听不得痴迷语。那董平冷不丁听张清说出如此话来，一时竟如入定了一般，言道："仁兄所言是真？郓城城里竟有模样身段无异女子？"张清看董平着套，越发假话做真，复言道："改日愚兄自带那女子模样画儿，复来东平府见你，那时仁兄自辨。"

书到此处，方知张清机巧有余，磊落不足，虽是欲以一智点醒痴迷人，到底带着捉狭之意，心性上还是差些。话说张清自返，即刻于坊间寻了个巧匠，照着东平府程太守的女儿身段模样，仔细地描述了一番，那巧匠捉影聚形，竟也画成了一幅，果然惟妙惟肖。隔日又得闲暇，兴冲冲拉了董平，言道："仁兄自看，哪里不及太守女儿，依我看，倒是胜了几分！"

那董平不看尚可，只一眼，便是一魂摄魄，五窍飞天，口涎自流亦不知。心中只是暗自浑想，以为寻得此惟妙惟肖女子，便是倾家荡产亦要携来，那时才要于太守门前走动一番。沉思良久醒来，只一把拽住张清，言道："仁兄须带小弟郓城地里走一遭，一应盘缠，些许破费，尽在小弟身上，横竖只要个快当！"

张清道："愚兄本该应允，只是贤弟也应允我一件事。今日去到郓城，你须着坊间集市热闹处，逢人打探数年前于彰德府贩卖水地鲜果的汉子，我自去帮你寻找画中女子。你道如何？"董平疑惑道："这是为何？"张清道："休问，你直说应不应吧？"董平一个心思全在画中女子身上，哪里会有不肯，于是脱口言道："莫说打探，纵是登高呼叫亦使得！"

说话间，二人出城上路，自东而西，直朝郓城地面疾驰。书间人急马快，不一时也就到了。二人于县城隅首处分开，张清抽个空隙，所携画儿掖在怀里，顾自找人攀谈去了。那董平实诚，当真去了集市热闹处，此时郓城县城人来车往，叫买叫卖，一派升平景象。好个痴迷将军风流郎，果然是逢人便问，遇人打听，因不知个底细原由，话也问得颠三倒四。被他拦着问的，反过来倒问他哪年哪月，姓甚叫甚，黑白胖瘦，村街居处。董平一问三不知，张口只说数年前去彰德府贩卖水地鲜果的汉子，话是由张清教他说的，董平说的鹦鹉学舌一般，一字不差，现买现卖，倒惹得街上人笑。

看看天近午时，董平说得口干舌燥，哪里探得半点儿音信？心中渐渐焦躁起来，反过来又寻张清，却不知那张清正在暗中觑他。见董平呆头鹅一般东张西望，知是寻他，便于街边茶坊里捞了把剩水，噗噗地扑到脸上，做出个大汗淋漓的样子，急匆匆故做寻人形状。如此倒把个董平弄得好大无趣，只好悻悻愧言道："全怪小弟口拙，不曾探得半点儿消息，须是打尖后接着打听。"少顷又问张清光景，张清自言道："听坊间人语，一早街上，似有那画中女子。只与那绒线摊上挑选些花样，须臾又无踪迹，许是出城去了，许是居家不出。"董平只当是真，酒楼上要了个上等的席面，着意地敬奉着张清吃喝。

午后又复如此。那董平索性寻了个敞亮处，放了声地呼喊道："数年前于彰德府贩卖水地鲜果的汉子听真，我乃东平府兵马都监董平，你且与我过话，有你莫大的好处！"坊间人见他又呼喊得荒唐，又闻的是东平府兵马都监，且是个面善的英俊将军，以为是公干至此。遂有长者好言教他道："董都监须说个起始因由，听见人也好帮你寻根刨底，似这等无头尾的，听得尚且糊涂，叫人哪里寻去，岂不误了将军公干？"

这里不说董平尴尬，那边却慌乱了张清，思忖道："只闻董平痴迷情色，今番果真如此，他若如此入怀当真，倒不好收场，须是做个了结方好，横竖让他凉了心绪。倘若醒悟过来，必是惹他恼怒，大街上叫嚷起来，反倒没趣！"不及动得脚步，忽见街上行人纷乱，耳边响起锣声，人言知县到了。

原来知县已从皂役处获知东平府兵马都监到了郓城，一时吃惊不小。把量着虽不是济州官家，到底是邻近上司，装聋作哑毕竟不妥，于是即刻出衙迎接，满口尽是歉责言语。此时董平越发尴尬，又不惯使得拿假话遮掩，也只好由着知县请到了县衙，那时才说了还有个东昌府兵马都监亦在此。知县又是惊诧，慌不迭地再出衙搬请，不一时张清也到了厅堂，二人对视，各自暗笑，只把个怀揣了闷葫芦的知县蒙在鼓里。

县衙一下子来了两个邻近的兵马都监，知县自是丈二和尚摸不着头脑，又不敢直言公干，只好拿斟茶倒水打掩护，顺便再说些包涵见谅之类的应景话，意在试探二人根由。偏巧这一日也活该有个景致，门房竟自来报，言说蓼儿洼湾口的二黑驴又送嚼口来了。因门房话中带着个送字，知县此时自不便拿虚话支应，只好故作人情，于是顺水推舟扮做着意安排。分咐道："两位都监大人在此，正好尝个鲜口，只是僻壤之处，无甚稀罕物儿孝敬，倒要见怪。"

不一时，门房自外边引进一个人来，肩上挑着两只蒲篓，前一篓菱角，后一篓荸荠，俱是新鲜打捞的，湿淋淋地滴出水来。知县示意取出些呈上，那张清却兀自跳起，抢前一步，一把抓住来人，口中只道："叵耐你这厮着我找得好苦！今番见着，哪里肯轻易放你，定要再施展你拳脚功夫。倘若还能近得我身，先前那些耗费，尽皆包我身上，倒多饶你些赚头。"

你道来者何人，直教张清如此模样？说来亦是个巧字，原来竟是张清苦寻未着的当年鲜果贩子，亦即门房口中的二黑驴。那二黑驴自彰德府受了惊吓，回家来病了一场，哪里再敢做异地买卖。好歹捱了一年，心病轻了许多，这才寻着在县衙应差的同乡，水中捞些新鲜物儿，衙门酒店多少卖些。今日冷不丁打面儿碰上宿主，知是个冤家路窄，怎的不怕？于是免不了张口结舌一番，言道："小子是个粗人，哪里使得甚么拳脚功夫，那时不过是跳去欲躲，奈何脚下滑倒，冲向军爷已是身不由己。"张清闻得此番光景，不觉仰天大笑道："只说天下有胜我者，原来竟是个身不由己的晒蛋公狗。岂不好笑！"知县自是不知二人根蔓缘由，那董平却似明白了些许，见张清只顾口放狂言，心中尽是不悦。遂言道："仁兄顾自了却心愿，小弟这里又作如何？莫不是也要来个误打误撞，须知是闺中女子，焉能出门碰上？"

你道痴迷人道出这番话来，张清本该羞愧难当方是，然那张清活该机中见巧，只一眼便瞥见了角门口两位老少女眷。遂悄悄拽了董平，搭手把画儿交到董平手里，指认道："贤弟果真是个艳福不浅的，满天下寻找，原来却是知县衙门里的千斤。你须仔细了，拿画儿作比，看看像与不像？"

董平展画偷窥，只一眼便似大江行船断了浆帆，那妙龄女子哪及画中三五分！知是张清折损他，于是忿言道："今日遭此戏耍，他日须是弓马往之，那时便是不相识！"言毕，扬长而去。那张清见董平当厅说出如此冷语恨话，自是脸面上挂不住，于是也忿而上马。

由是，两人一个向东，一个向北，各自打马回府，却不料自此结下的恩怨，倒要等得宋头领带着梁山好汉，一路攻打东昌府时，方显出端倪。那董平见张清以飞石连伤梁山一十五员大将，遂怒指了张清，言道："别人怕你手段，我却不怕！"此番狠话，概因有个前情也。

索超，大名府留守司上将，惯使一把金蘸斧。因他性急，上阵时当先厮杀，人称急先锋。梁山大聚义时排名第19位，担任马军八骠骑兼先锋使。两赢童贯时，索超一回合斧劈童贯监军王义，威震三军。

大名府杨志遣忌 黄泥冈索超画影

陈进轩

话说索超原是北京大名府梁中书手下一个正牌军，生得七尺身材，面圆耳大，伟岸雄魄，又勇猛非凡。上阵时当先厮杀，拼命自是如常，且惯使一把金蘸斧，实打实挣下个“急先锋”的名号。先看这等行止，当是个至关重要的角色，实则却是有之不多，无之不少，断无多少机会由他出人头地。列位只看杨志与大名府诸将比武时，所列出的阵容：“左右两边齐臻臻地排着两行官员，指挥使，团练使，正制使，统领使，牙将，校尉，正牌军，副牌军……”那索超只是个正牌军，余下也只有个副牌军可比。偏那索超又是个极看重名头的汉子，当杨志击败了身为副牌军的徒弟周谨时，便挥动大斧和杨志大战五十个回合，不分胜负。幸得梁中书一时错爱，遂将索杨二人同时升作管军提辖使，拉拢二人成为军中亲信，与那索超，算是歪打正着。一番比武，与其说成就了杨志，不如说便宜了索超。索超自是感念梁中书提携之恩，但究其心源，最难忘的还是杨志，二人从此成为莫逆之交，亦是天促其成，重在前因。

然月有阴晴圆缺，事有正反两说。杨志成了梁中书形影不离的人物，自然也成了大名府军阶里的眼中钉，正可谓“出头椽子先烂”。太师蔡京的生日，恰又给诸般人等，送了一个绝妙机缘，巧妙地把杨志的护送行程，尽皆透露出去。将行者运筹帷幄，志在必得，终又落个机关算尽，反利他人。一股穿墙风成全了黄泥冈七位英雄，直把斜步跨青云的杨志抛入绝境。这就又照应了三国魏人李康《运命论》中的一句古话：“木秀于林，风必摧之；堆出于岸，流必湍之；行高于人，众必非之。”杨志命途多舛，荡而跌之，终是无奈何也。

列位可否省察？大名府处在河北通往东京汴梁的显赫位置，可谓京畿祖腹软肋，本是个紧要去处。加之燕云十六州，早已被后唐河东节度使石敬瑭，割让给契丹大辽，使得辽国的疆域直逼中原。正可谓卧榻之侧，难容虎鼾，那北宋赵家何曾有过一日无患！太师蔡京命其女婿梁中书担任留守，自是重任负肩，那大名府诸多军汉地位，亦当比其他州府略高一些。

按说这自是理所应当，然那赵宋一朝，偏又重文抑武。二强碰撞，各自量力，这梁中书反倒与手下将领，暗生了无尽的瓜葛纠缠。由是可知，当又恰值一年一度贺岁时，那梁中书为何视身边旧识如弊帚，偏要费好大周折提拔杨志，此概为有那一番前因之故。焉知那诸多军汉，尽皆怀了嫉妒愤懑，心中巴不得生辰纲散落，至于那青面兽安危，哪个还去管他，一并儿有去无回方好！于是故意弄出许多张致，偏又放出风言风语，尽说大名府至东京南北直行的厉害，一时搅得梁中书乱了方寸。那吃过丢失花石纲大亏的杨志，果然又一次入套，当真舍近求远，偏偏选了东南绕行郓城的路径！原本想要的，是于那偏僻道上悄悄潜行，神不知鬼不觉，暗地里绕道汴梁。哪里去想，那一股穿墙风儿，早已透出，直待杨志中招，那时才知赤发鬼刘唐，一趟郓城跑得值当！

列位有所不知，大名府军阶里的这一番拨云布雨，知情者中，竟也有索超，虽是无可奈何，到底是洞悉了诸位军汉的心结。苦的是，索超平生最见不得人闷头勾想，见到的自当是有，听说的尽皆是无，即便获知了走露消息是个极紧要的，偏又不去想那诸多军汉用意何在。及至杨志等人悄悄登程，索超也未去提醒，待到徒弟周谨摇头叹息之时，索超仍是不解。

说话间风吹雨撵，夜短日长，梁府老都管气忿忿复返大名府，果然先把自个儿撇得干净，直把青面兽拴得牢靠。果然说的是，“杨志和强人串通一气，用蒙汗药把我们麻翻，把金银珠宝全抢走了。”那杨志本就有过丢失花石纲的前科，今又下落不明，梁中书如何不信？话由府中老都管说出，又竭尽描述内中关节，梁中书焉能再疑？杨志一贼罩顶，百口莫辩，纵然返回来与老都管对簿公堂，怕也是理屈词穷！

此番放下素不遂愿的杨志，再说那暗暗叫苦的索超。自闻得杨志出事，便于心中结下万般无奈，越发念起杨志好处，只那一战即获提拔，便是由杨志身上生发，此亦为天大的恩泽。偏又心性里不善盘旋，只是借酒浇愁，惺惺相惜，有苦自咽，欲往死里醉去。还是徒弟周谨看得明白，知道师傅心结何在，欲尽师徒之情，也于身边百般解劝。说来倒是拙人亦有一智，那半酣中的索超，竟蓦然记起前番一桩怪异，遂问道："记得杨制使昔日潜行之时，诸多军汉偷窥，只你一人悄悄叹息，莫非那时你便知变故？"

周谨左右观之，见无人窥探，复附于师傅耳边，低声言道："人皆尽知，只是师傅一人独困。"

索超愕然，言道："此话怎讲？"

好个周瑾！悄悄拉师傅索超于僻静处，遂把杨志怎样来到大名府，梁中书怎样以比武胜出杨制使，诸多军汉又是怎样不服，怎样先铺垫南路凶险，怎样放风声走露消息。前前后后，左攀右扯，直说出一番惊天阴谋，顿时把个索超惊得目瞪口呆，愣怔良久，才说出话来。言道："我只说他人欲看杨制使笑话，无非是恨着梁守备惜他，全没想到内中如此险恶！"

周瑾又道："大名府南行东京汴梁，自是直达近便，省得多少路程？其间有些盗贼，亦是常事，无非多派些兵丁，沿途清查一番罢了，焉何要走山东郓城陌生地界？多盘桓了时日自不必说，须知那盗贼俱是带腿的，消息放出，岂不会南路窜到东路上？横竖是个劫取，东路上又有哪些不妥？莫不是那东路上竟有铜墙铁壁，沿途合围了路径，由不得盗贼靠近？似这般先期透风漏气，怕是绕到西路太行山一带，亦是枉然，杨制使只一去，终归是个死结！"

索超恍然大悟，只是捶首顿足不已。

周瑾复言道："师傅若不信时，只须前后连挂，稍稍思量一番即是。"

书中暗表，索超不善思量已是尽人皆知，但索超最是执拗，却鲜有耳闻。俗话说，粗鲁汉亦有一细处，莽撞人最是牛脾气。

话说那索超自于徒弟处得了那些拨弄，竟似一下子精细了一般，守备面前告个假话，只说要带徒弟周瑾，去郓城地面上寻访杨志踪迹。那梁中书一则怒火难息，二则又记起当初比武时，杨志败过其徒弟周瑾，索超应是记恨未消。三则索超本为粗人，平生最不善思量。只此三条，那梁中书竟是深信不疑，遂又咬牙切齿，言道："但凡寻得贼配军蛛丝马迹，不计死活，任凭索将军处置，本府只要他碎尸万断！"

当日上路，二人扮作一主一仆，东南向上寻一条便道，穿东昌地，过濮州界，不一日也就到了郓城地面。先不去郓城县衙报备，只是沿途打探先前光景，倒也听得热闹。你道郓城地面上失了十万生辰纲，且又惊得东京限令，济州那边又下了公文，郓城地面上哪个不知，谁人不晓？莫说勾挠打探，便是那市井集镇、茶楼作坊，亦是说书听讲的故事一般。

依周瑾的主意，欲要留师傅于郓城。既方便公人口中打探生辰纲被夺原委，便是从市井那儿获得些道听途说，细细梳理，多少也能得些杨制使行走痕迹。那时打个应声儿，好歹要杨志远走高飞为上，于那朝廷够不着的地方，置办些田产亦是好的，万万不可再回大名府。索超只是冷笑道："此言又是差了！你道杨制使真个贪了那万贯金银，直与那强人勾搭连环？此皆为那老都管马放驴屁，终究见不得证人，横竖由得他自说。我且不信，你竟还要知会制使，依制使名节秉性，一股恼火顶了天灵盖儿，抹脖子上吊亦是有的，哪里再寻他去？你道我真个是要寻杨制使么？我今番只要于那黄泥冈上觑个明白，专与那强人下手处斟酌打量，仔细画下图形。再把沿途路径勾连下来，复回大名府时，直要守备自个儿心里揣摩，那时方知老朽木添了多少害人言语！"

周瑾至此始知师傅急中有缓、粗中有细，心中自是敬佩不已。当下便于画坊请了画师，讲下资费盘缠，只说要画些冈峦风景，后日返回故籍，亦是个经历记忆。那画师并不多疑，当下便去了黄泥冈。

这师徒二人终是历经了战事的，于那地形地貌、沟壑冈汊，最是了然于心。画师自是精于技法的，也只三五日，便将黄泥冈形制尽囊画中。二人看画嗟愕，始知黄泥冈古树参天，林木繁茂，周遭纵横路径，最宜隐蔽遁形。莫说制使势单力薄，纵是千军万马，放入如此莽荡之中，亦是各自难保矣。师徒二人看罢摇头，不觉各自暗叹，只把那画师一人蒙在鼓里。

又是几日过去，师徒二人复回大名府，实指望能让守备大人尽晓内中曲直，于那杨制使的缉拿上，也略微宽松几分。可叹索将军纵有怜惜旧友之意，虽指着图形言说选取蹊跷，毕竟熄不得官家人怒火自燃。再至后，倒惹得梁中书又一番大恼，直至梁山发兵数攻大名府时，那梁中书三番五次，只唆使索超一人去做"急先锋"。粗中有细也罢，知恩仗义也好，到底还是遭了他人算计！

史进，《水浒传》中第一个出场的好汉，史家村史太公之子，东京八十万禁军教头王进的徒弟，因身上纹有九条青龙，人称“九纹龙”。梁山大聚义时排名第23位，上应天微星，马军八虎骑兼先锋使。

史进郓城试风情 瑞兰东平暂栖身

陈进轩

纵观《水浒传》，人皆谓燕青风流，更有一首出场词“沁园春”罩定燕青：“唇若涂朱，睛如点漆，面似堆琼。有出人英武，凌云志气，资禀聪明。仪表天然磊落，梁山上端的夸能……”须知那史进乃是一百零八好汉里第一个出场的人物，“银盘也似一个面皮，刺着一身青龙”。出场便是仗义疏财，情义双集。他醉心于武，是痴；独斗少华山强盗，是勇；义释陈达，是仁；陷囹圄而不供，是义；只身救难女玉娇枝，是情。至于东平府探窑姐儿李瑞兰被陷，亦是个情字当先。虽多为情所累，到底不乏情字依依，为其他英雄所不及也。

你道那史进如何结识得李瑞兰？书中并未交待，然少男小女，结识必有一因，况且一个华州，一个山东，又是千里之遥，总该有个根由。概只因那施老先生一心只要英雄豪杰出世，叱咤风云，顶天立地，专要做一场轰轰烈烈男子举止，倒于那儿女情场上轻描淡写、一笔勾过。此非为施老先生所憾，是其志向浩荡，故与那细枝末叶所不计也。今番勾扯英雄出处，只为还原个本真，到底要刨根寻蔓，找出那事端因果，一并叙描史进本色。端的是要，血肉之躯，本本真真，质来质往，洁来洁去，亦不枉了英名一场。

原来那史进自烧了庄院，杀退官兵，把个家产弄得尽皆没了，又不愿留在山寨做寨主，为的“我是个清白好汉，如何肯把父母遗体来点污了”。便下山去延安府投师傅王进，指望“讨个出身，求半世快活”。偏又苦寻无果，倒落得掐头蚂蚱一般，东游西荡，竟自无根浮萍也似。这一日出北京大名府，渐至济州郓城，不觉得眼前豁然。也是史进出身于华州，多见的是山势峻峭，沟壑纵横，举目山峰林立，抬腿谷岗壁垒，哪见过郓城烟波浩瀚，清溪碧野。但只见，莽荡间鹤鹭展翅，荡漾处鱼跃浪涌，顿感欢喜异常。又恰值和煦春光，更兼个少年孟浪，如何不生盘桓之意，一时竟把寻师苦恼尽置脑后。那史进便于县城寻了个干爽客栈，言明了要住些时日，店家巴不得客人久留，纵是经年论月，也自是喜欢。少不得喜滋滋百般精细，热汤茶面，荤红素白，拣着样儿由史进消磨受用。

只说史进早出晚归，信步只要烟波光景，倦时席地倒卧，乐时漫天闲逛，渐渐地竟把个县城周遭尽皆游荡了一遍。这一日，史进于水边采买了一包鸡头米，闻得鸡头米炖鲇鱼最是鲜美，又挑拣着要了两条大的，兴冲冲复返客栈，直要店家做与他吃。遂又拉了个蒲草墩子，于那院中落身坐了，茶水自有小二送至身边，那史进呷了几口，只是一连声地催问几时吃得解馋。店家吃吃发笑，言道：“这鸡头米炖鲇鱼最是讲究火候，要的是文火慢炖。便是那汤，也是似沸未沸的好，麻利些也要一个时辰，须是急不得的。这只是个做，待到要吃时，亦须有个等待。盛上来要由着热浪散尽，直至汤水聚成冻儿，那时细细咂摸品尝，真个是百般的滋味，给个皇帝龙椅也不坐的！”史进亦打趣道：“如此说来，倒是吃完了再去坐的好，坐累了返回来再吃，岂不两桩美事尽由我了！”说罢自笑，店家也跟着嘻哈有声。

说笑间，忽闻得街上一阵骚动，似有笙笛弦乐之声。史进好奇，遂又问店家缘故，店家打个愣怔，又自抚额笑了。言道：“却是怪我迟钝，竟忘了今儿个是三月初三，郓城县城里要有一大景致，最是热闹好耍。客官不问，倒又忘了。”

史进恰是个贪热闹的，问道：“有哪些景致，你快说来！如若是烟花爆竹，那东京汴梁、北京大名，好大光景的去处，我尽是见过的，须是个稀罕景儿最好！”

店家道：“客官自是经过大场面，只这勾栏院子里的姐儿一番春潮秋雨，却是其他州府不曾有的。待会儿客官自看，满城里的清闲子弟俱要出来凑趣，这个光景里，只要姐儿冲哪个中意的笑了，哪个便是今日的花魁，纵有官府衙门下定，院子里也要回复个等字。只是有一款难尽意的，欲博那姐儿一笑，先前却须大把的银钱投掷，若是掷得准了，那吊悬的鸡心锣儿自响。若是触了霉头的，三五锭银子竟换不得一声，由此，每年的闷声儿钱不计多少！”

史进听得兴起，一时手舞足蹈，言道：“大天白日，投响一物，无非眼瞄手抛，又有何难？”店家却弄出乖张模样，言道：“你倒说得轻巧！须知那院子里的大爷最会弄景景的，大街上摇得那鸡心锣儿风摆柳一般，如何就能轻易投中？倒是下面的包囊口，张得蒲篓一般，直等着要吞金喂银的！”

史进哈哈大笑道：“此话最妙！只是不知院子里的姐儿是甚么模样，若是牛头马面的，投中了也是寡味。若是情投意合的可人姐儿，便是蹲到那包囊里，任由她化了，做个肉身银锭儿也值得！”

店家掩面发笑，言道：“闻得今年要拿一个外府来的姐儿出彩，叫个李瑞兰的，上元节时到的郓城。虽是拿盖头蒙了头脸，人却长得花容月貌，煞是俊俏。论年岁与客官不相上下，却是一个客人不接，直说要寻个入心中意的，方肯俯就。若不是，宁肯自搭了衣食盘缠，由此看来，亦是个重情重义的姐儿。”只此一语，越发勾得史进心痒，一盏茶水泼地，突兀地拔地而起。口中只顾言道：“你且看我的。今番只要听她莺声燕语，便是一投即中，哪里耐得再三再四！”

好个九纹龙，这里一语落地，那里早已扑到街上，不曾冲着那鸡心锣儿打瞄，倒是一股风儿一般，未见双脚倒腾，人却已近姐儿身边，捻手指轻轻撩起盖头角儿。但见那女子生得：飘裙纱玲珑剔透，抹胸蝶肌凝香凑。红桔梗斜插入云，施粉黛唇红齿釉。不是月宫嫦娥临世来，哪寻得如此清幽闺秀？只一瞥，那史进顿感酥麻了半边身子，一颗心怦怦直跳，乱石击鼓也似，哪里消停得住？

说来也是天缘至此，那李瑞兰也只瞥了史进一眼，当下便羞涩了桃花粉腮凝脂面，一双柳眉新月眼，流光溢彩不肯收。一对少年小女，于那大庭广众之下，竟是千年修定的姻缘一般，真个是彼此情投，双合心猿，直如胶漆自浸也似，哪里就肯分神。倒是李瑞兰毕竟世故些，说话儿怕由人听见，只任那眉梢儿轻轻一挑，眼底流波儿漾漾一荡，万千言语，只在那一束魂魄之中。史进自是会意，遂闪身一步，放言道：“列位看我史大郎手段，只要手起锣响，出个杂音儿便是不中！”

只见史进后退圈外，袋囊中掏出银锭，街心里立个门户。那举鸡心锣儿的暗暗窃喜，拿眼瞄定了史进手中的银锭，自是要弄悬虚赚取银两，顾自把锣架儿摇摆得胜似先前。此时再看史进，先自人前虚晃一周，说声“着”，手中银锭却并未发出。就在那举鸡心锣儿的错谔分神之即，说时迟，那时快，史进随手使一个百步穿杨、箭射金钱的手段，只那么一虚一实，只听得半空中叮铃铃一声脆响，银锭直中鸡心锣儿靶心！

街上一阵呼喊，直呼小哥好手段，史进也不言语，径直走到李瑞兰身边，伸手掀起盖头，这才半侧身冲举鸡心锣儿的笑道：“这半天你龟老儿也举得臂麻了，且去院子里伺候，待我与妹子同去消遣，那时容不得半点儿怠慢！”

只这一声落地，人群中突然舞舞扎扎跳出一个人来，只见他半袒了臂膀，露出一身的紫皮疙瘩肉，人是牛样粗壮。一手拦了举鸡心锣儿的，一手指定史进，言道：“爷爷我已觑得多时，这小雏儿先是与姐儿勾搭连环，待到要投掷时，又使个虚实两晃的诈人招式，虽好歹勉强投中，到底不算公平。若要轻松得过，今番须是由大爷我先自消受了，那时由他补漏。若是不依，定要这小雏儿骨折肉烂，便是你那院子，也要从此关闭！”说话间伸出双臂，欲从史进手中夺回李瑞兰。一街人见是此人发狂，尽皆退避闪躲。

史进哪里受得了他人这番张狂，遂与李瑞兰耳边低语道：“只此对面便是我下榻处，妹子先去稍歇，待我放倒了这泼皮，自去房中与妹子畅叙尽欢。”

这史进，一手推开李瑞兰，一手抢至那汉子面前，又是虚虚实实，一只翻天掌拨弄得飞龙走马一般。那袒臂汉子心恨情急，只是要拣厉害处伤了史进，左突右旋避开史进手掌，一条腿屈起来，直冲史进裆间下处。此种招式叫个“拐子勾裆”，看似腾挪闪躲，却最是要人性命。史进眼疾手快，料到此人凶狠，一时怒起，口中发一声，怒道：“我只要你长个记性，你却欲夺我性命，如此狠毒，且轻饶你不得！”遂使出个“蟒蛇盘洞”的招式，只拿双胯一锁一拧，一收一撇，那袒臂汉子便惨叫一声，倒地不起。

史进也不看他，顾自兴冲冲回到客栈，只想与李瑞兰风流快活，却被店家一把拽住。史进不解，直听那店家言道：“客官招祸不小！刚才被你伤了的那人，素日与官府里有些瓜蔓连扯，今日吃了亏，明日定会找你寻仇。常言道，强龙斗不过地头蛇，须是远走高飞的好。”不及史进迟缓，那李瑞兰径自携了史进包裹，下楼搭声儿道：“店家所言极是，眼前亏须是不吃的好。此去东平府不过百里路程，小妹那边倒有个相熟的，不如随哥哥去那儿快活，待有个安稳处，风月里自是尽由着哥哥拨弄。”史进也便应了，街心里啐一口，遂带着李瑞兰直奔东平府而去。

列位谨记，此番事果真引出个大由头，日后梁山好汉攻打东平府受挫，那史进仍是念念不忘昔日那一番风情，当面竟与宋江言道：“小弟旧在东平府时，与院子里一个娼妓有染，唤做李瑞兰，往来情熟敬我。如今多将些金银，潜地入城，借他家里安歇。约时定日，哥哥可打城池。只等董平出来交战，我便扒去更鼓楼上放起火来，里应外合，可成大事。”史进瞒下郓城孟浪一节缘由，只说是“旧在东平府时”，也算遮羞一巧。殊不知，风月场里无旧情，枕间盟约，流水帏帐，如何挡得生死攸关，到底还是吃了暗亏。此为后话，那时再表。

武松，因排行在二，又叫“武二郎”。血溅鸳鸯楼后，为躲避官府抓捕，改作头陀打扮，江湖人称“行者武松”。武松是《水浒传》中的重要人物，“武松打虎”等故事在后世广为流传。

修兄坟武松受困　逃魔掌行者救民

萧珩

鲁智深坐化六和寺半载，林冲不堪病苦辞世，独留武松一人，难免孤闷，早晚只顾打熬筋骨，唯独酒肉戒难持。方丈知他军旅之人，亦不甚约束。

一日，武松正对智深禅杖饮酒，忽闻潮信雷响，不觉心怀凄凄：武松此生，恁得般无福。自幼失了父母，蒙兄长养育，却等不得武松鞠养，便为奸人所害；后遇师兄，一般经历，同在二龙山多年，又共上梁山，何等投契，不料师兄与林大哥先自去了，又剩的武松一人。愈发悲从中来，不由落泪，转念又道：兄长与师兄此去，皆脱苦海，且师兄已成正果，可喜可贺，便又大笑起来。

门前扫地的小沙弥见状，慌忙丢了扫帚奔到方丈处嚷道：“不好了，清忠师祖入魔也！”住持叱道：“休要妄语！”小沙弥道：“不敢相瞒师父，清忠师祖一时哭，一时笑，岂非疯魔？”方丈闻言道：“清忠师父不与尔等同类，他自有道理，且由他。”说话间，听得院中喧哗，住持与几位大和尚前去料理，却是褴褛干瘦的一个汉子，适才在菜园偷盗被武僧打翻，住持心下不忍，命人抬去禅房，且救醒他再理会。

一人道：“且慢。”众人让开一条路，一独臂师父走将进来，手持一小酒瓮，正是武松闻得外间吵闹，走来查看。几位师父与武松见了佛礼，便由他检查地上的汉子，一别十余载，此人虽是身量见长，容颜苍槁，武松却认得分明，不是别人，正是阳谷县卖梨儿的郓哥。武松恰是触动心肠，念起兄长武大生无挚友，唯这小猴子当年肯相伴说话，便告于住持道：“此人恰是一个故人，便由我看顾罢。”住持闻言，欣然赞同，便使人将其抬至武松隔壁禅房照料。正是：一念牵动红尘事，铁臂画地作战场。

郓哥将息了些时日，已无大碍，便与武松叙起旧事，问他如何在此间，武松一一应答，转问郓哥，郓哥叹道：“二哥当时杀了那对狗男女，便与我一些银两度日，我做得小本生意，亦可糊口。何九叔寻得我，说火化当日留得大郎骨灰一坛，便交于我；后来知县升迁，我使了些银两，求得大郎当时做证的骨殖，一并葬了。”武松闻言心中感慰，不知做何谢，只用力握住郓哥肩头，郓哥吃痛道：“二哥，小弟不曾撒谎。”武松忙松手致歉，问他如何来此，郓哥自言老父染了慢病，花光所蓄，不得不投身商家，跟着走南闯北，捞摸些药钱。此次来南，与当地一豪绅起了争执，主家意外身死，郓哥恐亦受其害，连夜逃奔，方至此地。

郓哥身体渐康，惦念家中老父，武松恐日久荒坟，亦欲前往修葺兄长坟茔，二人择日回了方丈，便一并北上。武松止余右臂，便将一口雪花镔铁戒刀置于智深禅杖边，另一口随身携带。一路风餐露宿，沿途关卡秩序杂乱，郓哥一副小道士打扮，跟随武松，倒也便宜。一日行至滁州地界，就在野铺子上讨了两角酒，一盘肉吃；二人正吃着，便见一队散兵前来驱赶，看模样是金人装束，铺中百姓一哄而散，店主人前来劝道：“你两个出家人快快去吧，莫要与这贼兵一般见识，只恐白白送了性命。”武松道：“我自吃我酒，须不曾花他的银子，赶我怎地？”店主人未及再言，便见一个彪形大汉在拥簇中走将进来，但见他：兜鍪凤翅盔，青锻花银甲，腰间狮蛮带，斜插凤头斧。

武松心内暗忖：这金人如此大剌剌行走，想来城中多半失陷了。郓哥见此人如此魁梧，心中胆怯道：“二哥，不如我二人先走，不与此人撞面罢。”武松怒道：“撮鸟，你怕甚。”那为首的金人只顾吃酒，他的兵士一股儿将二人围起来，扯出丈把长铁链。武松恐伤及郓哥，行动略迟了些，亦被团团围住，争奈何猛虎下山，难敌群犬，只由得他们绑了，思量伺机而动。

镔铁戒刀被献于为首的金人，他见这好一口雪花镔铁戒刀，铮铮然如冰凝秋水，心下大喜。武松瞧在眼里，暗自计较。此人名蒲古里达，原是金人挞懒部下猛将，因军务滞留滁州，如今闻得挞懒在山东一带，便带残部前去投靠。他沿途中广征宋民百姓，将年少壮实的拉去修筑军事、逼迫从军；妇孺老幼则常用来赚取宋军驻守的城门，并两军对阵时赶作前军肉盾讨些便宜。此时郓哥精瘦、武松断臂，皆被归为后者，这一路披星戴月、备受驱赶，径直到了郓城地界。

一众妇孺老幼皆由几个骑兵驱赶，郓哥靠近武松，低声道：“二哥，你可有逃走之法？”武松目不斜视，只盯着不远处的骑兵道：“离阳谷县尚早，你急甚？”郓哥苦笑道：“二哥切莫打趣，此地你最熟悉，可有法子？”武松道：“再往前十里便是黄泥冈，计算今日行程，蒲古里达八成会去扎寨，且等守卫夜间交班时，再来计较。”黄昏果至黄泥冈，蒲古里达看此地风凉，便命人宽敞处驻兵扎寨。

金人百十余军士，大半拱卫在蒲古里达营帐外，少半轮流交班，防止宋民俘虏私逃。造饭间，武松自闭目养神，忽地对郓哥叹息道：“如此时机，可惜无酒。”郓哥道：“好哥哥，但逃得此地，郓城县内，尽是酒馆也。”武松目视郓哥道：“你且看那岩草，端得旺盛。”郓哥不解其意，武松一瞥脚上锁链，郓哥会意去了。蹭至树下，薅得好一把草，把来缠在手脚的铁链上。二人心照不宣，夜来轮流休息，武松掐得守卫交班，便叫上郓哥，二人一同悄悄挪至寨边，向前百十来便是松林，便可解脱矣。不想武松脚下一滑，石头硌脚，步子略重了些，惊了换班的小军士。郓哥也是个伶俐的，立刻拣块小石头扔得远些，口中模仿蛙鸣。看那小军士放心坐下，二人正要继续走，不防一个人影喝到：“作甚么的！”郓哥唬了一跳道：“起来撒尿的。”那军士道：“撒甚尿，跑恁远，莫不是要逃？“郓哥忙赔笑道不敢，磨磨蹭蹭往回走，冷不防武松劈手砍到那人脖子上，连哼气也无便倒了下去。

郓哥慌忙接了此人身体轻轻放下，二人继续要走，眼见靠近松林，却合该走不得。原来被打翻那人也是来撒尿的，同班士兵寻他不着，招呼了几个人一起来找，恰好看到二人，便一拥而上又锁了起来。郓哥挣扎道：“二哥，是我误你。”武松坦然道：“济不受谢，不济不受怨。”这两人一路便被绑到蒲古里达处。蒲古里达生性勇猛，脾气暴躁，听闻宋民私逃，顿时大怒，更不审问，便命人抽打五十皮鞭，见得武松，忽忆起那口镔铁戒刀，心下暗自留意，对左右道：“那个瘦猴一样的，贼精模样，定是主使，给我狠狠地打，吊起来示众。”手下人道：“将军好眼力，方才还听得那人对另一个说什么误不误的话，想来他就是撺掇逃跑的。”

说话间，五十皮鞭已经打完了，武松素来体格健壮，又是战场走下来的煞神，便也挨了过去，只是郓哥一向瘦弱，又是新病初愈，已经昏厥过去，被剥了上衣，光着身子吊在树上。武松眼见一时救他不得，心里计较上来。

第二日，军中不见蒲古里达下令前行，只把众人浑身上下搜个遍，略有不从者，便吃得一顿打。不过午时，便传播开来：原来那蒲古里达处置了郓哥与武松，已是后半夜，他自去休息，忽闻耳边崩然异动，却是一枚锈铁折成的弯钩，插入他耳边的枕木寸许。蒲古里达心知乃随军宋人所为，心下忌惮，一早便命人搜查所有可疑之人，连妇女都不得遗漏，却并未搜出任何证据。众位看官也知，此必武松所为，只是他若要救郓哥，何不直接将绳索弄断？这便是武松精细之处，他带着郓哥难以脱身，救下郓哥势必惊动守卫军士，不过徒劳而已；但若能惊得那蒲古里达，使他忌惮，自行将郓哥从树上放下，才是真正得救。再不料到蒲古里达将火气发在宋民身上。

一番乱哄哄吵闹之后，蒲古里达未搜得甚物，只好命就地造饭，午后继续北上。但此人亦不憨傻，独独命人用麻绳将武松的独臂捆绑在背上。午饭做好，一个花白头发的老头儿端着一碗饭走来，看守武松的军士作势要打，老头施了一礼道：“此人独臂，又被束缚，倘不得进食，早晚饿死，蒲将军可曾命他死耶？”军士见那老头儿言之有理，又因他老迈不以为意，随他去与武松喂饭。

老头儿蹲在武松对面，盛起一勺饭递到武松眼前低声唤道：“武头领，是我。”武松不曾想此地还能遇到相识，然细细打量却不认得。老头儿道：“小的江忠，原是跟随宋清头领的，与武头领见得少了，怪道不识得。”武松叹道：“你已年迈，何至于此？”江忠道：“说不得，亦是被掳来做肉盾罢了。这一路风尘肮脏，众人皆有心逃，奈何不得时机，亦不得人带领。武头领可愿带众人一起逃走，人多倒便宜举事。”武松喜道：“甚好甚好，且看时机。”那守卫自去吃饭，两人边吃边说，倒计较了八九。

饭毕，江忠自去联络其他宋民，顺便看顾郓哥。郓哥亦被下令放下，啖以流食，由武松背着继续北上。黄昏，行至潘溪，此去梁山不过二三十里，武松见状，心下略有宽慰。正感喟间，行伍中忽有喧哗，乃是一军士鞭打一老妪，老妪滚地嚎啕道：“打杀我，亦走不动了。”她身旁一老汉忙打躬作揖，与那军士耳语一番，不知他所谓何事，军士果然停手，自去回报蒲古里达。

蒲古里达正催促前行，闻得此人讯报，倒添了几分兴致，命众人就地安置在潘溪渡口，将那老汉带至他歇息处仔细盘问。这老汉不是别人，正是江忠，他自言知道铁钩所出，并那雪花镔铁戒刀的秘密，只求宽释了老妪。蒲古里达提讯江忠，江忠极力渲染：“此人乃早年间梁山泊贼寇，曾徒手打死猛虎，一人屠杀一府，有万夫不当之勇；后来因为杀人众多，才落草为寇。他力大无穷，有如神助，更兼得百战沙场，不曾退缩半步。”蒲古里达兴致渐浓，命江忠说出此人安在，江忠道：“此人便混迹在军中，小人早年曾被强掳至梁山，心中怀怨；昨日又因他之故，连累众人皆挨鞭笞，心有不忿，故向将军举报，以换求宽恕小人老妻。”蒲古里达凝视江忠片刻，信他两分，故意冷笑道：“你想诈我，午间你还与他送饭，道我不知？”

那江忠不慌不忙道：“小人不如此说，士兵安肯让小人近前？但将军下令将此人捆绑，若小人不与他送到嘴边，他可吃得？”蒲古里达道：“不愿他吃，又何必去送？”江忠道：“特此奚落耳，以泄心中旧怨。”蒲古里达玩味道：“有意思，你适才道，这镔铁戒刀有秘密，有甚秘密？”江忠道：“这武松过去亦是个全人，只是在战场上丢了一条胳膊，便只带一把戒刀出门了，那戒刀原是成双的。”此言深得蒲古里达之心，他路上皆在猜测此物，只疑它有第二把，如今方才坐实了，不由又信了江忠四五分。江忠便撺掇蒲古里达强取另一把戒刀，蒲古里达沉吟道：“他必是不肯说另一把戒刀下落。”江忠笑道：“此事不难，武松匹夫耳，一味好武，恃强傲物，但凡杀了他的气焰，自然撬得开嘴巴。”

听闻俘虏中有高手，蒲古里达技痒难耐，恰值月上中天，秋风送爽，便命人打扫出一块场地来，要与那打虎僧人比试一番，只想着打翻他落个乐子，顺势向他勒掯另一把戒刀。众人闻说将军欲比试，纷纷聚众来看。武松被人推搡着来到场地前，忽见江忠立于蒲古里达身后，便唾骂道：“叛军懦夫，当日阵前出逃，若非公明哥哥阻拦，我必将你碎尸万段。”江忠答道：“我本良民，被你无故掠上山寨，奴役驱使，亦恨不得你烈火焚身。”蒲古里达听得这二人一递一答，对江忠又添了几分信任。

蒲古里达虽看武松高大，然欺他独臂道：“此人言这镔铁戒刀原是成双，如今我取得一柄，所余一柄够得你用了。但我双臂之人，单口戒刀用着不惯，不如我来试试，你可配得上如此好刀。”武松恶声道：“只恐在众人前打翻你，你这将军面上倒不好看。”蒲古里达怒火难遏，先命副将去与武松走拳，试探深浅，走不过二十招，武松一掌击断其三四根肋骨。蒲古里达大喜道：“不如你便随我做个副将，亦不亏得你这身手。”

武松冷笑道：“且看你自家造化罢。”蒲古里达道：“我不占你便宜，也空手罢。”武松心道：这厮找死；蒲古里达心道：看这厮身手，实是劲敌，而今我空手亦多得一拳头，怕还拿他不下么！二人各自转着念头，蒲古里达专攻其左路，三十回合后，武松左路空虚，渐落下风，蒲古里达心喜，攻势愈加凌厉。武松卖了个破绽，使出当年打倒蒋门神的绝学“玉环步，鸳鸯脚”，左脚回旋踢中小腹，右脚接着猛击太阳穴，蒲古里达登时晕死过去。

当下蒲古里达昏死，众军士皆大乱，郓哥与江忠带着一众青壮宋民砍杀起来，老幼妇孺纷纷逃往梁山泊方向。武松寻得镔铁戒刀，大开杀戒，所余百十个军士，一时间倒了三停。见武松斗狠，军士们只恨爹娘少生了一双腿，哪里还顾得蒲古里达死活。江忠点燃临时营寨，并将蒲古里达身体拖入火中，这才纠集众人。此时天色已明，潘溪中小舟往来，柳烟画桥，水绿如稠，有诗赞曰：白石桥边古梵宫，绿柳深处有溪通。朝朝回舟晨兴渡，人在沧浪埃乃中。可怜山清水秀地，白白落于他族手；一派诗画温柔乡，从今翻作兵祸劫。

原来那郓哥在黄昏时分早已清醒，江忠吩咐他只作昏睡，松了看守的警戒；待到蒲古里达与武松斗得火热，江忠悄悄退出人群，自去与郓哥联络宋人俘虏，搜罗几件可用的兵器与镔铁戒刀，只等武松打翻那蒲古里达，便趁乱拥上。金兵一时间失了主将，大半军士死伤，宋人皆得自由之身。

武松对众人道："此地金人常聚，尔等不若回南。"众人哀道："便要回南投奔大宋，只恐再遇金兵劫掠。"武松道："我已安排妇孺老幼在前方等候，众位便可自便；如愿与武松同行，可于前去东北方二三十里的梁山泊稍待，武松有要事要去河北阳谷县，回来时可与诸位同行，我等杀开一条回南路。"众人闻言，又见得武松身手，怎会不应，便相约半月后潘溪渡口同行。武松与江忠、郓哥自去阳谷县，见武大郎坟茔破败不堪，无人祭奠，便取了骨灰，带回六和寺。此时打听得郓哥父亲已逝，郓哥难免痛哭一场。

三人便回郓城，江忠道："小人老迈，不堪远行，且本为郓城李家道口人氏，花甲之年，唯愿埋骨家乡。"武松见他言辞恳切，想他智勇双全，必能自保，便欲带郓哥回南，郓哥却道不愿南去，愿留守郓城，与江忠为伴。武松见郓哥心意已决，不好勉强，便将从蒲古里达处搜取的一些银两赠与二人，让他们好生度日。这便是日后抗金，呼延钰与徐晟得在此间遇得郓哥、江忠之关节。

安顿好二人，武松自去潘溪渡口，带领那六七十宋民，径直投南去了，一路天灾兵祸，总算平安到达宋朝疆土，亦是功德一件，不再详述。

石秀，自幼父母双亡，流落蓟州卖柴度日，有一身好武艺，又爱打抱不平，绰号“拚命三郎”。他的英勇事迹（如智杀裴如海、大闹翠屏山、探祝家庄等）通过评书、戏曲等方式在民间广为流传。

叔侄兖州弃羊市 族兄郓城说马经

陈进轩

列位看官尽知，但凡读过《水浒传》者，除却宋江、吴用、鲁达、武松之外，知那石秀时，必是蓟州地上，助杨雄剜杀淫妇潘巧云。那时石秀自是孑然一身，一心为着情同手足的结拜兄弟杨雄，哪容得哥哥家中藏污纳垢，发誓要帮哥哥除掉红颜祸水，于那北宋年间，也弄出了一场屠奸杀淫的好大故事。一时间，“拚命三郎”的名头胜过“病关索”。

书中说那石秀家，原是江南金陵建康府的一个屠户，自幼父母双亡，平生最是执性，路见不平，便去舍命相护，因此人称“拚命三郎”。后随叔父石复苏往北地贩马，然叔父又半途亡故，消折了本钱，竟自流落在蓟州街头，只靠卖柴为生。此又为：自古英雄多磨难，便是栋梁历风霜。

这里只说石秀自幼熟知了屠家生计，活着进来，死着出去，黑皮毛、白皮毛，一番开膛破肚，自是骨肉分离，于那案板上斩切叫卖即可。便是父母亡故，如若复拾旧技，加之有个叔叔又是常年做惯了贩羊生意的，必定少不了自家肉铺里使用。叔侄二人协力，照应石家肉铺，当是游刃有余。如此论说，也自是书家推断，然石家叔叔偏又喜欢了南来北往，要听的倒是南腔北调，于那坐地生意，却又不喜去做了。于是一番窜掇，直把侄儿石秀也拉进了伙，言道：“此去北地，再不于羊头羊腚上看肥瘦，专要做那行走如飞、千里驰骋的贩马勾当。”石秀原本并无此意，终经不住自家叔叔一番描述，又知叔叔是个跑惯了的行客，也便封了自家灶火，粗细家什一并折合些银两本钱。叔侄二人越州跨县，中原风光，自有情趣。渐行至兖州地界，果见得又比江南多了些雄浑气概，那石秀也自欢喜。

叔侄二人于那兖州城里，拣了家干净客栈住下，又是叔叔常年相熟了的，石秀自不必多虑。胡乱用了饭菜，尽是山东地面上的好大面食，石秀吃个新鲜，遂又与叔叔说起担忧。言道："往常只知叔叔惯是熟知羊肉肥瘦老嫩，只那马匹却是活物出入，一买一卖，虽不用记挂一时肥瘦，到底须有个买主等着。倘若窝在手里，却不是好耍的。草料侍候自不必说，单是那猪肥自壮、马瘦毛长一说，也着实叫人悬挂。初试身手，敢问叔叔有哪些铺排，也让侄儿略宽心些？"

石秀不说倒可，只此一言，反倒教叔叔石复苏重看了侄儿，于是嘻嘻笑道："原只以为你是个粗毛猪，想不到却是个细毛猴儿，竟也说出猪肥自壮、马瘦毛长的话来，可见是个石家有用的！"

嘻哈了一通，却未应答石秀的疑虑，倒是不着边际的热闹话儿说了不少。又言道："没吃过猪肉的常有，没见过猪走的鲜见吧？羊马比君子。都是四条蹄腿一长嘴，横竖是吃草的物儿，无非是个高矮有别罢了，又有哪些不同？"

按常理，叔叔初带自家侄儿入道，又是先前不曾干过的，又是无须瞒哄的，焉何又顾左右而言他？既是侄儿有惑，做叔叔的拨点指导应是少不了的，为何却说些马高羊矮的话儿，虚晃着端出一番故弄玄虚的张致？设若侄儿再问：羊为肉食，马为脚力，又做何解？

你道叔叔石复苏为何这般光景？却道内中正有一番表里曲直，却是石秀叔叔自己说不清的，胡乱拿虚景应付侄儿，不过是要等一个十分紧要的人物！

原来石复苏决意弃羊弄马，竟与一郓城相马人有些挂碍。那相马人亦是石姓，双字叫个老成，因善解马语，又有一腔能言善辩的口才，伤废了一只手之后，脱了军籍，便于集镇上做了牲口经济，专走东路兖州。有买有卖，牵线搭桥，两边抽些头筹，渐渐地竟也有了些名声。一次石复苏贩羊，不巧摔死了一只，南返途中顾不上宰割，便随手送给了集市上结识的石老成。因着同姓祖根的缘故，彼此颇为相投，一来二去，便成了相知，互以族兄族弟称之。也是人逢知己，酒酣茶足之时，各自都说了见长的能耐。石复苏最是敬佩石老成的相马经，弃羊弄马便是由此生发，拉石秀入伙，也皆因此，于是叔侄二人才有了那一番言语。

那石老成果然如期来到，石复苏喜不自禁，言道："族兄来得正是时候，今番到那骡马市上，直教我这石秀侄儿长些见识，我却赖得理他！"

石老成打描了石秀一眼，未接石复苏言语，倒先问了一句：“族弟真个要做走马生意？”

石复苏答道：“侄儿已带来，焉能有假？零零碎碎，终难成大事，须是大把银钱进出，方是大丈夫做为，直是厌烦了羊屎腥臊！”

石老成郎声大笑，复言道：“恁地说，倒要教你叔侄去我郓城家里走一遭，兖州市上，只是些肉货，不看也罢。我那里现有一匹北地蓟州朋友牵来的牲口，真真的是那踏雪无痕的骏马，换了皮毛，便与昔日关二爷的赤兔马别无二致。你们叔侄若要做个长久买卖，牲口品相上最是紧要的，尤是那个相字，隔皮猜瓜，空口说不得，怕的正是一叶障目。”

石复苏点头称是，石秀也觉此话稳妥，毕竟是隔行如隔山，到底耳听为虚，眼见为实。二人随即跟石老成复返郓城，一路谈些天南地北的趣话，倒也不甚疲倦。说话间到得石老成家中，却是郓城南门外八里亭一处敞亮庭院，四周绿树环绕，几条细水常流，又兼着一地碧草青青，甚是深幽恬静。

三人用茶已毕，石老成携叔侄二人至后院马厩，遂指了厩中一匹刨蹄牲口。言道：“你们直是近看，须是看出点门道为好。”

石秀看那马时，只觉好大的身躯，通体光彩，恰如霓虹，其它再无所辨。那石复苏也只是连连点头，亦说不出门道何处。石老成复笑道：“今番教你们叔侄前来，便是这个道理。熟人处尚且不辨细微，到了那偏僻陌生地，卖主尽是夸耀，再有三两个架秧帮衬的托儿，那时岂不是自昏了眼力。人云亦云，随波逐流，便是有障眼法儿，也自不知，哪里买得良驹宝马？一场亏空下来，人吃马喂，往来盘缠，又有多少银钱够赔的？”

石复苏一时自觉羞愧，偏又要在侄儿石秀面前挣些面子。遂言道：“石秀你须用心，伯父所言，俱应一一入心，路上我自考你功夫。”

石老成亦不捅破，复又拉二人近前，盘古论今，以马说马，专与那相马经上说仔细。先言道：相马如同相人，人有五官，优劣各异。马亦如此。若是马匹的胸膛狭窄，眼睛眯小，耳朵下垂，鼻孔瘦削，纵然快疾，亦非良马，最是要不得。古之贵格良马，定要胸大腰细臀丰。讲究的是身材修长，牙齿齐短，目如铜铃，耳似削竹。此为肺大能奔，腿细善跑。若是后蹄着地，越过前蹄，则名曰“跨灶”，又曰“子胜于父”。

言语间，又径直入厩，以手抚摸，再言道：凡良马前蹄，足踝宜直，不应弯曲，弯曲则劲道不足。后腿不应粗短，腿细则疾速，腿粗则不灵。牙龈肉向上缩，则马的牙齿就显长，长牙齿的马，寿命短且老得快。待又要言及马的磕睡时，石复苏却噗哧笑出声来，言道：“族兄忒也虚夸，刚说到马的蹄腿长相，这些倒是须记得，怎的又说到睡觉，莫非牲口打磕睡也是一番关节？如此说来，骡马集市倒要换成更深夜静了！”

石老成似有些不悦，那石秀看得真切，遂以眼色示意叔叔。复致歉道：“伯父休怪，我家叔叔自是嘻笑惯了的，并无轻乏之意。”

石老成复又笑道：“良马磕睡时，其身体站立，目光下垂，安静不动，四蹄着地，偏以一蹄用力。此为重心移转，轮番替换。若是惯以躺卧睡觉的马，必然是有疾病。须知，前蹄挖地，则是心气急躁；昂首长嘶，必是在呼朋引伴，此又不可解为病疾相扰。”

石复苏再不敢戏耍，抢话道：“这个族兄勿忧，我乃一记入心，百年再不复遗漏！”石秀亦言道：“伯父倾心相告，哪敢一时分心，如此细微，便是多少银钱学不来的。”石老成遂与石复苏言道：“令侄将来是个大作为的，你我皆不如他，胡乱说些马经，也教令侄后来用得，那时挣个轰轰烈烈的大光景！今番倒还要说几句郓城乡间土话，且看这马头，看出旋儿没有？”

石秀先至前一步，定了神细看马头，言道：“看到旋儿了。”

石复苏复又戏言道：“我头上也有旋儿，只是没它多。”

石老成又道：“郓城乡间有句俗话，叫做‘一旋能，二旋楞，三旋撕咬不要命。’且看这马额头正上方的旋涡状毛纹，便可知优劣，但凡征战厮杀，要的正是‘撕咬不要命’。若是临阵萎靡不振，不战先自败了。若是贩来只做拉车驾辕、犁田驮载的脚力，却是不顾这些的，只看你们怎样铺排。”

一番马经，石秀大开眼界，心性里自比先前通畅了许多，那石复苏亦自觉是个相马师了，于是辞别石老成上路，直奔那出得北地骏马的蓟州而去。不成想，教的曲儿唱不得。开市一桩生意，竟自蒙眼，大价钱买了几匹遭人调理过的病马，不及南返，那马先倒了槽。石复苏心急气恼，就此染疾不起，好歹又捱得几日，终又油尽灯枯，一命去了。陌生地面上撇了个身无分文的石秀，突然间变成了无家可归的孤苦人，若不是后来偶遇了“病关索”杨雄，哪里会有后日的那一番生死波澜？恁地说，倒又显得是个命该如此了！

戴宗，绰号“神行太保”，原是江州两院押牢节级，能日行八百里。梁山大聚义时排第20位，上应天速星，职司为总探声息头领。戴宗在《水浒传》中出场较多，人物形象也比较鲜明。

英雄一救及时雨　戴宗三入宋家村

钱广赋

话说宋江入伙梁山后，坚执独自下山搬取老父、兄弟宋清上山。众头领苦留不住，只得随他。

待宋江前脚下得山去，军师吴用、晁头领放心不下，便让神行太保戴宗随即下山，探听宋江下落。

戴宗走后，晁头领仍不放心，亲着众头领下山接应。

神行太保下得山来，因去郓城路程较短，未拴甲马，径奔郓城县。一路张望打探，整一日未见宋江行踪，寻思道：“哥哥定是避开驿道，沿僻静小路去了，且去郓城宋家村再做理会。”

戴宗探得宋家村去处，径奔过去。近得村前，觑见村里家家关门闭户，街上不见闲人走动，心中诧异，趋近一座诺大的宅院，住了脚步，早望见高大门楼上一块匾额，上书宋宅二字，知是宋太公住处，便近前张望。

忽听得门里一阵脚步乱响，两扇红漆大门忽地大开，冲出七八个士兵，一声吆喝：“上天有路你不走，地狱无门偏进来，梁山贼寇休教走脱了！”手执长杆子、短棍、铁尺、钢叉，将戴宗围了。

戴宗神色骇变，心中叫苦。少顷，沉下心来，应对道：“何故捉拿小人？我本是远方来的，投贵地就事，寻个门馆做，怎地是梁山贼寇？”

众士兵举目看时，见戴宗生得瘦长清秀，头戴一顶桶子样抹眉梁头巾，面白须长，穿一件皂色麻布宽纱，肩背一个包裹，确一副教馆先生模样，与闻听中的梁山贼寇相差甚远。

一个头目模样的见戴宗肩上包裹，上来抢夺，戴宗故作躲闪，捏住包中甲马，将银两抖落。几个士兵见了银子，争相抢夺，戴宗趁机投门里张望。见院内一片寂静，隐隐有兵丁移动，似有杀气，知有埋伏，为哥哥担起心来。众士兵抢得银两，见戴宗仍在门前窥望，便催赶道："再不走时，送官取问！"戴宗这才离去。

戴宗离得宋家村，心中焦急，哥哥无下落，如何是好？此刻太阳偏西，却感腹中饥渴，觑见村前驿道边有一酒肆，进得店来，寻一靠窗觑见村口的座位，掇条凳子坐了。吆喝酒保讨要三碗酒、一盘牛肉，慢慢吃着。肚里寻思：哥哥一到郓城，怎敢街上露面？必是潜藏了，只待夜时搬取宋太公。此时尚早，不如在店里捱些时候，待得天黑，去村口迎候哥哥，报知有埋伏，那时却再做理会。

戴宗打定主意，啜着酒，捱些时光。听得有人说话，抬眼望去，里面一副大座头，坐满了士兵。只听一人道："郓城县出了个黑宋江，闹江州、杀官军，震惊朝廷，圣上下旨济州捉拿。还有个戴宗，日行千里，甚为了得。他们的画影图像，出生年甲，各州府县遍处张有文书，出三千贯信赏钱。如有人得知，随文给赏。如有藏匿，事发到官与犯人同罪。"另一人道："三千贯赏钱却不是易得，闹不好陪上性命！"

戴宗听得这拨士兵说话，却不料坐在上首的小头目猛然抬头，觑见戴宗，似觉面熟，紧盯不放。

戴宗急忙转头，遥望宋家村口。小头目见戴宗扭过头去，便从怀中扯出图像画影细瞧，哈哈大笑："天赐予我等一注富贵。"遂对众兵丁道："临窗的那厮正是神行太保戴宗，拿下领赏！"众兵丁一声诺，各展兵刃，冲上去将戴宗围了个严密。

戴宗见众士兵将自己围了，却端酒吃肉，似有不知。小头目见戴宗不睬，狂笑道："神行太保威名远扬，可是阁下？"说着便动手捉拿。戴宗却不答话，随手将酒碗掷向小头目，那厮正在得意，怎料酒碗飞来，脑袋接了个正着，顿时血水、酒水满面皆流，糊住眼睛，双手抱头疼得呀、呀直叫，喝令众兵丁赶快出手。

众士兵见头目被砸，有些害怕，想到三千贯赏钱，又使得壮起胆来，各使手中兵器，朝戴宗杀去。戴宗抬手又掷出一个酒碗，击倒一个士兵，随即将桌上碗盘尽数掷去，待众兵丁闪身之隙，抄起坐下板凳挥舞起来抵挡。

戴宗心细，选一临窗坐头，遇敌可去身后之忧。

这时小头目用衣袖揩干脸上血水，从身上撕下块麻布将头包了，吆喝众兵丁用标枪来标戴宗，发起二拨进攻。

戴宗抡板凳，只能用扫、劈、捣地招式，众士兵欺他没有兵器，毫无退却，一味的前冲，杀得难解难分。

店主吓的不住声哀嚎："各位爷别打了，我的店完了，完了……"

此时太阳西沉，鸟雀归林，路上行人渐渐稀少，酒店客人早已吓散干净，戴宗担心哥哥来时中了埋伏，思想不可恋战。这时小头目挥刀劈来，戴宗抬腿使劲将桌子踢翻，小头目一刀砍在桌上，一时拔不出刀来。戴宗趁机挥凳朝窗户砸去，只听咣当一声，窗户应声断开，戴宗随即转身将凳子甩了出去，众士兵见板凳飞来，纷纷闪躲。戴宗脚尖轻点，身子一纵，跃出窗外，众兵丁醒过神来，追出门时，戴宗已不见了踪影。

且说戴宗奔出酒店，穿过驿道，在宋家村外坟地里伏了下来。待得一更天时分，月亮在云层中半遮半露，地上忽明忽暗。戴宗寻思：此时哥哥怕是快要进村了，不若先入得宅院，将门内那些士兵杀了，只待哥哥。

于是，戴宗趁着朦胧月色，躲过巡查的士兵，早望见门楼上高悬的两盏灯笼。近得宋家宅院，静悄悄不见一个人影。便沿院墙猫行，觅得大门近侧树阴处，翻墙跃入院内，落地无声，伏地四下张望，月色如霜，不见灯明，房舍草堂依稀可辨。

戴宗伏耳听得隐隐有人的声息，不敢妄动。俄倾，脚步声响，有人自门房投自己过来。戴宗屏气静待，只见那厮近前十余步，转身投墙撒起尿来。

戴宗觑得清楚，猛然跃起，一个饿虎扑食，双臂紧勒住那厮脖项，那厮蹬了蹬腿，没了气息。

戴宗从那厮身上解下腰刀，挺身进得门房，房里没有灯光，听得有人叙话。戴宗停下脚步，听了个仔细。一人道："不知宋江那厮来也不来？赵都头引领二百人埋伏在宅里宅外，若来时，必是有来无回。"另一人道："却不见得，梁山好汉个个英雄了得，你我兄弟仔细才是。"那人道："说的是。"

戴宗紧握钢刀，进得门来，趁得透窗月光，冷睃一周，见有三个士兵，一人听得戴宗进来，知是同伙，头也没抬道："兀那厮出门便尿，仔细把鸟割了。"戴宗更不打话，冷哼一声，手一挺，上前一步，刀尖插入那厮胸膛。翻手拔出钢刀，旋身刀面横切，又结果了一个士兵。

余下那厮正在凳上打盹，听得动静道："叵耐这厮搅人好梦。"还没明白怎么回事，已被戴宗了结。

戴宗连杀四个士兵，守住门房，盼得哥哥敲门。待得一会儿，月亮穿过云层，洒下一片青辉，忽见西厢房灯光亮了，有人走出房门，投后去了。戴宗心疑，紧张觑望，不一会听得齐声呐喊：“休教走了宋江！”霎时火把照耀如同白日，刀枪被映得通明。火把中闪出赵能、赵得两个都头，引领百十名士兵，拥出宋宅后门。

戴宗顿足道：“是我误了哥哥，怎想哥哥入得后门来。”思想道：哥哥凶多吉少，事情紧急，快报与晁头领知道。早遣兵将相救。

随即解下包裹，取出四个甲马，去两腿上每支各栓两个，口里念起神咒，顿觉两耳生风，迈步如飞，径投梁山。盏茶功夫，见得前面一片黑松林，月光下人影晃动，闻得人语，戴宗心奇，循声前去，近前觑见晁盖并梁山众英雄。止步上前告禀晁头领道：“赵能、赵得两个贼驴，追捕哥哥，听得说赶宋江还道村去了。”

晁盖闻言大怒，急叫戴宗去山寨告知军师，山寨只留军师、公孙胜、阮氏三雄、吕方、郭胜、朱贵、白胜守山寨，其余兄弟尽数来寻宋江。

戴宗听得晁头领吩咐，念起咒语，脚不点地，飞也似的投梁山去了。月光下早望见前面树林侧首一座傍水临湖的酒肆。见店内有灯光透出，知朱贵还未歇息，急敲门进去。朱贵见是戴宗，吃了一惊，问道：“院长何故恁急？”戴宗将宋江遇险、晁头领吩咐备细告与朱贵，让朱贵火速报与军师。

朱贵哪敢怠慢，便向水亭上觑着对港放了支响箭，听得箭响，早有喽罗撑船过来。戴宗让朱贵自去报告，自己念起神咒，原路返回，见了晁头领备细说了，晁盖大喜道：“还是院长思虑周全！”随即吩咐戴宗引领杜迁、宋万、王矮虎、郑天寿、童威、童猛，七筹好汉去宋家村搬取宋太公、宋清上梁山。

樊瑞，学得一身妖法，能呼风唤雨，善使流星锤，神出鬼没，人称“混世魔王”。曾与“八臂哪吒”项充、“飞天大圣”李衮在徐州沛县芒砀山占山为王。梁山大聚义时排第61位，上应地然星。

求奇才樊瑞拜师 陷泥淖魔王难堪

陈进轩

诗曰：本为将相王侯种，却话草莽阵中求。

仗得呼风唤雨术，堪怜魑魅魍魉愁。

一部奇书《水浒传》，实中有虚，虚中裹实，叱咤风云人物，尽是当年豪杰。天南地北，五湖四海，北蓟南琼，西秦东青，不明籍贯者一十三人，堪察籍贯者九十有五，可谓尽囊华夏精骨，一任神州风流。轰隆隆聚起一百单八条好汉，四京之内竟占了四十单三，中原腹地几近一半。然施老先生虽列得明白，却惟独把个将相王侯后裔闪得凄惶，明徐州沛县，暗单州邙砀，偏又说祖贯濮州人氏。岂不知，宋时沛县、邙砀皆属单州，单州时辖砀山、成武、单父、鱼台四县。把砀山县划徐州，那是施老先生着笔的明代，以明时概略勾搭宋时籍贯，当是辨中一误。此人谓何？乃混世魔王樊瑞是也。

那樊瑞本为汉初樊哙之后，为舞阳侯三十二代孙。江湖上学得一身好武艺，又善作云出雾入的玄虚勾当，几人堪比？马上惯使一柄流星锤，神出鬼没，夺关斩将，人不敢近，何等的威风？就是这样一个将相王侯种，安作濮州人氏亦可，只是冠不得祖贯二字。若要细究，先祖樊哙世居沛县城北樊家巷，早年出身寒微，素以烹煮狗肉为业，后随沛公刘邦征战疆场，其族系分支开花散叶，落地生根，遍布各处。说樊瑞生于濮州，当为其支脉祖系迁徙之地也。

光阴荏苒，白驹过隙，眨眼几多春秋。至樊瑞弱冠之时，聪明有加，胆识过人，颇多见解，偌大的志向，偏又生性多疑。素闻先祖樊哙一世英勇，败七军，夺五邑，平六郡，横扫五十二县，为大汉刘家立下不世之功。却又命途峰壑，升跌瞬息，一度几丧汉高祖刘邦刀下。樊瑞由此便生了自成一家之念，官家朝廷那儿一眼不瞥，将相王侯视如粪土，专要学那呼风唤雨、乾坤腾挪的仙家本领，直将一罐子血水全入了玄妙之中。于是散发蓬头，长衫着地，正经营生，直是一件不做，每日里倒又手忙脚乱。

樊父恼恨其子失规，自是喝斥训诫，言道："你但凡记些先祖英名，颜面上也须顾些，断不会如此下作！"樊瑞以鼻息附其父，言道："休要再提往日旧话！剥皮抽筋，烹骨煮肠，偏那守家护院的狗模样，是些许怜悯不曾有的。且又裹着一身腥臊之气，出巷即招群犬狂吠，亦算得上上之举？"

樊父听其辱没先祖，越发怒起，于是厉声骂道："你这天杀的孽种！乡言村语你倒记得分明，那先祖英名作何不提？先祖做得轰轰烈烈，挣下个万世景仰的香火，你能及得分毫？"樊瑞亦不退让，面皮上只是讥讽哂笑。言道："几近做成刀下头滚落，那时英名何在？立下偌大功劳，高祖刘邦怎不念他旧日？如若陈平老儿不是一时踟躇，那周勃一把利刃安能空收？似这等昏臣侍昏君，朝夕只在翻云覆雨中，岂不着人心寒？哪个还去效仿？"

樊父听小子满口全是先朝之事，自知应答不上，只是愤而追打。然樊瑞已是如迷如幻，哪里听得进只言片语？喝斥训诫不过化作耳边风罢了，于是一如先前，家人亦拿他无奈何。后又闻得桃树有异，当以枝向东南者，须于午时三刻着利刃斩下，善能裹阳挟阴，持之最是灵验。樊瑞获知幸幸，便撒脚儿跑去，漫坡里搜觅察寻，果然于那荒郊野外寻到一株，悬空当舞，虬龙错节，甚是受看。比量着东南方向，挥刀砍来一束桃枝，至家中精心削旋打磨，做成尺余木偶，又饱蘸朱砂画符。待夜半子时，忽然又突兀地爬起，专于那庭院中指天划地，口中亦是念念有词，看时煞有介事。

再其后，又胡乱听信江湖传闻，着人搜罗世间数术奇籍，凡律历、天官、五行、谶讳、风云、龟筮之书，靡不究其指要。至于那《九章》《缉古》《缀术》等一应诸算经，更是潜心研判，直要个心领神会。后又搜寻到一部奇书，为唐人术士李弥乾所译，是西天竺《聿斯经》，益发迷恋不舍。由是，推六数、播五行、度万物终始盛衰，哪肯一时有闲？家人苦劝无果，只好由他装模作样。那樊瑞偏又自号全真先生，行止愈发乖张。一日夜深，竟自观得《荆州占》中言语，见上面有"大星出氐西，群臣莫能辨”之语，遂仰视星空，果见西天一星闪烁，疑为书中所指大星。由是催促家人，后又攀缘登高，吆喝村邻。厉言道：“此为大凶之兆，三日内必有颠覆之灾，须挪移东邻郓地不得保全。”语出荒唐，一时惹得村人发笑，樊瑞竟全不顾得，仍是吆喝不止，且声嘶力竭，看似须臾便是灾临濮地一般。

此后何止三五日，濮地只落下丝丝细雨，黑夜偶有狗吠驴嘶之音，哪里有什么颠覆？众人再见樊瑞，不言春阳秋阴，只拿一句揶揄话戏之。曰：“试问全真先生，何时再有颠覆？”又曰：“出濮州入郓地，横竖不过一步之隔，既濮州颠覆，那与郓地接壤之处，莫不是你拿刀先期斩断了的？”言毕，俱皆大笑。更有机巧者顺口言道：“好一个混世魔王，颠覆如此荒唐。濮地风调雨顺，偏讨郓地吉祥。”樊瑞知是戏言，脸面上亦是无彩，心中着实忐忑不已，每日里只是默默不乐。

忽一日，街巷里来了一位白须长者，但见：头上束发嵌玉收绾，眉勒青丝抹额，身着青衣紫缘，脚蹬麻底云靴，好一派仙风道骨。偏又二目微闭，只于那口中喃喃自语，细辨之，似有瑞蕊锐睿之音。观者皆感浑愕，一时记起樊瑞平素乖张，遂再起戏谑之心，于是纷纷招呼樊瑞。言道：“此人甚是荒诞，来到即唤你，于我等却是视而不见，可不是个奇异？”那樊瑞自经了先前的奚落，又疑众人起哄，便言道：“我正苦读先人著述，休得胡闹戏耍！”众人又言道：“你且自去听来，合村上下，只你讳中有个瑞字，哪个混你不成？”樊瑞将信将疑，复见众人俱板起面孔，不似先前嘴脸模样，自是认作真个来了怪异人物，于是遂与众人同去那边。至近前辨别，果然听得白须长者口中念念有声：“头散青丝细发罩，身穿绒绣皂衣袍。铁甲连环寒侵目，最是流星锤英豪。神机妙算睿自生，北方真武尚年少。好向世间伏魔瘴，混世魔王锐称号。”

樊瑞听出玄机广大，自是惊诧不已，当下推山折柱，俯地跪拜磕头，口中只念“师父收我！”白须长者睥睨一眼，刹时面呈愠怒之色，厉言道：“你自是天资聪慧，偏要胡乱呼我，岂不自贱其身！老朽本为无根游木，无非自说自话，皆是空谈误诳，哪有半点儿学识？你欲拜我为师，敢知是个自废前程，我若故弄玄黄，反又贻笑大方，那时你我均是脸面无光。快快速起，休再惹人嘲讽。”

樊瑞只是跪地不起，言道：“我自是认准了师父，今日便是师徒名份，收亦收得，不收亦是收得。若不依，我只顾拜，管他地老天荒！”白须长者以手抚摸樊瑞发际，又扬声言道：“真个立志拜师？”樊瑞道：“瑞苦心多年，终不得要领，犹如结痂灯火，始得有位师父拨云拂蔽方可。而今百迷一悟，哪肯再失良机？”

白须长者顿首含额，又自长叹道：“你师父尚在郓地，你且去那儿寻他，那时自有见教，老朽焉敢欺世盗名？”

樊瑞遂问道：“今言我师父尚在郓地，须知那郓地好大地面，又无家乡住处，我又如何寻得？老祖既知前言，当具细告知方好，也省了许多冤枉里程。”

白须长者复身站起，与樊瑞那儿再不理睬，一应儿甩襟走去，只于口中顾自言道：“你且去那儿寻觅，待到靴不挂足之地，便是师徒见面之时。天机自有定数，必不可与他人言之，切切牢记。”

樊瑞再不纠缠，暗自记下长者言语，是日收拾停当，不顾了爹娘老子恨天恨地，只顾埋头上路，径直朝东边郓城地面走去。好在濮州郓地相邻，自是用不着晓行夜宿，昼夜复转，出濮州入郓地，抬腿不过一步之跨，眨眼也就到了。然樊瑞入了郓地又兀自辗转，复记起那白须长者言语，“欲要师徒见面，须到靴不挂足之地”。心中暗忖：“这话甚为蹊跷，漫步踏行，自是足不离靴，靴不离足，那靴不挂足之地又当何解？”踟躇着见路就走，偏又没个端详去处，欲要着路人问寻，却又有那一句“必不可与他人言之”，可见是着意要将他一难的。此时郓地汪洋恣肆，举目浩浩荡荡，放眼水天相连，只好胡乱寻条干爽地面，不计宽窄高低，只是如那瞎马脱缰。

看看已是金鸡西坠，樊瑞愈发焦躁，正没计较处，半空里竟然无端地聚起压顶黑云，刹时间风雨交加，天河掉底儿一般，雨水倾天倒下，哪里辨得路径？更堪那茫茫郓地一片泥泞，抬腿迈步，如陷沼淖，欲快不得，欲慢欲淤。一时恼恨，偏要挣扎奋勇，再看两只靴儿，竟死死地陷入困境淤泥之中，好歹拔出两足，却是赤条条一丝不挂。

樊瑞羞愧懊恼，冷不丁记起白须长者言语，禁不住仰天大呼道：“樊瑞已到‘靴不挂足之地’，师父安在？莫不是戏我不成？”

一语落地，但见天光放亮，早已是云消雨歇。斜刺里传出一熟悉声音，竟是连名儿唤他：“樊瑞徒儿，此是要越师门而不入么？”樊瑞甚是惊骇，顺音寻去，陡见浩淼处站立一人，正是村中所见白须长者，此时方知前日所言，不过是师父试他心意决断。

正是郓地一番苦修，直教樊瑞学得呼风唤雨本领，又专与那推演定数乾坤倾注心血，后来果真大举其能。奈何艺高人胆大，邙砀山张狂得过了些，竟差一点儿误了性命攸关，倒由此入了梁山大伙，挣得个轰轰隆隆，却也是值得。况又后岁日月顿悟，重拜了入云龙公孙胜为师，那时自是风光自造，别有洞天。

此为后话，看官一记即可，这时只须郓地寻他。

杨林，曾混迹绿林，“远看毒龙离石洞，近观飞虎下云端”，气质威猛如同豹子，故江湖人称“锦豹子”。梁山大聚义时排第51位，上应地暗星，担任马军小彪将兼远探出哨头领。

入云龙指路梁山 锦豹子弄巧郓城

陈进轩

这回书只说梁山寨上一个多智多虑却又福运双全的人物，姓杨名林。三打祝家庄时，杨林被捉却未丧命，连伤筋动骨亦未曾有过。三败高俅的第一战，竟歪打正着，杀死了八十万禁军教头丘岳，立下的功劳仅次于张顺。取文安县，他扮作当地百姓，跟着军师吴用等人，一起夺得了此处隘口，为卢俊义拿下霸州铺平了道路。到了最后大破混天阵，他还与那“跳涧虎”陈达一起，活捉了辽将裴直。南下平定方腊之后，杨林虽也染上瘟疫，其他五个好汉都病故了，连看护他们的“笑面虎”朱富也染病而逝，唯独他能病愈归来。且看那梁山寨上，可谓智者有余，勇者不乏，独福将杨林是个全活也。

然世间最是无常，“福兮祸所伏，祸兮福所倚”，焉有一成不变之理？又道：智者千虑，必有一失，岂能以福罩运，横竖由着便是？纵是步步设防，处处谨慎，终归还有个“聪明反被聪明误”的说辞。况那心性使然，性情所致，本是爹娘老子给的，明知不可而为之，明知有可却不为，到底是挣脱不得。恰如前话后移的杨林，此时已然怀揣了推荐信扎，照着入云龙公孙胜蓟州道上所指路径，径奔梁山即可。可他偏又疑着山寨中瞧不起，因而“进退蹉跎，不曾敢来”，捱捱磨磨，往往复复，竟一路逶迤到郓城。只一个郓城小住倒也罢了，一番思量之后，那时再去山寨，或经朱贵酒店，或是荡舟自行，亦未不可。偏偏又是聪明人做起乖巧事，郓城林茂处，竟自做起偷梁换柱的勾当，虽也得手，却又原地绕起了迷魂墙，如若不是一路狂奔，怕是连梁山上那一杆杏黄旗也见不得！

话说那杨林别了引荐人“入云龙”公孙胜，看看望得梁山巍峨山影，此时又多生出一个主意。心中暗忖道：“今番虽得人引荐，到底是人微言轻，且那头领晁盖、宋江，皆是当世英豪，江湖上谁人不知、哪个不晓。独我绿林出身，多的是依山剪径，行的是劫取钱粮，又须瞒得住家乡名头，纵有些跨马飞箭的本领，毕竟是林莽勾当，梁山寨中未必得知。如此到得众人面前，又没有些许功劳顶着，一时剥闪了面皮，反倒被人笑话。不如暂且到郓城盘桓几日，赶巧选个偏宜地方，好歹夺些银钱，敞亮亮地擎到山上，终是个话中由头，也教他人知我手段。”

一番思量之后，打听得郓城地面上有一伙强人，为首的是个濮州人氏。因生意折了本钱，三年前流落到这里，聚得十几个闲汉充了喽罗，又选了一处荒野扎了巢穴，专做有进不出的无本买卖，几年间也积下不少资财。又把量着他日见好就收，复回原籍置办田产，因此倒不夺人性命，只于那银钱上多少不计，从不走空，只是轻易地不抛头露面。新近手下又添了个当地人，也有个浑号，叫做小黑煞，来往出没，皆由他打发。那小黑煞熟知本地光景，挑选得一处显要地段，周边林木茂密，纵横河汊交汇，恰是个隐身藏匿的好去处。再有那一条济州道上的斜路，勾连着东京方向的官道，东南西北贯通于此地，端的是财源生发之地。一出一进，多有酒家客栈，商贾行旅，概莫闪得开去，若能得手，必不为空。

杨林主意打定，遂又生一计，村野人家里讨绕了一副挑担，两只蒲篓，于那无人处，胡乱拣些瓦砾麻布，密密匝匝。严严实实，尽打包儿捆扎起来，直如铁皮包裹了的一般，蒲篓上搁几把蒿蓬草，故意装作打遮掩的。挑担上亦扎几束蒿蓬草，教人直疑为遮蔽风沙，单把一杆笔管枪横亘于挑担之上，乍眼看时，哪里辨得真假。再把自己弄成个吃酒半酣模样，一路踉踉跄跄，张张扬扬，跌跌撞撞，直奔那林木茂密处，倒是心中掩不住的窃喜。

你道杨林此番何为？原来杨林又记起往日里的剪径勾当，下手之先，必要瞄准行人所携行囊。独马轻骑的，便自放他过去，但凡裹携车马辎重，或肩挑背负，带得惹目行囊，必是拦截下来。纵然不索要性命，也只允他空身逃命，到底容不得到口的肥肉溜走。此番自用那惯常的诱人手段，不过是要勾引剪径人的贪心，专一要引得暗中强人兀自出来。若是一人独行，又没有行囊包裹，焉知林木茂密处多少贼眼盯着，见他无甚油水，也便隐而不出，又不便故作呐喊，哪里探知强人底细，岂不空枉了一番算计。

好个绝顶心密的锦豹子杨林，只因要火中取栗，于那强人处诈取天大好处，便将自己扮做钓饵，倒也不失绿林本色。

只见那杨林走走停停，故意弄出个疲惫不堪的张致，肩上挑担似有千近重的，脚步越发趔趔趄趄，却有把脚下路径，直拣那偏僻处挪移，偏又使一双察边扫场的眼睛滴溜溜乱转，看似加着万分提防，只是面上强忍着不笑出声来。看看入得林深路窄，忽听得蒿蓬中一声呼啸，旋风也似裹出一伙强人，也有十二三个，为首的一黑衣头目，径直拦住杨林去路，拿眼乜斜着杨林行止模样，笑道："哈哈，只这偌大树林里，见惯了聚伴结伙的，无非仗着人多，拥拥挤挤，却也大步星，我等倒也奈何不得。你这厮如此慢慢悠悠，又挑得这般沉重，敢情是撞着门儿送一桩厚礼的，倒底是个晓事的外甥。今儿若不收下，反显得我小黑煞小瞧了外甥家当！"

再看杨林，此时反倒又成了半憨的傻子，肩上挑担拿手把着，咧着嘴巴，流着口涎，挪移着竟自往那黑衣人身边磨蹭。口中直是嘟嘟哝哝，言道："舅舅说过的迎我去他庄上，又教我径将金银珠宝带来，直说与他合伙儿做一桩万贯的大买卖。还许我着庄上伙计套车马接我，庄上伙计我自是见过的，却不似你们这般模样，黑煞神亦是未曾听说过的。难不成，舅舅又在此处新置办了院子，因而招了新庄客？"

小黑煞正在乐着，冷不防听得杨林说出这等浑话，越发笑得抓耳挠腮，也跟着顺话接话。言道："算你小子眼真，我等正是你那个烂脚趾、断舌头的舅舅派来接你的！你舅舅新置办了院子，奇花异草，飞禽走兽，又养着几个江淮女子，一天价花天酒地，享不尽的好大快活。今儿个也让你尝个新鲜，便是我等，也乐得看个热闹。走吧，快将你肩上蠢物换与他人！"

杨林眼瞄得明亮，知是林密间必有强人藏身处，窝巢穴里少不得有些细软私货。于是便将那傻样儿一装到底，复言道："我直要去院子里与舅舅比试斤两，换作他人却是不放心的，如此，还是我自挑了吧，省得舅舅做手脚。金银珠宝又尽是些无嘴货，拿了我的说他的，反教我辨不清。"

小黑煞又是一通大笑，言道："傻子自有傻语，憨子也说聪明。好，好，就依你，你却要脚腿麻利些！"

杨林又道："这个又是新规矩！先前只是忌我慌张，可见是发了大财的，再顾不得急性子丢金镫，慢性子拾银锭的道理。"

此话又惹得小黑煞大笑，便是那十几个喽罗，也尽笑得挤眉弄眼。说话间到了一处棚舍，四周树起荆棘栅栏，小黑煞冲着里边呼喊道："哥哥听好！今儿又发利市了，现来了一个懂事的好外甥，整挑儿金银珠宝，还要自送到门上，哪里找去？”

棚舍里传出一阵笑声。小黑煞复拿眼勾瞄杨林，言道：“进去吧。你舅舅已经知会，少不得要送他一顿开心疙瘩面吃！”

杨林索性再弄傻样，一只手把牢了笔管枪，口中只顾嘟哝道：“积些家私全置办了院子，倒拿我的金银珠宝做本钱。须知我是个不傻的，要赚我这万贯家私，须得拿出来比量，差不多时，我方舍得入股。若是个混穷了的舅舅，我便原封儿挑回家去，一声儿舅舅也不叫的。”

一伙强人尽皆笑得手舞足蹈。小黑煞只想看杨林傻态，遂又冲棚舍里笑道：“你这外甥着实精明得让人喜欢！你这当舅舅也须亮出家底，好与你外甥比试一番，顺便斤两也由他掂量，倒显得是个舅舅诚意的。”

里边果然又笑，复言道：“只管拿与他看，若比不得我时，疙瘩面怕是要吃得大小不均！”

小黑煞随手一指，一喽罗箭也似飞进棚舍，返时抱出一沉甸甸包裹，恰似猪头大小，估量着千两不止。杨林搭眼儿看得明白，又嘟哝道：“看似相差无异的，斤两上也要比个分毫不差。”一行说着，吃着力气放下蒲篓，只把那挑担倚肩膀竖起，伸手接过包裹，又憨憨傻傻地笑道：“到底还是我的重些，却也争不得了，由着你们搬进去。倒是刚才说过的疙瘩面，我须是要多绕些，横竖吃个肚子圆，也说不上吃亏了。”

只此一句话，又把一伙子强人笑岔了气儿，只见三五个人簇拥着搬那蒲篓，自是乐乐呵呵，哪个还去盯那憨傻子。好个杨林！只一眼便瞄出了空隙，搭肩背起包裹，眨眼间抓起笔管枪，抽个冷子，悄悄闪到树后，由是左旋右挪，待到身后响起怒骂声时，那杨林早已钻进密林之中！

说来也是智者千虑，必有一失。那杨林一通好张致，以拙弄巧，赚出好大一包金银，原本要溜出林子，悄悄奔上梁山的。没想到，慌中出错，又是个人生地不熟的，直转到日落天黑，反倒越转越是人声。好歹挣扎出一丝空隙，也顾不得松紧险缓，心中想着梁山方向，只是发着狠地奔跑。直道是望山跑死马，哪里知道早已是背道而驰，待到天光大亮时，竟自去了沂水路上。如若不是碰巧遇到神行太保戴宗，只怕又要生出一番变故，只是不知那心性缜密的锦豹子杨林，又该怎样铺排？

关胜，三国名将关羽的嫡系子孙。仪表堂堂，两眉入鬓，凤眼朝天，面如重枣，唇若涂朱。熟读兵书，深通武艺，使一口青龙偃月刀，有万夫不当之勇，江湖人称“大刀”。

忠勇将临忠勇地　关大刀释闻大刀

萧珩

且说梁山人马俱受招安，奉朝廷之命征讨四方。功成后序次封赏，关胜领大名府正兵马总管，不久因激怒降金太守刘豫，收监于东司。燕青等人机缘巧合，将其救出，忽得宋清被官府陷害之信。关胜与燕青、樊瑞、杨林、戴宗等人携呼延钰、徐晟二位世侄径直取道郓城。

关胜等人方行至东溪村，便见东方初晓，耳闻报晓鸡鸣，有意命众人于晁家旧宅驻扎整顿。东溪村已见颓势，前后百姓寥落，多处院所皆已蔓草。燕青道：“哥哥，如今兵荒马乱，东溪村百姓流亡近半，这郓城知县不曾安抚百姓，却纵任下属公报私仇，为难宋清，此等昏庸之辈，亦做不得守城之将。不如，我们趁夜攻其不备，一举拿下郓城县衙。”关胜道：“贤弟所言极是，我已派几个精细的去打听虚实。此时至夜间尚有一日光景，且看他们回来再作商议。”戴宗等人皆附和称是。

三二言语间，有喽罗献上早饭，几人将就吃了，便有探马来报，道是城中兵微将寡，知县并不晓得守城布兵，只一味淫威作福。杨林道：“如此，恐郓城百姓亦恨不得寝其皮，食其肉。”探马又道一事：兵马此去郓城，必要经过东溪村村头灵官庙，此庙宇破败多年，无人打理，几年前恰被一伙强人所占。而今离乱之际，又逢城中空虚，并无官府征讨，便由得这帮人做大了。关胜道：“可打探得是些什么人？”一喽罗道：“只晓得为首那个是大名府军官出身，使得一口好刀，有个诨号唤作大刀。”众人皆是一怔，樊瑞道：“莫不是有人冒了关将军的名头，于此行劫掠之事？”关胜奇道：“怎会如此？”戴宗道：“有何不会，当年李逵回乡接母，尚且遇到李鬼劫道。如今贤弟声名在外，又是关公嫡系孙，岂不比冒充李逵那厮又多了些体面。”众人皆笑。

呼延钰与徐晟方才整顿好兵马，在一旁听得有趣，便道：“想来不过乡野间会三五招兵器之人，也不甚打紧，小侄们愿为诸叔伯打这个头阵。”关胜素喜二位小辈，便道：“去便去罢，莫要轻敌。”他两个领命去了，关胜忙对戴宗道：“他二人固然骁勇，毕竟年幼，对方如何我们并不知晓，倘有意外，却不是要处。不如戴宗兄长辛苦一趟，照看他们些许，也打探下我等如何过这灵官庙。”戴宗正有此意，当下辞了诸头领便去了。关胜与燕青等人共商夜来攻城之事，不到日中，便见呼延钰与徐晟丧气而来。众人忙迎出查看，不见他二人有甚伤处，方松了口气，又见此二人着实折了锐气，不由心惊。呼延钰师承父亲“双鞭”呼延灼，徐晟则师承父亲“金枪手”徐宁，皆是世间一等一的高手，此二人皆落败而来，实不知灵官庙里驻扎着何许人也。

燕青道：“此事却是出乎意料，可见灵官庙之人真个武艺高强，不与凡等。我等借道恐有不便，他若不肯，我们夜来便有一场恶战，只恐还未出东溪村，便已惊动了官府。”关胜道：“贤弟所言不虚，不过戴宗兄长已去探听，不妨去正厅稍待其详，却在商议。”说话间，戴宗已入得晁家院中，众人一起快步入正厅，相询灵官庙之人消息。戴宗将茶一饮而尽，方才道：“此人确系大名府军官出身，说来与诸位也都是旧相识了。”几人面面相觑，关胜心下一动道：“此人可是当年梁中书手下都监，大刀闻达？”戴宗抚掌道：“正是此人！我打探得消息，当日为救卢员外上山，公明哥哥带兵攻打大名府，此人与另一都监李成拼死护得梁中书出城。当日里只逃得他们三人，其余家人则皆被山寨所灭。只是后来，不知因何事发配充军，这闻达在路上杀了发配的公人，自己就地落草了。”

杨林道：“虽闻这闻达英勇，却也敌不得关胜哥哥，我们怕他作甚。”戴宗道：“贤弟莫急，我这里还有一物与大家看。”说罢掏出一块布包，打开却是一张粗制的地图。戴宗道：“我走访了东溪村村民，据他们口述简要画了灵官庙周围地势图，兄弟们将就些看。”众人看时，心下皆有不豫，燕青与关胜相视一眼道：“若说打败这闻达，却也不是甚难事，只恐他怀恨逃走，夜间却来妨碍我等攻城计划。这灵官庙虽无天险可守，周围却尽是沟渠纵横，闻达长期据此，设若真个战败逃走，我等何处寻他？”

关胜道："闻达此人，我虽不曾与他会面，却知他不少。此人武艺确实了得，当日深受梁中书器重，论武功高低，呼延钰与徐晟联手却也敌得他过，只是他久经战场，更多了对阵经验。"杨林道："我们若一心要打那闻达，确实棘手。不如先礼后兵，他也未必不借这道。关胜哥哥曾与他前后统领大名府军，便向他修书借道，又有何不可？"燕青道："不可。这闻达在大名府为官时，关胜哥哥并不在此地，二人无甚旧谊可论，且我等皆曾攻打大名府，他若闻得我等借道，只恐不立时杀入村来。"关胜道："此言极是，我等修书，反而打草惊蛇，倘或他迟迟不予回复，或干脆带人匿了起来，只待我等夜里攻城时偷袭，岂不腹背受敌。"

杨林恍悟，樊瑞、戴宗皆面露难色，正不知何解，关胜道："我素日闻得，闻达此人颇为英勇，然战场上欺软怕硬，必要打得他一败涂地，方可令他心服口服。但日近午时，我等晚间攻打县城，据此只有半日时间矣，须仔细筹谋，必须使闻达无还手之力。"燕青察言观色道："想来关胜哥哥心有计较，但不知计从何出？"

关胜道："计策便有，取闻达易如反掌。闻达在乱离中未曾投靠金人，亦不曾亲近贪官酷吏，尚有气节。如此英雄人物，不可坏了他性命。"众人道："这个使得，你且说计谋。"关胜道："我等兵分三路，必得闻达。第一路，杨林、樊瑞、徐晟，你三人在灵官庙前搦战，单引这闻达出寨来寻；第二路，我与呼延钰带兵迂回，抄了灵官庙，此人必回，我等合力包抄，便可擒他；第三路，燕青与戴宗领余下步卒守卫晁家宅院，以防郓城兵马闻信，趁乱攻了我们的后路。"

众人皆称善，立时各去准备。燕青对关胜道："兄长此计甚妙，然缺了一副药引子，不如小弟来奉送。"关胜道："愿闻其详。"燕青唤一名小校来，命他带几人立刻前往灵官庙，于阵前吆喝那日攻打大名府之事，激那闻达来战。关胜道："贤弟思虑周全，如此便无不妥。"

这边梁山好汉再聚晁盖旧宅，因借道之事摩拳擦掌，准备开战。那厢几个小厮跑到灵官庙寨前，起劲儿说道当年旧事，一个道："那时我跟得樊将军看得真真的，大名府上下跑了个没影儿。那些个军官拿了朝廷俸禄，却都只顾着自己逃命。"另一个道："听闻当时可走了梁中书那奸贼。"又一个道："不过是李成闻达俩个匹夫拼死救得，不然他怎还有命在！"第一个道："说来此二人也是蠢极，现赔了自己家人不说，一心孝敬那狗贼，却看结局如何！"他几人故在寨前闲聊，早有打探的小喽罗将此事报于闻达。

闻达方才赶走了呼延钰与徐晟，心下痛快，正在寨中饮酒。底下人将外头听来的言语报上，闻达不知则已，听闻此言怒摔酒碗，碎碗连酒撒了一地。他劈手揪过传话的小喽罗问："可听得清楚，是梁山泊的贼兵？"此人战战兢兢答道："小的听得清楚，他自称是樊瑞手下，当年参与大名府之战。如今他在此地，想来……"闻达冷笑道："想来那樊瑞也在此地！当年他们梁山人马攻入大名府，生生陷落了我家人，此仇不报非君子！取我衣甲来，看我如何踏平了东溪村！"一喽罗飞奔进来道："闻将军，咱们的探马回来了，午前来挑衅的确系梁山人马，乃双鞭呼延灼之子呼延钰、金枪手徐宁之子徐晟是也。他们与几个梁山旧头领，现驻扎在东溪村。"闻达听得梁山旧人几字，怒由心头起，恶向胆边生，径直披挂上阵。方出寨门，便见寨子前并排立着三匹战马，恰是杨林、樊瑞和徐晟，身后跟着几百步卒。

闻达恨意入骨，也不及叫阵，径直挥舞大刀，奔向三人。樊瑞手持魔王剑，杨林挺起朴刀，徐晟握紧家传钩镰枪，迎着闻达便落招，四个人顿时扭打在一起，这闻达果是善战，一柄大刀架起三件兵器，毫不力怯。杨林等人意在引他出寨，故不使出十分力气，且战且走。那闻达已是仇红双目，哪里分辨得出虚实，不知不觉间便被他们引得远了。

这边杨林三人绞住闻达不放，那里关胜与呼延钰带着众人早已悄悄绕道灵官庙，扎扎实实将整个寨子围得铁桶一般。呼延钰打量周围不由暗笑："这闻达好生小家气，好好一个大名府军官，不去占个山头落草，却在如此小村子猫着。"关胜道："虽说灵官庙附近极易隐蔽，终究无天险可守。闻达却也吃亏在力孤，比不得当年我等山寨人马兴旺。"关胜说罢一摆手，呼延钰得令，立刻带领手下一队人马呐喊着杀入寨中。闻达寨子人本就不多，大部分都随他去战樊瑞等人，只剩得些老弱病残，被呼延钰在寨中横冲直撞，如入无人之境。关胜见他已占上风，便带领本部兵马，迎着闻达出战的小路疾行，每隔段距离，便有一小队步兵分散开来，潜伏到林间草窠里。

闻达以一敌三，斗得正酣，忽闻寨中杀喊声，忙架住刀枪回头望去，却见山寨里火光冲天，四下浓烟，杀喊声星星点点。闻达心下暗道不妙，便要抽身，那三人方才使出本领来，又纠缠他些许时候。闻达见急切拿他们不得，破空劈下一招，便要抽身，三人佯作不敌，放闻达去了，只在他身后假作追赶，一路降服他的兵卒。

闻达纵马跑到一半路程，却见一报信喽罗迎面奔来道："将军快走，寨子已失陷也！"闻达于马上顿足，不敢久停，转身要走，却见前方忽地天降一员大将，八尺有馀身躯，面如重枣，凤眼朝天，双眉入鬓，长髯过腹，手中青龙偃月刀寒光夺目，直望他劈下来，正是大刀关胜。闻达不及思索，忙使了自己的大刀相迎，两把大刀破空相撞，迸出一串火花来，闻达只觉胳膊一阵酥麻，晓得此人臂力过人。两个人，两把大刀，前后来去二三十个回合，闻达渐落了下风，欲要抽身逃走，又被关胜的青龙刀死死拖住。正辛苦挣扎间，身后杨林、樊瑞和徐晟早已收缴了沿途兵马，顺势包抄过来。闻达不敌关胜，眼见山寨已灭，心下又惊又怒，急切便要脱身，关胜瞧得分明，恰是引他入招， 故意露出些破绽，便要使那拖刀计。闻达果然中计，挥刀便向关胜左肩砍下来，关胜侧身躲避，右臂抡起青龙刀横砍回去，闻达招架不迭，被关胜一刀背拍下马来。

林间伏着的小喽罗见闻达落马，一拥而上，拽臂扯腿，直将这闻达捆作粽子一般。一路人马拥簇着关胜和众将领，将闻达带入晁家旧宅。燕青与戴宗已备了些酒水相庆，关胜道且慢吃酒，先将闻达带到正厅来，有话要亲自问他。众人便到正厅坐下，几个小喽罗押解着闻达走将进来，闻达瞥见厅中几人，怒容满面，昂首不睬。关胜亲与松绑，闻达亦不答礼，呼延钰心有不快道："闻将军可是不服气？"闻达道："我与你等之仇不共戴天，若要放我，如纵虎归山，尔等可要思量清楚。"关胜正色道："将军差矣。梁中书搜罗财物，戕害百姓，故我等梁山好汉替天行道。彼时将军效命于梁中书，城门失火，殃及池鱼，非故意而为之。而今金人肆虐，民不聊生，官府不战而降。将军聚众在此，不曾折节依附昏庸之辈，亦不曾屈膝投靠金兵，关某敬服，然将军宁可一世做强梁耶？"闻达听得此言，默默无声。关胜见状，拱手道："今日请将军来，却是某等有事相求，梁山结义兄弟宋清遭官府陷害，我等欲连夜攻城相救，须要从将军处借道而行。只因旧日龃龉，深恐将军不允，不得不强行请将军一叙。将军本部兵马，皆已好生款待，将军如不愿同行，但走不拦。只请将军借道一诺，关某感激不尽。"

闻达还礼道："关将军高义，闻某深服。适才将军道'金人肆虐，生民涂炭'，小可虽然不才，亦懂得报效国家。闻达愿放下儿女私仇，追随将军鞍前马后，拱卫家国。"

关胜与众人皆大喜，共举酒水相贺。酒过三巡，燕青问及闻达缘何身在郓城，闻达自述当年旧事：大名府一役，闻达与李成护着梁中书逃走。只为累及家人，心怀愧疚，梁中书夫人却道此二人心怀怨怼，于梁中书前谗言。梁中书一怒之下，将此二人发配充军。梁夫人衔恨他二人不救己，命押解公人取了李成性命，闻达察觉，遂杀公人，就地落草。因被本地村民所救，便留在此地相助村民抵御流寇，抗拒恶隶。众人嗟叹一番，至晚攻入郓城县内，搜寻宋清下落。

呼延灼，宋朝开国名将“铁鞭王”呼延赞嫡系子孙。曾任汝宁郡都统制，武艺高强，杀伐骁勇，有万夫不挡之勇。梁山大聚义排名第8位，上应天威星，马军五虎将之合后大将。

呼延灼设局结缘　双鞭将化妆戏奸

萧珩

却说呼延灼奉命攻打梁山泊，先失了彭玘，后以连环马赢了梁山一战，士气大增。呼延灼请旨得来“轰天雷”凌振，不料凌振刚一交战，便被梁山水军使计擒去。梁山泊坚壁清野，远处旱寨的大小头领也纷纷回山。一日，呼延灼正与韩滔商议攻山之策，小校来报道：“将军，梁山西路发现一处酒店，人去屋空，疑似贼寇暗哨。”呼延灼道：“却是可惜，早不曾擒住他们。”韩滔道：“将军莫气，似眼下场景，只要他们应战，不愁大业不成。”

呼延灼道：“此言有理。你且守大营，我去酒店看个端倪，寻条攻山之路。”远望梁山，青松嶙石，旌旗序次，虽是山明水秀如画地，却也做得枪剑林立玉门关。呼延灼带着两队骑兵来到山寨西路酒店，却见周围树木山石格外亲切，一时亦不记得何曾见过。正观望间，忽见林中有人鬼鬼祟祟，呼延灼略一注目，即刻有几个骠骑前去将那二人围住，带到呼延灼面前。呼延灼便在马上问道：“你等是何人？！”那二人慌忙跪下道：“小人是前面十里东平庄的庄客，替里正去城中置办些家用的，不想惊扰了将军。”呼延灼本不欲为难本地百姓，却见此二人眼神躲闪，便命人先带回去，分开审问，以防梁山泊奸细。

呼延灼又看了梁山一阵，四下水路，小寨如星拱月般环护着主寨，真个是密不透风，水泼不进，只得悒悒回营。韩滔见呼延灼归来，忙迎出帐外问他如何，呼延灼叹息道："不济，此山水泊环绕，易守难攻；听闻梁山有个军师名唤吴用，果真懂些兵法，布地恁般巧妙。"韩滔宽慰道："这厮们总要下山来的，我们且再看看有甚小路可循。"呼延灼忽道："今日之事却是奇妙，我到了梁山附近，却恰似曾来过一般熟悉。"韩滔亦是一怔，呼延灼道："其实家中倒是与郓城颇有渊源。"于是便向韩滔道出家族中盛传的一段奇闻。

许久前，不知呼延氏族中几世先祖，年少时曾路过郓城，遇上一使金枪的少年，二人互不服气便交上手来，大战三天三夜未见输赢。后来一位真人途经此地，听闻之后特来教化道："二位皆是匡扶社稷的英雄，何必定要一争长短。"他二人便见过真人，真人便传授连环马阵法与呼延氏先祖，嘱他为国效力；后来又要传一招与那使金枪的徐氏少年，少年不悦道："尊师传他战场兵法，却只传我一招，未免过于偏心。"真人大笑道："虽只传你一招，却是专克连环马，你可愿意？"徐氏少年闻言大喜拜而求之。二人学有所成日，真人便命他们各自离去，忠心报国。

韩滔闻言称奇，追问呼延灼可曾遇到徐氏后人。呼延灼笑道："不过祖辈传下来的故事，年代已久，你定要当真，岂不过憨？"二人正在中帐说话间，小校来报道，林中捕获的二人皆已吐口，二人口供一致。呼延灼便命将人带来，二人被带到中军大帐，扑通一声跪倒在地道："求将军恕罪，小人不敢隐瞒，确实不是梁山细作。"呼延灼道："那你是何人？在林间鬼鬼祟祟所为何事？"为首那个又磕一个头回到："今日距将军巡视之处十里便是东平庄，里正邵太公乐善好施，小人便是太公处的庄客。前日里夫人带小姐去郓城玉皇庙烧香还愿，不想遇到一个大官，硬要小姐为妾。小姐听闻他吃喝嫖赌，心中烦恼，日夜叹息；只是此人身居高位，连县令大人亦得罪不得，太公只得佯作欢喜，好好送嫁小姐，只恐妆奁太薄惹怒那个大官，便命小人再去置办些礼物。"

呼延灼闻言大怒道："为官如此，与匪寇何异？"韩滔劝道："将军稍安，且看此人来历。"呼延灼便命庄客起身细说，庄客道："这个大官家世显赫，祖上是开国二等功军衔。他武举出身，颇得童枢密喜爱，现任壮武将军，名叫部通。"呼延灼冷笑道："我还道是谁，原来是部家有名的浪荡公子。"二庄客闻言便知呼延灼也看此人不上，慌忙拜求援手，道是小姐好般人物，莫要舍予此等文武不通之人。呼延灼屏退庄客，单与韩滔道："你且看此事如何？"韩滔道："将军识得此人？"呼延灼道："怎会不识！我与这部通同是军武世家出身，年幼时还曾一处演练武功，只是此人好吃懒做，并不想为国尽忠，只仰仗祖上荫德，将那纨绔子弟之事学了十足十，着实可恶！"韩滔闻言，亦不喜此人道："只是这厮如今定要娶那邵小姐，将军与他多年不曾走动，如今可要为此事去开罪此人？且壮武将军的官衔，确是我等难以压服的。”

呼延灼道：“但若我在，必不使其任意妄为。邵家小姐若是欢欢喜喜嫁与此人，我自不理此事；但这小姐亦是气节之人，不为富贵权势所动，着实难得，我心敬服，有意助她，亦免得她折损于无赖之手。”韩滔道：“将军若是管定此事，在下唯将军马首是瞻。但不知将军可有计策？”呼延灼道：“你且选个精细的人，我有封信要送与郓城县令。听闻新任县令沈从乃故县令时文彬宦友，此人颇为良善，必有护佑邵太公之意，只恐力不从心，如今我便与他好好戏一戏此位壮武将军。”

韩滔道：“将军有计较，此事最妙，我这便安排。”当下呼延灼修书一封，与那小校贴身藏了，即刻前往郓城县。呼延灼又唤出两个庄客道：“我有一计，可保得小姐周全，只是要小姐受些委屈。”庄客道：“将军倘或救下小姐，不啻于再造之恩，太公自当亲临拜谢。”呼延灼暗暗嘱咐他们，便命人好生将此二人送去，自己在此间安排之后事宜。那两名庄客一路小跑回东平庄，径直去见邵太公。太公惊道：“你两个恁的快回来了？莫不是遇到强人丢了银钱？可曾定了小姐的首饰？”庄客道：“小人不曾去县里，在路上遇到征讨梁山的呼延灼将军，他教小的回来报信，太公须如此准备。”庄客附在太公耳边说了几句，太公闻言道：“将军肯为小女费心，自是再好不过，老夫这便前去安排。”

夜间，那邵小姐兀自对镜坐着，丫鬟道：“我与小姐宽衣卸妆罢。”小姐叹道：“嫁与那般男人，不如嫁与强盗。”丫鬟忙掩口道：“小姐低声，奴婢晓得小姐委屈，只是连县令大人都推脱不得，此人我们开罪不起。”邵小姐淡然一笑，不再搭话，由着丫头缓缓拔下钗环，松松挽了个云髻，不再更衣，拿起一本诗文来细细研读。丫鬟正要劝说她早睡，忽闻院外有喧哗声，便与小姐在闺房前探听。只见庄子内外点起数十个火把，院外似有几十对骠骑，太公正在与为首的那个抹了黑脸的大汉搭话。黑脸大汉道：“听闻太公家小姐甚美，不如送我做个压寨夫人如何？”太公强打精神笑道：“小女已经许了壮武将军，不日便要迎娶，实在不宜侍奉大王。”黑脸大汉闻言大笑道：“难道山大王娶妻，也要三媒六证、以礼下聘不成？我怕甚将军！快快将小姐送来，不然烧你了东平村。”

太公忙献上两盘金银道：“大王，一点心意，请大王吃些酒肉，小女愚钝，只恐惹了大王生气。”那黑脸大汉焦躁起来道：“我娶了她去，岂不比跟你自在，少些废话，不然连你亦捉了去！”太公正踟蹰间，小姐自院内而出道：“父母养育之恩，女儿不曾得报；如今强人逼迫索要，女儿又为父母徒添烦恼，实在不肖，愿以身饲虎，免了村中人的灾祸。”太公一把拦住女儿道：“我只此一女，怎么忍心！”邵小姐道：“父亲只当女儿提前嫁了罢，压寨夫人亦强过与小人为妾。”邵小姐进了轿子，一队人拥簇着小姐与黑脸大汉去了，只剩得太公叫苦不迭，太公夫人早已惊惧昏厥，被众丫鬟婆子抬了进去。

且说郓城县令沈从听闻部通将军还乡接母，返回东京时路过郓城县，便好生安排了食宿，不敢怠慢。后部通随母进香，便要迎娶邵家小姐，邵太公遣人送来金银之物以求开解，沈从试探了两次，部通要定了邵小姐，沈从亦不敢得罪此人，只得转告了邵太公。眼见婚期将近，沈从心下亦为邵小姐惋惜，忽地接到呼延灼密信，心中诧异，再看心中内容，转而欢喜，便依计前去准备。次日，果接到东平村村民报信，道是昨夜梁山泊贼寇硬抢了小姐而去。部通闻言大惊，立时逼着沈从派兵前去索要，沈从派出县里两名都头，带了几百人，不多时却铩羽而归，道是那黑脸大汉好生厉害。部通大骂废物，沈从慌忙请罪道：“下官无能，梁山泊强人屡屡进犯，郓城县多曾受扰，只是不曾有将军这等人物来收服他们。朝廷每每亦派了天兵来战，至今不曾擒了这帮贼寇。”部通怒道：“皆是废物，朝廷要你等何用？”沈从唯唯道：“下官之误，倘有将军英勇，何惧他区区梁山泊。只是可惜了这邵小姐，听闻好一个才貌双全的姑娘。”

部通闻得此处，一则向来自大傲物，二则被沈从言语上步步紧逼，三则舍不得那邵家小姐，便喝到：“来人，取我披挂来，定教这帮反贼束手就擒！”沈从见他入局，心下大悦，仍作焦急状道：“将军万万不可，倘或有失，下官怎生与童枢密交代。”那部通正要在童贯前显显威风，哪里肯听沈从的劝阻，只是怒道：“郓城便有你这等怯懦县令，才由得一帮贼人做大！”沈从不敢再阻，待部通刚一出门，沈从便遣了来送信的小校速速回寨，报于呼延灼。

呼延灼闻信，再次涂抹装扮起来，那模样连韩滔都笑道不识，他也不拿双鞭，顺手取了一杆长枪，依旧到西路酒店所在的小路去等部通。部通尚未走到梁山，便见前方一黑脸大汉带来上百小喽罗叱咤道：“何方小卒，也来扰寨？”部通怒喝道：“壮武将军在此，快快好生送还邵小姐！”呼延灼忍了笑道：“邵小姐已做了我压寨夫人，日日有人伺候，一呼百应，强似与你做一小妾。”部通大怒，拍马上前，不到十个回合，呼延灼一枪将部通刺于马下，只伤了他的右腿，不能再骑马。跟随来的军士拼死将部通抢了回去，呼延灼故意高声道：“你若有本事，自来请邵小姐。”部通逃命而去，哪里还顾得这许多。

沈从觑得部通惨败而归，心下暗笑，仍作怒状对军士道：“你等如何照料部将军的？怎容将军有失！皆与我下去领二十军棍！”他殷勤献药，询问部通伤势，并故意扬言要将此事上报州府官员，请兵攻打梁山。部通怎容得他被人刺于马下之事宣扬，便道：“闻得兵马已在攻打梁山，且看他们这些狂徒如何应对。”沈从道：“是是，朝廷派了双鞭呼延灼将军驻扎郓城，连日来攻打梁山，听闻前几日连环马杀得梁山贼寇不敢出寨。”部通道：“果真？那我怎遇得梁山强寇？”沈从忙到：“梁山小路丛生，呼延将军一时没有防范到一些暗哨也是有的。且将军又怎么肯定那必是梁山人马所为？”

部通大怒道：“他自招了，有何疑问！我自去与呼延灼问罪！且看他放梁山贼寇下山，有何颜面见我！”说罢，便命人备轿，沈从一边遣人与呼延灼报信，一便忙劝阻部通。呼延灼接到沈从书信，笑与韩滔道：“部通那厮要来与我兴师问罪。”韩滔大惊道：“他已知晓是你假扮梁山贼寇？”呼延灼道：“我与他十年不曾见面，且又涂了脸，他哪里识得。只是我自报梁山人，他这是问我守寨不严、私放贼寇之罪。”韩滔道：“顶好莫要见他，只恐他认出你来。”呼延灼道：“此人愚钝，再想不到恁多。只是这厮为人，我不欲见他，免得他述起世谊，辱没先人。”韩滔道：“可要推病？”呼延灼道：“病有好时，我却有一信与他，他接信之后必要逃走。”韩滔大笑道：“愿闻其详。”呼延灼道：“我会于信上拜会他，并说闻他在此地，即刻便请朝廷钧旨，请他来助阵。自然，我会直言彭玘、凌振被擒之事。”韩滔称妙，连夜命沈从的人将此信带回。

部通原本盛气凌人，闻说呼延灼欲要请旨由他助阵，先自矮了半截，后又听彭玘、凌振之事，忙道流连日久，恐京中惦念，不待腿上痊愈，便携老母幼妹前往东京了。呼延灼闻说部通已去东京，方请得邵小姐来，自带人送回东平庄，太公上下自是感激不尽。前面只恐有小人泄露计谋，故戏作全套，真个扮作强人来赚了小姐前去，如今呼延灼亲送小姐归来，清白不证自明。太公有意招呼延灼为婿，便请夫人去探小姐主意，小姐自是愿意，太公因示意呼延灼，呼延灼敬服邵小姐卓识，自是欢喜，便约安定之时迎娶。

眼下男女姻缘已定，呼延灼再不料有个几世之缘亦已赶来相会。且不说呼延灼上山后成亲之事，单说梁山泊请得金枪手徐宁，便是当年呼延家族传闻中那个徐氏少年之后，掌握专克连环马之战术的钩镰枪法。徐宁借此机会，便将呼延灼收编于梁山，后来徐宁早逝，呼延灼收养其子徐晟，并以女妻之，可见二人世缘之深。

燕顺，赤发黄须，故人称“锦毛虎”。羊马贩子出身，因折损本钱，流落绿林，后在青州清风山落草。因救助宋江而大闹青州。梁山大聚义时排第50位，上应地强星，担任马军小彪将兼远探出哨头领。

贩羊马生意折本 失家庭燕顺落草

吕萍

燕顺经常到郓城一带贩卖羊马，认识了另一个羊马贩子燕南飞，还有当地的牛经纪郭千顷，三人成了生意上的好伙伴。

一天，三人在集市上吃酒。燕南飞说，燕顺老弟，该成个家了，不是老哥说你，成家立业乃是男人的职责。燕顺说，俺这长相，赤发黄须，臂长腰阔，没人看得上咱呢。郭千顷说，此言差矣，常言说情人眼里出西施，婚姻是要看缘分的。燕南飞说，老哥说得及是，不如老哥操操心，看你村上有没有合适的人选。郭千顷说，还真有一位姑娘，知书达理，长相出众，只是家中没有男丁，想要招个上门女婿。燕南飞说，这不正合适吗？燕顺，你若愿意，让郭大哥保媒，这事就成了。郭千顷说，看你说的？我是给牲畜牵线搭桥的，说媒不敢担保。燕顺挠挠头说，这话咋听着咋恁别扭？三人都哈哈大笑起来。

燕顺虽不想做上门女婿，架不住燕南飞左右串掇，只好点头。燕南飞说，倒插门怎么了？过上几年好光景，待老岳父下世，携妻带子衣锦还乡，哪里不比别人风光？

于是郭千顷带燕顺去郭员外家里提媒，说燕顺高大威猛，父母双方下世，哥哥燕和业已成家，郭员外十分满意。郭员外想，找这样一个上门女婿在门口一站，看看哪个势利小人还敢欺负我这老绝户不成？

这就叫王八看绿豆得对眼了，燕顺成了郭员外家的上门女婿，依旧做羊马生意，小两口也很恩爱。加上郭千顷和燕南飞的鼎力相助，燕顺可谓是如鱼得水，家庭事业双丰收。

一天，三人在集市上碰头，燕南飞说，我联系了一个大客户，要往河北贩一批羊马。燕顺大喜，说，我手头正有一批货要出手，哥哥给个价钱。燕南飞说，咱这交情，就按市场价高一点如何？燕顺说，哥哥情深意重，燕顺感激不尽。燕南飞说，不必客气，只是我这银子不够，可不可以暂时赊欠？燕顺说，没问题，生意上周转一下是常有的事，何况我们又是本家。燕南飞说，让郭大哥给立个字据，做个保人，待货物出手，定当货款两清。那郭千顷也曾和燕南飞打过数次交道，感觉这人是个讲诚信的生意人，就从中担保，买卖画押成交。

燕顺这次押上了自己的老本，又在老岳父那里周转了一些银两。没想到燕南飞成了迷失的燕子，一去不返，燕顺心里发了慌，这燕南飞该不是江湖骗子吧？郭千顷说，不能啊？这小子一直在这地方混，仪表堂堂，为人谦和，出手大方，口碑很好。燕顺说，什么？这姓燕的不是本地人呀？郭千顷说，不是，他跟你一样是外来做羊马生意的。燕顺说，怎么能一样呢？我老家莱州，外号锦毛虎，他呢？郭千顷说，不知道，他好像说家在南方，具体什么地方不清楚。燕顺说，完了，这次是彻底栽了。

燕南飞杳无音信，燕顺被坑得血本无归。老岳父大怒，骂道，你个浑小子，你咋不把自己卖了呢？照你这样，我们郭家的财产早晚让你赔光。燕顺说，本来说得好好的，哪成想他从此没影了呢。郭老爷说，你个傻种，你给我滚出去，滚。燕顺听罢，只得转身离去。郭小姐追出门外，把一个小包袱递给燕顺，哭着说，相公，这是你的替换衣裳，还有我平时积攒的体己，你且到外面暂避一时，待父亲消了怒气，再回来不迟。燕顺拉住妻子的手，二人洒泪相别……

燕顺漫无目的的走在大街上，心说，小姐对我情深意重，不如我去赶集卖艺，赚些银俩，待回去时也好征得岳父谅解。于是，来到集市中心，捡一片空地，耍起刀来。

突然，有位老婆婆大喊，抓小偷。燕顺二话没说，收刀追将过去，小偷见有人追赶，抽出尖刀向燕顺刺来。燕顺一闪，随即将小偷手中的尖刀一脚踢飞，一个扫荡腿把小偷撂倒在地，一脚踏在小偷前胸，一把朴刀直逼小偷咽喉。小偷说，好汉饶命，银子只管拿去。燕顺接过银子，说，留你也是祸害，不如送你上西天。正要一刀刺穿，老婆婆大喊，好汉刀下留人，老身信佛，且不可伤他性命。燕顺收刀，放了小偷，把银子还给老人，老婆婆千恩万谢。

燕顺回到场地，发现人都散了，自己的包裹也不见了，一顶大草帽可怜巴巴地呆在原地。他沮丧地把朴刀扔在地上，用草帽一盖，一屁股蹲下去，发起呆来。

再说郭千顷听说燕顺被赶出了家门，内心十分不安。想自己出面担保，只为朋友义气，却害了燕顺，便到处寻他。突然，他发现很多人蹲在地上，围得里三层外三层的，凑过去一看，是燕顺蹲在中间。

原来，先是一群要饭的孩子好奇，以为大草帽底下有什么好玩的东西。后来几个闲汉来看热闹，以为是变戏法的呢，也蹲在地上等着。再后来人越聚越多，燕顺以为来看他耍刀的，就问，谁见到一个包裹没有？众人摇头，燕顺哪里还有兴致耍刀？索性蹲着，反正身分文也无处可去。

郭千顷说，燕顺，你蹲在这里干什么？我到处寻你。燕顺抬起头，蔫蔫地说，哥哥寻俺何事？郭千顷说，咱哥俩借一步拉话。燕顺拿起草帽，收了朴刀，站将起来。众人大感失望，各处散去。

二人在酒馆吃酒，郭千顷说，今后有什么打算？燕顺说，耍刀卖艺，挣钱湖口呗。郭千顷忍不住笑起来，说，耍刀卖艺？你把朴刀盖在草帽子底下，卖的哪门子艺？燕顺也笑起来，说，嗨，我是帮人抓小偷，回来时包裹不见了。郭千顷埋怨道，自身尚且不保，还去多管闲事。燕顺说，路见不平，拔刀相助，就这脾性。郭千顷说，我凑足了一些银两，你还是重操旧业吧。燕顺说，使不得，哥哥替俺担保，怎好再收哥哥的银子？郭千顷说，知人知面不知心，都怪我看走了眼，如今老弟有难，我于心何忍？燕顺推辞不过，说，算我借你的吧，日后发达了定要还给哥哥。便收了银两，准备重新振作。

郭员外一怒之下把燕顺赶出家门，郭小姐埋怨爹爹无情无义，哭哭啼啼。郭员外越想越憋屈，就去找郭千顷算账。郭千顷见郭员外来访，以礼相待，郭员外说，跑了和尚跑不了庙，还我银子来。郭千顷故作糊涂，说，我又不是和尚，何时借你银子？郭员外说，郭老板贵人多忘事，你担保的银子，明白不？郭千顷说，这是我和燕顺之间的事，跟你无关。郭员外说，怎么无关？燕顺是我的女婿，当初是你做的保人，如今家破人散，你赔我银子来。郭千顷纠缠不过，只好说，银子已经交给燕顺，我劝你还是把他找回来，莫要人财两空，惹人笑话。郭员外一听银子给了燕顺，只得打道回府。

燕顺在牲畜市场转悠，准备要些羊马贩回老家莱州，待挣些银两，买些礼物给老岳父赔个不是，到时就可以夫妻团圆了。燕顺正做着白日大梦，却听得集市上一阵哭声。寻声而去，是一位衣衫褴褛的老夫人，带着五个幼小的孩子，说是媳妇有病死了，老伴瘫痪在床，儿子伐大木砸断了双腿，日子无法支撑，故来这集市上卖儿卖女，寻个好人家留个活路。燕顺纵然铁石心肠也软了三分，就把银子送给了老婆婆，说，回家去吧，好好把孩子抚养成人。老婆婆叩头谢恩，大喊活佛，救苦救难的活佛。孩子们也叩头谢恩……

燕顺抬头看见郭员外急急寻来，迎上去说，爹爹怎地来了？跑这一头的汗水？郭员外说，我到处寻你不见，那郭千顷可是把银子给了你？燕顺说，是。郭员外说，既是得了银两，为何却不回家？燕顺说，我总觉得辜负了岳父大人的期望，故收了郭大哥的银子做本钱，待日后发达了再还他。郭员外说，如此说来，你是借的？燕顺说，是。郭员外大怒说，他说给，你说借，合着你们哄骗老子不成？燕顺说，岳父大人息怒，我定要好好挣钱养家糊口，给您养老送终。郭员外说，屁话少说，把银子拿来。燕顺一时语塞，他哪里还拿得出银子来？

郭员外见燕顺拿不出银子来，气得发疯，说，银子哪去了，吃了喝了？还是赌了嫖了？燕顺说，岳父大人言重了，我我，我是看一个老婆婆太可怜，故尔把银子送给了她。郭员外气得话都说不出来了，你你你，你是咒我早死呀！说着就昏了过去……

燕顺把郭员外背回了家，找了个本地的郎中瞧病。郎中说，怒火攻心，气血两亏，得好好调养。没几天郭员外就去世了，燕顺很伤心，觉得愧对岳父大人，就置办了一顶上好的棺材，披麻戴孝把老岳父风光厚葬。接着，把田产转卖给了郭千顷，还清了郭千顷的银子。

谁知，屋漏偏逢连阴雨，正当燕顺发愿从新来过之时，夫人又染病身亡。家破了，人亡了，燕顺失去所有牵挂，四处飘荡，后来便上了清风山。

曹正，屠户出身，屠宰牲口非常拿手，人称“操刀鬼”。曾拜八十万禁军教头林冲为师，梁山大聚义时排第81位，上应地稽星，职司为掌管监造诸事头领，负责屠宰牛马猪羊牲口。

霸王计夺隆兴店 曹正怒踏李家庄

刘艳琴

话说曹正设下计谋，与鲁智深、杨志一起，杀了邓龙，夺得二龙山，安排酒肉吃食，庆贺已毕，曹正便要拜别下山。花和尚和青面兽苦劝曹正留在二龙山，曹正只是不肯，言说浑家一人在郓城地界操持小酒馆，心下惦念，妻舅也惦记老父，庄户们也一叠声地要回家耕田。看看勾留不住，花和尚和青面兽便不再苦留，青面兽和花和尚感念曹正为其安排了安身之所，送至山脚方回。

曹正回到隆兴酒馆，自是每日杀牛宰羊，与浑家、妻舅及几个伙计一起操持生意，心下却是惦记林教师。因听得人传说王伦那厮心地偏窄，安不得人，师父上山时，受尽了他的气，久后恐难容林教师。若是那王伦暗里设下阴局，以林教师的光明磊落，断不会想到暗里的买卖，吃了那厮的亏也未可知。无奈梁山路途遥远，小酒馆的生意又日趋繁忙。自打结识了杨志和鲁智深，江湖人等往来越发频了，这俩好汉时不时来这里喝酒吃肉，杀牲口的数量也越发多。这杀牲口的活儿又找不到个合适的人选顶替，惦念林教师的心只能悬着，只有每日操演从林教师那学来的棍棒，算是稍解思念和忧烦。

这一日，曹正正在杀一只公牛，小乞丐豆子又打着竹板嬉皮笑脸地凑了过来：“曹大爷，发大财，金银财宝滚滚来。一碗菜，一碗肉，人家吃，我难受。给我半碗垫垫饥，保你年年肉管够。”曹正眼也不抬，喊了一声：“大姐，淘碗浆水给这厮吃吧。”这大姐将出半碗杂碎肉汤，小豆子托出破钵接了，又顺手抓了窗内一个馒头，浑家劈手去夺，小豆子一步窜出，在曹正浑家的叫骂声里打着竹板扬长而去。曹正那边，仿佛什么也没发生，专注在剔骨割肉上，一头壮牛已变成一堆红肉白骨。这操刀鬼便高声吩咐浑家：“大姐，都下锅烀了，少顷杨大哥他们又该来吃酒了。”

果不其然，老爷儿卡山的时候，杨志将朴刀裹了褂子背在背上，随手提着酒葫芦，进得店来，除下范阳笠，把朴刀在桌边倚了，早有伙计接了酒葫芦，曹正浑家将一大碗牛肉端将上来，伙计又送来一碟花生米，又返身去屋后坛子里打酒。曹正得了消息，也从后院奔将来，在杨志下首坐了。“兄弟，生意可好？”杨志把一角酒仰头灌下，“托杨大哥的洪福，比去年越发好了。这不正扩大店面，那边几间，也预备摆上桌凳。”曹正掇了一粒花生米，呷了一口酒。杨志与曹正推杯换盏，一大碗牛肉吃光，看看天也黑了，便撂下一大锭银子，提着一大包牛肉和一葫芦烧酒，带回二龙山与鲁智深吃。曹正也不推辞，收了银子，自去张罗客人。

转眼到了来年早春，曹正的酒店真个就兴隆了起来，店铺扩大了若干，连客栈也起了。曹正除了采买物品，其他活计自有庄户人来干，更有空闲操弄棍棒，把从林教头那学来的路数尽皆熟了，还收了几个徒弟。江湖人等路过，大都在隆兴打尖投宿，各路消息也都听说了不少，只是消息来路庞杂，一时间互相悖谬甚多，有说林教头火并了王伦，又有说梁山泊被官军攻打，有说及时雨宋公明上了梁山，又有说宋押司没上梁山，刺配了江州，有传说武都头杀了不少人，官府正在捉拿，又有说武都头在景阳冈打死了猛虎，成了英雄。听得多了，殊难分辨真假，只是把这些听来的消息，不时地跟鲁智深和杨志在吃酒的时候叨念，杨志和鲁智深也不去深究，乐得大碗喝酒大块吃肉地快活。

却说离隆兴酒馆八里有个李家庄，老庄主已经年近花甲，有个老来子，是个独苗，老庄主四十岁上才老树开花，取名李高。这李高的母亲是买来的小妾，母以子贵，逼着老庄主休了正妻。正妻无子无女，再这么一逼，羞愤难当，夜里就投后花园枯井死了。小妾母子便里里外外一手遮天。偏偏这李高又喜欢操刀弄棒，横行乡里，欺男霸女，吃喝嫖赌，人称呆霸王。这个呆霸王不事产业，每日里只是与一些同道游逛，多亏了老庄主的一个堂侄在县衙做皂吏，大事小情诸多照应，才太平无事。呆霸王这厮似是前世来讨债的，每日流水般从账上支取银两，老庄主无奈，亲自保管库房钥匙。这呆霸王拿不到银子，就拿母亲的首饰去变卖，首饰卖完了就偷卖房契，老庄主气得跺脚打墙，家业却也不免渐次亏空了。

一日，小乞丐豆子照例打着竹板游逛到李家庄，在庄主的高大门楼下大声吆喝：“李家庄，真不赖。庄里有个李员外。家大业大门楼高，少爷豪爽不贪财。”唱毕，倚在拴马桩边，静等赏钱，无奈大门紧闭，动静全无。小豆子抬高嗓门，再唱“老爷好，少爷强，李大庄主真兴旺。老爷教子颇有方，少爷打赏不商量。”唱声刚落，门栓哗啦一响，小豆子探头接赏，不成想一个大巴掌甩过来，小豆子眼前金星乱冒，连先前讨来的汤饭也泼了，爬将起来，大门早已紧闭，小豆子捂着脸腮，把一口血水吐在门板上，骂骂咧咧往庄外走。刚到庄口，人声吵闹，小豆子赶紧躲到树后，只见呆霸王伏在两人肩上，趔趔趄趄地走着，嘴里含混不清地叫骂：“你个操刀鬼，做的好事当我不知，待我告到县衙，治你个私通山贼之罪。”

小豆子唬了一跳，顾不得脸腮疼痛，撒腿就往兴隆酒馆跑，桑木桌凳上一坐，高声叫到：“老板娘，来碗牛肉，要大碗的！”曹正浑家探头一看，不觉气恼：“小豆子，素来不曾少你的吃喝，莫要混闹，走走走，别处发财！”小豆子只是不动：“大嫂，我却只跟你家老板说话，快叫老板来！”伙计已端出一碗肉汤一个馒头，小豆子觑也不觑，一叠声地高叫“曹大爷，我有事告你，速速出来！大事！急事！”偏巧这曹正出去买牲口，不在店里。浑家好说歹说，小豆子才接了半碗牛肉两个馒头走了。

夜里归来，浑家说起小豆子日间的事，曹正心下疑惑：莫不是呆霸王那有事？这呆霸王几次带人到店里吃酒，欲逃避酒钱，被曹正揪住，厮打起来，未曾讨得便宜。可是找得了帮手，要来砸店？却是不用怕他，想来自家店里的伙计和徒弟们，抵挡呆霸王那伙鸟人足够，即便那厮找来帮手，还有鲁提辖和杨制使，值不得忧虑。便安心睡去。

一早起来，小豆子又在店前高声叫嚷：“曹大爷可曾在家？急事！急事相告！”曹正盥洗未毕，叫伙计赶快开门，小豆子跨坐凳上，叫伙计先操持早饭来吃。伙计转身出去。曹正从后院转来，小豆子一把抓住曹正衣袖：“曹大爷，可曾得罪了呆霸王？”曹正顺势坐于在小豆子边上：“可是听说了什么？”小豆子就把昨天的事说了一遍：“呆霸王说要去县衙首告你私通山贼之罪。”曹正唬得呼地站起：“此话当真？”小豆子急了：“曹大爷，蒙您老一向照应，怎敢说谎？”“小豆子，你且坐着。”说完，曹正慌忙往后院走，小豆子追出：“曹大爷，小豆子还没吃饭！”曹正边走边喊：“伙计，多给小豆子牛肉馒头！”

曹正到了后院，一面与妻舅岳丈商议，一面派人去县衙打听。不到一日光景，伙计回来，说呆霸王今日一早确是到过县衙，找在县衙充任皂吏的堂哥，不知何事。“看来这事确了，宜早做打算。”叫浑家赶快收拾细软，雇了一辆大车，由妻舅带领几个伙计护送，将浑家和岳丈送往二龙山，叫伙计前堂照常卖酒卖肉，自己照旧杀猪宰牛。派出徒弟分别到李家庄和县衙探听动静。

傍晚，在县衙打听的徒弟飞奔而回，说李庄主已着人递了状子，告曹正勾结山贼，霸占了他家的兴隆酒馆。县太爷已然接了状子。曹正一听，不禁剑眉倒竖，一拳砸塌了桌子，招呼伙计关门打烊。又几脚踢开桌凳，叫伙计和徒弟全来前堂站下，细说李家父子的勾当，言说此地已呆不下去，欲投奔二龙山，有意跟随的一起讨个活路，无意跟随的分给家财。

伙计大都愿意跟随，又都一叠声地说不能便宜了这李家老少。曹正也是这个意思。遂抄起棍棒刀剑，趁夜色，悄没声地奔李家庄而去。

到得李家庄已是半夜，曹正等人翻墙越入，摸到正房，那老庄主人老睡轻，起来小解，恰好撞见，刚要喊叫，被曹正一把捂住嘴巴：“老儿，我与你往日无冤近日无仇，你何苦要陷害我？”边说边扯进屋内，那小妾早吓得被子蒙了头，筛糠一样抖成一团。曹正放开老庄主嘴巴，老庄主喘息片刻：“都是我那孽子的主意，小老儿知错了，天明就去撤了状子，还望壮士大人不记小人过，高抬贵手！”“我若饶你，好等天明你那侄儿来捉拿我？”回手一刀，那小老儿早已身首异处，再于被里拖出小妾，一样抹了。

这边的动静，惊动了偏房，那呆霸王提着短棒冲将过来，与曹正打在一处。两下伙计也打在一起。庭院里碎了鱼缸，断了槐树，倒了门窗，花架子也掀翻了，噼噼啪啪一顿脆响，就仿佛那过年的鞭炮一般。那呆霸王哪里是曹正的对手，几个回合下来，短棒震脱了手，正欲逃跑，被曹正赶上，一棒砸在脑后，一个狗抢屎，见阎王去了。

曹正着伙计搜得库房钥匙，把金银珠宝一包袱裹了，斜跨肩上，套上骡马，把粮食被服拉着，连夜出了李家庄，奔二龙山而去。随后伙计摸到了伙房，一把火烧了，冲天火光映红天际，好不敞亮！

安道全，有“神医”之誉，深受民间敬重。施耐庵曾赋诗赞其：“肘后良方有百篇，金针玉刃得师传。重生扁鹊应难比，万里传名安道全。”梁山大聚义时排第56位，上应地灵星。

寻半夏郓城猎艳 念旧情建康害命

陈进轩

话说那《水浒传》中一百单八条好汉，个个均为当世英豪，内中又有一绝技人物，姓安名道全，号称地灵星神医。因着医术高明，世人又称“当世华佗”，江南一带颇有名声，是梁山第五十六条好汉。

书中说，宋江率兵攻打大名府时，背上生疮，病势沉重，无奈欲回师梁山泊。亏得“浪里白条”张顺记起旧时相识，自愿到建康府走一遭，搬请“神医”安道全来梁山泊。吴用遂予张顺百两黄金，着他务必请得安道全上山，奈何那安道全因为迷恋娼妓李巧奴，加之那李巧奴又百般缠绕，故不愿随张顺去梁山。张顺刚刚于杨子江上吃了算计，又念着哥哥宋江兵发命危，一时情急，刹时怒起，抡起刀斧砍杀了鸨婆和巧奴，又在墙上写下“杀人者我安道全也”。安道全无奈，又见红颜命陨，再恋无益，只得随张顺上了梁山，果然治愈了宋江的背疽之痛。

上述尽是书家照录《水浒传》中描写。你道那安道全本为医者仁心，行的是扶危济困，要的是慈悲君子作为，焉何与那卖笑百媚生的李巧奴有染？逢场作戏、一时欢愉也就罢了，为何却要缠绵无尽、万般不舍？须知世间一切皆有因果，看官直听书家一一道来，那时方知此情彼情、今番昨番，全是那一桩离奇艳遇所致。

话说安道全独得医术，“祖传内科外科，尽皆医得，以此远方驰名”。安道全自负名声，建康府行医，无人不知，妇孺皆晓，却又被一场突如其来的瘟疫所累。

时年暑半，建康府里竟有多人突染流疾，患之腹满脾胀，且腹胀如鼓，以至行则气喘，卧则难安，素方难解。安道全忧心如焚，却又苦思不得良方。忽一日，偶然翻阅《神农本草经》，见一药草，名曰半夏，又名麻疙瘩、老鸛眼，为天南星科植物的干燥块茎。又曰：半夏性辛温、有毒。其功效重在燥湿化痰，降逆止呕，消痞散结，主治痰湿水饮，胸膈胀满，呕吐咳喘诸症。又看属地，见是济州郓城独得其性，是为济州多水，郓地多涸，他处皆不及。心中暗忖，思量着半夏已是用过的，并无半点儿奇效。一时错谔，遂记起《晏子使楚》中所载："橘生淮南则为橘，生于淮北则为枳"，知为天时皆同，独地利各异的道理。于是顿时醒悟，始知旧时所用半夏，俱为江南所产，故而用之效减也。

安道全得了这番醒悟，于是当日便打点行囊，带足了银两盘缠，一路北上，直去济州郓城，务要购得郓地半夏方回，便是赏些异地风情亦是好的。正是暮春流逝、初夏又临的季节，风和日丽，艳阳拂煦，煞是宜人。出建康府浅行，少顷沿江北渡，自是小舟轻摇，荡碎水面山影。弃舟登岸，又见槐荫渐没，时闻鸟雀归林。真个是：落日带烟生残雾，断霞映水散红光。溪边钓叟移舟去，野外村童跨犊归。那安道全本为散淡之人，沿途自是少不得迟行早宿，倒也乐得逍遥自在。

是日到得郓城，打听得县城有一家隆源货栈，最是广大，南北药材，天飞水游，无所不包。鹿茸羚角，麝香熊胆，应有尽有。安道全惊羡不已，遂欲尝试半夏品相味道，言道："若果如《本经》所录色白、质实、茎硕，便要发船购置。"店主人闻之愧然，言道："客官应是异地远行，却不知这郓城半夏本为应季而生，又因着京城里挂着名号，货栈里也是随来随走，空闲时哪得货存。莫说发船购置，便是三五十方剂，怕也凑不齐备。"

安道全闻之，大失所望，一时怅然恍惚，自语道："却恁地不巧，又等不得来年，直教奈何？"店主人见安道全是个实诚买家，又是医家模样，遂言道："客官休要烦躁，若直为郓城半夏而来，少不得耐些时日，好歹捱个月余，半夏正好起获。那时与地主家言妥，横竖先由你把量，倒也尽得其便。"

安道全一番沉吟，又言道："恁地却使得，只当是陌生地遇到旧相识，主人挽留，我自是脱身不得，只此一念搁着，就住他月余又何妨。只是不知这'地主家'，又是何意？莫不是偌大个郓城，只他一人管事？"

店主人环顾左右，复言道："一时攀扯不清，客官只须到个去处，出城南行不过两个时辰的里程，有个坡头村，方圆数百顷，遍地尽是半夏。客官只选得一广厦人家，言明了来意，到时就地取材，也算是个两全其美。只是年前老庄主突染风瘫疾病，家中新从孟州来了一位姓乜的管事，沾着五百年前的亲戚，一应大小，只任他一人定夺，俨然是个新庄主。这乜庄主甚是有些手段，周边种植半夏的人家尽被他收拢了，行市上亦由他把量，便是许多新章程，也尽由他出。客官须是有些计较，定金交付怕是少不了的。”安道全又是忧中见喜，遂又言道：“这倒使得，又不短他银钱。我直现在就去，眼见了物事光景，方才落心。”

店主人见安道全未解话中关节，只顾跃跃欲行，便又低声示之，言道：“那乜庄主最是好客，但凡有留宿的，尽由主人家应酬。近日闻得孟州那边又新来了几个下人，也尽是懂得眉眼高低，客官若有极大丰资，又舍得大把抛出，庄院里一应俱细，昼夜照应，也是有的。此时方是客官计较处，出门在外，毕竟稳妥些相宜。”

安道全只是要见《本经》所述的郓城半夏，依旧未解店主人话中机巧，再言道：“我当是什么龙潭虎穴，敢情尽是热闹景致，何须说得如此吞吞吐吐？差点儿误了我事！”

这里复谢过店主人，又顾了一头走驴，逶迤径朝那西南坡头村而去。至申牌时分，果然见得一大庄院，报得姓名来历，早有人引到一处厅堂，果有一半百年岁的长者出迎。安道全记着店主人交待，甜甜地叫了乜庄主，乜庄主着人倒了茶水，吊了眼角儿把量来人光景。又奋了眼皮，专一描摹来人行囊，知是有些来头的，脸上堆出笑来。遂言道：“客官既是要等半夏起获，定是个懂行的买家，又是江南贵客，且带着万分尔雅，敬奉款待自是少不了的。我这里虽是寒舍农家，栅栏里倒养着几头肥硕的牛羊，酒亦自家酿造，一向窖藏于缸里，客官要饮时，昼夜不分。但有一件，恕小老儿冒昧，敢问客官一向喜素喜荤？鲜嫩朽枯是何取舍？”

安道全揣测鲜嫩朽枯一语，不过是指时令备存四类菜蔬，倒是乜庄主口中的肥硕牛羊记得清楚。于是言道：“小生荤素均可食得，只是性情里偏着鲜嫩二字，若有，当是更喜。”乜庄主会意了，随即招呼道：“巧儿出来，带客官随意走动几步，稍时落座吃酒。”

一声落地，厅堂边角门里，款款走出一妙龄女子，应声儿冲着安道全嫣然一笑，那安道全竟自酥软了半边身子。你道那女子怎样个眉目？只见她：一双丹凤眼，两弯柳叶眉，软身苗条，酥体风骚。面若中秋之月，色如春晓之花，鬓若刀裁，眉如笔画，眼如桃瓣，睛若秋波。真个是：手如柔荑，颜如舜华，腮晕潮红，羞娥凝绿，肌若凝脂。眼神顾盼生辉，动静撩人心魄。肉体凡胎，哪个禁得牢，谁人持得住？

那安道全只是暗暗叫绝，一时心猿意马。又不是急迫生意，胸腔里直是乱槌敲打一般，恨不得一时三刻就做了一处，那包裹行囊尽抛九霄云外，哪里再去记挂？但见那女子依旧像个不觉的，飘摇着直至安道全跟前，朱唇吐蕊，银齿切韵，莺声言道："客官直随奴家移动，信步观赏乡野村景，亦不枉了来此僻壤一遭。"

安道全哪里还能应答，只是忙不跌地直扑过去，移移挪挪，临临捱捱。满心里只装着一个念头，直要那女子带他去个僻静地方，纵然误了食宿，亦不顾得！再看那女子，似是顺应了安道全心意的，偏偏地走斜径、穿沟壑，专在那草繁林密间穿行。此时再看安道全，已是气喘如牛、火烧过顶，又找不到由头。冷不防看到一只蝶儿飞落女子胸前，遂伸手捕捉，那手掌却径直扑向了女子胸口。那女子亦打个闪烁，殷殷言道："尚不知哥哥名姓，哥哥倒先动了手脚，教奴家直觉浮浪，却是个不安分的。哥哥若是有意，也须有句话儿让小妹记着，一时记起，也是个念想。"

安道全自是建康府里经多了风月的，如何不懂得话中风情。口中说着名号及家乡居处，一只手揽了女子腰枝，那女子竟风吹柳掣一般，绵绵地扑地倒下了。两人各自解衣宽带，一时风火助燃，恨不能一番云雨无消时，地老天荒到百年。恰在入港方妙之时，野地里突然响起一道厉声："你们做得好事，恁地伤风败俗，敢去县衙见官么？"

安道全大吃一惊，一把拉起那女子，便是夺命般地狂奔。口中直道："妹子且随我去那建康府，那时长久快活！"女子亦是依依应答，看看跑得约摸半里，那女子忽然哎呀一声，随即扑地坐下。言道："怕是脚伤了，倒是哥哥快跑，便是到了建康府，须记得李巧奴是念着哥哥的。"安道全直被那一声呼嚎惊恐着，只好一溜烟跑了，倒是那一番未尽的风流，自此烟消云散。

再说那安道全自返回原籍故地之后，回头思量前番光景，渐渐悟出内中蹊跷，想着中计入套也是有的。一股恨劲涌出，那一刻里，恨不得把那女子李巧奴揉碎了。待恨劲一消，倒又念起那未尽兴的余味，心绪里偏又加了个思念二字。

也是天有机缘巧合。几年过去，忽一日，安道全竟在建康府烟花巷里复见了李巧奴。只那一声呼唤，那李巧奴也自扑簌簌流出泪来，直道寻得好苦，落身烟花娼门亦是万般无奈。此时再看安道全，哪还顾得诸多枝蔓，却是一腔相思，直如日出红花，当下便又缠绕到了一处。一个久念成情，一个倾心迎奉，一时如胶似漆，温柔乡里倒尤胜了当初。便是张顺来搬请安道全，那李巧奴还直愤起，冲着那安道全放言道："我却不要你去，你若不依我口，再也休上我门！"复又催撵张顺离开，又恶言道："你自归去，我家又没睡处。"到底是短命鬼碰上了夺命神，只那一句叨扰，就被浪里白条张顺，抹了粉嘟嘟一段嫩脖儿！

卢俊义，绰号“玉麒麟”。威风凛凛，仪表似天神。惯使一条棍棒，护身龙绝技无伦。杀场临敌处，冲开万马，扫退千军。更忠肝贯日，壮气凌云。慷慨疏财仗义，论英名播满乾坤。

卢俊义羁留郓城　玉麒麟搭救燕山

张悦红

话说这年清明节这日午后，卢俊义正在房中小憩，忽然被一阵哭泣声惊醒。卢俊义侧耳一听是燕青，惊慌问道，小乙何事？话音未落，燕青就推门进来了。燕青见了卢俊义，“噗通”一声跪在地上，哭诉道：“主人，小人刚才做了一个梦，梦见爹娘当年惨死的状况。爹娘临死前让我好好照顾兄弟燕山，可是这么多年了，音讯全无。小人恳请回郓城一趟，寻找兄弟燕山。如若寻得着，就把他带回来，兄弟二人也好有个照应。”

燕青原本生在郓城燕家庄的一个殷实之家，因为家产被外人霸占，爹娘惨死，当时燕青十三岁，兄弟燕山才六岁。爹娘死后，兄弟二人无人照管，流落街头，在一个庙会上，两人失散。后来，燕青流落到大名府，做了卢俊义的家仆，而燕山却一直杳无音讯。燕青曾经多次向卢俊义念叨，等他武艺学成了，一定要回郓城寻找燕山。

卢俊义听罢默然。燕青的武艺虽然大有长进，特别是他的相扑，已经在向卢俊义的水平靠近了，可是回郓城寻找燕山，不知会碰上什么人什么事，他一个人去，卢俊义不放心。卢俊义道：“这样吧小乙，明日我陪你一起去。”

燕青听罢连连摇头，道：“主人使不得。”卢俊义这几日染上了风寒，大名府离郓城路途遥远，天气又冷暖不稳，燕青担心他的病情会因此加重。不敢劳烦他。

卢俊义明白燕青的心思，哈哈笑了，拍着胸脯道，这点小疾能奈我何？不顾燕青等人的劝阻，让人收拾收拾行囊，第二日一早，便和燕青一起出发了。

二人离开大名府，行至济州和郓州的交界处，天不作美，下起了零零星星的雨，因为有风，凄冷凄冷的。二人着急赶路，在风雨中辗转了半个时辰。傍晚到达郓城后，卢俊义的风寒还是加重了，冷得瑟瑟发抖，只得请了郎中，抓了汤药服下。第二日，卢俊义欲和燕青一起出发寻找燕山，无奈他头晕目眩，四肢无力，不便行动，只得让燕青一人前去。燕青把卢俊义托付给店家，再三嘱咐，方才离开。

傍晚，天色已晚，燕青还没回来，店家端来饭食，嘱咐卢俊义趁热吃下，便离开了。卢俊义腹中饱满，不理饭食的事，仍旧眯着眼躺着。过了片刻，卢俊义听见窗户一声轻微的响动，以为是燕青回来了，睁眼欲问寻人的事，可是他发现来人不是燕青，而是一个十来岁的男孩子。

因为天色昏暗，卢俊义看不清孩子的相貌，只觉得他个头矮小，瘦猴一样。孩子虽然瘦小，但手脚伶俐轻快，他从窗户里跳进来后，左右看看，上下瞧瞧，不理床上的卢俊义，也不理卢俊义放在床头的碎银，直奔店家放饭食的桌子。尽管卢俊义病着，以他的武功，要收拾这样一个孩子，根本不在话下。可是卢俊义没动弹。他好奇，一个从窗户里跃进来不拿财物的盗贼会干些什么，仍旧眯着眼躺在床上。

孩子来至饭桌边，拿起馒头，抓起盘子里的炖豆腐，一左一右往嘴里塞。眨眼间，两个馒头一盘炖豆腐就进肚了。直到他舔干净空盘子上面的油，方才罢休。孩子擦抹一下嘴角，对床上的卢俊义意味深长地笑了笑，从他跃进来的窗户里，又跃了出去。他跃出去前，把卢俊义掉在地上的长衫，捡起来放回床上。夜间燕青回来了，卢俊义欲把孩子的事告诉他，但燕青寻人未果，心情不好，卢俊义便没多言。

又一日晚饭时分，燕青外出寻人未归，卢俊义仍旧躺在床上，店家把饭食放在桌子上便离开了。不久，窗户又响了，仍旧是昨日那孩子。孩子依然不理床头的碎银，进来后直奔桌子上的饭食。连日来，卢俊义躺在床上甚觉单调，来了这么一个孩子，觉得有趣，便没惊扰他。孩子吃光碗盘里的饭食，又从窗户跳出去了。

这日，卢俊义觉得身上轻快了，要和燕青一起外出寻人。燕青道，还是等主人痊愈后再去吧，不然，病情严重了又要多受折磨。卢俊义答应了。天气很好，阳光亮得晃人眼，卢俊义睡不下去，整理整理衣衫出门了。卢俊义顺着客栈门口的小路走，看见前面有一个土坯垒就的大院子，院子的大门半敞着，卢俊义从门口看见里面有不少人，多是十来岁的孩子，有钻铁环的，有爬高竿的，有顶瓮的，是杂耍班练功的地方，觉得有趣，便进来了。

卢俊义四下里看看，忽然看见钻铁环的那边，一个女子正用皮鞭抽打一个男孩子。她一边打人一边骂道，小兔崽子，给你说过多少回，练功的时候不准乱戴东西，你就是不听！这女子二十来岁，一身红色的短衣短裤，她皮肤虽不白皙，但相貌却在中人以上。

女子几鞭子打下来，孩子露在衣服外面的胳膊腿上就出现了几道血印子。孩子缩成一个肉球，两手却紧紧捂在一起。忽然，女人调转鞭子，用鞭把，对着孩子捂在一起的双手，狠狠地砸了过去。孩子尖叫一声松开手，一个比黄豆粒大不了多少的小铃铛，用红线拴着，滚落在地。孩子抖搂抖搂红肿起来的右手，朝女人投去怨恨的一瞥，又朝小铃铛扑去。

这孩子虽然瘦小，但面似堆琼，睛若点漆，唇若涂朱，卢俊义看出来了，他就是去他房中偷吃饭食的孩子。卢俊义看着他可怜兮兮的模样，甚是心疼。

“老板息怒！”卢俊义挡住女子再次举起来的鞭子，替孩子求情道。

“你是何人？”女子乜斜卢俊义一眼。

卢俊义道：“在下是大名府的卢俊义，投宿在龙门客栈，无意散步到此。看在孩子年纪尚轻的份上，还请手下留情。”此时，孩子好像也认出了卢俊义，也许因为偷吃饭食而不好意思，头低得更低了。

女子冷笑道：“他是我的学徒，我管教他是天经地义的事。你这人生得相貌堂堂，怎么说出这种无知的话来？”

卢俊义被说得羞红了脸，咂摸咂摸嘴，仓皇离开。

傍晚，卢俊义让店家早早送来饭食，又早早上床躺下，等孩子进来。他想问个明白，师傅这样狠毒，为什么还要跟她学艺。可是，等了很久，孩子却没来。卢俊义甚觉失落。

夜间，燕青回来了，他没找到燕山，却带回来一个二十来岁的小伙子。小伙子名叫燕良，长相和燕青一样英俊，还未娶亲，是燕青在寻燕山的路上遇见的同乡。燕良读过三天书，也习过三天武，因为家中贫寒，到郓城谋差事来了。卢俊义不管他同乡不同乡了，把这几日的事，一并向燕青说出来。

“什么，小铃铛？”燕青听罢，把眼睛瞪得溜圆，追问道。

“是，小铃铛。”卢俊义点头道。

“主人快带我去看看。”燕青抓住卢俊义的手道。

“一个小铃铛有什么好看的？”卢俊义不解地问道。

燕青道：“主人有所不知，我兄弟燕山打小就戴着一个小铃铛，是我姥娘给我娘陪嫁的。说不定这孩子就是燕山。走，咱去问问。”

卢俊义这才想起，孩子相貌英俊，和燕青还真有几分相像。看看窗外如漆的天色，道：“今日太晚了，明日吧。”

第二日一早，卢俊义便和燕青、燕良一起来到杂耍班练功的院子。燕青到了那里一看，孩子果然是燕山，兄弟二人抱头痛哭。卢俊义欢喜道，别哭了别哭了，和老板说说，咱们带他回大名府。

昨日那女子见这边有人，便走过来。卢俊义向她说明情况，她说道，孩子能找到家人，我们替他高兴。可这孩子是我们买来的，我们养他这么几年，辛苦教给他技艺不说，光穿衣吃饭就花去不少钱。你们就这样带走了？

卢俊义说：“当然不能就这样带走。你说吧，要多少？”

女子算计了片刻说道：“拿三千两银子吧！”

燕青道：“三千两，你这不是讹人吗？”

女子道：“讹人？一年三百六十五日，一日三餐，得多少米多少面？一年四季，从单衣到夹衣，从夹衣到棉衣，得多少布料多少针线？加上我们买他的花费，三千两银子已经给你们留面子了，少一两你们也带不走人！”

卢俊义见状，连忙和燕青商议道，三千两就三千两。咱手里没这么多，待我回大名府筹集。燕青道，回大名府路途遥远，主人风寒未愈，如若再有什么变故，小人担当不起。卢俊义说道，那你回去筹集？燕青道，如若小人一个人回去，管家未必会听小人的，银子怕拿不来。燕良道，我离家虽然近，可家中贫寒，别说三千两银子，三十两也没有。燕山一听这话，担心他们不带走自己，大哭起来。

正在不知如何是好之际，女子说道：“有不用拿钱的办法，不知道卢员外同不同意。”卢俊义道：“说来听听。”女子脸一红，道：“我见你相貌堂堂，有心要嫁给你。这杂耍班子虽然不是我的，如若咱们成了亲，我哥也不会给你要钱，岂不两全其美？”

“哈哈！看来不是钱的事，是怕自己嫁不出去。”卢俊义哈哈笑了。

“你……你休要胡说！姑奶奶哪里是嫁不出去，是这先前没有能让姑奶奶看得上眼的人。如若不肯，马上拿钱出来，不然，待会儿我哥哥来了，别说三千两银子，四千两你们也带不走人。”女子说道。

女子虽然相貌不错，但卢俊义已有妻室，也没有纳妾的想法，如若不是因为燕山，张口就拒绝了。正不知道如何是好，燕青让他靠过去说话。

卢俊义、燕青和燕良商量了一番，卢俊义道，不知道她是不是上钩。燕青和燕良道，目前没有其他办法，只有试试再说！卢俊义有些难为情，又道，假如她能过我三招，我就把她娶回去吗？燕青和燕良又道，咱们只说条件，又没说凡符合条件的都娶。卢俊义道，那就试试吧。

卢俊义来到女子身边，道："姑娘长得虽然漂亮，可是……"

女子问道："可是什么？"

卢俊义道："我家的规矩是，和我谈婚论嫁的女子，必须首先能接我三招。"

女子道："三招？你也太小看人了吧？我李惠娘虽然不是武艺高强，但毕竟是杂耍班的师傅。别说接你三招，三招之内姑奶奶能打败你！"

卢俊义道："如若姑娘三招之内能打败卢某，卢某便和你说道说道婚姻之事，如若姑娘三招之内打不败卢某，孩子你先让我们带走，日后我们再送银子来，如何？"

"你少盛气凌人！如若姑奶奶三招之内打不败你，孩子白白让你带走，什么话不用说。"李惠娘说道。

卢俊义道："好，咱们一言为定！"

说话间，卢俊义和李惠娘摆开了架势。卢俊义首先来了一个"饿虎掏心"，朝李惠娘扑去。李惠娘也不是等闲之辈，她避其锋芒，躲过卢俊义，从卢俊义左侧出手，直击卢俊义的腰部。卢俊义是何等人，武艺高强，棍棒天下无双，他右手臂一伸，把李惠娘击打得踉踉跄跄，退了回去。接着，卢俊义又来了一个"空中捉雕"，从高处扑向李惠娘。李惠娘头朝右一闪，躲了过去，同时伸出手，击打卢俊义。哪知，卢俊义捉雕的右手是虚的，他方向一转，一把抓住李惠娘伸出的手，一拉一转，李惠娘被擒住了。

李惠娘被擒后，也不胡搅蛮缠，利落地说道："孩子你领走吧！"

卢俊义看看李惠娘又看看燕良，笑了。卢俊义道："不能走，你婚姻的事还没解决呢。"李惠娘道，怎么解决？卢俊义靠近李惠娘，和她说道一番。李惠娘看看燕良道，人长得不错，可惜家穷了点。卢俊义道，什么穷不穷的，读过书也习过武，这么好的后生你哪里找去？李慧娘红通着脸道，如此全凭员外做主。

卢俊义和燕良一说，他便同意了和李惠娘的婚事。当天，卢俊义带燕良拜见了李惠娘的家人。李慧娘的家人对燕良也很满意。燕良做了李家的上门女婿，留在郓城帮李惠娘料理杂耍班，卢俊义带上燕青和燕山，踏上了回大名府的道路。

柴进，绰号“小旋风”。后周世宗嫡派子孙，家中有宋太祖御赐丹书铁券。仗义疏财，喜好结纳四方豪杰，被誉为当世孟尝君。梁山大聚义时排第10位，上应天贵星，掌管钱粮。

纳官诰柴进还乡　藏峥嵘郓城置园

陈进轩

诗曰：只因着丹书铁券，直教人陡起英贤。

且看那沧州府第，怎堪比水泊栅栏。

话说那大宋朝自太祖赵匡胤“黄袍加身”起，至徽宗赵佶一朝，共历太祖、太宗、真宗、仁宗、英宗、神宗、哲宗八帝，凡一百六十余年。柴家福安亦随之同延，至柴进立身之时，早忘了“陈桥兵变”之殃，更将那先祖柴荣，胆惊惊、寒颤颤，拱手让位，丢得一干二净。那柴进本为周世宗柴荣的嫡亲子孙，人称柴大官人，倒是把个“丹书铁券”藏之高堂。自以为一“契”在手，百毒莫侵，逍遥自在，他人难及。然天道失序，人伦无常，昔日光景，岂能久新。须知嘴阔仍在鼻下，腿长难替双臂，到底被个殷天锡案搅得灶神掉魂。此正谓：山高自伟，流水可枯，依附尚待天时也。

《水浒传》第五十二回里，有首诗专说柴进：“脂唇粉面毒如蛇，铁券金书空里花。可怪祖宗能让位，子孙犹不保身家。”这首诗点的恰到好处，算是对“小旋风”柴进的揶揄，“铁券金书”终没保得了柴进，到底还是被逼上了梁山。入山寨掌管钱粮，上应“天贵星”，续排第十位，当属德位同配。峥嵘一番，大军招安，征方腊，潜南军，此为英雄之举。役毕得授横海军沧州都统制，后虽辞官返乡，亦称道上功德圆满，毕竟得以善终。

一番铺陈逐水流，接续当书离京后。

且说“小旋风”柴进，自东京授了横海军沧州都统制，因见戴宗纳还官诰，求闲去了，又闻知朝廷追夺了阮小七官诰，于是也要来个“纳官求闲”，只回沧州横海郡为民便是。

是日辞别故旧，带着一行众人上路，沿途风景亦无心观赏，一路只是匆匆慌慌，全无半点儿荣归之幸，倒凭空添了悲怆之感。看看已入济州地面，行几步便是郓城地界，内有一随行军健，名唤骆运者，一时念起自家名字，竟有一字与郓地音韵相符，加之姓氏为骆，遂有了就地落根之意。柴进勒马止步，以眼色示其移出队列，悄声言道：“我观你气色久矣，全不是疾病模样，应是有那踟躇话不便出口。念及你我主仆多年，且又是路野背人处，你直管道来。竟是为何？”

那骆运本为山西太原府人，早年因恶了当地仇人，便举家东逃到河北沧州。不经数年，父母双双染疾身亡，由庄客带至柴进府上做了小厮，自此听风使雨，随招随唤。骆运自幼多有磨难，入得柴府，颇知进退，加之几年枪林刀丛，自是历练了许多，主恩仆报，哪些不知。今见主人如此问话，当记起诸多前情，那骆运亦觉尴尬。支吾着只道是腿脚酸痛，抬腿迈步，脚下似有千钧坠压。柴进仍不戳破，又言道：“脚重不似心重，心重乘鹤亦难飞。我今只当闲话，不过信口说来，权作打发路途寡寂无味。”那骆运自是惶惶，胡乱顾自点头，直如鸡啄落米一般。

柴进道：“你之虑念，并非今时今地，东京城里不曾提及，不过是忌讳着皇家重地，诸多森严。始见我亦学戴宗，纳还官诰，返乡为民，又闻得阮小七变故，于是顿感前程暗淡。我心寒你亦心寒，我落寞你亦落寞，遂自生出些杂乱念头。你道是与不是？”骆运又是点头不已。

柴进又道：“前言只是其一，坠心事当为昔日殷天锡一案。那时我身困死牢为囚，柴府殃及无辜，当是人皆自危，难保朝夕。你身临其境，几多安危难定，反恻犹胜他人，由此积心存患，实难如那风吹云散一般轻巧。你道是与不是？”

骆运连连点头，难发一言。

柴进再道：“前言只是其二。你今经多了生死荣辱，又倍感梁山英雄伤殁遁形，众去寡回，正应了来时有曲路，归期无通径。如若随我再返是非之地，少不得又有一番曲直，他日再有变数，那时却是哭告无门。如今看到山高水远，倒不如全身自退，过一番稳当日子为好。你道是与不是？”

骆运再无点头之力，惶恐万端，竟吓得面色蜡黄，浑身止不住颤抖如筛。愧言道：“好个主家爷，话都让您老人家一口挑明了，小子哪里还有分辩处，恨不得脚下蓦然裂出个地缝来，好让我一头钻进去！”

柴进依旧拿话追他，遂又言道：“我尚未说完，你且听来。前面所言，不过是个表皮因由，厚薄只在外边包着裹着。你今欲止难行，实为沿途偶得之妻，知那女子离井别乡，你自是百般护怜，哪里舍得去那凄惨悲苦是非地讨日月？好了便罢，一时生变，岂不又是绳捆索绑、市曹问斩，那时免不了又要妻离子散！此情此虑，非草木岂能等闲视之？你道是与不是？”

此时再看那骆运，早已双腿如酥，烂泥胎一般瘫倒在地，口口声声，只是哭诉。泣言道：“好个主家爷，前后因果，皆被戳破，小子无地自容，惟求广开大恩，阴曹地府，当念万千好处！”言毕垂首，忽听柴进一声长叹，继而啜之又笑，且以手抚慰骆运道：“我已有打算，你只无忧便是。”

原来柴进虽为贵胄之身，其间几多风雨磨难，早已洞悉世态炎凉，功名前程自是看淡了许多。只是每每念及河北山东，两地均为心之所系，苗之根由，遂萌生念头，专要在水泊之际，梁山之陲，筑起一座庄院。不计多少，胡乱置些地亩田产，一则可为进退嚼谷之地，二则亦可目及水泊山寨，当为晚景念想，逢年过节，做些追思凭吊亦是好的。今知骆运心思，又恰带着亲眷，留他们小夫妻就地立业，倒也是一桩美事。于是索性和盘托出，言道：“我欲留你小夫妻于郓地，只须用心顾全一方土地，自此与沧州柴府无干。你可愿意？”

那骆运先惊后诧再泣，言道：“小子倒是躲避得清净，主家爷身边却少得使唤，诸多不便处，如何打发？”柴进道：“我横竖是看透了的过时人物，天道阴晴圆缺，自由苍天裁度，你自不必虑我。随行军健，我亦有安排。你只说乐意不乐意便可？”骆运早已泣不成声，复言道：“小子纵是思虑万千，断不敢想会有如此一个落身去处，哪里还论得乐意不乐意？只是一个经心照管，方可略表一二。”

当下议定，又行得半日，眼前已是水泊西沿，于是一行众人寻个客栈，胡乱将息了一晚。二日，就近打听个集市，如数购得粮米，又雇了车马，先于客栈中等候。那柴进遂又带了骆运，沿水泊一路查看，果然寻得一方清幽之地，四周绿荫蓬蔽，东临波涛，西依阔原，水陆俱便，进退两可。柴进甚为欣慰，当下便构了谋划。是日随访乡邻，口中自瞒下柴大官人一节，只道是在外颠簸久了，欲觅一块安静处度日。所访村人信以为真，又凭空得了许多好处，自身折损不过些许地亩，哪个还去分毫计较，欢欢喜喜，自领了粮米彩缎去了。

却说此地有一富裕人家，家中主人不事农耕商贾，却极是迷恋马术，平日里只是漫山遍野地奔驰，以此为乐。今见柴进一行人购置土地，恰巧内中又有他家一块地亩，虽无心经管，亦不图好处，却要拿出来生些波折，无非是寻个乐子。于是亦来面见柴进，言道："尔等众人，若有一人比及我骑马飞跨，我家地亩尽皆拿去。若不及，须将我家地亩移出，那时才由你们圈占，任凭走狗斗鸡，概不相扰。"

柴进放眼打量那人，料定是井底之蛙，遂将随身坐骑交于骆运。于是坦然笑道："地亩移出自是不可，若论骑马飞跨，只怕你先自怯了。"骆运牵马抖缰，复言那人道："骑马飞跨也须有些章程，你且道来？"那人道："我平生最见不得繁文缛节，今既要个快捷，无非争相夺取，二马并鞍，差池半步亦是输赢。"骆运微微一笑，言道："就依你号令。"

且说二人催马扬鞭，恰似双龙翻江，又如二虎争食，哪个肯让半步？半途中，骆运偷窥那人，果然是个惯常弄马高手，只见他将身俯于马背，一手抓住缰绳，腾出一只手来，只于那尾臀处挥鞭，真个是人趁马势，马顺人意。眼见得二马平肩，正是难分难解之时，偏柴进那马是个性烈暴躁的，最容不得马匹在眼前晃荡，突兀地一声嘶鸣，猛地一个跨跃飞纵，腾空而起，直跃那人马前。看时犹如孩童戏耍一般，竟将后蹄刨起浮尘，齐刷刷地扬起土雾，活活的将身后人马蒙住。身后那马吃一惊，也是一声嘶鸣，竟原地打起旋来，颠簸着把马上主人掀翻在地。骆运看得真切，急勒缰绳，拨马回转，俯身使一个海底捞月，顺势拉起那人。那人爬起，先于脸上抹一把泥土，不及骆运跳下马来，径直抱拳施礼道："平素只道难有人及，今日方知是我轻薄，少不得还要备酒拜师，你只教我的马也学个双蹄刨金。如何？"

说罢大笑不止。骆运趁机问道："你家地亩，还移呀不移？"

那人又笑道："我家地亩，尽可拿去，要移，我只找土地爷去！"

二人携手而回，地亩之事无忧。柴进等人又将息了几天，看看一切齐备，是日就要上路，骆运夫妇送行，乡邻亦来话别。稍一时，柴进勒马止步，怔怔地望着骆运夫妇，似有万千言语，又似反恻难言。骆运挥手示意其妻退后，自己附身送耳，听柴进言道："如今我将田庄与你，丰歉我自不问，只有一件当紧的你须依我。我走之后，你要移植些松柏常青之树，俱按昔日聚义厅光景，两两成行，排列为序，不可一株错乱。还要……"

骆运拭泪抢话道："还要不多不少一百零八株！"

柴进凝视骆运良久，随后道出一句话来："如此我心足矣！"

岁月倥偬，沧海桑田，郓地那一百零八株触天松柏，直至元末，仍是郁郁葱葱。然明英宗年间济水泛滥，致使沙积成丘，先前的浩荡不复存在。此为后话，说来令人扼腕，不说也罢。

鲁智深，本名鲁达，法名智深，绰号“花和尚”。为人慷慨大方，义薄云天，嫉恶如仇，豪爽直率，但粗中有细。梁山大聚义时排第13位，上应天孤星。司职步军总大将。

付二狼偷观音寺 鲁智深捉盗木贼

卢明

话说鲁智深因护送林冲到沧州，恶了高俅等人，受到迫害。在大相国寺菜园无法存身，便离开东京，来郓城盘沟村观音寺挂单。进入寺院，知客看了智深度牒，报住持同意，让鲁智深顺利挂单。住持智果对智深说：“敝寺如今重要职事无缺，你先留下，假以时日，再作安排。”鲁智深双手合十，对住持说：“在下自在惯了，职事无求，随大和尚安排。”

智深口说如此，心中却想：洒家当过军官，混过东京，曾经沧海，何须于小溪计较高低。在此处，不求显要，若能不受约束，遂我心性，便是上上之选。虽则鲁智深初到时也想事依寺规，与其他僧人作息相同。但人之秉性，实难强迫。不出三日，智深便对寺中佛事感到厌倦，尤其打坐参禅，他怎么也不能坚持，就连每天的早课晚课都不再参加。监寺嫌鲁智深不守寺规，只在寺院内外随意出入，便要求住持将他赶出寺门。住持智果曾在五台山修行，对五台山剃度的和尚高看一步。且像智真长老一样，看出鲁智深不受约束背后的佛性。

这观音寺，中路建筑原本只有山门、山门殿、天王殿、圆通宝殿，如今善款充足，正增建大雄宝殿。不曾想建筑过程中，出现料物被盗情况，有三根松木不知去向。为防此类事件再次发生，智果便安排这个胖大勇武的鲁智深去看木料。

对于看木料，鲁智深倒是乐意。离众僧远，自由度大，不用打坐参禅，可谓自由自在。他自信在大相国寺能看护好菜园，也定能在这观音寺里看护好物料。看料的重点在夜晚。白天工地施工，院门封闭，鲁智深倒是无事，便喜欢外出散心。

六月初二，是盘沟村大集。鲁智深穿好直裰，便上街一逛。这是郓城县最大的一个集镇，街道整齐，店铺林立，车马喧阗，人众熙攘，挑挑的，担担的，贩布的，售粮的，剃头的，卖吃的，应有俱有，好不热闹。

走着走着，忽见前面人群聚如疙瘩，里面传出喝斥声、哭叫声。鲁智深拨开众人，走入人群中心，发现屠户付二狠正在把一小孩子的右手死死地按在切肉的砧子上，扬言要剁下五根指头。鲁智深虽是莽汉，却最慈悲。小时候自己堂哥穷，给恶霸地主做家务活，丢手打碎一个官窑梅瓶，被地主家活活打死，此事在鲁智深心中留下一辈子抹不去的伤痕。那时自己年少，帮不了堂哥，但他从此慈悲为怀，专爱打抱不平，见不得世上的不仁不义之事。

在付二狠举刀欲剁之时，鲁智深挺身向前，大喝“住手”，随即夺下付二狠手里的刀。付二狠怪这个和尚多管闲事，抄起长凳砸向鲁智深，却被智深夺过，在肉摊上砸断。平日里与付二狠打得火热的三恶四少欲围上来相助，被鲁智深一拳一个打出好远，再也不敢吭声。

鲁智深拉住小孩子，问他怎么回事，小孩子才带着惊恐慌的眼神，吐露了真情。原来，小孩子姓侯，生于附近村庄，只有十四岁。虽长得瘦弱，却机灵异常，因此人称机灵猴。机灵猴父母双亡，流落社会，常于集市抓挠些剩饭剩菜，以充难耐之饥。这次伸手他想偷付二狠的一块猪肉，被抓到，险些失掉手指。

见和尚救机灵猴，付二狠心存怨恨。机灵猴却对鲁智深感恩戴德，跪在地上捣蒜般叩头道：“谢谢恩人，你就是俺爹！”众人起哄，鲁智深也破口而笑，道：“别别别，俺和尚无妻，哪来的儿！”机灵猴接着说，“那俺当您干儿。”鲁智深感觉机灵猴系被生活所迫而偷，不似大恶之人，施以良教便可有向善可能，便将机灵猴教训一番，将他带到寺院，介绍他干点杂活，也算有个吃饭的地方。

寺院的监寺说，俗家顽儿，怎能入清静修行之地？更以此为由，拒绝机灵猴入寺。鲁智深据理力争不成，又找到住持，在住持的同意下，安排机灵猴打扫佛塔，并给他剃了头。机灵猴从此以师礼跟从鲁智深，扫塔过后，便到工地找鲁智深。机灵猴左一个干爹，右一个干爹，鲁智深虽不答应，却也听之任之。

就在鲁智深感觉安定下来之时，却又出了岔子。没几天，便有施工人员告诉监寺，建筑工地又少了两根松木。监寺正想找鲁智深麻烦，便急着前来责备，诬枉鲁智森监守自盗，还把原来丢的三根松木也赖在鲁智森身上，说如果在限期内找不回松木，便要鲁智深赔偿。还将此事告到住持处，责备住持用人失误，弄得住持下不来台。住持坚持先弄明情况再说，一时不肯将鲁智深赶走。由于监寺是本地人，借着地方和家族的势，傲慢无礼，对住持的权威产生很大挑战。

看料房内，一大一小，两个不念经的和尚，一对有心事的人儿。鲁智深虽然大大咧咧，却是心绪难平：木料被盗，百口难辩。自己一辈子施钱救弱，哪会生觊觎之心？自己倒还罢了，给住持惹来麻烦，更觉过意不去。思来想去，感觉一定要找回丢失的物料，还寺院应有物权，还自己一个清白。回过神来，见机灵猴呆呆地望着自己，便随口问道："想什么呢，小秃驴！"听此，机灵猴笑了，也狡黠地指着鲁智深道："你想什么呢，爹秃驴！"鲁智深一愣，感觉好笑：自己原也是光头和尚啊！

鲁智深和机灵猴看遍整个工地，查找木料被盗线索。墙很高，木头甩不过去。门很牢，外人进不来。机灵猴倒是有心计，看出苇席隐蔽之下，有一个笔直的深沟。鲁智深让水性很好的机灵猴跳入水中一试，果然发现通往墙外的盘沟河水，松木应当悄悄地从这里漂出，又顺河漂到不远处的街坊。机灵猴要马上报告住持，鲁智深说不急，捉贼拿脏，需要找到松木才有话说。

在鲁智深授意下，机灵猴借扫塔之机登上塔顶，将盘沟村街坊尽收眼底。远远看到一处宅院正在建设房屋，料物摆满场地。只是太远，看不清院内的具体情形。为了弄明情况，机灵猴又于天亮人未起床之时，去那建房堆料之处翻墙入院。果然，发现料场中多数是本地木材，只有五根外地松木，观其长短粗细和皮色，皆与观音寺修大雄宝殿的物料一模一样，就连头部标划的记号都无二般。小机灵又从侧面打听得知，此院是屠户付二狠新置的。机灵猴还打听到，这付二狠的哥哥，其实就是寺院的监寺。这次鲁智深才舒了一口气：终于能还自己一个清白。

鲁智深找到住持和监寺，说木料已经找到。监寺不信，说你拉回来再说。鲁智深说，我领你们先去看了。便带了禅杖，与住持、监寺、机灵猴一起到街坊上来，随行的还有机灵猴的小友牛小胆。到付二狠新宅前时，鲁智深让他们进院。监寺看出门道，退步欲走，哪里走得脱，被鲁智深揪住脖颈推入院子。付二狠不知情，忙过来招呼做监寺的大哥，没想到他们是来捉赃的。看过松木，监寺脸色铁青，付二狠却抵赖说："天底下松木多了，有松木就是你们的？"还强词夺理，扬言要去县衙告寺里诬陷好人。

鲁智深随即把牛小胆拉到前面，让他当面交待了前几天跟着付二狠偷木料的全过程。原来，此前鲁智深事先料到付二狠会百般抵赖，便专门留出一天时间，差机灵猴四处打听消息，物证之外，再找一个人证。

牛小胆老实巴交，胆小，不敢得罪任何人，好支使。所以，无论谁家有事，大事小情，都拉上牛小胆。机灵猴与牛小胆年龄相近，关系相熟，没用多少话，便套出牛小胆的话，知道他被付二狠拉去参与偷木料。机灵猴把牛小胆叫来，让鲁智深审问。牛小胆原不想如实供出，看到鲁智深粗眉一拧，圆眼一瞪，便吓破了胆，不敢不说出实情。

这次鲁智深事先让牛小胆一并跟来，就是早就准备让他当面对质的。看出牛小胆怕遭付二狠报复的顾虑，鲁智深便狠狠地攥起那只大拳，伸向牛小胆，道："你闻闻拳头有没有铁末味？如果有人报复你牛小胆，我这只铁拳立马让他见阎王！"牛小胆这才答应跟着前来对质。自然，牛小胆相信铁拳能护他，也怕如果不配合，铁拳会揍到自己身上。

人证物证俱在，付二狠理屈词穷。谁知他狗急跳墙，招来一帮庄客闹事。混乱之中，住持没辙，乱了方寸。关键时刻，还是鲁智深敢于出手。只见他一禅杖打去，将刚立起的廊柱拦腰截断，让众人胆寒。智深想以此吓住对方，并不想打斗。但还是有那不要命的恶少哄然上前，惹得鲁智深性起，将那把六十二斤的浑铁禅杖舞得呼呼生风，恶少们这才晓得厉害，四处逃散。

木料被盗的事真像大白，监寺无地自容，想抽身溜走，鲁智深哪里肯放。他将监寺当场训斥一番，并逼着付二狠装车将五根木料送回寺院工地。

找回木料之事，显了智深的勇武，长了住持的威望，却进一步惹恼了监寺。他万方百计找茬，偷偷看了鲁智深的度牒，发现鲁智深与官府海捕文书通缉之人相同，便告到官府。住持听说此事，急忙向智深告知此情。鲁智深不得不离开郓城，向别处云游。

临走时，鲁智深依依不舍。向住持告别后，又缓缓转向机灵猴，俯下身子捧起机灵猴的脸端祥许久，深情地问道："你平时都喊我啥？"机灵猴含泪道："干爹，我喊你干爹啊！"这次，鲁智深不似往常，他轻轻地、长长地答应了一声，说道："我鲁达半生风风火火，不曾有一儿半女。此番遇上小猴子，实为三生有幸。而今干爹要走，你须多多保重！"

鲁智深走了，观音寺内外，再见不到那个满身花绣的胖大和尚。时间久了，盘沟村传出几种说法，有人说在孟州道上望见过他，有人说他去了二龙山。

李应，善使浑铁点钢枪，背藏五把飞刀，能百步取人，神出鬼没，江湖人称“扑天雕”。梁山大聚义时排第11位，上应天富星，与柴进一同担任掌管钱粮头领。征方腊后授中山府郓州都统制，后辞官回乡。

水塘边李应施义 西溪村青娘获救

张悦红

话说李应辞官后，回独龙岗重操旧业。为了做生意，他每年都要来郓城几趟。这年清明节过后，李应和杜兴又来到郓城。他们这趟来郓城，为的是瓷器。前些时日，李应买下一官窑的青釉凤耳瓶，是徽宗大观年间烧制的。这瓶小盘口，直颈，溜肩直腹，颈部两侧各置一凤耳，通体青白色，釉质莹润。卖家告诉他，金兵攻下汴京时，徽宗身边的内臣，从宫中偷运出了几件瓷器，其中就有这瓶子。李应拿到瓷瓶不是一日两日了，前来询问的人也不是一个两个了，但他迟迟没撒手。李应买下这瓷瓶是花了大银子的，他想让他的银子，生出更多的银子来。要想生出更多的银子，不仅要有智慧，更要耐得着心性。李应拥有智慧，也耐得着心性。

那日，郓城西溪村的梁武来见李应。梁武五十多岁，阅历丰富，心眼灵活，他知道李应本是梁山好汉，钦佩他们爱护百姓的作为，喜欢和李应交往，常来李应处叙谈。听说李应欲卖官瓷，便向他介绍了喜爱瓷器的济州富商黄舟。黄舟来到郓城，看过李应的官瓷，甚为满意，给出了李应满意的价钱，押下定金，约定十日后在郓城天香酒楼，一手交钱，一手交货。

生意谈成了，李应心情好，连日来，到处听书看戏，游山观水。郓城的大街小巷差不多被他走遍了。话说这日李应吃过早饭，又离开了他投宿的芙蓉客栈。城北不远的观音寺塔前的水塘里，有拳头大小的野鸭子，那日晚间和杜兴一起见过，现在趁着日光，李应想再去看看。

这日天气不错，阳光丝丝缕缕的，金线一般从天上飘下来。李应和杜兴步行行至观音寺塔前，走向水塘。这水塘方圆十多亩，岸边柳绿草翠，塘里清水莹莹，时而冒出一片枯黄的芦苇，甚是幽静。李应和杜兴一边找寻野鸭子，一边观看风景。沿着水塘走了不远，在一棵大柳树下，李应看见有人，一男一女。男子约有二十岁，头戴月白色幞巾，身穿青色短衣短裤，短衣外面系着宽大的腰带。女子梳着双髻，并无多少头饰，上身穿水红色直领夹衣，下身穿翠绿色短裤，也有二十岁的年纪。二人不知说了些什么，突然，男子抱住女子，对着她的脸就啃。

哪里来的野男女，光天化日之下，岂容你们伤风败俗？李应大喝一声，大步朝柳树走去。男子立即停止动作，惊慌地朝李应看。李应几步来至柳树跟前，举起他铁锤般的拳头，对准男子的胸部，打将过去。他准备先打男子两拳，再踢女子两脚，让他们长点记性。“李大爷饶命！李大爷饶命！”李应的拳头还没落下，男子“噗通”一声跪在地上。“东人慢来！东人慢来！”随后跟来的杜兴也叫喊道。李应一个愣怔，待他看清眼前人时，高高抡起的拳头，慢慢落下了。男子不是别人，是芙蓉客栈的伙计李安。几年来，李安行至郓城，都是投住芙蓉客栈，他投住芙蓉客栈时，也多由李安照顾。

“李安，你……你怎地做出这等荒唐事来！”李应惊得瞪大了眼珠。

“不，李大爷，不是这样。”李安连连摆手。

“不是这样，那又是怎样？”李应甚感失望。

李安道，这女子名唤青娘，和小人是青梅竹马的恋人。十四岁时，俺二人便有了婚约。两年前，青娘的父亲得罪了知县张宗昌，死在大牢里，青娘也被卖进知县府为奴。青娘欢喜小人，小人也欢喜青娘，可是官府戒备森严，俺二人见面难。小人正努力攒钱，等攒够了，就把青娘赎回来。青娘在知县府做衣物，每隔几天需出府购买针线，于是，俺二人就趁机见上一面。今天是青娘出府的日子，俺二人相约来至这水塘边，不承想，碰上了大爷。这都是小人的错，求大爷不要生气。

听罢李安的话，李应沉默了。他看看李安，再看看青娘，二人不像说谎的模样，便道：这样吧，过几日，等我把瓷瓶卖了，帮你把青娘赎回来。你二人成亲后，要好好过日子。

一定一定！李安拉着青娘，一起给李应磕头，千恩万谢。

说话间，交易瓷瓶的日子到了。李应上午把瓷瓶卖了，手里有了银子，下午就让李安去知县府赎人。李安又一番千恩万谢，拿上银子，兴冲冲地出门了。李安是申时出发的，申时未过，就哭丧着脸一个人回来了。李安道，张宗昌说青娘给多少银子也不赎了。李应道，看来，这知县府，我得亲自走一遭了。

又一日吃过早饭，李应让人把身上的绛红色长袍摆正好，跨上雪白马，和杜兴、李安一起来至知县府门前。李应让人前去通报，很快有人传过话来，大人让进府去。李应一行进至知县府，张宗昌早已候在房门外。几年来，李应常来郓城，虽然没见过张宗昌本人，但郓城的富商们经常提起他，他对张宗昌也略知一二。张宗昌不是本地人，老家是浙江的。

“尊驾是李应李员外？”张宗昌面带疑惑地问道。

“正是在下。”李应答道。

“就是人称扑天雕的李应？”张宗昌又问。

“在下正是。”李应答道。

“不知李员外驾到，有失远迎，恕罪！”张宗昌突然拱手弯腰，满脸带笑。

“哪里哪里，有事烦扰大人，还请帮忙。”李应没想到张宗昌这等表现，暗暗诧异。他眯起鹰眼想了想，没想起自己和张宗昌有什么瓜葛。

李应和杜兴进至房内，李安在房外等候。李应向张宗昌说明来意，张宗昌道，赎一个丫头，差人来说一声就行了，哪用得着李员外亲自跑一趟。李应把李安的遭遇说了，张宗昌道，前两日他外出不在家，昨日日落时方归，一定是下人趁他不在，胡乱作为。等他空闲了，一定好好追查。李应道，追查就不必了，让他把青娘赎回去便可。张宗昌道，既然员外这样说，鄙人就不如从命了。

张宗昌又道，我在西溪村另有一院落，青娘去那里干活去了，现在不在府上。李应问道，何时回来？张宗昌道，说不好。也许一天，也许两天。李安想马上领人，张宗昌道：“我现在还有其他更重要的事，下午吧。下午我也过去，到了那里咱们一手交钱一手交人。”李安还想马上就去，张宗昌有些不耐烦，道，不是已经说过了，我现在没空。难道这半天你也等不得？李应见状，便说服李安，依照张宗昌的安排行事。

吃过午饭，李应一行便急切地走向西溪村。西溪村离知县府不远，三四里地的样子。按张宗昌所说，青娘在西溪村外，靠近大溪的地方。李应一行到了西溪村外，靠近大溪的地方，的确看见前面有一院落。这院落房高门阔，不像一般的百姓人家，就确定是张宗昌所说的地方。只是院门紧闭，看不见里面的动静。此时正值中午，周围都是粗大的树木，听不见人响，看不见人动，一片乌云把太阳盖得严实实的，天色暗下来。

不久，院落的大门开了，青娘提着个大木桶，晃晃悠悠地从院子里走出来。李安看见青娘，大喊道："青娘，青娘。"朝青娘奔去。李应和杜兴一起，跟着朝前跑。青娘听见喊声，也放下木桶，朝李安奔来。

二人眼看就要相见了，突然，一只箭从院落的方向射过来，落在青娘身后。"不好，有埋伏！"李应大叫一声，大跑过去相救。接着，更多的箭从院落的方向、从四周的树林里射出来，李安和青娘吓得早没了魂魄，李应护着李安，杜兴护着青娘，朝后撤。正走着，杜兴大叫一声："东人，小心！"李应抬头一看，一个铁栅栏从高处落下来，慌忙躲闪过去。

"狗官，我和你无冤无仇……"李应话没说完便合上了嘴。他突然想起，他曾经听人说过，这张宗昌，是他在睦州用飞刀杀死的伍应星的表亲。看来，张宗昌不好当面和他干，把他诓到西溪村背后下手，是为伍应星报仇来了。

李应挺了挺身子，侧耳听了听，眯起他的鹰眼，对着一个方向，"嗖嗖"掷出两把飞刀。接着，两个人大叫着从高处落下来。杜兴几拳就把他们打死在地。

天空突然雷声大做，雨点急速地朝地上射。李应护着李安，杜兴护着青娘，接着朝后走。突然，树林里蹿出几个身手不凡的人来，挥动手里的刀枪，对着他们就砍。李应和杜兴一边护着李安和青娘，一边奋力厮杀，将他们打得死的死，伤的伤，逃跑的逃跑。混战中，杜兴的腿被戳了一枪，走路一歪一斜的。

青娘救出来了，李应一行踉踉跄跄朝树林外面走。走出树林，才发现前面没有路，一条大溪横在面前。四周没有人，李应左右看看，不知道该如何走出去。正犹豫着，看见不远处的溪边停着一条打鱼船。李应走过去一看，船上有人。

"船家，麻烦给我们指一条出路。"李应抱拳施礼道。

李应话音未落，船家急切地答道："李员外快上船，我渡你们过溪。"随即将头上的草帽一推，露出面目来。李应一惊，船家竟是梁武。

原来，中午梁武和李应一起吃饭时，听得李应说赎青娘的事，回到西溪村，老觉得不对劲，怕他们有什么闪失，便驾了一只小船等在溪里。李应他们顺利便罢，万一出现什么不测状况，也好有个照应。

李应一行连忙上船，凶徒追至溪边时，小船已经驶到溪中飞箭够不着的地方。不知道什么时候，雨停了，太阳出来了。

徐宁，绰号“金枪手”，曾是禁军金枪班教师，常随侍御驾，善使钩镰枪，天下独步。他和“金钱豹子”汤隆是姑舅兄弟。梁山大聚义时排第18位，上应天佑星，马军八骠骑兼先锋使，把守正东旱寨。

勘地形徐宁识奸　惩凶顽金枪问义

萧珩

却说呼延灼使出连环阵法，梁山军马输了一阵，急急派时迁、汤隆、乐和去赚得徐宁上山。徐宁与众英雄意气相投，便决意留在山上，当下使了一路钩镰枪，众人齐喝彩。当日为始，徐宁择精锐壮健之人，晓夜习学，又教步军藏林伏草、勾踢拽退等下三路暗法。

这日，徐宁与宋江商议，意欲前往山西一路勘查地形，寻步兵伏击最佳之所，宋江欣然道：“贤弟果是军马教师，发兵出阵恁般周详，只是宋江稍待要与水军头领相议战船之事，难以奉陪，不如请汤隆贤弟一起。”徐宁道：“这个容易，须不劳哥哥费心，汤隆自在监造兵械，兄长只管寻位熟悉地形的兄弟与我一起便了。”宋江闻言，便命人去请刘唐，令他与徐宁二人结伴下山探路。

途中，刘唐与徐宁指点各路城垣，徐宁见各处营寨布防周严，列阵屯兵自有章法，着实赞叹不已。行至西路酒店附近，看得周围房宇稀疏，西路酒店早被呼延灼兵马拆解一空，又有小校来报，道是附近有兵马行过的痕迹，徐宁赶去验视，伏草累累，马蹄微迹，应是呼延灼查哨的人马刚去。

刘唐道：“好在不曾相遇，我等皆无防备，只恐措手不及。”徐宁笑道：“呼延灼必与哥哥同庆，查访痕迹，我可断定他人马只在百骑，定也不愿与我等相遇。”二人正说笑间，林中忽地冲出一个人来，衣衫褴褛，实在狼狈，他身后紧跟了三五个彪壮大汉，口中骂道：“撮鸟，你便逃到阎王老爷处，今日也须要还得主人家债！”冷不防撞到徐宁兵马，前面那人只顾逃命，哪里还管得对方何人，跌跌撞撞奔到徐宁马后，见那几人不曾追来，又是筋疲力尽，径直瘫坐在地。这几名大汉甚是乖觉，晓得此地常有梁山人马出没，见徐宁刘唐身跨骏马，身后又一众喽罗随从，于是止步，为首那个深深唱了一喏道：“头领辛苦。”

徐宁晓得必是此间豪绅家仆，便坦然受了他的礼道：“此人所犯何事，你等如此逼迫？”为首的大汉道：“回禀头领，此人借得我家主人二百两银子，早到还期，拖延不肯还，只拿了三四两碎银子就要蒙混过去。主人宽和，并未赶尽杀绝，只限期让他还钱，他却想弃债逃走！”徐宁闻言回望衣衫褴褛之人，那人见徐宁拦下追赶的大汉，忙连滚带爬伏到马前道：“头领明察，小人不敢逃跑，只是吃打不过，暂且躲避一时，并不曾想赖账。”徐宁道：“你既困顿如此，却是为何借得恁多银子？”褴褛之人道：“小人不曾借得恁多，只借得二十两与老娘看病，当时何公子只道一分利，谁晓得管家催账时，一分变三分，月月利滚利。小人实在承受不起，典卖了薄田，只剩得两间茅屋。”

徐宁闻言不语，刘唐冲几个大汉道：“此人所言，可有虚谬？”大汉慌忙作揖道：“小人不敢。他老娘生病是真，但此人借得银钱，典卖田地，却非是为老娘求医。只他一味好赌，乡邻早已不肯借债与他，我家公子怜老惜贫，瞧得他老娘病得沉重，便借他二十两去请大夫。不料大夫未请来，银两和人便腻在了赌场，待我等寻得他时，二十两银子早已没了声响。我家公子又与他二十两，着他去请大夫，依旧不曾请来。”

那衣衫褴褛的汉子忽地身上一抖，怒喝道：“你等胡说，何公子并不曾再与我银子！”徐宁冷瞧这两拨人神情变化，见那大汉被打断时亦不着恼，只顾言道：“如此两次，我家公子道：此人若是将银两尽花于老娘身上，还不得债时，任何人不许逼迫；但此人如是将银钱抛在赌场，连本带利皆要索回。因此，小人等奉命行事。”徐宁闻言含笑道：“如此说来，你家何公子倒是一个劝人向善的。”那大汉连连称是，刘唐却心有不解，与徐宁耳语道：“这两路人言语不搭，必有一人撒谎，兄长莫要轻信。”徐宁低声道：“哥哥所言不差，只恐两人皆有隐瞒。只是我等不睬，便坐视欠债人性命有虞，心有不忍。”

为首的大汉恭敬施礼道：“头领如无他事，小人便带此人去回何公子话。”徐宁道：“你家何公子姓甚名甚？何方人士？”大汉闻言，恭谨答道：“我家公子姓何，但讳一个涛字，原是济州的观察，后来卸任还了老家，只在离此间十里东平村住。”刘唐呵呵笑道：“我道是谁，原来是当年缉捕生辰纲之事的何观察。”说者无心，听者有意，几个大汉面面相觑，耳根皆红。徐宁却不知其中关节，只见几人面上尴尬，刘唐解释道：“当年晁盖哥哥与吴军师、公孙道长，并阮氏兄弟截了蔡京的生辰纲，济州知府便批了何涛来此缉捕，不料何涛却被阮氏兄弟活捉，生生割了两个耳朵。”

徐宁心有计量，便对几名大汉道：“你等且先回去，我与你家主人恰是旧识，你等让那何涛来与我要此人，我自有话与他说。”大汉面有难色道：“此事乃公子家事，不劳烦首领费心了。”徐宁怒道：“你只说徐宁在此，他不敢不来！”大汉喏喏而去，徐宁命人且看住了那个衣衫褴褛的汉子，他与刘唐在林中寻得一处绝佳的藏身之处，奇石凹陷，荒草掩映，天然一个藏兵之地。徐宁心中大悦，又命喽罗们将所带弩箭设置机关藏于林间，这才回到大路上。

徐宁与刘唐便在路边拣了处干净石头坐下，那个衣衫褴褛的汉子歇得些时候，脸色已去青黄，自言名荀过。徐宁道：“闻你姓名，亦是书礼之家，怎得落魄至此？”荀过愧道：“家中祖上亦曾做过小官，后来子弟读书不成，父亲大人早亡，小人亦不得入学。”徐宁道：“你确实借得何涛多少银钱，有无赌博，可曾照顾老娘，与我一一道来，倘有隐瞒，我便将你交于何涛。”荀过连连叩首道：“小人确有隐瞒，如今实向恩公明言，但乞救命。”便将如何借了何涛银钱，如何与老娘治病，如何筹集还债钱时被何涛家人引诱赌博之事一一道来。徐宁闻言，面上虽不言语，心头着实愤怒。

刘唐无心于此人，却转而问徐宁道：“兄长方才道识得何涛，不知何时之事？”徐宁道：“少小时随父曾过郓城，与何家有一会之缘，何涛较我年长，武艺却差，何家老太公再三恳请，家父只得收何涛为徒，点拨他些个本领，算得何涛开蒙师父，与我有师兄弟之谊。”说话间，远处一干人跑得近了，前方那人方帽遮了耳处，不是别个，正是何涛。徐宁回首对荀过道：“他虽名为我师兄，倘或真做出毁人子弟之事，我必不与他善罢甘休！到是你只管与他分辩，我绝不偏私！”荀过连连称谢。

何涛远见得徐宁，径直奔来，捉臂大悦道：“不想能在此地见得师弟，着实惊喜。”徐宁草草回了半礼道：“亦不料师兄竟在此地，叫徐宁很是吃惊。”何涛对徐宁的傲慢不以为意，忽见刘唐，心中大惊，若依得早年心性，必要提刀上前拼命，此时见刘唐与徐宁一处站着，一时间犹疑惊惧，愤恨交集道：“师弟如何与这贼人在一起？岂不辱没了师傅老人家的名头。”徐宁冷笑道：“师弟再不济，亦不敢愧对天地良心，比不得师兄，弃官之后反倒发起黎民之财。”何涛瞠目结舌，半晌方道：“贤弟何出此言？如此罪名，为兄如何敢当！”

徐宁便叫荀过前来，三人当面对质。何涛深知徐宁性情，一贯耿直，自幼便爱较真，只得依言与荀过对质。

荀过施礼道：“小人确是借得何公子看病钱二十两，只是二十两不知何时变得二百两。”何涛大喊冤枉道：“荀过，你敢不敢将此银两去向说与我师弟！”荀过慌忙跪下道：“小人有罪，不敢欺瞒。小人确是拿钱为老娘请医问药，老娘病势见轻后，便与我商讨怎得还了何公子的银钱。因着老娘看病只花了十二两三钱，小人便想要用剩下的银两做些小买卖，挣些银钱早日还债。后来遇得何公子家的田产管家，与我说起赌场万利之事，小人一时鬼迷心窍，便随他去了赌场，将银钱输得精光。”荀过说及此节，瑟瑟不安。

此前荀过早已将过程与徐宁简单吐露，徐宁虽厌他心智软弱，却因他诚心悔悟，家中又有老母在堂，有心饶他一次，便也不去理会，只对何涛厉声道：“田产管家，可是你派去的人？”何涛听得此节，早已忍不住喊冤道：“管家对我说，此人将我与他的二十两银子一并拿去赌博，不与老娘问药，我气不过，确曾派管家去他家理论，但并不曾教他赌博之事。”

徐宁审视何涛模样，虽是少了双耳有些怪异，但神色姿态，却不像装出来的，便向荀过道：“怎么还有管家借钱之事？”荀过一旁痛哭道：“确有此事，小人赌输了所有银钱，连最后一包药钱也输了，他家管家对小人道，没有一直输的局，便借我些银两让我继续赌，若是输了，便算他的，若是赢了，便算小人的。小人赌得两把皆是赢钱，便想着将此前输去的一并儿赌回来，越是心急，越是一直输，直连管家借我的银钱亦输进去，管家揪住小人要钱，方才晓得自己着了道儿。后来管家又道此钱乃何公子舍与的药钱，如今皆被赌输，便着落小人还债，低价强买了小人的几亩薄田，又修改利钱，逼迫小人困窘至此。”

何涛闻得此言，气闷了半晌道：“我是与你借了二十两银子治病，后来命管家去你家中劝你戒赌，并与他二十两银子。倘若你戒得赌博，这银钱仍借与你买药；倘或你依旧好赌，便径去与你娘抓些药保得性命，何曾教你去赌？”说罢冲徐宁道：“师弟，愚兄不善经营，微末家事，皆由管家打理，确实不曾命管家怂恿他进赌场。倘或真如荀过所言，必是管家从中捣鬼，管家昨日还与我说，已借与荀过三四次银钱，皆被他赌输了。”徐宁听得他二人对质，便晓得关节尽在那管家身上，若不是何涛真个无辜，便是那管家借了何涛的名声地位强取豪夺。

徐宁更不含糊，问管家何在，何涛向前一指道：“兀那不是来也！”徐宁远远望去，却是郓城县都头吴壬、牟重带着几百官兵杀将而来，何涛大惊道：“他今日去收田税，我闻得荀过之事，便命人去寻他，怎将郓城县都头一并招来也？”刘唐大怒道：“必是你在此作耗，哄得我们听你絮絮，却搬来官府救兵！”说罢便要上前揍他，徐宁拦住道：“且不论荀过之事真假，师兄必不会出卖于我，我看这关节儿，却在管家一个人身上！”

刘唐不及细问，徐宁道：“贤弟，你且带二十人潜到我们方才去过的石坳，待看我放倒一个，便如此如此。”刘唐虽是担心徐宁，却也晓得金枪手厉害，又道是兵贵神速，也不敢耽搁，立刻照徐宁所言去做了。徐宁重新上马，横枪立于路中央，身后七八十小喽罗一字儿排开，倒仿佛是在等那吴壬、牟重。何涛见官兵将此地团团围住，口中叫苦不迭。

此时徐宁发难道：“师兄，此地并无他人，你与我一句实话，官兵到底是谁引来的？”听得话中质问，何涛苦笑道：“我说此事与我无关，师弟可还肯信？知你在此地的只有我，罢了，此性命便由师弟拿去！”说罢闭目引颈。徐宁瞧他模样，知道不是作假，又因着前面种种，便对何涛道：“师兄错也，你方才不道命管家来此么？焉知不是家贼难防！”何涛猛然醒悟，劈手夺过一把朴刀，跨上刘唐所遗战马，只待吴壬、牟重前来。

吴壬远远见这师兄弟问答，高声喝道：“何涛反贼，身负罪孽，私通贼寇，且看我奉旨拿你。”徐宁朗笑道：“都头亲自前来，徐某却之不恭，若要取得何涛，且先问我之意。”吴壬大怒，挥舞着长镐便冲徐宁而来。

徐宁觑得这吴壬身材高壮，其实中空，心中便有掂量，端是稳坐不动，只待他来得近了，凭他一镐轮来，侧身躲过，顺势一枪刺中吴壬大腿，颠下马来。只一个回合，便伤了吴壬，牟重大惊，他拼力前去抢回吴壬，招呼身后步兵一拥而上。徐宁却一挥手，身边喽罗皆四散，路两侧林中忽地窜出几十支利箭，宋兵躲闪不及，一时间死伤二十余人。林间霎时传来呐喊声，牟重抬头看时，只见林中四面八方皆有梁山旗号招摇。趁牟重惊疑之际，何涛带小喽罗忽地杀了个回马枪，牟重的兵马一时难以招架，又看林间兵马渐近，晓得此地靠近梁山，疑是有山寨大军闻讯前来，更不敢恋战，招呼人马便望郓城方向逃去。

众兵马奔逃之际，一管家模样的人也随之狼狈逃窜，徐宁眼尖，度得此人身份，哪里肯放过他，纵马上前，只一枪便勾得他跌倒在地，冲何涛道：“师兄且来看，可是这个家贼？”何涛只一眼便识得此人道：“恶奴，我待你不薄，万贯家私皆交于你打理，何等信赖，你怎得假传我意，私放高利贷，又引得官兵来此捉拿我？”管家瑟瑟缩缩，唯有拭汗叩首道：“公子饶命，小人不敢了。小人鬼迷心窍，染上赌博，将主人家许多田产输去，不敢教公子得知，只得私下借公子名头收放些高利贷。”徐宁冷笑道：“你倒乖觉，只拣便宜事说，恁时我便不为难你不成？且说为何引得官兵至此！若有欺瞒，我绝不轻饶。”

那管家直唬破了胆儿，哪里想到徐宁可凭百十人赶走恁多官兵，一时不曾想好托词，又慑于徐宁声色严厉，只得如实招来：“今日小人在庄上收税，闻得公子遣人寻我欲问荀过之事，便知此事兜揽不住，必会教主人知晓小人从中作梗的事宜。因着担心，便问跑腿的伙计，主人如何得知此事？伙计便将山路遇头领之事，头领与主人相认之事一一说了，小人想，若要主人无暇追究小人所输田产，只得将主人一并儿做梁山贼寇拿了，因此派了心腹去向县里报信，便也可得了一笔家产。”何涛怒道：“背主家奴，何氏一门险断送在你手里！”朴刀一挥，将管家砍作两段。

此时刘唐与荀过也已从林中走出。荀过瞧得管家模样，几乎唬破了胆，不敢直视徐宁。徐宁瞧得他胆怯道：“我自惩治奸恶，与你无关，只是你今后须孝敬老母，戒了赌博，不然我徐宁定不轻饶。”荀过忙施礼道：“小人必谨从头领之令，亦晓得近日之事冤枉了何观察，望乞恕罪。”何涛道：“不妨事，你且回去孝敬老娘罢。”荀过拜谢而去。

原来刘唐依徐宁之言，带了二十余人伏在林间，只待徐宁刺倒了吴壬，便触起暗箭机关，杀了牟重一个措手不及。又将随身所带的旗帜之物尽插林中，二十几人在远处拨草打树，只做兵马前来之样，受惊的牟重必然不敢孤力支撑，那时方真是草木皆兵，逃之夭夭。

徐宁对何涛道：“你与我一同对付县里都头，管家又死在此处，你必定脱不得干系，不如随我上山罢。”何涛道：“休要提上山之事，愚兄不堪大事，只愿平静终老，回去便寻得一处安静禅院，了此一生。”徐宁苦留不住，何涛径自离去，不知去向。

正是：少年同门再相逢，徐宁拨疑论旧情，金枪不逞英雄气，只向恶徒问清平。徐宁惩戒了何涛的家奴，与刘唐重新修正了机关，在可伏兵处做下记号，便回山准备应战呼延灼。

张清，原为东昌府守将。擅用飞石，绰号“没羽箭”。他原是虎骑出身，后镇守东昌府，曾连打梁山15员战将。梁山大聚义时排第16位，上应天捷星，担任马军八骠骑兼先锋使。

莽撞汉彰德弄拙 天捷星郓城寻仇

陈进轩

纵观《水浒传》一百单八将，个个出场不凡，尽是豪杰身手。不说刀枪棍棒，只于暗器夺人者，却独那张清一人褒贬当殊，明扬暗抑，实是讽其技不为磊磊君子所为也。且看：“城中有个猛将，姓张名清，原是彰德府人，虎骑出身。善会飞石打人，百发百中，人呼为没羽箭。”正所谓：未睹其人，先闻其威。又有诗云：“头巾掩映茜红缨，狼腰猿臂体彪形。锦衣绣袄，袍中微露透深青。雕鞍侧坐，青骢玉勒马轻迎。葵花宝镫，振响熟铜铃。倒拖雉尾，飞走四蹄轻。金环摇动，飘飘玉蟒撒朱缨。锦袋石子，轻轻飞动似流星。不用强弓硬弩，何须打弹飞铃。但着处，命归空。东昌马骑将，没羽箭张清。”有此诗证着，当值得侠女以身相许，这又是梁山英雄所莫及。然施老先生言及张清原为彰德府人，却是北宋说了南宋话，须知金章宗明昌三年，相州才升为 彰德府，实则为后话相州之前移也。

如今书家也使一回后话前移，好歹赖个春秋笔法，依托着《水浒传》中所言，先按下东昌府力挫十五员战将不表，单说那张清于彰德府故土光景。

话说那张清本出自军汉人家，祖上多为虎骑出身，常于军中效力，因此便落个自幼弓马娴熟。又兼生就得俊朗朗一表人才，正可谓：最数风流多雅士，前朝吴中话周郎。那张清却不以周郎为上，平日里只要标新立异，偏要于那一技中寻个手段，横竖是夺人不备，占人之利，暗地里施个百步赢人的功夫。说来亦是地利促合，机缘得便，此皆因彰德府多山，时人常以放牧山羊为生，又因山羊原为野生，喜的是顺走漫坡，逆行峭壁。牧人鞭长莫及，便于经久日月里，摸索出飞石追羊的张法，其意不过是图个方便。不料那张清却由此生发，每每跟踪牧羊人手法身段，眼见得牧羊人手扬石出，任那百步之外，直击个万无一失。张清顿感领悟，从此便于那弓马之外，再添了飞石击物演练。先大后小，先静后动，直至天上飞鸟、地上走兽，欲掷时，无有不中。当地人惧其飞石功夫，不及交手过招，先要抱头遮面。张清由此张狂，以为天下之勇，尽可一石败之，遂常以“枪挑四面、飞石八方”自诩之。

一日，张清又是一身轻便打扮，只于腰间挎一袋囊，内中藏石子数十枚，信步去了集镇热闹处。镇上人多识得张清手段，一时犹如虎入羊群阵中，见之者无不纷纷躲避。张清一时无趣，遂言道：“尔等全不如食草之物，未及攻汝茎卵，焉何做此萎屑勾当？”视人如食草之物，当知此话亦含鄙意，奈何众人只是受之不语，越发惹得张清寡味。这一日也合该闹些典故。内中偏偏有一客商模样的汉子，只顾埋头张罗生意买卖，张清那里却是一眼不睬。有邻人窃窃告之，欲意示其躲闪，谁知那汉子反言道：“这又是蹊跷！各人自作生意买卖，他买我卖，莫不是他要化作大虫吃人，竟要乖乖地躲他？”

张清眼见得真切，倒暗喜了那汉子的不躲不避，于是大踏步径直走到汉子身边，突兀放出一语。言道：“我看你这拙夫嘴脸，倒像是个有些猪羊胆量的，若能跟没羽箭张爷过几招，管教你今日生意兴隆。”汉子似上了牛筋拗脾气的，偏偏不以好话应对，生生硬硬地直言道：“我只知道与人生意往来，那猪马牛羊，皆为四蹄畜类，从不招惹！”

这话果真说得十分机巧，看似说自身，实则以畜类回敬张清，那张清如何听不出。只见张清一步抢入，飞起一脚，踢翻了汉子的干果摊子，反又闪身后移数步，暗中取袋囊石子于掌心。言道：“今日偏不动拳脚，直要飞石点你满脸荸荠疙瘩，却当我买了送你！”

一街的人尽皆惊呼。且看那汉子，原本只为性憨话狠，何尝要与人撕打，眼见得来人拉开了架式，知道是要发狠于他，只好暗暗恼怒着，要躲眼前是非。岂料干果摊子翻斜，哗啦啦撒了一地干果，他这里纵身起跳，却是起得力道猛了，一堆荸荠烂于脚下，直如铺了一地碎冰，哪里立得稳脚步。随着脚下打滑，偌大的身躯向后仰去，后背竟如生了飞轮一般。那两条长腿，木桩也似，直挺挺，硬梆梆，竟自冲向张清。

此时再看张清，满心里直要飞石取那汉子头脸，却不曾留心地上，待看到那汉子四仰八岔狗晒蛋也似，只觉十分好笑，哪里顾得自家。正是这个荒唐戏耍般的一立一躺，倒让张清着实地吃了暗亏！只见那汉子双腿双脚子直抵张清胯下，不偏不倚，正中张清裆间柔软处。说时迟，那时快。只听张清一声残叫，随即佝臂缩身，双手护住下裆，刹那间，自家倒先满脸冷汗浸出。正是：暗着他人一技扬，倒领算计自品尝。

不说张清倒地抽搐，只说那拙朴汉子，爬起来先看地上，转而又看张清，愣怔怔，痴呆呆，长脖子傻鹅一般。耳边只听得有人呼叫道：你那汉子忒憨傻了些，竟敢伤了飞石将军，今日要你好看！汉子打个寒颤，须臾间方醒悟过来，哪里还顾得干果摊子，一身浮尘亦自是顾不得拍打，撒腿就朝镇子外跑，口中还竟冤冤地呼嚎，言道：“这叫人哪里说理去？”

回头再说张清，良久方才站起，踉跄着赶至镇外，哪里还有那汉子的身影。反身复回镇上，径去问那邻人，意为打听那汉子姓氏居处。邻人一时错谔，唯唯言道：“只知是济州郓城人，常以贩卖水地鲜果为业，无非是菱角、荸荠、鸡头米之类。想是郓地多产此物，这里摆摊设位，老家那边自有人按月往返。及至姓氏居处，家中门庭，却是半点儿不知。”

张清一时焦躁，却也无可奈何，又是尽失了脸面的，集镇上不便多盘桓，只好悻悻而回。说话间，恍惚岁月，白驹间隙，不过是个眨眼光阴，到底亦算个斗转星移。如若换作他人，集镇上吃了那一记暗亏，想来不过是出招未及，加之又无过往纠葛，几日过去，哈哈一笑，也就烟消云散了。偏那张清却是暗技伤得他人，最容不得他人同样暗中算计于他，那干果汉子不过是先自摔倒已吃一亏，结了张清心里，竟变成了干果汉子以暗招赚他。此正谓张清不磊落处，虽弓马娴熟，飞石技高，到底算不上军中好汉。待要异地寻仇，偏要争个他赢人输，真真的是个妇人肚肠了。打听得郓城只在东边，过了濮州便是，里程上并不遥远，遂生了郓城寻仇的念头，一时三刻，须臾迟缓不得。

是日，张清收拾行囊上路，跨一匹青骢玉勒马，握一杆出白梨花枪，袋囊中自是少不得飞蝗之石。出彰德，过濮州，用不着风餐露宿，早晚日余，已到了郓城地界。因不知道那干果汉子的姓氏居处，只好逢人便问，遇村即访，偏又说不出底细，反倒把自家绕了个昏头昏脑。如此忙乱了一天，全无丝毫着边处。张清因了一个急字，越发恨不得一时三刻就找到那干果汉子，定要比个功夫高下。说来也是急中生智，忽然记起那干果汉子只做干果生意，想必是生在菱角、荸荠、鸡头米多出之地，以为得便，一时又兴冲冲起了快意。岂知那张清本是山地人，哪里知道郓地多水，多水处便多生了水中物儿，张清倘若如此按图索冀，何处再得头绪？正没着落时，忽又要于集镇上寻找，以为那干果汉子必要在集市上现身。须知偌大的郓城，集市又何止三五处？眼看得盘缠用尽，张清再无计可施，偏又极看重脸面光彩，无颜再回原籍故土，索性发下狠心，径直投了北邻东昌府。

你道张清此举何意？出口倒教江湖豪杰哂笑。原来那张清要去东昌府投军谋职，依旧为着往来郓城近便，他日再来寻仇，亦为囊中取物一般。如此肚肠，焉知不是笑煞人也！

好在那张清功夫了得，待到梁山英雄攻打东昌府时，已做到兵马都监的张清，再度施展飞石绝技，连伤金枪手徐宁、锦毛虎燕顺、百胜将韩滔、天目将彭玘、丑郡马宣赞、双鞭呼延灼、赤发鬼刘唐、青面兽杨志、美髯公朱仝、插翅虎雷横、大刀关胜、双枪将董平、急先锋索超等一十五员战将。威风凛凛，飞蝗走石，何等地英姿勃发？终惹得军师吴用急中生智，以一水中计逼其就范，直至做了梁山俘虏，方才有了天地间一番大拼杀，虽然战死于南国，到底是骨铮铮英雄本色，亮晶晶人世豪杰。只是裆下受辱之谜得解时，却又薄了友人情面，便是自家脸上，也有好大的折损，此当为“没羽箭”张清之憾也。

杨雄，武艺高强，面貌微黄，曾为蓟州两院押狱兼充市曹行刑刽子，江湖人称“病关索”。与“拼命三郎”石秀是拜把兄弟。梁山大聚义时排第32位，上应天牢星，步军头领之一。

一脚两州分属地 双手识巧现功夫

陈进轩

诗曰：天生一个黄面皮，虚掩关索非多余。

　　浑得臂腕斩切功，专为筋骨刀下齐。

水浒英雄中，专说那好汉杨雄乃河南人氏，须知所居村落只是一处翻滚地。忽儿朝东，忽儿向西，忽儿走南，忽儿跑北，全看那无根的黄水随势来去。恰如那蔓上葫芦，风摆秧移，眨眼间界里界外，由不得根基挣扎。此地也罢，彼地也罢，好在与济州郓地为邻，二地均属宋时的京东西路，横竖为一方习俗。那杨雄一脚分属两州，张嘴两片肉，倒也落得个穿梭快活，落地逍遥。

话说杨雄本为一乡间闲汉，虽无如簧巧舌，倒也身阔体伟，面皮上带着病相黄蜡，却生就的一身关索之勇，胆识自有过人处。况那一身牛样气力，也是果真了得，乡间只以“病关索”称之，实则人皆惧其孔武。倒是杨雄自幼散漫惯了，一切尽随性情使然，钱盈时，大把挥洒，钱紧时，苦亦自乐。若有役使处，山东河南，上路即是，抬腿即走，不计艰险曲直，一任做得风声水起。若无役使处，便又闲得月明星稀，晨昏暮醒。真个是：今朝有酒尽管醉去，他日有愁何须早虑。偏又有一桩精道之处，便是无师自通的椎牛宰羊本领，如若一时兴起，搭眼儿瞄住一牛一羊，张口便是筋骨份量，轻重高低，竟是分毫不差，众人无有不奇。偏那放倒的畜牲，却又尽随他人拿去啃食，自家儿落个两手血、一脸笑，竟像是天大地大，只他独自赚足了一般。因有着如此洒脱大度，坊间里巷倒落得好人缘，一时有那卖弄文墨者，竟编了不着辙韵的联句，直呼作：无所能无不能杨雄非熊；尚且可尚不可关索威风。

杨雄哪里通得文墨，得了此语，竟自乐得抓耳挠腮，只有叔伯哥哥杨通，因欲远行至蓟州做知府，行前偏要扫杨雄兴头，免不了借古喻今，训斥告诫一番。言道：“你有那椎牛宰羊的本事，且仗着一身气力，好歹也做个正经营生，便是街面上砌石立灶，只做个不计厚薄的生熟买卖，倒底是个稳妥的勾当。似你这般虚度年华，纵有汉王斩蛇起事得天下，要学那樊哙一时走运，亦是难为。”

杨雄自是驳不得哥哥金玉良言，又自知腹内是个空无点墨的，于是只顾胡乱点头，却也唯唯喏喏，一一应下。言道：“哥哥训诫得极是，我自此牢记就是了，他日再不敢虚晃。”

话虽说得敞亮，毕竟是闲散久了的，椎牛宰羊的勾当，做是做得，却是耐不得起早贪黑的繁琐。偶尔念起，只拣那逢年过节时，也去集镇上开张几次，兴致竟全在椎牛宰羊的场景。众人知他品性，仗着年节有闲，竟都围观了看他手段，挥刀斩骨，恰似庖丁解牛。直见刀锋游刃穿行，真个是行云流水一般，偏又双目微闭，如醉如痴，只听得肉簌簌，骨嗦嗦，剥皮划膛，剔筋削骨，那关节骨缝儿，逢刃即开，便当得直如砍瓜切菜。及至论秤叫卖了，却又不顾了贱买贵卖的规矩，斤两上计大不计小自不必说，索性连秤也要丢下，由着性子说多说少。如此久往，逢年过节的肉案生意，自是赔多赚少。人皆笑其赔本赚吆喝，他只笑道：“我还赚了开膛破肚、剔骨抽髓，这一桩，你直不说，我却偏是喜听！”

却说这一日，时值中秋临近，街面上有闲汉怂恿杨雄，欲邀他去郓地耍赌，偏又拿别话诳他，言道：“近日郓地多了许多肥美畜牲，隔皮亦嗅得肉香，真真地如那无骨肉包儿一般！”

春瘦冬臊秋看膘，欲吃鲜嫩只一刀。杨雄自是懂得杀秋的习俗，只是听人说得热闹，反倒疑心了话中虚晃。于是笑言道：“郓地自是我早晚走顺了的，何曾见过无骨肉包儿一般的畜牲，莫不成是拿气儿吹的？”闲汉知是虚晃话说大了，哂笑道：“但要一通又何妨？若要买牲口杀了过节，我等亦可帮你带回。尽是妙处，哪些不好？”杨雄自随去了。一路说说笑笑，顺势漫扯些郓地风情，倒也十分有趣。

正是秋高气爽，微风习习，天远云阔。一行人行至郓地，正欲进集市，忽见街头有一长者捶首顿足。那杨雄尚在兴致间，最是见不得人啼哭，于是遂上前高声了几句。言道：“甚么天塌地陷的事儿，值得如此悲伤？”

那长者哑声张目，见一硕大汉子，是个极面生的。此间就应了郓地一句俗话，叫做：生了疖疮想摸摸，有了病灾要说说。那长者无病无灾，只为心中积下一个天大委屈，少不得要找人诉说，不为解脱，只为不平，与那疖疮病灾同理。好歹忍住气恼，一五一十，竹筒里倒豆儿一般，尽皆撒出。

原来那长者家中有一小儿，甚是牛筋脾气，因恨着村里人家放牧啃食稼禾，便在自家地头设下一个暗夹，意在捕了解气，谁知捕到的却是泼皮家中的走羊。泼皮借机耍赖，言说走羊是留作种头的，买时花了牛钱，非要长者一家伤一赔五，今日集上，就要买五只羊送去。言毕又是长吁短叹，奈何拿不出五只羊钱，因此便多了惶恐。杨雄闻得前后因果，心中暗道：我欲帮老儿些许银两亦使得，只是不得当面训斥那泼皮贼子，心中着实不快。于是言道："我且问你，那泼皮只说伤一赔五，可曾要你买大不买小？"长者泣道："只这五只便是愁煞人，倘若再要牛马般高大，便是撬锅捣灶也凑不齐银两！"杨雄又道："如此倒是那贼子自找！我再问你，囊中可带得一只羊钱？"长道愧言道："好歹筹措了几文，三五个月的乳羊或许买得一只，若是买那齐整带膘的，怕是一条羊腿也不够！"

杨雄听长者依旧愤愤不平，话也说得有趣，兀自朗声笑了，言道："你且尽随我去畜牲市，我直帮你买一只，管叫那贼子无话可说。"遂与同行人耳语，又言道："今日看我手段，须是让那贼子长些见识，尔等且去自耍。"同行人自是热闹心重，一并跟着起哄，哪里肯去，于是拥挤着去了畜牲市，看杨雄如何施展手段。

再看郓地集市，果然热闹，畜牲市上，牛马猪羊，鸡鸭鹅狗，高矮肥瘦，黑白花间，应有尽有。杨雄远远地瞄住一只怀羔母羊，大踏步径直奔了过去，简短搭讪三言两语，便弯下腰去，双手先置于母羊腹肋，轻轻顺势下滑，直至肚腹下交汇。然后起身净手，口中自语道："就是它了。"长者不解，嗫嚅道："小老儿不解好汉之言。那泼皮甚是刁钻，言出的要我伤一赔五，一只大肚子母羊，如何说得五只？反倒招他作贱撒气！"

杨雄笑而不语，自个儿拿出羊钱，直催长者去找泼皮交羊。长者虽是万千感激，却免不了心中如月宫玉兔舂药槌，上上下下，哪里得个安稳。杨雄见他踟蹰，复言道："看你这番光景，少不得要随你走一遭，你只管带路，我自有分寸。"路中得知那伤了腿的羊仍在泼皮家中，遂又与同行人笑道："今番要吃个整羊，你我尽可享用，若那贼子要起刁蛮，我便一通好打，那时方吃的畅快些！"

同行人乐得好看，于是尽皆雀跃。

说话间到得泼皮庭院，杨雄于后边推搡长者，长者萎缩不前，同行人只是嘲讽，长者依是面皮灰暗。杨雄长叹道："畏人如畏虎狼，可见百姓活得凄凉。"于是跨步上前，自牵了母羊走到泼皮面前，耐着性子先拿好言软语添补，言道："我且看你们乡邻份上，只与你论些道理。你要的伤一赔五，而今也一并与你，交手再无此事，出门即为两清，若再无故生起纠缠，那时须要拿拳头说话。"

那泼皮自是刁钻惯了的，虽听得杨雄话中份量，毕竟是自家门里，哪里会露怯懦。于是吊挂着个冷脸先瞥了杨雄一眼，言道："你既知伤一赔五，怎的只拿一只瘦老猴上门，恁地欺我眼瞎了不成？"

杨雄道："明明是五只，怎的反说一只？"泼皮反唇相讥道："明明是一只，怎的反说五只？莫不是把四条畜牲腿，另算作四只活羊了？真真地羞煞你先人！"杨雄怒道："一母四羔，你若识数，直说几只？"泼皮道："我知你是要拿大肚子取巧，须知隔皮猜瓜、摸骨揣肉，终究是个蒙人话。你说一母四羔，我偏说一母二羔，如果辨得真假？"杨雄冷眼鄙之，言道："空口无凭，开膛破肚，若少一羔，我赔你一牛。若是不多不少，你当如何？"那泼皮索性发了赖性，言道："既恁地说话，我若赌输，赔你一马！"两人打手击掌，众人只是叫好。

直见杨雄嗖地抽出一把亮晶晶牛耳尖刀，挽衣执刀，一手放倒母羊，一手划刀走线，刹时腹腔洞开。巢囊中取出绒毛羔儿，不多不少，正是四只。于是收刀在手，口中呼喊道："快去牵出马来与我，我须看看蹄腿曲直，不得反悔！"

此时再看那泼皮，早已失了先前神色，倒是惯常的泼皮赖性一古脑儿全兜将出来。紫颈红脸，鸡夹脖儿一般，破了嗓子嚎叫道："家中老少全上来，看他如何发落！"一语未了，齐刷刷跑出一群男女，打哄聚拢，呼喊着簇拥上来，撕发撩衣，敞胸坦腹，围着杨雄又喊又叫，又蹦又跳，孩童儿似地撒泼哭闹。杨雄被吵闹得焦躁起来，一时愤起，只顾挥手推搡，却忘了那牛耳尖刀原本是在手里抓着的，只此一挥一拨，竟将几多人划得血流，刹那间，满院子男哭女嚎，声聒四野。

有那同行人看得迷乱，惊恐着发一声喊："杀人了，杨雄快跑！"那杨雄激灵灵陡起寒颤，一时始料未及，自是顾不得察看，只是望那村外野地里一路狂奔，哪里还辨得东南西北？

正是这一个慌不择路，北地蓟州府里，便活脱脱多了一个押狱刽子，仗着刀刃锋利，专向人颈项关节处试热凉。后又结识拚命三郎石秀，虽因潘巧云一命惹得奔波江湖，毕竟有那哗啦啦一杆杏黄旗招着，到底挣了个忠武郎的英名。

正是：天下不平一刃裁，那时方知好与歹。

解珍，出身猎户家庭，武艺高强，绰号“两头蛇”。自幼父母双亡，未曾婚娶，与弟弟解宝以打猎为生。兄弟二人都使浑铁点钢叉，擅长穿山越岭，捕兔逐鹿，更敢上山擒虎，是登州第一号猎户。

解珍大闹郓城县 英雄勇接老夫人

杨彩云

两头蛇解珍与兄弟双尾蝎解宝在登州灭了毛太公满门，与孙立孙新邹渊邹润等一伙八条好汉投奔了梁山。正遇宋江攻打祝家庄两战不利，便跟随孙立装扮成登州官兵赚入祝家庄，内应外合，大获全胜。归来论功行赏，被任命为步军头领，与兄弟解宝一起把守山前第一关。

解珍乃一猎户，在登州时只有受官府欺压的份，一下成为梁山寨中一位头领，自是欢喜不尽。一心想报答托塔天王晁盖和及时雨宋江哥哥的知遇之恩，却苦于无有机会。一日闻得晁天王在郓城县晁家庄还有一位老娘，当初受官兵追捕仓惶出逃一家人走散了。后来数次派人寻找但总不见踪影，为此晁天王愁眉不展。解珍寻思，晁天王的老娘便是他俩弟兄的老娘，终需把老人寻了回来，让他母子团聚方算为是。于是嘱咐解宝好生看守关口，趁着浓雾半夜动身独自一人下山去了。

解珍下得山来，一路向西，天色微明便进入郓城地界。但是解珍乃登州人氏，距此千里之遥，从未到过郓城，自然不知晁家庄在何等方位。口音又大不相同，不敢随意打探，恐引人猜疑。此时七雄聚义智取生辰纲的事情早已传得沸沸扬扬，声势不亚于豪风暴雨。但郓城毕竟还是官府的天下，所以大意不得。

解珍提着两股钢叉迈开大步，顺着官道只管前行。他那攀山越岭的腿脚功夫在梁山十万兵马中，恐怕只肯输于神行太保戴宗。太阳高升之时便见前面有座城池，城墙高筑城门阔深，上书“郓城”二字。不由心生好奇，久闻郓城民风淳朴人物彪悍，崇文尚武地杰人灵，何不趁此机会去观赏一番？ 于是将钢叉掂在手上，随着滚滚人流走进城去。

这一天是五月十三，郓城骡马大会。为何这天起会？相传是关老爷磨刀的日子。关老爷磨刀需得水呀，所以这天无论如何天上也会降下雨来，哪怕只有几滴，也算有这么回事。解珍不知这个典故，只知城里人山人海万头攒动，好不热闹。脚下却无法大步行走，拥拥挤挤弯弯曲曲自己也不知被挤到了什么地方。但郓城的人物丰貌已尽观眼底，怪不得郓城出了那么多好汉，看这满大街的人流就知道了。突然间似被人撞了一下，扭头看却是个老汉。老汉提着一篮熟透的红杏，是来会上卖几个铜钱的。却不意从手中被挤脱了，红杏滚了一地，竟有人直踩了上去。老汉一时大急，连呼“莫踩我的杏，莫踩我的杏！”可是人流如潮，后浪推前浪一般，哪里收脚得住？不但踩烂了许多杏儿，连老汉也被拥倒了。

解珍回头瞧得清楚，忙用身子挡住老汉。老汉爬将起来，忙不迭的去拣杏儿。可是四面是人，哪里来得及拣？眨眼间成了一片红泥。老汉见状，坐地大哭起来。

解珍甚是不解，无非一篮杏儿何至于此？这老汉忒也小气了。但看他哭得可怜，便上前搀扶。老汉拉着他的手道：“我命休矣！”

解珍更是不解，便问其故。原来老汉是城西北十八里潘溪渡人氏，潘溪渡古有溪水今已干涸，家中三亩薄田无水灌溉颗粒无收，家中有人病倒，只指望这篮杏儿换几剂汤药，却全被踩了，岂不是要了老命？

解珍闻言从身上掏出一块银子，约有十两左右，一把交与老汉道：“莫再在这儿哭，快快抓药去吧。”

老汉千恩万谢奔了药铺不表，这事却败了解珍的兴致，哪里都有受苦受穷的人哪！欲待寻找晁家庄，又不知所向，只好向人打探。而这一打探打探出事来了。

原来郓城县衙内有个叫马六的人，拜在张文远门下为弟子。张文远自阎婆惜死后捉拿宋江没有捉住，又气又急又心疼相好，不久也忽然中风落下偏瘫半死不活。马六知其情由，深恨宋江。后来宋江上了梁山，便将所有梁山人都痛恨起来。此人久在衙内伺候，自是有着几分眼力，自打解珍进城便瞧着有些蹊跷。解珍腰扎虎皮，手提钢叉，二目如电，分明是个猎人。郓城地处平原，无高山大川，何来的猎人？瞧那柄钢叉雪也似的锋亮，椽也似的粗沉，纵是猎人也无这般兵器。遂尾随其后，观其动静。见他拦人流扶老汉倒还没看出什么，但一听他开口说话，立时知道并非本地人。又见他打探晁家庄的去处，心中一惊，莫不是梁山贼寇？若能拿住一个梁山贼寇，不但替老师张文远报了仇自己也还能领得赏银。但不敢一人上前，这汉子像条大虫一样，需得回衙报信，带得一班人来方可捉拿。于是扭头朝着县衙方向急急飞跑而去了。

解珍打听得晁家庄在城南约莫数十里，看看日头已近中午，腹中饥渴，寻思在此城中吃喝一饱再去不迟。骡马大会上的饭市一家挨着一家，排成一长溜儿，什么吃食都有。解珍不挑茶饭，要了十个吊炉烧饼，又向旁边要了三碗胡辣汤，坐在小桌上吃光还觉不是甚饱，瞧瞧另一边，是卖壮馍的。这壮馍可是郓城县独有名吃，不是馍而是一层一层用薄面卷起来的厚厚肉饼，再放到牛油锅里生煎，油黄焦香。就又要了两个壮馍。吃饱喝足站起来一掏腰包，糟了，忘记钱都给了那个老汉了。吃了人家的东西不能白吃啊，做小买卖的也不容易，他平生最恨的就是毛太公那种强取豪夺横行乡里的人。可是现在欠了三家饭账，一文钱拿不出来，如何是好？三家掌柜的一看他吃完喝光没有钱，自然不肯放他，围着直吵吵，要送去见官。解珍一听急了，自己还有事呢，怎能去见什么鸟官。瞧瞧手中的钢叉，说道：“这柄叉纯钢打造，也值得许多银子。要么我先把它放下，待他日拿钱来取。”可是三个掌柜的俱不愿意，说这玩艺如此沉重，他们收摊后不好携带。万一不来送钱，他们要这钢叉何用?

如果不是这番争执，解珍也已出城去了。可如此一阵耽搁，马六带着一帮混子赶了过来，远远瞧见解珍，叫道：“就是那个拿着钢叉的汉子，别放他走！”一声呼哨，几十名差役便将解珍围了起来。解珍一看事情不好，将手中钢叉一抖大喝：“想干什么！”马六仗着人多势众，也高声叫道：“跟我等走，到得县衙审清问明你是什么人！”解珍本不是精细之人，见马六如此霸横，怒道：“爷爷梁山好汉两头蛇解珍是也，你能把爷爷怎么样！”

这一下，三个卖饭的掌柜顿足不迭，早知道他是梁山好汉早放他走了，还要的什么饭钱！原来郓城百姓心向梁山，恨不得自己也去落草结义，哪能帮着官府？但事已至此后悔莫及，眼着着一群差役和解珍打了起来。解珍绰号“两头蛇”，那两头蛇本产自岭南，因其尾部圆钝，有与颈部相似的黄斑，且头尾皆能朝向行进，故称“两头蛇”。解珍得此名号不仅因他武艺高强勇猛过人，且因他的兵器为两股钢叉，锋利无比，耍将起来如猛蛇盘腾一般。但碍于集会之上人群拥塞躲之不迭，他亦平民百姓出身，恐伤及无故，竟然施展不开。差役们如狼似虎步步近逼，眼看铁锁链就要套到头上。三个卖饭的相互使了个眼色，装作怕砸了摊子收拾东西，却把板凳扁担往差役脚底下乱挡。如此挡出了一个空当，解珍自是夺路而走，出了北门。

解珍本想走南门，却为什么去了北门？原来他人生地不熟，不知道四门在哪，见路就走，急乱中错走了北门。马六求功心切，哪里肯舍，带着差役追了出来。出了城门，已是空旷之处，解珍再无顾忌，捡起一块石头隔空打去，一下打中马六的头。莫说人头，就是猪头牛头也要被打破了，眼见得马六脑浆迸裂活不成了。

解珍瞧瞧四周，道路盘错不知所往，只得捡条小道速速离开。天至黄昏亦没有找到晁家庄。看看方向，知离梁山越来越远，又恐追兵到来。正不知所措，忽听得有人呼唤，却原来是那位卖杏的老汉。

老汉在城里得了解珍银两相助，自去药铺抓药。抓完药回家并不知城中发生打斗的事情。但老汉腿脚迟慢快走不得，直到这般时候才走到村口，却不意看到解珍正站在村头左右张望，原来解珍兜兜转转并没有跑出太远。老汉把解珍邀到家中，亲自下厨做饭置酒，尽心款待。用饭中问及解珍来此情由，解珍亦据实相告。不料老汉听罢哈哈大笑，道："原来你是梁山好汉，误打误撞，却也找对地方了。"

原来老汉却与晁家老夫人娘家有旧亲，论起来需得称呼一声老姐姐。虽然七拐八拐拐到这儿已是八杆子打它不着，连晁盖都尚且不知有如此一家远亲。但既然老太太逃到这儿就需得收留，哪怕豁出性命也要保她周全。今日进城卖杏买药便是为了晁老夫人。当下便欲带解珍到另一室中与夫人相见，方跨出房门走到院中，忽听外面人喊马叫，"休得跑了梁山贼人！"听得真真切切。老汉家中仅一院二屋，连猪圈羊圈都无有一间，根本无处可藏。耳听得喊叫声越来越近，官兵挨家搜寻即将搜到这里。两人正在着急，忽然墙头上露出一个年轻的闺女，却是隔壁邻居春花。春花朝他俩招招手，小声呼道："快到我家来，我家有地窖子！"

老汉大喜过望，知道她们家有个外人不知的地窖子，还是早年间为了躲避白衣秀才王伦那伙人修的。可是老汉家没有梯子，正欲寻板凳，解珍早一个纵身越墙而过，人影儿都不见了。

三天后，解珍背着晁老太太出了村头，临别对老汉坦言道："你回去对春花讲，过几天我就来接她上山。"老汉呵呵大笑，想不到成就了一番姻缘。但后来解珍一直没有来接春花，回转梁山后接着攻打大名府、曾头市、东昌府，片刻不停，后来打方腊惨死在乌龙岭。春花却一直等着他，直到年老还留有一小块从解珍腰裙上剪下的虎皮，时常拿出来观瞧。

解宝，绰号“双尾蝎”。与兄长解珍因猎虎被毛太公陷害入狱，后越狱上梁山入伙。梁山大聚义时排第35位，上应天哭星，担任步军头领，与兄长解珍一同把守山前南路第一关。

王寡妇酒店诉苦　双尾蝎村中夺兔

卢明

水浒一百零八将，个个了得，此处单表解宝。此人上应天哭星，绰号双尾蝎，登州人氏，自幼父母双亡，与兄长解珍以打猎为生。兄弟二人都使浑铁点钢叉，武艺高强，擅长穿山越岭，捕兔逐鹿，是登州第一号猎户。他与兄长解珍因猎虎被地主毛太公陷害入狱，后越狱反出登州，投奔梁山。英雄大聚义时，他排名第三十五位，是步兵头领。

且说解宝，与表姐顾大嫂关系最好。在登州被救出狱后，解珍、解宝对这个表姐的感情更加亲近。上梁山后，解宝常带着猎物到姐姐顾大嫂和姐夫孙新开设的西山酒店来，忆往事，叙亲情，拉家常，偶尔也赌上一把。至于把守山前第一关的事，反正有哥哥解珍在那里坐阵，解宝并不担心。

这一次，解宝又一次来西山酒店看望表姐，却见一个中年妇人，正在顾大嫂身前坐着，哭天抹泪。解宝知道，此人在附近王家庄，是个寡妇，膝下有个十四五岁的儿子，母子二人相依为命，就盼着儿子长大成人，结婚生子，将苦日子熬到头。西山酒店开张后，王寡妇见酒店有个女老板，自己在家又闷得慌，便常来店里拉呱，顺手帮着择菜、洗碗什么的。赶上饭时，也就在店里吃上一顿。顾大嫂虽是男人性格，毕竟是个女流，她也感觉，在店里整日里遇到的全是些爷们，能有王寡妇这样的女人经常来说说话，颇为不错。故二人到一起，无话不说。

此时，王寡妇向顾大嫂哭诉，难以停住，顾大嫂便示意解宝跟着听听。原来，王寡妇家与恶徒黑二家田地相邻。母子俩下地干活之时，一只兔子受惊跑来，眼看着自家小儿抓兔子在手，却又突然被黑二将兔子抢去。王寡妇和小儿据理讨要，双方发生争执。黑二仗着力大，不但不给，反倒将王寡妇和小儿打伤。王寡妇有苦无处诉，便到顾大嫂这里宣泄一下。

听到此处，顾大嫂性起，将桌子拍得啪啪作响道："真是岂有此理，若不怕酒店有啥闪失，我这就过去扇这黑二一百耳刮子！"不想，此情立时感染了解宝。解宝联想起自己和哥哥解珍，在登州山上打到老虎，却被毛太公家贪为已有，还险些丧了命，便将那种压抑已久的愤怒移到黑二身上。他对顾大嫂说："这事何用姐姐出面，我这就去找他算账！"当即拿了钢叉，套上马车，拉起王寡妇，便要去村里找黑二，非要为王寡妇讨回野兔不可。

孙新倒是冷静些，他忙来劝解宝不要冒失，却未能劝住。

马车停在王家庄一条街上。街边一口井，不远处便是黑二家。解宝让王寡妇喊黑二出来，王寡妇此时反倒有些心怯。解宝很不耐烦，生气地道："真是个娘们儿，我来喊！"便指着黑二家的院子，高声喊到："黑二，你出来，把兔子还王家母子便啥事没有，如若不还，看我把你头揍扁！"

此时，黑二正在家中拴了野兔，为抢得此兔而沾沾自喜。他本是乡中强势之人，无理霸道，忽听院外有人如此高叫，哪里受得了，便牵了野兔出门应对。

黑二看了看王寡妇，看了看解宝，又看了看马车，恶狠狠地道："这人满嘴唧里呱啦，王寡妇你在哪里找得这野男人？你若没地方浪，来找我啊！"王寡妇又气又羞，指着黑二道："你个挨千刀的，俺是来要兔子的，你休胡屙拉乱吣！"口中如此说，却底气明显不足。

解宝严厉斥责黑二："你这厮满嘴喷粪，与女人斗，不是好男子！"黑二欺解宝不是本地人，越发逞能地说："一个外地鸟，还敢在我村子里撒野？你信不信，我随便叫几个人便把你吃了！"接着，对前来观望的几人恶徒说："你们说，是不是啊？"恶徒们齐声说："谁说不是哩！"

解宝乃本分人，不善与人争辩。况作梁山将领，不屑与无赖斗嘴。这一次不然，本就怒火中烧，现在又听黑二口吐秽言，便压不住暴躁性子。他猛然上前，去夺黑二手中的牵绳。黑二一边躲，一边招呼几个恶徒蜂拥而上。这些恶徒，在村中耍耍无赖尚可，在解宝手里，便根本不是一道菜。解宝钢叉猛扫，登时便打倒两个。

黑二看出解宝身手不凡，便想逃跑，却被解宝一把揪住。眼见得野兔将被解宝夺去，黑二一不做，二不休，干脆将野兔扔进井中，说："我捞不到，谁也别想要！"他趁解宝回看野兔落井之时，吱溜一下，挣脱而去，跑回院中，关闭大门，抄一只铁锹在手，躲在墙内向外观望。

解宝之心不在打斗，而在野兔上。他跑到井口望了望，扭头向躲藏在墙角浑身颤抖的王寡妇说："快回家拿大绳，我要下井捞兔！"王寡妇道："兄、兄弟，不值得，这野兔咱不要了，你也赶快回去吧！"解宝执意要捞，王寡妇见说不动他，便回家拿来井绳。

解宝把绳子系到井栏上，顺着绳子下到井水中。兔子早已淹死，解宝便在水中寻找。此时，躲在暗处的黑二见有机可乘，便招呼恶徒再一次聚拢到井边，将王寡妇一把拉开，解开了拴在井栏上的绳子，非要把井下这个人淹死才解恨。这还不算，接着，又在墙边拣拾碎砖烂瓦，向井中投去。

再说顾大嫂和孙新，在解宝离开酒店后，很不放心。匆匆处理过生意上的事，便带领伙计们寻到王家庄来，正巧遇上火急火燎的王寡妇。顾大嫂和孙新与伙计们一起，赶走黑二等恶徒，占据井口。急切地向井内望去，井中哪里看得见解宝的身影，一点声息也没有。

顾大嫂心头一紧，两眼发红，哇地一声，抽出随身携带的刀来，道："我这苦命的兄弟啊，在登州老家被毛家屈害那样，现在却又死在这井里，老娘今天又要杀人了！"恶徒们吓得四散，顾大嫂见人便追，被孙新拉住。孙新说："先把兄弟弄上井来要紧！"

快回到井边时，见抓着井栏的王寡妇扭头惊喜地道："哎呀，兄弟还活着！"顾大嫂丢下手中的刀，一个箭步冲到井台上，对着井中叫道："兄弟，我是你姐姐，你要活着便答应！"未说完，便望见井中果有人头漂在水面，向井外答道："我没事，快救我！"确认解宝活着，顾大嫂这位刚强的女性，泪水唰地一下涌出眼眶，大叫道："苍天有眼，让俺这苦争公平的兄弟不死！"

孙新急着让王寡妇又找了一根井绳，系在井栏上，放下井去。顾大嫂向解宝喊道："兄弟，绳头下去时，你抓紧了，我和你姐夫把你拉上来。"只听得解宝说道："不用你们拉，爬绳是猎户的强项，我自己上去，你们把绳子拴紧便可。"顾大嫂还在犹豫之际，解宝已顺着绳子爬上井来。众人为解宝脱衣，发现腰间还拴着那只野兔。

顾大嫂和孙新让解宝坐在井台上定神，问有否伤着，解宝说"没有。"原来，解宝入井时，野兔已沉入井底。一般人多知解宝曾是猎户，很少有人注意到那登州山下，便是一望无际的大海。由于生活便利，解宝不仅善于攀登，而且水性很好。靠着这水性，这次在井中，解宝不但顺利地潜到井底捞到野兔，而且潜在水中躲过了黑二等人的黑砖，安然无恙。

缓过神来，解宝和顾大嫂便操起各自兵器，找黑二等人报仇。村子不大，黑二家就在井前，王寡妇又是本村人，所以，尽管黑二等人躲藏，还是被揪了出来。解宝和顾大嫂要结果黑二性命，被孙新拉住。孙新说："黑二虽然害理，解宝毕竟无忧。咱有将令约束，不可随意杀人。一兔之争，算不得大事，若以此小隙令王家姐姐与黑二结成死扣，并非得宜。此番将黑二等人教训一番，使其以后不敢再欺负邻人，也便是了。"

听得此话，顾大嫂猛揪黑二头发，一刀将其割断，吓得黑二喊爹叫娘。解宝见此，也猛气上冲，上前几步，一把将墙边胳膊粗的桃枝"咔嚓"一声拧掉，道："从此以后，大家应相安无事。谁再敢欺负王家姐姐母子，我便把他胳膊拧断！"见此，黑二脸色吓得铁青，哆嗦着说："再也不敢，再也不敢！"

为了给王寡妇压惊，顾大嫂邀王寡妇到西山酒店小住几天。回到酒店，解宝亲自将捞来的野兔杀好洗净，顾大嫂着伙计炖熟，美美地吃了一顿。解宝对王寡妇说："和我表姐要好，你便也是我姐姐。只要姐姐喜欢，我每旬逢一送些猎物过来，请王家姐姐过来，和表姐、姐夫一起享用，切莫推辞。"王寡妇自然愿意，欢喜着答应道："行啊，兄弟的这份情，我领了！"

此后一段时间，王寡妇果然逢一便前往西山酒店一次，与顾大嫂、孙新一家的关系越来越近。后来，顾大嫂和孙新离开西山酒店，又将这一友好关系介绍给张青、孙二娘。王寡妇的儿子是个机灵鬼，主动为梁山打听消息，通风报信，俨然成了西山酒店的编外情报员。

施恩，绰号“金眼彪”。龙生九子，种种各异；虎生九子，方有一彪。彪生来异像，体虽小但性情之凶狠远胜于猛虎。梁山大聚义时排第85位，上应地伏星，司职步军将校，巡逻营步军头领。

好汉巧夺不义财 施恩智取落雁楼

萧珩

话说一百单八将聚集梁山，忠义堂前起出好大一块石碣，上刻三十六天罡七十二地煞，众将领以此论序。顾大嫂与孙新依旧每日看顾西路酒店，请萧让重新给酒店题了名字，就叫雁来聚，意为四边八方好汉汇集之地。酒店就在直通郓城与梁山的一条小路上，虽不甚繁华，却也人来人往。

一日，雁来聚对面忽地起了好大一个院落，名号落雁庄园，临街的便是落雁楼，倒也气派辉煌，四面围墙打得甚高。这便罢了，单单是那楼的名字，便让顾大嫂好一阵气闷。落雁楼开业当日好不热闹，主人家忙不迭迎来送往，并宣布：落雁楼自即日起，凡入楼客人，皆可与赌师相博，运气佳者，可蠲了当日酒菜钱，一时间门庭若市，连带落雁楼后的赌场也日夜兴旺。落雁庄园的主人原是此间一泼皮李西，不知从哪里发得笔横财，竟也学人做起生意，落雁楼后便是赌场，赌场后面便是花楼寻欢阁。

眼见得落雁楼生意一日好似一日，这李西眼眶愈高，与掌柜的商议道：“我落雁楼在这条道上好不威风，只恨得对面雁来聚弹丸之地，没得辱没了我这名楼。”此话渐传于顾大嫂耳中，立时便要去大闹那落雁楼。孙新道：“若是平日，你便打杀到十家酒店去，我也不拦你，只是雁来聚干系重大，是山寨的西路哨口，你挣得一时意气，倘破了身份，惹事不小。”

顾大嫂道："那李西分明已是要包揽此路生意，老娘便是不在意这些银钱，他也断断容不得我们。前日里采买的小猴子对我说，李西低价强买周围菜蔬，并不许人卖与我们，谁若不从，夜来便撅了谁家菜地。这口气你若忍得，便不是入我眼的那个人！"孙新讪讪道："结发夫妻这么多年了，你还这般炭火脾气，不是叫你吞下这气，只是我们须要顾及身份，另谋办法。"顾大嫂道："晦气，老娘当日酒店赌馆未曾怕过谁，如今做了强人，反倒不敢把出当年手段？！"孙新道："你且忍得一时，待我寻些个帮手。"

顾大嫂道："你说的是，我这便命人去请邹润叔侄。"孙新道："你请他们怎地？"顾大嫂道："你方才道要请帮手。"孙新道："你若大闹落雁楼，这叔侄二人自是好帮手，可若想不动干戈压倒落雁楼，还得看这一个人的。"顾大嫂问道："何人？"孙新道："金眼彪施恩。"顾大嫂不以为意："我曾听闻，他的快活林当日被人强占，还是武二哥帮助讨了回来，他有甚本事，能修理落雁楼？"孙新道："你却只知其一，不知其二。当日快活林被占，非施恩经营不善，实乃蒋门神恃强豪夺；且你以为，施恩经营恁大快活林，单凭家里两个节级小吏的关系？此人颇有生意头脑，当日快活林内酒店客栈、赌场妓院，他样样皆有收益，在当地做得恁大，自有过人之处。"顾大嫂深以为然，命人去请，小喽罗却回报道，施恩前日与宋清一同下山买物了，回来时自来相见。

顾大嫂的炭火脾气按捺了两三日，正要发作，施恩却带了两个小喽罗下山来，问询当日来请所为何事。顾大嫂迎得施恩，将事情原原本本讲了出来，并道："他们若只是做大，老娘也不少这两个钱使，可恨这厮欺人太甚，你瞧他酒店叫什名字，并着三番五次使些下贱手段排挤咱们。"施恩听得仔细，待她说完道："听闻落雁楼后有赌场？"孙新道："何止赌场，这厮为引人去赌，使出赢者免酒肉的伎俩，多少人为了一点儿便宜，被他引入坑中；赌场后面还有寻欢阁，是个男人们都会流连的销金窝儿；有这两样，财神爷过路也要扒层皮下来。"

施恩乐道："这个好耍，我便也去。"顾大嫂急道："兄弟此话便是不通，咱家也一般的有酒肉赌场，何必去旺他人买卖。"施恩附在这夫妇耳边言语几句，两人皆目瞪口呆，继而三人开怀大笑。三日后，施恩扮作香料客商进了落雁楼，他身边跟随的是二三十精干壮汉，其中最雄壮的两个扮作镖师模样，打着大名府天字号镖局的镖旗，一个扮作老伙计，其余皆是脚夫打扮，一并还有十六箱货物。

施恩道："主人家，快将店中拿手酒菜上来。"店小二瞧得恁多客人，声音也格外甘甜："得嘞，爷稍等。"施恩有意与他攀谈道："远隔十几里地就闻得你们赌赢了可免酒菜钱？”小二道：“客官好耳力，确是我家主人立下的规矩，您可是要来一把？”施恩道：“正是手痒，你且引我去。”小二引得施恩到了一个小雅间，里面坐着一个五短身材的人，这便是落雁楼的赌师了，赢得此人，便可免酒免菜。堂中小二已经开始上菜，好酒好肉一盘盘流水样送上桌来，那三十余汉子得了施恩的命令，只管放开肚皮大吃。

雅间里，赌师道：“你要赌今日酒菜？”施恩道：“正是。”赌师冷笑道：“你这二三十人，好酒好肉，好大一笔银子，只怕到时输了，不知双倍酒肉钱，客官可出得起质押。”施恩于怀中取出一枚赤金红宝的发簪来道：“我那货物，想来你也不稀罕，便质此物罢，只是得罪我家娘子了，本是她的爱物儿。”赌师道：“尊夫人爱物，你也把来赌，果是赌徒无情。”施恩不以为意，笑道：“我只暂时质押，又不曾要输与你。”赌师心下不悦，二人便不再罗嗦，当下各自开局。施恩方拿到骰子，便知此物有鬼，内里被人注了六七分铅砂，他只作不知，把过来摇，凭得一个耳力巧劲，当下掷出三次皆为十八点，赌师不得不认输。二三十人酒肉钱约百余两银子，只痛得那掌柜叫苦不迭。

施恩佯作不知，对小二道：“此间好耍，我不急走，便与我等人开些房间来。”掌柜暗递眼色与那小二，小二油舌道：“便是客官要走，我们赌师亦不舍得，房间小的去开，晚间赌师设局，您可一同来玩几把？”施恩满口道：“最好最好。”当日晚，施恩便又赢得落雁楼二十间房半月的食宿，一时间三十余人在落雁楼免吃免住，好不快活。施恩每日必赌，偶或小输一局，多数是利滚利地赢他，日日加大筹码，必是输小赢大，不几日，便赊得好大一包金银珠宝。小喽罗们每日只管吃喝，甚是欢喜，唯独把那李西气得如蛤蟆儿，只是瞪眼吐气，但话是自己放出去的，一时间也没有赶走施恩的道理，再有一着，施恩卷得他恁般金银，他亦不舍施恩离去。可见放不下蝇头小利者，亦难成大器。这李西思量半晌，便要将施恩引入后院那销金窝儿。

有两日，施恩来辞，道是不敢有违交货的时日，待归来再来做客。李西哪里肯放得他去，又碍着镖师的面子不敢轻动，只是亲亲热热道：“小官人来落雁楼恁几日，哪里就玩遍我这山庄，落雁楼后是赌场，赌场后面可还有一个妙处。”施恩道：“果真？”李西密道：“寻欢楼的姑娘，皆是一顶一的美人儿，又有妈妈们细心调教，小官人不去看看岂不可惜？”施恩深以为然，便对老伙计和镖师吩咐道：“此次出货，我便不去了，一切交代清楚，又有老师傅压场，必不会有错，还请二位镖师费心。你等回来路上再来此寻我，必有重赏。”

那镖师本自押送货物，不管主家之事，只有那老伙计一力劝小主人同去，施恩哪里肯听，急急打发他们去了。眼见得十六箱货物被一一押送上车，不日便可换成十六箱金银再来落雁楼，李西美得心里开出了花儿。

落雁庄园最里的寻欢阁也是李西产业，楼中姑娘多是他从人牙处买得，亦有几个年长的是他盘得一个小花楼带来的，风流袅娜，着实可爱。施恩当年经营快活林，自然晓得此人打了什么算盘，心道：也好，看得他什么破绽处，一并连寻欢阁也端了，给大嫂做礼。李西选了七八个女孩子让施恩挑选，施恩皆不喜，换了两次，李西为难道："年纪小的，也就这一二十人了。"施恩道："便要懂事儿的，年纪大些无妨，我不喜娇滴滴小女娃。"妈妈这次带来的便是几个二三十岁的姑娘，施恩眯眼看去，顺手指着一个穿紫衫的女子道："便留此人罢。"

众人散去，这女子为施恩倒茶献琴，自言名蕊姬，是李西从别个青楼中拐来的姑娘。施恩对蕊姬的琴技赞不绝口，二人相对而坐，品茶论曲，大有君子风范。施恩见那蕊姬容色出挑，谈吐不俗，更兼得颇有见地、心气高傲，是个有主意的主儿，恰是自己求之不得的人选，不由大喜。品茶论琴罢了，施恩留了五十两银子与她道："你且留着零用。"蕊姬道："不曾侍奉枕席，因何这般厚与？"施恩拱手施礼道："我也是买卖人家，晓得行馆规矩，姑娘得不到金银，回头要吃妈妈言语的。小生不怕冲撞姑娘一句，姑娘比不得少年女子，也该有私蓄，以求后半世的安稳。"蕊姬并不以为忤，媚笑道："既是如此，官人便将近日所得皆那拿来与我，我可知你在赌场赢得好大彩头。"施恩听得其中关节，心下欢喜道："小生多谢姑娘救命之恩。"

蕊姬正色道："何出此言？"施恩道："但凡赌嫖之地，皆是拿身价性命来换得利益，如何肯让我这般轻易卷走金银，若我不在此地花光赢得的银子，只怕店家不肯罢休，还会有新的招数对付我。"蕊姬叹道："赌场青楼，还能有何招数，左右不过设法取了性命罢了。"施恩道："小生惜命，故要相谢。但凡知恩必要图报，小生亦与姑娘一条后路。"蕊姬道："甚么后路？"施恩道："寄人篱下，终不及自己做主来得畅快。"蕊姬笑道："哪来恁般福气。"施恩觑得火候到了，便道："暮去朝来，姑娘红颜能得几时欢？若是姑娘自己做得这寻欢阁主人，哪还恐什么门前冷落之日。"蕊姬笑道："你说甚疯话。"施恩道："我都不曾吃酒，何来疯话，句句肺腑之言，只为与姑娘一见如故，不忍姑娘来日艰难。店家此人不善，我亦非他人砧上鱼肉耳。"蕊姬低头不语，施恩告辞离去。

如是几日，施恩日日流连蕊姬姑娘，每每多与她金银之物，几日后掐的时间，施恩对蕊姬道："我家伙计将来，我便要去了，临别会多与你些金银度日。"蕊姬道："那日官人所说，想帮得蕊姬出苦海，可还算数？"施恩道："早便有心，只在你肯与不肯。"蕊姬扯了他到床边，低声道："便说与你，你可见机行事。但凡赌鬼，十赌九嫖，李西那厮在赌场赔的买卖，便着落在寻欢阁讨回来。也有些个贪财不要命的，死活不上寻欢阁，便被软禁在寻欢阁地下暗室里，磋磨至死，然后吞了他的财物，神不知鬼不觉。你可相机行事，以此为要挟，让那店家怕了你，方可从长计议。"施恩谨记了，却道："如此必要连累于你。我有一计，你虽一时受得委屈，但必有厚报。"蕊姬道："愿闻其详。"施恩附在她耳边絮絮一阵，蕊姬慨然而应。

几日后，镖师与伙计、脚夫果然如约回到落雁楼，并带回香料之资，十六箱金银软玉之物。李西见那十六个铜皮箱一列排在大堂，几乎笑没了眼睛，单凭这几日蕊姬与施恩的热络，不愁这十六箱金银不到手。施恩道："我与蕊姬姑娘甚是投契，特要为她赎身，近日对主人家多有叨扰，先将一箱金银奉送。我等再休息几日，便要启程，待蕊姬与我同行，再厚谢店家。"说罢顺手一指，两个脚夫打开那个箱子，里面赤金白银，珠光宝气，喜得李西心痒痒，忙让人抬了进去，施恩的话哪里还有不允的。

岂料祸从天降，两日后，老伙计前来催促小主人动身，却不闻屋内有人回应，便叫来两个小伙计，合力撞开了门。房中蕊姬酣睡不醒，她身侧的寝褥早已凉透，房中十五个皮箱皆有撬痕，老伙计打开看时，却是满箱笼碎砖瓦砾。此事早已惊动镖师，带着那二三十脚夫各房搜寻；这边负责寻欢阁的妈妈忙派人去通知李西，比及李西的打手们前来阻拦，两个镖师早已惊动了阁中大半客人，并已寻至寻欢阁地下暗室。寻欢阁下有地下暗室的消息不胫而走，李西急急扒开围观的人群，便见二位面色不善的镖师。一镖师道："店家，此事可要解释？"李西拳头愈紧，额头细汗密密，沉下脸来待要发话，另一镖师道："劝店家趁早莫要打错了主意，我等可是大名府天字号镖局的镖师，若我等也像这地窖中人一般，你猜这秘密可捂得多久？"

这话倒是点醒了李西，他暗暗松了手掌，陪笑道："小人怎敢打二位镖师的主意，实在是有话想请二位一叙。"他命人把守着地窖入口，便请二位镖师往寻欢阁一个房间去。三人坐定，李西道："二位师傅是押货而来，这鄙阁之事，实在不足为道。"镖师道："押货是真，只是临行前东家亦是千叮万嘱看顾少东家，如今他人迹全无，又在你这里翻出这样不干净的地方，却叫我等如何装聋作哑？"李西陪笑道："二位师傅，这小官人是去了哪里，待我拷问蕊姬，必要给个答复。不过确实非我所为。"镖师道："我怎知真假，只有一样，我等押送的货钱便在你这里走失，你须赖不得。"

李西叫屈道："何曾见到十五箱金银去处？"镖师道："你亲眼见得我们抬进来，还收了一箱做蕊姬的赎身钱，你敢说不知？"李西连声叫苦，二人却不再说施恩之事，但落在李西身上追要那十五箱金银，否则便将暗室尸首之事上报官府。李西打躬作揖，不得已只好应下金银之偿，二位镖师做好做歹，每人又勒捎他五百两银子，便当不知暗室之事，更不对他人言及施恩失踪之事细节。李西盘算着不知哪里去凑这些银子，亦不敢不允，这厢刚安抚得二位镖师，施恩带的老伙计也一路吵来。此人更是难缠，幸得二位镖师拿得好处，肯与他帮衬两句，也偷偷贿赂了老伙计五百两，并拿出八百两银子与了众脚夫。

此事吵嚷半日后终有定夺，李西派人强封了寻欢阁暗室，总算不曾有消息露出。他被镖师逼迫，不得已典当了落雁楼和赌场的大批物资，几乎将地皮刮了干净，总算凑出了十五铜箱金银珠宝之物。这三十余人带着铜箱径直回了山寨，而李西此间几乎将本钱尽数赔光，再无回天之力。落雁楼生意惨淡，最终不得不转手卖出。而恰恰此时，蕊姬靠着银两收买了原跟随李西的打手，顺利盘下落雁楼，改落雁楼为寻欢楼。

原来此事前后，皆由施恩谋划。他料得落雁庄园这般去处，其内必有见不得人之处，便层层渐进，必要挖出李西致命之事，给予重击。他第一次带去的十六个铜箱，只有一个装着香料，必要时拿来佐证身份，其余皆为空箱。施恩连日赌博，积蓄装满了十六个铜箱，他的小喽罗们便以出货之名将金银运出，再把其中十五箱子装满砖瓦，留一箱金银做得记号。待施恩说动蕊姬，他们便依旧回来，施恩当众指给李西的那箱，自然是做了标记的真金银，当众开箱，亦是迷惑围观众人，令人以为十六箱皆为金银。后蕊姬协助施恩连夜乔装离开，镖师便得借口翻寻寻欢阁，将暗室之事握在手中，以此逼迫李西吐出金银。再假借收买之际，让李西赔的分毫不剩，最终将店和盘托出。

蕊姬知恩图报，在得施恩指点之后，每每从客人那里得到新消息，都会悄悄递与顾大嫂。至此，顾大嫂方才惊叹施恩经济之才。

时迁，高唐州人氏，以偷盗为业，能飞檐走壁，人称“鼓上蚤”。梁山大聚义时，排第107位，上应“地贼星”，与“铁叫子”乐和、“白日鼠”白胜、“金毛犬”段景住一同担任军中走报机密步军头领。

章家硬欺斗鸡客 时迁夜戏土财主

耿雪凌

话说时迁协助石勇在北山酒店卖酒卖肉，招纳四方入伙好汉，一日日落西山来了一位挑担客官，担里挑的是只体无完肤的斗鸡，看那客官，也像一只斗败的公鸡，灰头灰脸，垂头丧气。时迁对斗鸡原是玩惯了的，只一眼，便看出异样来。随问道：客官，你这鸡看体态看色泽，都该是同类中霸王，怎落得如此下场？客官回道：店家有所不知，小的这只起名八哥，骁勇善斗，机灵敏捷，已大大小小赢了二百余场，无一败北，前个去参加郓城县章财主的斗鸡大会，不想那财主偷梁换柱，以大欺小，这才败下阵来，小的上前理论，不想那狗财主人多势众，又把小的一顿暴打，小的孤身在外，只好忍气吞声则个。时迁闻言，心头火起。早听闻郓城有个章财主，人称章鱼八，挂双千顷牌，占了县城四分之一地盘，财大气粗，惯会恃强凌弱，鱼肉乡里，一心勾结官府，想为其子某得一官半职。又听闻这财主家里有祖传宝贝一件，原是那战国宝剑，秦将白起用过的。时迁把那客官一番好酒好菜伺候，一番好言好语安慰，哄得客官歇息，有心打劫这为富不仁的土财主，和石勇说心中想法，二人一拍即合，告与宋头领和军事吴用，吴用如此这般一番周全计谋安排。不日，时迁和神行太保戴宗，并孙新一行奔郓城而去。三人一路说说笑笑到得郓城县城，尽着那美酒、好肉、糊粥、壮馍吃饱喝足了，然后依计分头行动。

时迁再次出现在郓城县城大街上，和孙新一样穿了官服。官服穿在孙新身上，整个一个威武严肃，气宇轩昂。穿在时迁身上，却是一个笑话一般。想那时迁本是鸡鸣狗盗之辈，人又长得尖嘴猴腮，一身冠冕堂皇的官服上身，也是一副滑稽猥琐模样。好在军师吴用早有安排，只令时迁做了孙新的跟班衙役。二人到达章财主府前，早有那门卫报与章财主，章财主慌忙趋步来迎。

“不知二位官差大人驾到，有失远迎，万望包涵！”章财主不知官差为何事登门，心内忐忑，脸上堆笑，陪着一百二十个小心，迎至客厅，分宾主坐下，急忙吩咐下人好水好茶伺候。期间，孙新自称是登州防卫长官，受命下来微服私访，只为访得兵马提辖一名。闻听章府公子一表人才，一身武艺，特登门拜访。时迁随展开官府公文，与章财主过目。章财主家大业大，原也只是土鳖一个，见官府公文赫然在目，大红官印赫然在目，喜出望外，急唤少爷章一郎前来拜见。章一郎也确是一表人才，只不过是绣花枕头，草包一个。平日里只晓得吃喝玩乐，斗鸡赌博泡青楼，哪里懂半点武艺。想那章财主正为儿子功名求告无门，不料今日喜从天降，哪里还顾得多想，一门心思欢喜不尽，招待二位官爷自是百般上心，百般奉承。时迁见得酒肉，自是旁若无人，大快朵颐，狼吞虎咽。

饭毕灯下喝茶叙话，时迁只作随意道：听闻府上斗鸡十分了得，何不表演一番凑趣？章财主也有意巴结，忙引领二位官爷到斗鸡坊。乖乖，财主端的就是财主，单说这斗鸡坊就非同一般，一个斗鸡坊竟有半亩地大小，中间挖一圆坑，坑内沙土地平整一如水面，周围砌了圆形台阶供人落座观赏。再看章财主鸡坊里斗鸡，也个个体态雄健，毛色程亮，四只黑羽，四只红羽，都是上品。时迁本就玩惯了的，随疯疯癫癫大叫道：今个爷要要个痛快！说着径自去笼里捉了两只，一只黑羽，另一只也是黑羽，章财主看那两只分量悬殊，心下暗自叫苦，也不好多说，只得忍痛观看。二者大斗三十回合初见分晓，这时时迁又叫换下那只处于下风的黑羽，自己去捉了一只红羽来战，战至三十回合，时迁又吩咐下人换鸡来战，全凭兴致，全无章法。孙新知是时迁有意要弄，也不去阻拦，只在一旁大声叫好。这下可苦了章财主，虽清明时节，乍暖还寒，头上脸上竟有豆大汗珠滚落下来。心内叫苦不迭，鸡啄米般碎碎念，嘴上不敢有半句微词。心下只咬牙说，舍不着孩子套不着狼，只当是为儿子求功名啦！可笑章财主那呆头儿子，原本是纨绔浪荡公子，又爱玩爱闹，又做着兵马提辖的美梦，只管一旁一心一意呐喊叫好。章财主心焦，怕这位不按规矩出牌的官差把他精心饲养的斗鸡给毁于一旦，忙私下吩咐下人拿来两包纹银奉上，时迁也不推辞，一并收了。收了银子，时迁这才打个长长哈欠，允诺天明即带章一郎回去复命。章一郎闻言大喜，欢呼雀跃，章财主自是感激不尽，安排二位官差住下歇息不表。

话说时迁回房脱下官服扔在地上，直说如刑枷一般，和孙新说笑一番，吹灯安歇了。三更时分，斗鸡坊竟闹起了黄鼠狼。斗鸡毕竟不是普通家鸡，像英勇善战的亡命之徒，和黄鼠狼展开了生死搏斗。那黄鼠狼也不是等闲之辈，是时迁用布袋背来早挂在章财主院内大槐树上的，也是时迁精挑细选的同类中的翘楚。听得斗鸡坊那边鸡飞黄鼠狼跳，听得下人在一旁哇哇大叫，时迁直乐得在床上地上翻跟头。待随着众人去瞧，又是一场精彩大戏。那黄鼠狼并不怕人，两腿直立和一只黑羽斗鸡打斗正酣。时迁拍掌大笑，禁不住连声叫好！一旁拍手叫好的还有章财主的呆头儿子，这呆头儿子长这么大，哪里见过鸡和黄鼠狼打斗场面，且这鸡，是他家鸡，因此上多出一份骄傲和狂妄来。就那时迁，也是第一次见着，心下禁不住感慨：端的是斗鸡，不是草鸡，厉害！敢和黄鼠狼斗狠，也算是一世鸡界豪杰！毕竟是麻雀和老鹰斗，不是对手，地上鸡毛散落一地，两只斗鸡早已败下阵来，身上少皮无毛，缩在一角瑟瑟发抖，其余几只也早失了往日威风，不战而败，做了斗败的阉鸡。章财主气急败坏，命下人拿来土枪，连放两枪，那黄鼠狼才哧溜一声没了踪影，直落下一地鸡毛和几只瑟瑟发抖的阉鸡。

及至四更，人困鸡乏，昏沉沉睡下，又听得老鼠吱吱叫个不停，直把个章财主气得七窍生烟，又没奈何。

章财主心下想着儿子跟官差复命一事，虽折腾了一宿，也打起精神，早早起来了。儿子的行囊和给官差的谢礼是头天晚上就备下的，命下人备了早餐候着，一等二等却不见二位官爷起身，日上三竿，再坐不住，命下人去叫门，哪里还有半个人影子！看礼房里备下的谢礼和行囊，行囊滚落在地，单单一车谢礼连同车子都不见了。章财主大叫不好，急回卧房去找床头夹厨里的皮匣子。皮匣子原地放着，里面已空空如也。匣子里的祖传家宝，那把据说是秦将白起用过的战国宝剑，没了踪影。章财主啊呀一声，登时一口鲜血喷薄而出，灵魂出窍间，隐隐听得各房乱糟糟的哭声和叫声。

却说那时迁和孙新，早已推了满满当当一车谢礼，出30里开外了。时迁躺在车上，一口酒，一口肉，只把自个儿喝成了飘飘然的神仙样。只那宝物，早已随神行太保戴宗，到了宋头领和吴用手上。只道是黄鼠狼给鸡拜年，没安好心，哈哈，此番时迁郓城夜戏土财主，端的如此！

晁盖，绰号“托塔天王”，郓城县东溪村保正。武功超群，神武过人，仗义疏财，义薄云天，专爱结交天下好汉。喜欢刺枪使棒，身强力壮，是一个真正敢于为民请命的好汉，如沧海横流般尽显英雄本色。

吴学究一次打赌　晁天王三事转念

卢明

话说北宋政和年间，郓城东溪村一带治安较乱。官方决定选一位年轻有为，能威镇一方的人担任新保正。押司宋江出面，推荐晁盖接任。晁盖自是沾沾自喜，跃跃欲试。吴用却不这样认为，他对晁盖说，“保正不是不可以做，但要在政治清明之时。现在奸臣当道，贪官横行，欺压百姓，为这样的官家出力，无疑于为虎作伥。”晁盖争辩说：“哪有那么严重，还是好人多好官多。何况，男子汉生于世间，自当顶天立地。似我等无缘于功名仕进，能在乡间问事，也是建功立业了。即便如你所言，贪官污吏横行，但与其让他人占位不为，不如我且取而代之，倒能为乡邻打些掩护。”

吴用微微一笑道：“我敢说，你当了保正，不过三件事，定会深知大宋王朝弊端之深，不愿再为它出力卖命！”晁盖说：“决不会！”吴用说“你敢打睹？”晁盖说：“打赌便打睹！”二人一击掌，让好喝酒的机灵鬼晁益作见证，谁输了，摆酒席三桌！

没出三天，晁益便急匆匆前来向晁盖报信：本村后生晁盛打了下乡办事的官吏，官府恼怒，派公人前来抓捕，已径往晁盛家。晁盖感觉兹事体大，作为保正，担有责任，必须前去配合。晁盖还在路上，便看到在那个篱笆围起的破院里，晁盛正拼命挣脱三个公人。公人多，晁盛只身一个，但体格健壮。公人捕他有些吃力，正便僵持着。

晁盖大步入院，立马扭住晁盛，说道："公人代表国法，你不可乱来！"转身又对公人说："在下晁盖，闻官差办案，前来配合，请将此案情形略作说明。"公人并未将晁盖放在眼里，带着满脸的傲慢责问道："难道，官府办事还要给你汇报不成？！"

晁盖赶快解释道："实无此意，我略知案情才好助官。"公人说："哼，助官？助凶吧？在你地盘上有人打伤公差，这也叫助官？这叫添乱。此事不追究做保正者管治不严就便宜你了！"晁盖一愣，他被公人的话激怒，却又极力隐忍着。心想，如果自己不当保正，早就一个掏心锤将这个狗公人放倒。他晁盖有生以来从未受人如此数落过！

晁盖强压怒火，对公人说："在下的确有失保正之职，但助官抓人却是真心不二。列位官差暂且一等，容我说服晁盛随上差赴县受罚。"公人们自知外强中干，看到此时如无晁盖出手相助，很难拿住晁盛。因此，便听任晁盖安排。

晁盖严辞斥问："晁盛，你怎样蔑视国法，将上差打伤？"晁盛两眼怒火，"哼"地一声，欲言又止。其父颤颤巍巍地上前诉说："晁盖侄儿，你可得为俺作主。咱们平民百姓，哪有敢惹官的啊！我儿打的那个人，身为官差，实为盗寇。他听说我家有王安石丞相之弟安国先生的题字，便三番五次索要。我们没给，他便报复，深夜来偷，这才被我儿打伤。"

官差接过话茬道："别管是谁，打人就不对！"晁盖听知缘由，转儿同情晁盛一家。但又不便得罪官差，便说服晁盛随公差进县受罚，然后帮助晁盛父亲疏通关系，使晁盛得以从轻发落。晁盖忽然想起吴用的话，但感觉这只是个例外，巧了，官府多数人还是好的。

两个月后，又一个棘手的事：要晁盖到梁山泊边配合官兵抓捕劫粮贼人。晁盖组织一些村民，手持器械，按照官差分给的区域进行排查。由于地理状况熟，本地眼线多，再加机灵鬼晁益办事上心，便很快抓到了案犯。

经过问话，晁盖却作难了：劫财者的动机，本是救济一户贫困至极的乡邻。张老汉夫妇家徒四壁，年老多病，无钱治病，身上烂得都露了骨头，看上去就吓人。幸得近邻小旺经常照顾，为其担水挑柴，寻医治病。邻人皆穷，东拼西凑，所筹治疗之资，无异于杯水车薪。其侄张文近良田千亩，腰缠万贯，自己挥金如土，却为富不仁，连自己亲叔都不肯出一分一文相助。其实，张文近之家财，有一半是霸占其叔的，他欺叔婶为人懦弱，又膝下无子，便强取强夺，并威胁其叔胆敢告官，便伤其性命。叔父忍气吞声，敢怒不敢言。恰在此时，张文近弄了一批珠宝送给他在城里的恶霸朋友。小旺寻思，只有劫了这批珠宝，才能治张婆婆的病，便邀集乡中几个武艺高强的青年，化装山匪，蒙脸缠头，取了这套财物。

见此，机灵鬼晁益劝说晁盖："大哥，小旺这是义举啊，你得放了他！"晁盖感觉对小旺等人，释放则担责，送官则不义。反复迟疑，终于决定放小旺等人一码。晁盖一边要求任何人不得走露消息，一边向官差报告假情况，说不曾查得作案线索。官差抓不到一丝把柄，也就回县复命去了。

又过了一段时间，晁益匆匆来到晁盖家，神神秘秘地说，有个干大事的机会，问晁盖敢不敢干。消息来自于晁益在青州做事的表兄李彪。李彪刚来探亲，此事假不了。原来，青州知府慕容彦达为巴结其妹慕容贵妃，专备一份礼物送去东京，走水路经过梁山泊。晁益建议劫下这等不义之财，接济饱受旱灾的乡民。

晁盖正言道："劫人财物，哪是当保正者所能为！"晁益见说不动，便又请吴用前来相劝。吴用斩钉截铁地说："这等不义之财，不劫便宜了它！"他给晁盖分析，蔡京、高俅把持朝政，胡作非为。像慕容彦达这样的地方官吏与蔡京高俅之流形成一个腐败链条，到处搜刮民脂民膏，造成民不聊生。既然他们取非其有，那么咱们损彼有余，就是正当的了。"晁盖终被吴用说服，确定要劫下这不义之财。

广济河，自东京流出，在郓城境内的合蔡镇注入梁山泊。梁山泊烟波浩淼，方圆八百里，涉及济州、郓州两个州，济州郓城县领有水泊大半。梁山泊之水下注济水，浩浩荡荡汇入渤海。作为北宋漕运四渠的广济河，承担着包括青州在内的山东各路供给京都财物的运输任务，所以，始终是大宋朝重点打造的一条水路。

初冬季节，草木摇落，一片萧杀之气。梁山泊中，寒风吹浪，阴气袭人，过往船只少了许多。有三只小船，无声地漂在江面，不远不近，似各自独立，又似有所呼应。船上载着的，便是晁盖的劫船队伍。傍晚时分，一只大船自天际徐徐驶来。李彪认得，这船正是为慕容知府运送财物之船。慕容之财物，先用车子运至济水青州段，而后转入大船水运。李彪本是水手，正是在慕容财物等待发运时请假回乡的。他谎称有急事回家办理，并约定在梁山泊郓城水域回船返队。

见大船驶进，靠前的那只小船快速靠上去。大船上的水手看到李彪在小船上，便让其登上大船。水手一边帮助李彪往大船上拿木工箱，一边诧异地说："李大哥，你拿这东西做甚？"李彪笑着说，还能作甚，闲来做个家什玩玩！"大船前行，载李彪前来的小船退去，另两只小船却暗中跟着大船。

半个时辰后，夜色降临。两只小船在大船前面将其逼停。每只小船上都冒出十几个蒙面之人，明言劫财。大船上押船家丁、护船武士一齐到船头应付，愿出银子二十两作买路钱，小船上哪里答应，非要五百两不可。大船家丁不敢作主，小船上寸步不让，双方僵持许久，晁盖便指挥众蒙面人敲船擂鼓，鼓声震耳，搞得大船上的人晕头转向。

忽然有个水手报告说："坏了，船漏水了！"众家丁才回过神来，发觉大船果然正在下沉。怎奈船洞很大，进水如注，根本无法堵住。原来，船是李彪按照晁盖事先安排好的计划，趁混乱之际凿穿的。

绝望之下，大船上有的人跳水救生，有的哀求小船救命。

不知何时，又来了两只空船，那是晁盖安排前来待命的。蒙面人只劫不义之财，不伤诸人性命，他们将落水的和正在大船上的人救到一只小船上，将大船上的贵重物品搬到另一只小船上，满载而归。上岸后，将慕容府运货之人释放，将所劫货物装在事先安排的几辆推车上运回。

此时，机灵鬼晁益忽然发现表兄李彪不见了，只发现李彪的一封遗书，书中写道："东溪村众兄弟见到此书之时，我已投水自尽。此事一发，慕容老狗定不会饶我，与其受仇人凌辱而死，倒不如自己了断来得痛快。慕容知府之弟霸我未婚之妻，此仇不报，枉为君子。劫财一事又成全诸位劫富济贫之愿，我真可含笑九泉了！"读此信件，晁益失声痛哭，众人皆感叹唏嘘。

事发后，官府追查，也曾怀疑此事为东溪村人所为，但始终抓不到证据。再加办理此事的都头朱仝、雷横与晁盖熟悉，常来吃喝，并不下力破案，便将此事不了了之。而江湖上的知情人，都知晁盖是个勇力过人、敢做大事的好汉。

经过这几件事情，晁盖彻底服了吴用。他并且悟到，身为秀才的前任保正，看似圆滑世故，其实是早就看透了世事，不愿为蔡京高俅这些败类把持的官府服务罢了。这天，机灵鬼晁益与吴用一起来到晁盖处，声言讨债，晁盖说"债从何来？"吴用掩口笑道："债由打赌来！"晁益抢过话头道："大哥，当初你和吴学究赌了三桌酒，还没开席呢！"

跋

卢明

这部书，是按照全国政协委员、宋江武校校长樊庆斌先生的思路编纂的。他的这个想法由来已久，体现了当代郓城人对弘扬水浒文化的一种责任感和使命感。

这部书不是历史，不是文学评论，而是一部文学故事集，是《水浒传》故事的续写，是当代鲁西南人对水浒好汉的深情品味。

“民风崇尚忠和义，包揽群雄在郓城”。民间有“水浒一百单八将，七十二名在郓城”的说法。这一说法，虽不知起于何时，但体现了水浒故事发祥地人民群众对水浒好汉的深度认同。本书正是根据这一说法，创作72篇作品。鉴于《水浒传》摒晁盖于108人之外，而晁盖在水浒好汉中又具有十分重要的地位。为此，我们给晁盖另写一篇故事，附在72篇故事之后。

本次创作，强调尊重《水浒传》的经典地位。在新编的水浒故事中，思想倾向、人物性格、情节编排，都要与《水浒传》相一致，而不能与其冲突。尽量靠《水浒传》近点，再近点。力求在《水浒传》这棵老干原枝上发新叶。这既是当代人对《水浒传》的一种补充和丰富，也体现了数百年隔代作者之间的情怀相通。同时，也使读者在阅读时，保持对水浒好汉认识的一致性，而不致发生混乱。作者在动笔写作之前，认真地、深入地阅读《水浒传》，这本身，也是对《水浒传》的一种再学习，再研究，再认识。

所写七十三位好汉在郓城的故事，强调从《水浒传》《水浒后传》《大宋宣和遗事》等经典著作中找依据，而不是自己随意扯来。这就涉及怎样解释“七十二名在郓城”的“在”字问题。我们理解的“在”，是“活动在”，即水浒好汉有很多人活动在北宋末年的郓城地界，一如“北京人在纽约”“蔡元培在北京”。如此理解，便天高地阔，既体现了鲁西南人的好汉情结，也不与其他地方人士的水浒情结相冲突。

“七十二”在“一百零八”中，显然占多数。据古地理资料可知，《水浒传》写到的梁山泊，北宋时跨越郓城、寿张、中都（后称汶上）等县，而郓城领有其大半。梁山作为县，是1949年8月以后才有。明崇祯版《郓城县志·方域志》载“梁山，在孤独山后一里许，宋元以前，与安民山通属郓，今割属寿张。”而孤独山，无论明清，都是郓城十景之一。以此观之，水浒108个头领，许多人出入于梁山泊内外，驻扎也好，出征也好，经郓城，来郓城，住郓城，都是很自然的事。

《水浒传》的蓝本为成书于南宋年间的《大宋宣和遗事》，此书虽是讲史话本，却距历史较近。《遗事》所写三十六人，除李进义等十二名运花石纲的军官和鲁智深、呼延灼等人外，其他都是从郓城上山的。

这其中，包括智取生辰纲的8人。《大宋宣和遗事》写官府到花约家调查作案人员时，花约道：“为头的是郓城县石碣村住，姓晁名盖，人号唤他做‘铁大王’，带领得吴加亮、刘唐、秦明、阮进、阮通、阮小七、燕青等。”可见，不只三阮，就连燕青、秦明、刘唐也是郓城的，石碣村本是郓城的。

包括宋江在郓城介绍上山的4人，即杜迁、张岑、索超、董平。《宣和遗事》写宋江请假回家看望生病的父亲，“在路上撞着杜迁、张岑（绰号火舡工）两个，是旧时知识。在河次捕鱼为生，偶留得一大汉姓索名超的在彼饮酒。又有董平为捕捉晁盖不获，受了几顿粗棍限棒，也将身在逃，恰与宋押司途中相会。是时索超道：‘小人做了几项歹事勾当，不得已而落草。’宋江写着书，这四人去梁山泺，寻着晁盖去也。”可见，连董平、索超也是从郓城上梁山泊的。

还有宋江直接带领上山的9人。《大宋宣和遗事》写道：“宋江为此，只得带领得朱仝、雷横，并李逵、戴宗、李海等九人，直奔梁山泊上。”这个“李海”，绰号标为混江龙，可知是《水浒传》上的李俊。言及9人而列明5人，其他4人便可从《宣和遗事》列出的三十六人名单中按排除法确定，他们应是史进、公孙胜、张顺和武松。

这便说明，在南宋人眼里，以宋江为首的起义队伍，多数来自郓城。说来也是，以那时的联系方式之不便，做一件事，很难邀千里万里之外的人参加。这便是”七十二名在郓城“说明的历史对应关系。

至于施耐庵先生在《水浒传》中，将本自郓城走出的武松、石秀、董平、燕青、索超、戴宗、李俊、史进、公孙胜、张横、张顺等人写到别处，故意略去杜迁的家乡出处，大概是为了彰显起义规模之大，影响之深。但，无论怎样改，仍然改不了郓城在梁山泊起义中的地位。因为，它的两届首领晁盖、宋江来自郓城，它的重要决策人物吴用来自郓城，它的至关重要的将领朱仝、雷横来自郓城，它的涉及全局的重要发展节点“怒杀阎婆惜”“智取生辰纲”“还道村授三卷天书”来自郓城。水浒故事的核心发生地，在郓州和济州，而郓州故事没有济州多。现郓城北部的大片区域，本是古代寿张县地划过来的，这说明，现郓城所辖区域，在古代，既有济州之地，也有郓州之地。故事最多的济州，所辖四县中，未出现巨野字样，不涉及任城（现济宁市区）和金乡，唯独对郓城大加书写，这绝非偶然。

至于《水浒传》中写到的水浒好汉在郓城的故事，那就很充分了。宋江、宋清以外，比如智取生辰纲中的打劫方晁盖、吴用、公孙胜、刘唐、阮小二、阮小五、阮小七、白胜，被劫方杨志。比如宋江回家搬老父上山时被官府追到还道村，晁盖等救宋江的25位头领。比如先后在西山酒店探听声息、迎接好汉上山的童威、童猛、顾大嫂、孙新、张青、孙二娘等人。比如经郓境上山、在郓城地面驻扎与作战的林冲、单廷珪、魏定国、呼延灼、徐宁等。比如宋江作押司时便到郓城来过的孔明、孔亮。《水浒传》写朱仝在地窖里找到宋江，问他准备投向何处，宋江说考虑有三个安身之处，一处是柴大官人那里，一处是花荣那里，还有一处是孔太公那里。宋江说：“三者是白虎山孔太公庄上。他有两个孩儿，长男叫作毛头星孔明，交仓叫作独火星孔亮，多曾来县里相会。”还有一些，不一而足。

清代陈忱的《水浒后传》，是文学史上值得一提的水浒传续书。该书也有一些梁山好汉在郓城境内活动的故事。如写关胜、樊瑞、杨林、燕青等好汉再次起义，奋力抗金，曾与第二代好汉徐晟、呼延钰等人到郓城救出宋清。书中写道：“却说关胜领兵到东溪村，只差得二十里便到郓城县。燕青道：‘且屯住在这里。那郓城兵微将寡，必然无备，到夜间，一鼓可下。’就扎住在晁盖的庄基上，埋锅造饭。三更时分，到城下。那时离乱之际，城外居民逃亡走散，并无一家。燕青叫喽罗拆人家的破屋梁柱，扎成四五条梯子，兵丁便鱼贯而上。杨林、樊瑞也爬上去，到城头上，并无人防守。走下来，城门边虽有几个士兵，都在睡梦里。杨林、樊瑞砍了两个，斩开城门。关胜等一涌而入，竟到县衙。杨林、呼延钰、徐晟去牢里去救宋清，樊瑞、燕青便入内行。那知县果是郭京，为演六甲神兵陷了东京，即去投顺金朝，随兀术大兵南下。”

在鲁西南一带，世世代代流传着许多水浒好汉的故事传说，这些传说，接地气，显民风，体现了人民群众对水浒好汉的理解与赞扬，成为水浒文化不可或缺的一部分。我们现在编写的这些故事，便是从以上这些经典叙写中，扯出线索，然后进行创作。

“七十二”，作为数字并不重要，重要的在于它体现了郓城在水浒好汉故事中的重要性，这才是问题的根本。文学家也好，文学评论家也好，对水浒文化的认知，应当是有路可循的。我们编的这些故事，重要的在于，体现水浒故事发祥地人民群众对水浒英雄的热爱，说明在作者心中是这样理解梁山好汉的。

水浒文化需要发展，这种发展需要找准途径。对于水浒文化，当代人需要做出自己的贡献。我们编纂此书，便是带着这样的使命感和责任感而进行的一种尝试。

本书内容，继承《水浒传》的思想脉络，占据传统文化的意识高点，强调在政治黑暗、官吏腐败的北宋末年，梁山好汉们行为的正义性。

忠，在这部书中有所体现。比如，萧珩写关胜收闻达，肯定闻达不降金的行为，并劝其加入到关胜等人的抗金队伍，这便体现了对大宋汉族政权的忠诚。陈进轩写花荣将妻儿托付给宋清后便到楚州宋江坟前殉难，体现了梁山将对自己集团领袖的忠贞。

义，在这部书中有更多的体现。比如，吕萍写燕顺在自己潦倒之时毫不犹豫地拿生意本钱资助家遇苦难的老妇，张悦红写卢俊义帮助燕青赎回在杂戏班受苦的弟弟，帮助芙蓉客栈的伙计李安赎回心上人青娘。这些好汉见人受苦，便出手相助。

孝，在这部书中也有所涉及。比如卢明写宋江因孝而送母去泰山进香，为孝而冲入匪穴救出被劫持的母亲。王锡亮写宋万少时对叔婶至孝，一路寻叔到任城，帮叔叔拉水，努力减轻叔父的负担。刘兆全写李俊在揭阳岭送宋江往江州，自己却去郓城看望宋太公，替宋江在宋太公面前行孝承欢。

勇，在这部书中可以说随处可见，梁山好汉无论与官军作战，还是与地方恶势力斗争，无不显现出超人的胆识和勇气。如钱广赋写的黄信在自江州奔上梁山途中与官军的战斗和李立在还道村勇救宋江时的战斗，都体现了好汉们的勇敢精神。

智，在这部书中也是无处不在。比如，陈进轩写白胜算计为富不仁的傻小子雍贵，将雍家的钱财赚来分给穷苦乡民。萧珩写在西山酒店开店的孙新，请谙于酒店经营的施恩施用诸般手段，将对手落雁庄园整治得一败涂地。耿雪凌写时迁假扮官府跟班，将为富不仁的章财主好一番戏弄。曹先锋写吴用智助王老汉打官司，巧妙要回被他人霸占的田地。萧珩写呼延灼为使民女免被恶官强娶扮作强盗将邵小姐保护起来，对部通进行好一番耍弄。

以上所有思想，皆离不开一个情字。有了人伦情、故乡情、家国情、正义情，才有挺身而出、见义勇为，才有义胆包天、忠肝盖地，才有恤苦救难、惩恶扬善之举。好汉从凶官恶霸中救弱者于水火，是正义之情。在敌方手中救出梁山将领，是兄弟之情。搬父母，护妻子，怜姐妹，是杨彩云笔下晁盖、钱广赋笔下宋江等人的亲情。见良女而爱之护之，欣然娶之，则是萧珩笔下的呼延灼、李艳灵笔下郑天寿等人的爱情。陈进轩写柴进在东京纳了官诰，回乡为民途中，特意途经梁山泊，“遂萌生念头，专要在水泊之际，梁山之陲，筑起一座庄院。不计多少，胡乱置些地亩田产，一则可为进退嚼谷之地，二则亦可目及水泊山寨，当为晚景念想，逢年过节，做些追思凭吊亦是好的。”“听柴进言道：‘如今我将田庄与你，丰歉我自不问，只有一件当紧的你须依我。我走之后，你要移植些松柏常青之树，俱按昔日聚义厅光景，两两成行，排列为序，不可一株错乱。还要……’骆运拭泪抢话道：‘还要不多不少一百零八株！’柴进凝视骆运良久，随后道出一句话来：‘如此我心足矣！’”由此可见，好汉们对在梁山泊这个根据地的无限深情和对那段战斗岁月的无尽怀念。

本书还有一个重要的看点，是一些篇章，强调小说人物不是一成不变，水浒好汉在向善的道路上不断变化成长，梁山队伍的纪律性在不断加强。比如，那个一向好色的王矮虎，到了卢明的笔下，已经成为知耻守正的好汉。他去探寻失散多年的表姐蔺秀英，被郑天寿、李逵等人误认为去沾花惹草，情况明了后，郑天寿、李逵反倒感觉很不好意思，咋能拿老皇历说事，戴着有色眼镜看人哪！卢明写穆春擅自下山为去还道村寻找宋江遗落的枣核，差点儿被官军杀害，回山后晁、宋头领申明军纪，再不许将领私自下山。卢明还写出了作为保正的晁盖，本想配合官府维护好家乡治安，却因经历的几个事件，看清了北宋末年贪官巧取豪夺、乡霸为富不仁、穷苦之人无依无靠的现实，从而转变了观念，成为一个江湖好汉。以上这些，都很能说明问题。

本书内容，丰富了水浒人物的英雄形象。一个个人物顶天立地，光彩照人，在他们的身上，寄托着社会底层受欺压、受迫害之人的心理期待。这些人物，与《水浒传》所写，既有基本的一致性，又有所拓展和细化。大致一看，晁盖的爽直、吴用的机智、顾大嫂的粗豪、燕青的机灵，都与《水浒传》并无二致。不同的是，让这些人物沿着自身的性格轨迹和命运遭际，在新的境遇中做新的展示。比如，卢明写鲁智深因救林冲恶了高太尉，为躲避迫害流落到郓城的观音寺，还是那样豪爽而不拘小节，还是那样疾恶如仇。也有一些人物，在《水浒传》的基础上增线提色，进行了必要的补充，使之性格更加鲜明。一些兄弟、叔侄并提的人物，如解珍与解宝、穆弘与穆春、童威与童猛，孔明与孔亮等人，在《水浒传》中，往往双入双出，像一个人似的，很难看出二人的区别，被认为是为凑数而设。而在本书中，则力求将他们的性格与形象加以区分。比如，黄朔写童威，强调了他为梁山队伍劫取官盐的立功行为，突出表现了“地进星”的“进”字。而卢明写童猛，则强调他在建设西山酒店时的精细与留有后手，突出表现“地退星”的“退”字。杨彩云写解珍搬取晁盖母亲途中的英勇打斗，卢明则写解宝将打虎受欺的愤恨转移到帮助民户从村霸手中夺回失去的野兔上来。刘昭写穆春因年少轻狂一度被说媒人骗到丑女家，而卢明则写穆弘因急于立功而独自一人到还道村找回宋江遗落的三枚枣核。从对这些人的着意描写中，使每一个人物个性更加鲜明，明确地区分人物是“这一个”而非“那一个”。

这部书，各篇故事，力求构思巧妙，情节鲜活，跌宕起伏，曲折动人。让读者愿意读，读得下去，回味得长。在情节安排上，应当说颇有特点。强调从经典作品中扯出线索，巧妙地进行一番新的生发，写出读者闻所未闻的故事。

一是就《水浒传》略微点到的地方，进行充实填补。如《水浒传》只写到宋江回还道村搬取老父时，晁盖派戴宗随后跟去观察情况，发现宋江被官军追到还道村，晁盖等梁山众好汉在还道村救出宋江。而本书中，钱广赋却祥写了戴宗到宋家村侦知祥情的全过程。《水浒传》写刘唐到郓城给宋江送金条，便连夜返回梁山，杜景玉在这个过程中增添了在酒店中金条被抢失而复得的故事。

二是将《水浒传》写断的线索，再扯出来生发新的故事，使水浒故事情节更加丰富。比如，陈进轩写林冲上梁山后，李小二夫妇自沧州来到郓城地界，又给林冲养病提供了场所。萧珩写大刀闻达，在大名府护送梁中书出逃后被迫害，在郓城落草，在金兵占领郓城后，又与重举义旗的关胜等人相遇。萧珩写唐牛儿因宋江杀惜事件而发配沧州，后被萧让巧妙争取得到释放回乡。

三是将《水浒传》语焉不祥的事情做了合理解读。比如，李艳灵写李逵在家乡沂水杀人，原因在于报父亲被恶霸欺压之仇。黄朔写公孙胜之所以能将生辰纲的具体押送路线报与晁盖，那是因为他在河北大名府通过关系知道了准信。陈进轩写安道全之所以在金陵贪恋李巧奴，那是因为他外出购买药材时便和李巧奴相识。吕萍写燕顺折了本钱是因为借给燕南飞贩马的钱，陈进轩写石秀与叔叔折了本钱是因为对贩马的生意并不在行。

四是明确了一些好汉此前的经历、特长与其后技能及在梁山担职事的对应关系。比如，陈进轩写张清在彰德府山区由牧羊人以石御羊而悟出飞石打人之技，魏定国在少时在郓城因观民间送火神而悟出火攻技术。曹先锋写宋清在梁山上做排设筵席的工作，与他在郓城餐馆做过厨师有关，他能让吃厌山珍海味的老太婆赞赏。

常玉璋写陶宗旺在梁山上负责城垣、道路建设，与他在黄州设计过城堡暗道，在还道村帮人修过村寨有关。当然，也有从在梁山做的职事生发出新故事的。比如司端秋写侯健到郓城购买布料时勇斗欺侮民女的王老八，并牵线让安翠萍嫁给自己徒弟。魏天作写薛永卖野药的手段在还道村救宋江时也得到施展。

这部书，在文学语言上，尽量靠近《水浒传》。作者众多，各有各的语言风格，能做到大致统一，已经相当不错。为做到这一点，编审组在安排之初，便一再强调多借鉴古代白话。在写作过程中，为了实现语言的统一，一些惯写现代小说的作者，放弃原来的语言习惯，从头适应古白话小说的表述风格。与古代白话小说写法的靠近，使得这部书的整体感觉，与《水浒传》形成一体。当然，不同作者的语言风采还是各有千秋的。比如陈进轩叙写语言的古雅高华，很适合文学修养深的人闲来赏读，几页书，一杯茶，慢慢品味，细细咀嚼，越品越有味道。耿雪凌叙述语言的生动泼辣，富有张力，很对市井人士的口味。三五良朋论书，仿人物口气，能让人笑口喷饭。萧珩写关胜、武松故事，其叙写语言的古朴流畅，与《水浒后传》简直难分伯仲。刘艳琴的书稿，叙述文字古雅洗练，人物语言生动鲜活，显现出较高的功力。

郓城县政府党组成员张平、褚景云，县文明办主任仲玉文，县文体局局长周国栋，县旅游局局长黄波，县广播电视台总编辑何岱骏，宋江武校校委会及全体教职员工对本书的编纂给予关心、支持和帮助，在此深表感谢。

由于水平有限，编之匆促，不足之处，在所难免。读者的反馈，将有助于我们不断提高创作水平。

水浒故事编纂记

卢明

丁酉之岁，春夏之交，文人作家，欣然相聚。于好汉故事发祥之地，秉水浒文化弘扬之心，认真研究，精心创作。用七十二天宝贵时日，写七十二篇英雄故事。大任完成，令人欣慰，特作此文以记之。

本次活动，聚文人、文心、文气，得天时、地利、人和。

天时者，中华崛起，国泰民安，使文人雅士生活无忧，作家学者潜心学问。文化气氛宽松，传统国学复兴，向水浒文化提供良机，给英雄好汉再添新解。新时期文学事业之发展，近年来水浒研究之成果，皆给本次创作，提供重要支撑。英雄故事传至今天，需要创新；水浒文化走向未来，呼唤新人。更逢网络时代，联系便利，使远近诸子，临屏沟通，如同促膝，依群调度，如集一堂。

地利者，郓城古县，本存水浒文化基因；好汉城中，充满天地英雄之气。圣人之邦，崇尚忠孝节义；武术之乡，多见豪壮之人。忠义传家，生出世间正气；豪爽为性，走来仗义大侠。文教大县，多生文根深厚之子；文学高地，自有健笔凌云之人。

人和者，樊庆斌，具高瞻之识，振臂一呼，才俊聚拢；刘国庆，有社会担当，热情鼓励，大力支持。佘大平，执学界牛耳，欣然作序，满纸生辉。陈进轩，系文坛名将，殚精竭虑，精编细审。更有远朋近友，八方响应；文豪士子，四面云集。可谓群贤毕至，少长咸集。以年龄论，则有八十、七十、六十、五十、四十、三十、二十之人；以身份论，则有干部、职工、商人、农民、校长、教师、技师之别。以级别论，则有国级、省级、市级、县级、镇级会员；以出处论，则有郓城、单县、青岛、烟台、温州人士。文学贤达，以建树文化之志，景仰英雄之情，精研细读，深思巧构，不计晨昏，夜以继日，于苦思冥想之际，造天罡地煞之形。

此次创作，给好汉人物长廊，补线提色；为水浒故事宝库，添玉增金。各位作者，把心中豪情，托于纸上；将意中侠士，形于笔端。一个个英雄好汉，个性鲜明，形象高大，忠肝义胆，光彩照人，具顶天立地之气，有战恶斗邪之威，行扶弱济倾之事， 显见义勇为之心。一个个故事情节，生发有自，收结有由，不袭旧式，善开新篇，求荡气回肠之效，见起伏照应之机，呈曲折回环之态，收生动传神之实。

水浒续作，代不乏人。清代有陈忱《后传》，民国有恨水《新传》。及至当代，新作百出。更有朱希江先生，集菏泽全区之力，出版《水浒外传》，影响深远。今我等承前人之志，传水浒薪火，行文学建树，促文化发展，正为应时代之需，开水浒新路。其情可赞，其志可嘉。此书面世之后，愿诸路君子读之传之，解之护之。

李杜文章，光芒万丈，尚有群愚，故意谤伤。何况我等才学有限，编之匆促，疏漏之处，在所难免。作品面世，产生争鸣，无须奇怪，实属正常。无论热情鼓励，还是细心指教，只要心诚意正，我等心存感谢。若有动机不良者，偏心曲解，吹毛求疵，横加指责，我等亦走自己路，任他人说。相信天地之间，众目睽睽，是非曲直，自有公论。

本书作者，有此机会，同心同德，携手共进，实乃天赐良缘，人生幸事。如此书果能得世人肯定，流传后世，则我等自会为跻身其中，得一份自豪。

本书作者，计二十位，有陈进轩，杨彩云，曹先锋，王锡亮，司端秋，魏天作，钱广赋，萧珩，刘昭，耿雪凌，刘艳琴，常玉璋，李艳灵，张悦红，谭金辉，杜景玉，吕萍，黄朔，刘兆全，卢明。

本文以一首诗作结：水浒一经呈案头，是非功过论难休。小人眼里小人众，君子心中君子稠。历史托出供品味，忠良拿起作由头。诸君再写忠和义，健步同登好汉楼。

是为记。

陈进轩

杨彩云

魏天作

陈进轩，山东郓城人，中国作家协会会员，一级作家，菏泽市作家协会名誉副主席，郓城县作家协会名誉主席，全国第三届青创会代表。20世纪80年代中期以中篇小说《苇子园的女人》步入文坛，先后在《中国》《长城》《十月》等杂志，发表《遥远的风景》《诺言》等中篇小说20多部、《日落河套》《我们青春已过》等短篇小说及散文40多篇，其中3部中篇小说分别由《小说月报》《小说选刊》转载。出版《腰带神仓》《农民的儿子王乐义》《龙虎戏》《红肚兜》等文学专著10部。曾获省级以上文学奖8次，荣立市级个人三等功一次。160万字四卷本长篇小说《运河湾》即将出版发行。

杨彩云，女，山东郓城人。中国作家协会会员，一级作家，郓城县作家协会名誉主席。曾任郓城县政协副主席、人大副主任、菏泽市作家协会名誉副主席、山东省政协委员。著有长篇小说《雁魂》《侠女小倩》，长篇纪实文学《郓州之歌》《使命在肩》《大浪弄潮》，随笔集《流年随笔》，散文集《春梦秋醒》，电视连续剧本《水浒少年》，长篇报纸连载《黄河岸边武林志》等文学作品。获“飞天奖”“金鹰奖”“全国报纸副刊优秀作品奖”“山东省首届文学奖”“山东省小说创作奖”“华东地区优秀图书奖”“牡丹文学奖”“菏泽市精品工程奖”等奖项。

魏天作，笔名天作，祖籍山东郓城。毕业于山东大学中文系，高级职称，专业作家、编剧，中国文字著作权协会会员。已出版代表作:《当爱越过年轮》《逃不出魔咒的人》《绝恋》《围困》《十三经概览》《美与丑的秘密》等十余部，发表中短篇小说、散文多篇，作品多次获奖并被国家级文学期刊选载，其中四篇小说入选“中学生阅读丛书”。创作30集都市题材电视连续剧《犀利狗》、30集战争题材电视连续剧《绝地反击》，创作励志题材电影《超级email》、战争题材电影《白求恩在河间》、古装电影《春秋霸主》、奇幻电影《凸目黄金面具》《考古奇遇》等。

卢明　王锡亮　刘艳琴　耿雪凌

卢明，笔名黄河入海，山东郓城人，郓城县委干部，山东省作家协会会员，郓城县作家协会主席。中国水浒学会理事，山东省水浒文化研究会理事，菏泽学院水浒文化研究基地特约研究员。中华诗词学会会员、菏泽市诗词学会副会长。先后在《山东文学》《时代文学》《当代文苑》《牡丹》《光明日报》《大众日报》《菏泽日报》《曹州晚报》等报刊及网络发表诗歌、诗词千余首，散文300余篇，小说十余篇。多次获文学创作奖。出版有文学评论集《正话水浒》、社科专集《水浒印象》，在菏泽电视台主讲水浒文化十三期。主编《郓城文学作品选》《郓城文韵》等书。

王锡亮，笔名王珏，山东省作家协会会员，郓城县作家协会名誉主席，出版有诗集《彩练》《见证》和散文集《大音歌》。

刘艳琴，吉林长春人，山东省作家协会会员。毕业于吉林师范大学中文系，现为烟台工贸技师学院教师。教书之余，致力于写作，散文为主，涉猎小说、诗歌等，曾在《散文选刊》等报纸副刊发表散文和小说若干篇，有文章收进《2006年度散文选》《2006随笔精选》和《感动你一生的散文》中，2012年获中国第一届教师文学奖散文一等奖。中国苏轼研究会会员，曾应邀去徐州苏轼研究会讲学，接受徐州《彭城晚报》、徐州电视台的专访，并在《彭城晚报》文化大讲坛栏目两次整版发表有关苏轼研究的文章。

耿雪凌，女，山东单县人，山东省作家协会会员，鲁迅文学院山东中青年作家高研班学员。小说、散文散见于《湖南文学》《短篇小说》《山东文学》《牡丹文学》《齐鲁晚报》等省内外报刊杂志，出版中短篇小说集《爱情不说话》。

张悦红　　曹先锋　　杜景玉　　谭金辉　　司端秋

张悦红，女，山东省郓城县职教中心教师，山东省作协会员。2008年起，在《当代小说》《山东文学》《时代文学》《北方文学》《佛山文艺》《雨花》等文学刊物发表中短篇小说30万字，短篇小说《父亲的红布》被《作品·精选》转载。山东省第七届高研班学员。江苏省作协第26期读书班学员。

曹先锋，山东郓城人，曾任郓城县文联主席，现为郓城县作家协会名誉主席。中国水浒学会理事、山东省水浒文化研究会会员，菏泽学院水浒研究基地特聘研究员。小说《一步到位》获“牡丹文学奖”；散文《终生难忘的记忆》获“水浒文学奖”。著有《水浒故地话水浒》一书。

杜景玉，男，山东郓城人，菏泽市作家协会理事，市小说学会副秘书长，郓城县作协副主席。作品见于《山东文学》《短篇小说》《东京文学》等。曾获《小说选刊》第二届全国小说笔会短篇小说一等奖、牡丹文学奖、“大美菏泽”征文优秀奖、“水浒文学奖”等。

谭金辉，山东郓城人，郓城县作家协会名誉主席，南城中学校长，菏泽市名校长。发表散文十余篇，诗歌作品散见于各文学期刊。著有诗集“幸福三部曲”：《推开幸福的门》《踏上幸福的路》《一路向幸福走来》；“夜色三部曲”：《点燃夜色》《走出夜色》《爱的夜色》；“心狱三部曲”：《抑郁的心狱》《欲望的心狱》《自我的心狱》。小说“贫瘠”三部曲将于2018年6月出版。主编《为孩子们系好第一枚诚信扣子》一部。

司端秋，原名司广明，山东省写作协会会员，菏泽市作家协会会员。在报刊杂志发表小说、散文80余万字，出版小说集《民师磨难录》《成长驿站》等著作。

钱广赋

吕萍

黄朔

刘昭

钱广赋，山东单县人，退休干部，单县作家协会理事，中华文化建设促进会理事。先后在《牡丹文学》《泰安文学》《名家与新闻》等刊物发表散文《寻觅那张失落的历史文化名片》《李白题诗栖霞山》《唐时明月单父楼》等多篇。发表小说《秦桧立传》《诗魂》《李逵当官》《大宋名婆》《武松的困惑》《难忘那年调工资》等，计30余万字。

吕萍，原名吕海平，笔名吕萍。生于1966年12月，山东郓城人。自幼酷爱文学，并一直从事业余文学创作。作品散见于《山东文学》《山东法制报》《时代文学》《牡丹文学》《牡丹晚报》《广播电视报》等报刊。曾获山东省家庭读书征文二等奖、首届牡丹文学佳作奖、菏泽市朗诵诗歌创作奖、大美菏泽征文小说三等奖、水浒文学提名奖、中国曲艺家协会优秀曲目奖。菏泽市首届乡土人才，被授予“民间优秀作家”称号。著有《双面佳人》《泥土的芳香》《凤凰展翅》三部专集。现为菏泽市作协理事，市诗词学会会员，郓城作协副秘书长，郓城县第十七届、十八届人大代表。

黄朔，女，山东郓城人，山东省青年作家协会会员。发表文学作品多篇并有作品获奖。出版小说、散文、诗文学集《园林梦》、电视连续剧文学剧本《坚强少年》。

刘昭，女，菏泽市作协会员，中国辞赋学会会员。在报刊发表小说、散文及辞赋30多篇。作品见于《中华文艺》《楚风》《青春文学丛刊》等。另著有长篇小说《闲话张家那些事》。

李艳灵

萧珩

常玉璋

刘兆全

李艳灵，笔名灵子，菏泽市作家协会会员。在《时代文学》《胶东文学》等报刊发表文学作品20余篇。小说《雨街》获《大美菏泽征文》三等奖。

萧珩，原名萧凌雪，原籍郓城，现在青岛市生活工作，有扎实的文化功底和深厚的文学修养。

常玉璋，男，山东郓城人，毕业于浙江大学汉语言文学专业，就职于浙江省温州市某股份制银行，从事业务管理工作。

刘兆全，山东郓城人，郓城县中医医院干部，山东省水浒文化研究会理事。创作格律诗词200余首，分别在《历山诗刊》《牡丹文学》《曹州诗词选》《水浒文化》《老骥诗选》《水浒诗词楹联选》等书刊发表。多次参加水浒文化研讨会，在中国水浒学会会刊《水浒争鸣》、郓城《水浒文化》、梁山《水浒研究》杂志上发表水浒研究论文十余篇。